U0559536

ILS PARCOURURENT
L'EUROPE

壮游欧洲

作家和艺术家的世纪之旅

VOYAGES D'ÉCRIVAINS ET
D'ARTISTES 1780-1880

Claude Bouheret

［法］克洛德·布埃莱——著

郑诗诗　施媛媛——译

上海文化出版社

" 我们需要地形学家为我们提供
他们所到之处的具体描述。 "

—— 蒙田

" 旅人是旅行中最为重要的。 "

—— 安德烈·苏亚雷斯

献给让-弗朗索瓦·索尔农

献给伊丽莎白·夏勒

从未离开过住所，也不曾学习历史、地理的人往往对欧洲各国有着奇特的想法，将偶然行为视为固有风俗，把意外之事看作某地常态。这些成见一旦得到传播，便根植在学识浅薄者的头脑中，并且代代流传下去。因此，当你从意大利回来时，就有人问你遭到多少次抢劫；"你去过德国，有人和我说过，那里的人都研究哲学，还爱抽烟！"；如果去瑞士，那不可不听"牧牛歌"，也必然在冰川上险象环生；在西班牙，一定会听小夜曲，看"斗牛士"被公牛开膛破肚；英国永远没有阳光，波兰总是下雪，科西嘉岛上演着枪林弹雨中的家族仇杀。

康斯坦丁·加兹尼斯基，1839 年

利奥波德·罗伯特，《两个那不勒斯妇女》，1833 年

目　录
CONTENTS

I

2
PART

英语文学家、艺术家之旅

3
PART

法语文学家、艺术家之旅

169

6
PART

斯堪的纳维亚作家、艺术家之旅

439

写在前面

有谁不曾在博物馆中，被一幅呈现旅人攀登高山或跨越陡崖的画作吸引？

有谁不曾为发现一幅绘有维苏威火山喷发的油画感到震撼？那是17世纪末最初的旅行者欣赏的景象，也是开启意大利之旅的英国年轻人神往的地方。

在这些不同寻常、雄伟壮观的景象面前，今日的游客探寻着昨日旅人的动机。当踏上通往世界和记忆的道路时，他们有着怎样的时间、空间关系？

旅行在中世纪就已存在。商人、学生、学者、朝圣者、修道士、外交官和士兵的足迹遍布欧洲各地。自文艺复兴时代起，作家和艺术家也踏上了旅途。我们记得伊拉斯谟的英国之行，蒙田的意大利之旅，笛卡尔曾游历瑞典，伏尔泰和狄德罗分别造访过柏林和圣彼得堡。我们不会忘记在启蒙运动时代，德国和奥地利的作曲家们，从亨德尔开始，到格鲁克、海顿、莫扎特等人从一座城市到另一座城市的巡游。

在浪漫主义时期以及之后的几十年间（1780—1880），无论是为了追寻自我还是探索他人，文人、画家和音乐家发现了新的旅行地，他们游历于欧洲大地，讲述自己对此的迷恋。

在那个时代，跨越国界、穿越山峦需要大量的时间、金钱和精力，这些旅行者追求的是什么？创作者的漂泊生活和作品的素材就是答案。

18 世纪末的"壮游"是一种个人化的旅行方式，它将新近发掘的罗马和庞贝置于欧洲文化版图的中央，促使作家和艺术家像歌德那样重新发现古希腊、罗马的奇迹，意大利艺术的辉煌和南欧国家的光彩。在 19 世纪初期，前往新的旅行地成了最高雅的自我认识方式，因为从中激发了写作、作曲或绘画的全新方法。

知识女性在旅行中摆脱自身社会地位的束缚，迎接自由而冒险的人生。这些英国、俄罗斯、德国和法国贵族留下了笔记、回忆录和书信，成为他们人生轨迹的珍贵见证。

无论是屈斯蒂纳、尼采或安徒生等作家，还是瓦格纳、柴可夫斯基等作曲家都在旅行中寻找克服自身困境的方法，无尽的前行是他们创作灵感的核心。

此外，早期记者和专业作家，例如波托茨基、戈蒂耶、大仲马、拉马丁等人也曾愉悦地穿过国境，游历西班牙的街巷，近东的港口，或者遥远的巴尔干和俄罗斯城市。他们在远行中与门德尔松、李斯特、柏辽兹等人结下了深厚的情谊，这些音乐家彼时也正穿行于欧洲大陆，并收获来自欧洲宫廷的赞美之声。

在战火纷飞的年代，艺术家和作家无奈地踏上背井离乡之路。勒布伦夫人曾因法国大革命而逃亡；杰曼·德·斯戴尔为躲避拿破仑政权旅居欧洲各地；密茨凯维奇等波兰诗人离开被占领的祖国前往巴黎；赫尔岑、巴枯宁等多位俄国知识分子遭到沙皇政府的驱逐，最终来到瑞士避难。

相对幸运一些的诗人、小说家则可以自由地客居他乡，欣赏能够刺激创作想象力的风景，将某些作品和某个国家联系起来，例如阿尔巴尼亚之于拜伦，或者将作品和生活过的城市联系起来：司汤达和米兰，果戈理和罗马，陀思妥耶夫斯基和巴登，屠格涅夫和巴黎，易卜生和那不勒斯，詹姆斯和佛罗伦萨。

如果说许多旅行者寻求魅力之地是为了创作，那么其他的旅行者则经常光顾世界大人物的居所并恳请获得庇护。因此，从魏玛到巴登，从卡尔斯巴德到达姆施塔特，从瑞士、意大利的湖到那不勒斯海湾的岛，文人、画家、音乐家们为这些文化地增光添彩，而后欧洲大陆和美洲知识界也随之效仿。

本书旨在描述这一新的地理轨迹，直至苏伊士运河的开凿（1869）及拜罗伊特音乐节的开幕（1876），这一地理轨迹才得以改变。本书关注这条轨迹下的旅行行为在欧洲文学、艺术创作史中发挥的作用。新的旅行方式由此诞生，并成为现代旅游业的起源。

旅行的必要性在人们的生命中从未如此凸显，人们或许可以用沃尔特·惠特曼[1]的诗歌发声：

啊！太阳、月亮和星星！天狼星和木星！

直至您踏上旅途！

1　沃尔特·惠特曼，《草叶集》诗篇之一《向印度航行》。

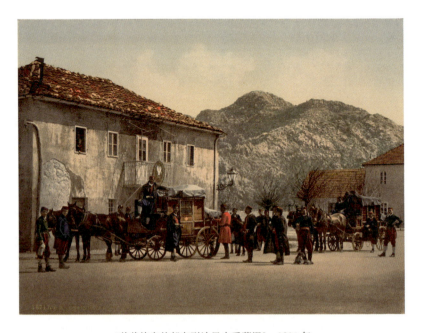

《兼载旅客的邮车到达黑山采蒂涅》，1890 年

壮

游

  "壮游"或者说"意大利之旅"是英国贵族于18世纪发起的一种前无古人的文化现象，具体时间可追溯至七年战争结束后（1763）到法国大革命时期。这种文化现象涵盖了欧洲北部国家的整个上流社会，首先发生于英国，再到德国、瑞典、丹麦，直至波兰、俄罗斯。

  阿蒂利奥·贝利恰如其分地称之为"壮游传奇"，参与者大多通过亲身经历，把"壮游"当作一份成人礼和一种哥德式的学习，旅行耗时可达数月乃至几年。"被冠以良好教育之名"的教育型旅行为年轻乡绅[2]提供了文化多样性和语言多样性的经历。"人生之旅的隐喻"，切斯特顿如是写道，踏上通往罗马的路——领略温克尔曼笔下的罗马之美。

  城市无与伦比的艺术财富的吸引力以及人们对古希腊古罗马的热爱成就了别出心裁的旅居，出身良好的英国青年以及一批油画家、雕塑家、雕刻师、素描画家、建筑师、作家、学者纷纷踏上远行的道路，他们希望通过造访古希腊古罗马的最高殿堂、探索优美或壮丽的风景，为自己的人生和作品赋予意义。得益于这些来自北方的"壮游

---

2 英国贵族。

者"，罗马在一个多世纪的时间里成了整个欧洲上流社会人士会面必去的城市，意大利成为新古典主义时期最重要的文学艺术灵感来源地之一。

进行"壮游"需要细致的准备。确实如此，要获得护照、签证，备好汇票或信用证并准备足以应付长途苦旅的行李。另外，旅行者应该了解出行方式（骑马、私家车或租车、马车、舒适或者不那么舒适的邮车），确保旅店及旅途的安全。旅行者担心遇到走私犯和强盗，在翻越阿尔卑斯山脉过程中遇到这些人是"行程中的日常，到达圣地之前必须经受的考验"，其中的危险虽不乏真实情况，但在很人程度上是幻想出来的。

这种不掺杂任何宗教、外交或军事目的，只为满足文化教育需求的旅行，使得新型的临时旅居者——"壮游者"诞生了。"壮游者"往往令人艳羡，有时却也遭人嘲笑，劳伦斯·斯特恩曾在出版于1768年的名著《感伤旅行》中诙谐地暗讽他们。

对于英国人而言，踏上"壮游"之旅后一般先到加莱港，途经巴黎、里昂前往尚贝里，或变道日内瓦，前往都灵的旅行者穿越阿尔卑斯山脉到达蒙塞尼或者大圣伯纳德，前往米兰的旅行者则穿越阿尔卑斯山到辛普隆：山口太高，男士骑骡子，女士由脚夫驮着或者坐雪车通行。德国人和斯堪的纳维亚人则取道圣哥达或布伦纳，南下至意大利贝拉吉奥、科莫、威尼斯。怕翻山越岭太麻烦的旅行者自有另一条偏爱的线路：驾车途经罗讷河河谷至马赛，再到尼斯，在尼斯坐船前往热那亚、里窝那或者吉维塔维奇——罗马港——接着向那不勒斯驶去，有时也走歌德曾经走过的路线，出海朝巴勒莫方向前行。

约瑟夫·马洛德·威廉·透纳，《雨水、蒸汽和速度——西部大铁路》，1844 年

《令人赞叹的罗马城》1499 年版中的一页
（上）；
《壮丽的古城》1621 年版中的一页（下）

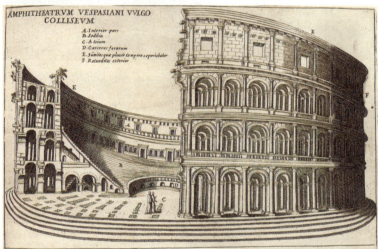

惊叹之余，"壮游者"将在造访地的游历、际遇和经历描绘出来，在这方面最有天赋的是女性，尤其是有钱有闲的英国女性，像蒙塔古夫人、摩根夫人、布莱辛顿夫人和贝蒂小姐。到达"壮游宝地"威尼斯、弗洛伦萨、罗马和那不勒斯是女士们旅行中最幸福的时刻，旅行中的景点与建筑之美为她们展现出充满激情和新鲜感的世界，这种新鲜感往往令人心醉神迷，女士们在魅力四射的意大利男向导的陪同下探索世界，后者就像《令人赞叹的罗马城》³或者《壮丽的古城》⁴中的向导一样。

至于"壮游"新团体的成员，艺术家、骑士以及其他带着随从和仆人的贵族有机会碰面，站在古代遗址上让人为自己画肖像，或者买几幅画是最合时宜的。画上呈现的是古罗马广场、维斯塔神庙、蒂沃利埃斯特别墅的花园、阿尔班山或者那不勒斯的海湾。这些大大小小的风景画成了到意大利旅行必买的纪念品，总是被当作"壮游"的记忆定格在伦敦或者哥本哈根豪宅的前厅、门廊里。这种买画、挂画的潮流让在罗马或那不勒斯旅居的外国画家发了迹，例如安吉莉卡·考夫曼、约翰·海因里希·威廉·蒂施贝因、菲利普·哈克特德，这自然也是像庞培奥·巴托尼、帕尼尼这样享有盛誉的意大利艺术家的好机会——为取悦来自北方的旅行者，也为充盈旅行者的藏画，画家们执笔描绘意大利的建筑和风景。

进行罗马之旅并在罗马长期旅居的旅行者中最多的是英国人。其中不乏著名作家：霍勒斯·沃波尔、亚当·斯密、约翰·洛克、托马斯·霍布斯、劳伦斯·斯特恩，也有知名画家：劳伦斯、雷诺兹、罗

3　《令人赞叹的罗马城》（Mirabilia Urbis Romae）是世界首部旅游指南。——译注
4　《壮丽的古城》（Antiquae Urbis splendor）是一部介绍古罗马的图集。——译注

姆尼、透纳，还有建筑学家，比如理查德·博伊尔和罗伯特·亚当就经常光顾披萨街区迪斯帕格纳，以及皮拉内西设计装潢的英国人咖啡馆。而德国人和瑞士人则在著名的希腊人咖啡馆相聚。有像富格、福塞利、科赫、门斯、奥韦尔贝克、沙都、利奥波德·罗伯特这样的风景画家或宗教画家，也有像克伦泽、申克尔那样钟情于帕拉第奥主义的建筑学家，更不乏当时最著名的作家、学者，洪堡、温克尔曼、歌德、赫尔德、海涅等人时常在罗马不期而遇。斯堪的纳维亚人也没落下，画家阿比尔高、科布克，雕塑家赛格尔、托瓦尔森习惯下榻漂亮舞女经常光顾的拉孔索拉旅馆。

终于，"壮游"的潮流之风也刮到了欧洲各国宫廷。为了探索"世界之都"，奥地利皇帝约瑟夫二世、俄国沙皇之子保罗、萨克森-魏玛公爵夫人安娜·阿玛利亚、巴伐利亚公国继承人路易都隐姓埋名、前往罗马学习古代文化，并在那里结识了一些画家和雕塑家，以充盈自己的私人收藏。

"壮游"贵族、文学家、艺术家把18世纪末的罗马和意大利变成创作的一面镜子。他们把对古代的热情、对文艺复兴时期绘画的趣味以及对帕拉迪奥建筑的兴趣带到英国、普鲁士、波兰、瑞士，并迅速传遍欧洲北部所有国家。

多重原因、多重影响的"非宗教朝圣"——"壮游"——诞生于知识分子阶层的向往和对前往别处的深深渴望，最终像一种潮流一样消逝了。法国大革命期间，"壮游"近乎消失，并于拿破仑战争时期正式结束。1815年维也纳会议之后，欧洲版图的变化赋予了"壮游"新的生命，然而时代已经改变，"意大利之旅"被更遥远、更富异域风情的目的地所替代。此时，距离"东方之旅"的到来已经不远了。

卡斯帕·大卫·佛里德里希，《凝视云海的旅行者》，1818 年

卡尔·布勒齐，《俯瞰卡普里的卡斯蒂里奥内山》，1829 年

PART

德语文学家、艺术家之旅

> " 通往自己最短的路就是
> 通往世界的路。 "
>
> ——赫尔曼·格拉夫·冯·凯泽林

在 18 世纪神圣罗马帝国徒有其表的体制下，德意志联盟版图形成，身为各王国、大公国、公国及城邦后裔的文学家、艺术家们纷纷踏上旅行之路。

由于启蒙哲学思想和温克尔曼作品的普及，旅行的合理性得以确立，旅行不再像从前一样是军人和外交官的特权，对别处的好奇、来自南方的吸引、文学艺术的灵感源泉、时尚现象等都是促成旅行的原因。

在七年战争（1763）结束至瓦尔密战役（1792）之前的欧洲和平时期，众多艺术家实现了意大利"壮游"，其中特别著名的有梯斯巴因、哈克特、申克尔、奥韦尔贝克，还有几位知名大人物，比如魏玛阿姆利娅公爵夫人、奥地利皇帝约瑟夫二世。而像亨德尔、格鲁克、莫扎特、海顿这些渴望获得欧洲宫廷认可的著名作曲家、演奏家则在罗马、巴黎、伦敦、柏林、维也纳等地露面。

1786 年，歌德的《意大利游记》成为德语文学家、艺术家的重要指南，这部作品为他们的远行梦想赋予了意义。但是自 1789 年开始，发生于法国的大革命、1789 年领事馆军队占领罗马事件以及紧随其后的拿破仑战役，剥夺了德意志人及其邻国人拜访庞贝古城、登上维苏威火山的机会，跨境旅行变得几乎再无可能。

1815 年，法兰西第一帝国陨落，维也纳会议期间德意志联邦重建之后，通向南方的道路再一次为迫不及待的旅行者们敞开。威尼斯、佛罗伦萨、罗马和那不勒斯像过去一样，又一次成为画家、音乐家、文学家们最喜欢的目的地。

然而，从 1830 年开始，像魏玛、巴登这样的文化社交地很快赢得声望，并吸引着越来越多的作家、艺术家到德意志的中心旅居，并就地娱乐或创作。同一时期，作曲家费利克斯·门德尔松前往英国，在此之前，瑞士肖像画家考夫曼已先行到达英国。莱茵河诗人海因里希·海涅的思想被认为过于自由，而他正是为了追求自由的思想，在巴黎定居并且在那里度过余生。

1848 年的"人民之春（欧洲革命）"显露出欧洲民族主义的兴起，也孕育了德意志国家统一的希望，像莫森布一样钟情于自由的作家离开是非之地法兰克福，远居伦敦。1849 年，作曲家理查德·瓦格纳参加萨克森民主起义后逃离德累斯顿，前往瑞士避难，钢琴才子弗朗茨·李斯特有幸跨越国界，乘坐马车和火车在欧洲大陆肆意驰骋。

1866 年普鲁士和奥地利之间的冲突再一次令旅途中的德意志兄弟放慢了脚步，但是 1870 年爆发的普法战争和德意志第一帝国的宣告成立未能阻止他们继续旅行，法国战败以后也是如此。事实上，从 1876 年开始，拜罗伊特音乐节迎来众多外国音乐家和文人，这激发了哲学家的想法，弗里德里希·尼采、保罗·雷、露·莎乐美离开巴伐利亚，前往瑞士、意大利、尼斯继续他们的创作之旅。

19 世纪末，德意志第二帝国建立，意大利仍然是德语旅行者的庇护国，旅行者们为了创作，在罗马、佛罗伦萨生活，有些甚至在那里长期旅居直至去世，比如普鲁士历史学家斐迪南·格雷戈罗维乌斯、瑞士画家阿诺德·勃克林[1]。

1　阿诺德·勃克林（1827—1901）：瑞士画家，以《死岛》系列画作闻名。

魏玛

> "魏玛是一座小城市，也是一座大城堡。"
> ——斯塔尔夫人

　　18 世纪末的德国处在深度分裂之中，在普鲁士日益强大的影响和法国大革命的理想蓝图之间被割据着，萨克森-魏玛-艾森纳赫公国的都城位于图林根州北部，魏玛是当时德国重要的文化艺术中心，也是众多欧洲人会面的理想地点。事实上，从 1750 年开始，魏玛的名气越来越大，以至于逐渐以"全国范围内的文化象征"的身份出现，之后又成为一种国际文化象征。

　　伊尔姆河是一条穿梭于树林和草地间的小河，平静而蜿蜒，魏玛就偏安于伊尔姆河畔。如果没有颇具文化修养的统治者和文化艺术事业资助者对这个大公国长达一个多世纪的统治和管理，它可能会在巴洛克城堡的庇荫之下沉睡更久。拥有 6 000 居民的都城魏玛接纳的文学家、艺术家是德国文化的未来之光。

　　一切开始于 1758 年，大公恩斯特·奥古斯特二世去世，他的妻子安娜·阿玛利亚（1739—1807）成为大公国的摄政者，摄政时间长达二十多年。作为普鲁士国王腓特烈二世的外甥女，出身不伦瑞克新教宫廷的安娜·阿玛利亚公主接受过良好的教育。出于对儿子的关心，为了给他提供与启蒙运动相匹配的优质教育，大公夫人将像诗人克里斯朵夫·马丁·维兰德这样的优秀文学家聘请进宫，把大公国继承人及其兄弟的教育托付给这些文学家。作为热衷于文学的爱好者、优秀的羽管键琴演奏家、阅读爱好者、书籍收藏家——公爵夫人安娜·阿玛利亚建立了至今仍以她的名字命名的著名图书馆——并不拘一格地接待思想家、贵族、资产阶级，无论是长住者还是匆匆过客，她都欢迎，大家围着圆桌愉快交谈、交换想法。

1778 年，登上大公宝座的卡尔·奥古斯特（1757—1828）继续推行母亲的文化政策，彼时歌德的声誉已经超越德国国界，卡尔勒·奥古斯特邀请青年歌德到魏玛宫廷担任官职；歌德在魏玛度过余生。

身为新任大公的私人顾问、老公爵夫人的图书馆馆长、戏剧导演、耶拿大学[2]的精神领袖，同时也担任国务大臣的歌德吸引了一大批文学家、艺术家来到魏玛，他们前往魏玛是为了聆听歌德的意见和建议：有学者和哲学家，比如洪堡兄弟、赫尔德、施莱格尔、黑格尔，也有诗人和剧作家——1799 年席勒到魏玛定居直至去世——荷尔德林、让·保罗、诺瓦利斯、贝蒂娜·冯·阿尔尼姆、阿希姆·冯·阿尔尼姆、青年海涅，还有一些英国、美国、俄国的作家，以及波兰人密茨凯维支、日耳曼妮·德·斯塔尔等瑞士人，在本杰明·康斯坦的陪伴下，斯塔尔夫人于 1804 年到魏玛旅居。另外还有一些著名音乐家加入这些文学家的行列，比如著名女钢琴家、罗伯特·舒曼的妻子克拉拉·维克， 1821 年至 1830 年间，作曲家、指挥家费利克斯·

2　耶拿大学是德国最杰出的大学之一，曾分属于萨克森-哥达-阿尔滕堡、萨克森-迈宁根、萨克森-科堡-萨尔费尔德、萨克森-魏玛-艾森纳赫四个国家，费希特、谢林、施莱格尔等人曾在此任教；歌德曾为耶拿大学出版的期刊《德意志信使》撰稿。

歌德在魏玛宅邸里的书房，照片，哈若杜

门德尔松-巴托尔迪在魏玛长居。

之后，在魏玛度过·年时光的英国作家萨克雷写道："伟大的席勒和歌德在这座可爱的萨克森小城生活、长眠，我从未遇见过比这更简单、更慈悲、更谦恭、更高尚的社会。[3]"

在弗劳恩普兰大街的寓所和田间小楼里，歌德一边指点着大公国的政治和文化江山，一边继续自己的文学创作。身为大公国的戏剧负责人，他把戏剧作品搬上舞台，那是德意志最早的戏剧演出之一，从《华伦斯坦》（1798）到《威廉·退尔》（1804）[4]，歌德为友人席勒安排其大部分戏剧作品的演出。此外，1810年，拿破仑皇帝和俄国沙皇亚历山大一世在魏玛会面，魏玛人民为法兰西喜剧院和著名喜剧演员泰尔玛热烈鼓掌。

继1805年席勒英年早逝之后，歌德也于1832年去世，魏玛的文化和艺术在弗朗茨·李斯特的带领下有了新的方向，李斯特把魏玛这座小都城变成了欧洲音乐的中心。1708年至1717年间，约翰·塞巴斯蒂安·巴赫曾是魏玛宫廷的管风琴演奏家、歌手，循着巴赫的轨迹，匈牙利裔著名钢琴家、指挥家李斯特在魏玛发挥出卓越的演奏和作曲才能，李斯特也是俄国卡尔·亚历山大（1818—1901）大公及其妻子玛利亚·帕弗洛娜的座上宾。

凭借在国际音乐界的强大关系网，魏玛宫廷乐队指挥李斯特邀请许多作曲家至其阿尔滕堡的府邸，尤其值得一提的是三度受邀前往魏玛的柏辽兹，分别于1852年、1855年、1856年在魏玛指挥《幻想交响曲》《本韦努托·切利尼》《浮士德的天谴》等新作品。我们也应

---

3   引用自吉纳维夫·毕昂吉《浪漫主义时期德国的日常生活》，巴黎，阿歇特出版社，1958年。

4   1815年维也纳会议期间，萨克森-魏玛公国被提升至大公国之列。

该把瓦格纳于 1850 年创作的世界级歌剧《罗恩格林》归功于李斯特，钱拉·德·奈尔瓦曾想参加这部歌剧的演出，还有 1877 年圣桑的《桑松和达利娅》等文化盛事也引起了巨大反响。经历了一段成功多于失败的时期之后，李斯特抽身前往罗马并在那里生活了数十年，随后又返回魏玛度过 1869 年至 1886 年的岁月。修士一般朴素的老李斯特为青年钢琴家、作曲家授课，意大利人布索尼、俄国人鲁宾斯坦和博罗迪纳、挪威人格里格、捷克人斯美塔那、西班牙人阿尔贝尼兹纷纷远道而来，听他讲课，他居住过的那栋崭新而雅致的房子如今成了一座博物馆。

　　作为歌德、席勒、斯塔尔夫人时期的"欧洲文学之都"，门德尔松、李斯特、瓦格纳时期的音乐之都魏玛在与拜罗伊特的对比之下逐渐失去光芒，自 1876 年起，位于弗朗科尼亚州的拜罗伊特吸引着全欧洲的音乐爱好者和文学家。然而，与辉煌文学过往重新建立联系的魏玛打开了欢迎歌德、席勒、尼采等人的大门，并且建了一所追求现代性的美术学校，瑞士人勃克林和巴伐利亚人伦巴赫曾在此任教；由 18 世纪安娜·阿玛利亚公爵夫人首创的国际文化传统永垂不朽[5]。

5　　1897 年，病重的尼采到位于魏玛的姐姐家居住，直至去世。

一位大学者的旅行
约翰·沃尔夫冈·冯·歌德

（美因河畔法兰克福，1749—魏玛，1832）

　　1829 年，也就是歌德逝世三年之前，其作品《意大利游记》出版。从某种意义上说，这本书是歌德为长居在德国的挚友夏洛特·冯·施泰因而撰写的，书中详细记述了歌德在意大利的长途旅行，其中"作家年鉴"部分还附了几页回忆录。旅行路线和持续时间都非比寻常，对于诗人歌德而言，这次独一无二的旅行经历让他领略到南方的美丽，同时也为他开启了通往"古典国家"——古希腊、古罗马的大门，更加坚定了他作为文学家、画家、学者的使命。

　　1786 年 9 月 3 日凌晨 3 时，被《少年维特的烦恼》成功的光环环绕的歌德离开卡尔斯巴德前往罗马，这位萨克森-魏玛大公卡尔·奥古斯特的私人顾问当时 37 岁[6]，享有无限期假期。为宫廷服务了 10 年的歌德希望

6　《少年维特的烦恼》是歌德于 1774 年发表的小说。卡尔斯巴德是今天位于捷克共和国的卡罗维瓦利小镇。

与之保持距离，因此陪同大公到达波西米亚[7]之后便"逃离"了这座水城。这位德语文学旅行者十分神秘，他像普通旅行者一样低调出发，披着"浪游者"的外衣，同时在化名的保护下以"壮游"贵族的身份旅行。远离公务与文案，孑然一身的歌德自称是来自莱比锡的旅行者"约翰·菲利普·莫勒"，他开眼观察世界，全身心投入学习，并按照自己的心情洞察世界。

> 我用一个陌生的名字独自离开，在我完全不了解的地方迷路，
> 我对于这件看似有点奇怪的事情怀着最美好的希望。

歌德带着轻盈的行李、手枪和几本待完成的手稿（其中包括《在陶里斯的伊菲革涅亚》）离开卡尔斯巴德，乘坐驿站马车前往巴伐利亚，在梅根斯堡渡过多瑙河，并在慕尼黑歇脚，去参观画廊。

在 9 月 28 日到达威尼斯共和国之前，歌德在哈布斯堡王朝统治下的因斯布鲁克欣赏阿尔卑斯山脉，随后在布伦纳山口穿越阿尔卑斯山脉，接着又游览了加德湖，并在考察帕拉迪奥[8]建筑之前，到维罗纳中转并参观了斗兽场，"我看到的第一座古代宏伟建筑，保存如此完好！[9]"他在维琴察逗留一周时间，随后到帕多瓦乘船前往威尼斯，"这座令人赞叹的岛屿城市"、非凡卓越的"水手共和国"，歌德下榻在英国女王旅馆，在威尼斯近 3 个星期的时间里，他参观宫殿、教堂，每天晚上都去歌剧院或戏剧院。

7　《意大利漫游》引文摘录自巴蒂亚出版社 2003 年版（雅克·博尔夏译、让·拉科斯特校），由让·拉科斯特作序；《歌德——旅行者的思乡情节》。

8　引自《歌德自述》，由珍妮·安塞尔特·胡斯塔什翻译，瑟伊出版社，1955 年。

9　歌德在维琴察遇见著名建筑师、帕拉迪奥作品目录的作者斯卡莫奇。

安吉莉卡·考夫曼，
《年轻时期的歌德肖像》，
1787 年

　　10 月 7 日是抵抗土耳其勒班陀战役纪念日，歌德在圣于斯蒂娜教堂参加了一场由总督[10]主持的谢主恩弥撒，仪式十分庄严。两天以后，他的"守护天使"开车把他带到利多岛，在岛上观看了大海"壮观的景象"，在此之前歌德在圣马可教堂钟楼楼顶眺望过大海。

　　10 月 14 日，在乘驳船前往阿里奥斯托、塔索的故乡费拉拉之前，歌德记录道："我到威尼斯不久，但是已经被威尼斯的生活充分同化了，即使我的想法不完整，但我知道这个想法非常清晰、忠实。"

　　在前往教宗国的路上，歌德由教宗军官及一个携妹妹骑马"自由行"的英国人陪同，在波伦亚逗留。跨越亚平宁山脉令地质学家、植物学家歌德非常高兴，以至于忘了舒适度欠佳的旅店并且忽略了托斯卡纳的美妙风景。事实上出人意料的是，歌德在前往翁布里亚之前只在佛罗伦萨待了 3 天，用于拜访佛罗伦萨大教堂和波波里花园，又在

10　保罗·罗尼埃，威尼斯倒数第二位总督（1779—1789）。

佩鲁贾中转，接着"顶风"北上至阿西西，相比于圣方济各大教堂，歌德对阿西西的古罗马建筑更感兴趣。最后经由特尔尼和斯波莱托，走弗拉米尼亚大道并穿过人民之门，歌德终于在 11 月 29 日进入罗马；这场开始于卡尔斯巴德[11]的旅途持续了两个月。

罗马，世界的中心！

歌德先下榻于古老的熊客栈，后又住到德意志画家约翰·海因里希·蒂施贝因[12]的家里，就在宫廷路隆达迪尼宫附近，歌德对北方"壮游者"都为之敬仰的罗马赞叹不已，它是综合了过去与现在、世俗与神圣的历史、精神之地。"是的，我终于来到这座世界之都！虽然五年前我已经见识过罗马，那次是由一位知识渊博的男士陪同并开车接送，但这次我仍然感到幸福。我应该用自己的眼睛独自观察，延迟享受是件好事，"歌德在到达罗马的第二天如是写道，随后他陪伴蒂施贝因前往奎里纳尔宫参加由庇护六世在天主教小圣堂内主持的诸圣弥撒。

在熟悉罗马、熟悉德国艺术家和学者圈子的蒂施贝因的带领下，歌德结识了富塞利的学生海因里希·梅耶。歌德也经常拜访约翰·威廉·雷芬斯坦和瑞士艺术家安吉莉卡·考夫曼，前者是俄国、魏玛两国宫廷的顾问，也是温克尔曼的门生。

歌德与蒂施贝因同游，增加了出城游览的次数，并拜访罗马时期的城堡、探索考古遗址、参观王侯的别墅和花园，同时沉浸在练习素

11　捷克温泉疗养胜地。——译注
12　约翰·海因里希·威廉·蒂施贝因（1751—1829）：德国画家，在罗马、那不勒斯管理蒙特卡瓦洛皇家学院。

描和水彩画的乐趣中。与此同时，歌德着迷于巴洛克时期罗马的壮丽、弥撒的奢华排场和宗教音乐的恢宏。期间，1月6日的日志详述了教宗主持的圣诞弥撒，歌德记录如下："这是一场独一无二的、精彩绝伦的、庄严肃穆的表演；但是我的新教挂念根深蒂固，以至于这样的精彩让我消耗的比获得的多。"

作为艺术品爱好者的歌德喜欢跑古店，买雕塑和模塑、浮雕玉石和凹雕玉石，这些艺术品使得之后近友为他画的两幅肖像画更丰富、充实。其实，1787年8月，蒂施贝因画了一幅表现歌德在罗马乡村的大幅油画，表情凝重的歌德坐在方尖碑破碎的柱身上，头上戴着一顶灰色的宽边帽子，穿着丝绸短裤和长筒袜，身上披着一件宽松的白色斗篷。这幅画被保存在法兰克福的斯塔尔博物馆，是文学家、旅行家歌德实现"壮游"时的画像，也是最著名的歌德肖像画之一。几个月以后，著名艺术家安吉莉卡·考夫曼也为她的诗人朋友歌德画了一幅漂亮的画，这位被称为"美好的安吉莉卡女士"来自格里松州，在伦敦时师从雷诺兹，后来那幅画被挂在歌德位于魏玛的家中。

朝至那不勒斯，夕可死矣！

1787年2月22日，歌德和蒂施贝因离开罗马前往那不勒斯王国。两位旅行者取道古阿比亚大道，一路畅行无阻穿过泊汀斯沼泽直至泰拉齐纳。在加埃塔，他们踏上属于波旁王朝国王斐迪南四世和王后玛丽-卡罗琳的土地，那里的果园让歌德想起他的小说《威廉·麦斯特尔》中迷娘唱的歌曲："你认识吗/那柠檬花盛开的地方……"2月26日，他们欣赏了那不勒斯海湾和维苏威火山，白烟缭绕中的火山好似海市蜃楼。"那不勒斯本身散发着欢乐、自由和生机；人山人海纷乱地

约翰·海因里希·威廉·蒂施贝因，《在罗马乡村的歌德》，1787 年

菲利普·哈克特德，《从索尔法塔拉火山眺望波佐利海湾》，1803 年

跑着，国王在打猎，王后在期待一项盛事，因此一切都在向最好的一面发展。"

　　莫里科先生的旅馆在新堡对面，刚刚入住旅馆的歌德就拜访了在那不勒斯定居的柏林风景画家菲利普·哈克特德[13]，接着又拜访了奥地利王子克里斯汀·奥古斯特·瓦尔德克，王子邀请歌德一同参观坎皮佛莱格瑞火山遗址。第二天，歌德独自一人登上维苏威火山，先是乘坐马车，然后骑骡子，最后步行到达。

　　3月6日，身为地质学家的歌德在良师益友蒂施贝因的陪伴下再一次踏上前往火山的道路。第二次出行，他们亲自驾驶敞篷马车离开那不勒斯，接着由几位壮汉帮忙攀爬至火山口。歌德在火山口中央记录道：一切都是"伟大而壮丽"的，他还补充道："许多石头在我们身边掉落，我们在火山锥周围步履维艰。蒂施贝因到了山上更觉不适，因为自古代起，火山这个怪物对人类而言不仅可怕，而且危险。"3月10日，歌德前往卡波迪蒙特王宫，建造该宫殿是为了接收从罗马转运来的法尔内塞家族收藏的宝物。次日，歌德参观了庞贝古城和赫库兰尼姆古城，在火山灰飞扬的古城废墟中漫步[14]。

　　最后，歌德丁次日前往哈克特德位于卡塞塔的家中，哈克特德将歌德介绍给英国大使、"驻那不勒斯宫廷全权代表大臣"、学者、文艺事业资助者汉密尔顿骑士和迷人又年轻的爱玛·哈特小姐，后来这位小姐成为汉密尔顿骑士的妻子，而后又做了纳尔逊勋爵的情妇，蒂施贝曾因为她画过一幅肖像画。3月20日，歌德第三次也是最后一次登

13　雅各布-菲利普·哈克特德（1737—1807）：德国风景画家，先后在罗马、那不勒斯定居。歌德于1811年为他写了一篇《小传》。
14　维苏威火山的第一次爆发要追溯至1779年。然而，时隔8年这座火山仍然是活火山。1790年，斐迪南四世继承的法尔内塞家族藏品从罗马转运到卡波蒙迪特博物馆。

上维苏威火山，当时火山熔岩流正在喷发。他不顾危险、浓烟和落石，在笔记本上写道："最美的日落和神圣的夜晚鼓舞我返程。然而，我仍能感受到惊人的反差足以扰乱人的感官。风景从可怖变得美丽，从美丽变得可怖，最终美丽和可怖都被吞没了，变成一片荒芜。"歌德给冯·施泰因夫人写了一段奇怪的文字："现在，永别了！我在这次旅行中学习如何旅行。我也在学习如何生活吗？我不知道。看似懂得生活的人和我的行为举止截然不同，如此就可以让我学习这项技能了。"

三天后，歌德又在克里斯朵夫·海因里希·科尼普[15]的陪同下到帕埃斯图姆观赏陶立克式神庙。这位新向导兼画家老师还陪伴歌德前往西西里岛。

3月29日，歌德和同伴科尼普离开那不勒斯前往巴勒莫，乘坐的帆船"没有单人房、单人床"，但船上的"歌舞团令人满意"。然而外面波涛汹涌。歌德病倒了，在横渡大海的四天里没走出自己的小房间。非常幸运的是，下榻的旅店很舒适，出发去附近画画之前他们在旅店修养了一段时间。

歌德在旅途中遇见一个同胞，当这位同胞向他打听《少年维特的烦恼》作者时，歌德被认了出来，惊讶的歌德向他吐露，从魏玛到巴勒莫，自己改变了许多！西西里岛人戏剧般的口才和极富创造力的想法令歌德着迷，他们的才华也同样体现在建筑领域，巴盖利亚的帕拉哥尼亚别墅就是其中的翘楚，歌德称之为"怪物别墅"；西西里岛及其居民令诗人歌德更了解自己，也教会他"没有到过西西里就不能对

15　克里斯朵夫·海因里希·科尼普（1748—1825）：德国素描画家、水彩画家、城市景观画家，先后在罗马、那不勒斯定居。

《那不勒斯湾的葡萄收获季》，克里斯朵夫·海因里希·科尼

意大利下任何定论，因为西西里才是一切的关键所在"。

　　4 月 18 日，歌德和科尼普在马夫的陪同下，骑马前往塞杰斯塔和阿格里真托参观希腊神庙。接着他们在到达卡塔尼亚之前穿过西西里岛中心，途中在条件艰苦的驿站歇脚。一位金属收藏家王子在卡塔尼亚接待了他们，1669 年的地震痕迹在那里仍然清晰可见。一位博学的道院院长为他们当向导，劝他们不要攀爬埃透纳陡坡，因为当时火山正在喷发，冰雪融化之际走小路太危险了。令人欣慰的是，在从陶尔米纳返回海边的途中，所见美景令歌德萌生了创作一部戏剧的想法，但这项关于诺西卡和尤利西斯的戏剧计划后来并未实施。5 月 10 日，离开恩培多克勒之山的歌德和科尼普到达墨西纳，4 年前的墨西纳曾遭受过一次猛烈的地震[16]。"在到达旅馆之前，我们在废墟中骑了整整十五分钟的马，我们入住的旅馆是唯一被重建的建筑，从窗户望出去，尽是废墟的荒漠。[17]"三天后，为这幅荒芜景象感到沮丧的歌德和科尼普重返大海，他们登上了一位法国船长的船。这次渡海之旅又颇为曲折的，船险些在卡波密涅瓦和那不勒斯海湾附近遇难。维苏威火山火星四射，附近海域大浪滔天，猛烈的暴风雨令船身摇摇晃晃，歌德乘坐的巡航舰经受了大风大浪；两位"壮游者"冒着危险经历并欣赏了暴烈而壮丽的景象，虽充满恐惧，但对于作为风景画家的歌德和科尼普而言，已然是一种幸运。

歌德在那不勒斯的第二次旅居时间长达两周，期间在波西利波拜访了汉密尔顿勋爵，站在汉密尔顿勋爵的精美城堡里俯视大海。歌德在那不勒斯的西班牙街区漫步，混迹在熟悉的人群中间进行观察，比上一次更加自由、灵活。5月17日，诗人歌德第二次回到帕埃斯图姆，尽管已经得知维苏威将再一次喷发的消息，这个消息本该绊住他，但他仍于6月2日离开了那不勒斯"这座无与伦比的城市"，于6月8日到达罗马，途中没有遭遇强盗或走私犯。

新生……

歌德返回罗马后，再次安顿在科尔索大道18号。歌德感到自己像变了一个人。1787年4月23日，他如是写道："我真的体会到了新

16　1783年墨西纳遭遇过一次强震。
17　引自《歌德自述》，由珍妮·安塞尔特·胡斯塔什翻译，瑟伊出版社，1955年。

生，焕然一新并十分满意……"。作家歌德也经常画画。他在蒂施贝因的大画室作画之余，与"安吉莉卡·考夫曼女士"重逢，考夫曼在苹丘官接待了他。那个夏天在勤学的氛围中结束。歌德开始散文《陶里岛上的伊菲几尼》和《埃格蒙特》的初版创作，在离开罗马之前完成了《埃格蒙特》，并继续撰写旅行笔记，抒发对意大利不灭的爱。11 月，歌德开始为未来的两部伟大戏剧《托尔夸托·塔索》和《浮士德》拟稿，返回魏玛后又进行完善。他的日记一如往常，对于自己的私生活保持低调，只有一位年轻的米兰女子在他博学的写作中留下了微末的一笔。新年的到来令歌德沉浸在浅浅的忧郁当中，在返回魏玛的现实需要和在罗马停留几个星期的内心渴望之间摇摆不定，魏玛官廷的公务和待完成的作品还等着他去处理。3 月 14 日，歌德在本子上草草写道："我甚至可以说在这最后的八个星期我品味到人生中最大的享受，至少，经历过这一极点，以后我就能掌握人生未来的方向。"歌德用德语和拉丁语引用奥维德的《哀怨集》第一部第三首哀诗来总结旅行的关系：

> 当忧郁的夜晚占据我的思想，
> 我在罗马度过的最后一夜，
> 罗马见证我抛弃了诸多珍贵的朋友，
> 我感受到泪水尚在逃避我的眼睛……

　　1788 年 4 月 14 日，歌德最终离开"世界之都"，并于 6 月 18 日回到魏玛的家中，准备返回法兰克福的德国作曲家克里斯朵夫·凯泽[18]与

18　戏剧《埃格蒙特》的舞台音乐由德国作曲家克里斯朵夫·凯泽（1748—1825）创作。

他同行。歌德没有着力描绘归途，却写下了《罗马哀歌》，为他与未来妻子克里斯典娜·沃尔皮乌斯的相遇留下了灿烂的光芒。

一个多世纪以后的 1902 年，罗马博尔盖赛公园竖起一座庄严的歌德雕像，这座雕像是德国皇帝威廉二世赠与罗马的礼物，时至今日，罗马仍以歌德这位旅行文学家、古代文化研究者、博学的剧作家、热情洋溢的诗人为荣。

歌德的《意大利游记》在"壮游传奇史"上迅速获得一席之地，在 18 世纪早期的英国贵族中风靡一时。歌德旅行时间之长、旅行对其创作的影响之大使得这部作品获得一定的特殊地位，然而该作并未提及意大利以外的其他旅行经历。

其他旅行

我们有时会忘记，歌德自青年时期起就经常旅行。从法兰克福到莱比锡，从斯特拉斯堡到韦茨拉尔，歌德数次横穿整个德国，《少年维特的烦恼》[19] 中具有自传性质的情节就来源于韦茨拉尔。

1775 年 6 月，歌德就已经去过苏黎世，在那里会见了拉瓦特和博德莫[20]，1779 年，第二次陪同大公到瑞士旅行之际，歌德参观了巴洛克风格的艾因西德伦修道院，沿着罗伊斯河峡谷而下，跨越圣哥达附近的魔鬼桥，"可怕的野蛮似乎在无休止地蔓延；平地成了山峰，洼

19　1770 年 4 月至 1771 年 8 月，歌德在斯特拉斯堡完成法学学业。1772 年 5 月至 9 月，歌德在韦茨拉尔担任帝国最高法院陪审员，并在那里遇见《少年维特的烦恼》女主人公的原型夏洛特·布夫。

20　拉瓦特是面相学创始人。博德莫尔是杰出的语言学家。

地成了深渊[21]"。几年后，歌德再次造访西里西亚，而后又到达威尼斯，并在威尼斯接待了从罗马来的魏玛老公爵夫人。《威尼斯谚语》的创作灵感正是来源于歌德第二次在威尼斯总督府的旅居。

1792 年正值法国大革命如火如荼之际，身为卡尔·奥古斯特私人顾问的歌德陪同大公赴莱茵河参加瓦尔密战役，围攻美因茨的战役又于次年打响，针对这两大历史事件，歌德留下了许多文字。歌德先是在 1808 年 10 月 2 日于埃尔福特成为魏玛国务大臣并受到拿破仑的简短接见，当时塔列朗、达鲁和苏尔特元帅也在场，拿破仑是《少年维特的烦恼》的忠实仰慕者；紧接着，又在 10 月 6 日及 8 日的两次会见期间，拿破仑皇帝在魏玛公爵城堡为歌德戴上荣誉勋章并邀请他前往巴黎"改革法国悲剧"。

1812 年，歌德前往波西米亚地区的特普利兹进行温泉疗养，在女诗人贝蒂娜·冯·阿尔尼姆的撮合下，歌德和贝多芬有过一次简短的会面。11 年后，登上荣耀巅峰的歌德已经 74 岁高龄，到马里恩巴德完成了人生中最后一次旅行。正是在疗养圣地马里恩巴德，歌德爱上了一个年轻貌美的女子乌尔丽克·冯·莱维佐，那是一首没有未来的浪漫曲[22]。

这些短暂的暮年之旅总是被来访者一再打断，对歌德的创作没有积极影响。但是难忘的意大利之旅则不同，对于博学的文学家歌德而言，那是永不枯竭的灵感来源[23]。

21　引自皮埃尔·杜·科隆比耶译作《人生回忆录——诗歌与真理》（第四部第八卷）。

22　特普利兹和马里恩巴德是位于波西米亚地区的两个著名温泉疗养胜地，位于今天的捷克共和国。1827 年，歌德的诗集《激情三部曲》出版，其中的《马里恩巴德哀歌》描绘了这场爱情的失败。

23　《1789—1815 自传写作》，由雅克·勒·里德尔作序，巴蒂亚出版社，巴黎，2001 年。

一位欧洲瑞士女子的旅行
安吉莉卡·考夫曼

（库尔，格里松联邦共和国，1741—罗马，教宗国，1807）

　　自幼年起，旅行就是安吉莉卡·考夫曼的常态。她的父亲经常在格里松州和哈布斯堡福拉尔贝格州为教堂和深山里的庄园设计装潢，作为一位云游画家的女儿，考夫曼自然有了画画和旅行的愿望。

　　安吉莉卡·考夫曼儿时就在艺术上展现出特别的天分，她自小跟随父亲漂泊，首先到了意大利伦巴第地区的科莫，考夫曼在那里欣赏到迷人的风景，接着去了米兰。11岁时，安吉莉卡从康斯坦兹湖边的山区回来后开始跟着父亲学习绘画，初入肖像艺术的大门，日后成为著名的肖像画家。

　　1754年，约瑟夫·考夫曼决定重游米兰。他希望女儿可以完成艺术教育并受奥地利政府的庇护。当时的奥地利王室周围簇拥着像"莱比锡领唱"巴赫之子让·克里蒂安·巴赫这样的著名艺术家。

　　1760年至1762年间，受奥地利王室庇护的安吉莉卡跟随父亲游遍意大利中部著名的艺术之城。在柯勒乔的

安吉莉卡·考夫曼，《自画像》，
1784 年

艺术之城帕尔马[24]，安吉莉卡在宫廷受到费利佩公爵的接见。在博洛尼亚，安吉莉卡进入拉卡奇兄弟创立于 17 世纪初的美术学院求学。最终，安吉莉卡在 21 岁时参观了佛罗伦萨的乌菲齐美术馆，并在那里第一次遇见几位正在进行"壮游"的英国富人。

　　1763 年，考夫曼小姐一到达罗马就适应了环境。她为著名古代历史学家温克尔曼画过肖像，在后者的影响下，年轻的考夫曼小姐在萨克森画家安东·拉斐尔·门斯[25]的画室注册成为签约画家，当时有许

24　柯勒乔为帕尔马派画家，故有此说。——编注
25　安东·拉斐尔·门斯（1728—1799）。

多外国人光顾这家画室。很快，考夫曼被公认为别出心裁的独立女艺术家，罗马贵族的大门向她敞开，在永恒之城罗马旅居的英国"壮游者"的第一批画像订单也向她涌来。

获得同行认可的考夫曼入选圣卢卡学院[26]，这位外国女艺术家、"美丽的安吉莉卡"引发了轰动，被归入"油画名家"之列，名气大增。几年后，安吉莉卡·考夫曼成为新古典主义运动的领军人物，而后者旨在宣扬回归古代理想、赞颂美丽风景。

1765 年，为了研究大师作品，安吉莉卡在父亲一如既往的陪伴下前往威尼斯定居。在一次接见活动中，她认识了英国领事的妻子温特沃斯夫人，温特沃斯夫人邀请她陪同前往伦敦，没有带上她父亲。于是，考夫曼的第一次长途旅行就此在大运河上实现，她的第二次旅行也是从大运河开始的。在英国的长居让这位年轻的瑞士艺术家成为享誉欧洲的画家， 1768 年成立的英国皇家美术学院被尊为创始人之一。

途经日内瓦，在巴黎停留数日，而后前往荷兰，安吉莉卡最终在伦敦安顿下来，并毫不费力地在乔治三世的宫廷站稳脚跟。 25 岁便功成名就的肖像画家"安琪儿小姐——意大利天空坠落的天使"[27] 过着辉煌闪耀的生活。彼时最著名的画家约翰·雷诺兹和在英国首都定居的苏黎世艺术家约翰·海因里希·富塞利争相向她求爱[28]。威尔士亲王妃、夏洛特王后，甚至丹麦国王克里斯蒂安七世都对她的作品青眼有加，纷纷前往她的画室求画，肖像画订单不断增多。她时而采用古代画法，时而效仿东方画法，同时顺应时代潮流，不忘创作著名的

26　　罗马美术学院前身。——编注
27　　《安琪儿小姐》是小说家威廉·萨克雷之女安娜·萨克雷一本小说的标题。
28　　内容出自弗朗索瓦兹·皮特-里弗斯的《安吉莉卡·考夫曼的命运》，比罗出版社，2009 年。

"对话作品"，即英国艺术家发明的的集体肖像画。安吉莉卡富有学养，掌握多种语言，熟读一流作家的作品，与德国诗人克罗卜史托克虽从未谋面却保持定期通信，她甚至从劳伦斯·斯特恩的新小说《项狄传》中获得灵感并将书中场景画了下来。

1771 年，"美丽的英国人"安吉莉卡在爱尔兰度过了几个月时光，在那里为都柏林贵族绘制肖像。 1780 年，放下过往情感的不如意之后，安吉莉卡嫁给马拉的朋友、拥有瑞士血统的威尼斯画家、未来的革命者安东尼奥·祖奇，此人巧舌如簧，俘获了安吉莉卡的芳心。

在伦敦旅居 15 年之后，名利双收的考夫曼夫人在丈夫的陪伴下回到欧洲大陆。 1781 年 7 月，她在奥斯坦德下船，穿过联合省、洛林，途经蒂永维尔，最后到达布雷根茨附近的施瓦岑贝格，并在布雷根茨重温童年的风景。考夫曼夫妇再一次跨越阿尔卑斯山脉到达威尼斯。安吉莉卡在此进入由多梅尼科·蒂埃波罗领导的威尼斯美术学院工作。 1782 年狂欢节之际，她在自己的画室低调接待沙皇之子保罗及其妻子玛利亚·费奥多罗夫娜大公夫人，保罗夫妇向安吉莉卡购买了好几幅作品并立刻运回圣彼得堡。

暮春时节，安吉莉卡离开威尼斯前往罗马。她在罗马遇到昔日的朋友皮拉内西和歌德的同伴里芬斯坦顾问。再次定居罗马前，安吉莉卡前往那不勒斯，谒见了波旁王朝斐迪南五世来自的奥地利王后玛丽·卡洛琳娜[29]和约翰·阿克顿部长将她引荐给英国国王的大使威廉·汉密尔顿勋爵，此人是艺术爱好者、风流浪子，同时也是当时的

29　那不勒斯王后玛丽·卡洛琳娜（1752—1814），优秀的日记作者，保存了 1781 年至 1785 年间的日记。

安吉莉卡·考夫曼，《那不勒斯国王斐迪南王世一家》， 1783 年

考古学家、火山学家。安吉莉卡以其才华和得体的举止受到那不勒斯王后的赏识，因此获得为国王夫妇作画的机会，有一幅巨幅画作展现的便是花园树丛前 7 个子女和爱犬围在国王夫妇身边的场景。作品深受王后喜爱，因此她建议宫廷录用安吉莉卡做为御用画家。出于自由的考虑，安吉莉卡最终还是选择返回罗马。

　　1786 年，祖奇夫妇在西班牙广场附近的西斯蒂纳路安顿下来，在带花园和画室的大房子里过着奢华的生活，来访者络绎不绝。事实上，安吉莉卡在自己的画室接待过微服出行的奥地利皇帝约瑟夫二世以及来自全欧洲的贵族，其中就包括在那不勒斯秘密怀孕的迷人的福斯特夫人，她是德文郡公爵夫人乔治亚娜·卡文迪许的密友；还包括一些俄国贵族，如克鲁德纳男爵夫人，安吉莉卡也为她画过肖像。

1786 年，歌德获得进入安吉莉卡画室的许可，称她为"美好的安吉莉卡女士"。德国画家蒂施贝因连续几年频频出入"缪斯之家"，歌德经他介绍结识了安吉莉卡，《少年维特的烦恼》的作者被女主人的学养深深折服，他从这位讲德语的"英国"女士身上感受到强烈的友谊，于是，安吉莉卡成为歌德第二次在罗马旅居期间的知心人兼向导。

对歌德怀有倾慕之情的安吉莉卡在其启发下为他创作了肖像。那幅画被存放在魏玛，画上展现的是一位年轻男子，身形几乎完美，戴着白色的领带，穿着波尔多皮草大衣。 1788 年秋，因为挚友的离开而伤感的安吉莉卡为萨克森-魏玛公国的老公爵夫人安娜·阿玛利亚当向导，善良而有思想的老公爵夫人很喜欢她的陪伴，德国哲学家、历史学家、牧师、歌德的朋友赫尔德也被这位非典型女艺术家的品质所吸引。

1789 年法国大革命爆发之际，安吉莉卡的画室成为欧洲旅行者的聚集地。为了躲避祖国的战乱，曾经会见过她的统治者、贵族、文学家、艺术家接踵而来。 1789 年 12 月 1 日，玛丽-安托瓦内特的肖像画家维杰·勒布伦夫人前往那不勒斯，想在那里求得为王后和迷人的汉密尔顿夫人作画的机会，安吉莉卡接待了她。

1798 年，随着罗马被法军占领、庇护六世被捕，"壮游"的时代结束了。安吉莉卡·考夫曼的欧洲之旅也因此画上句号。因永恒之城罗马被革命军掠夺而痛心的丧气寡妇、雕塑家卡诺瓦的老朋友安吉莉卡在科莫湖边度过 1802 年的夏天，两人相识于儿时。安吉莉卡再次造访博洛尼亚，并最后一次前往米兰和威尼斯。尽管光景不如从前，被红衣主教贝尔尼称作"罗马的第二缪斯"的安吉莉阿卡依然在画室接待了同胞热尔曼娜·德·斯塔尔，斯塔尔夫人此时正准备写作《柯丽娜》；还有普鲁士外交家、史学家威廉·冯·洪堡和年轻的路易王子，后者是巴伐利亚未来的国王、慕尼黑老绘画陈列馆的创始人，安吉莉卡于 1807 年为其绘制了肖像，那一年正是路易去世的年份。

　　身处两个时代和数个艺术流派交汇点的"显赫贵妇安吉莉卡"、从大山里走出来的小个子瑞士女子用自己的思想和才华征服了英国、意大利和俄国。她在罗马的画室就如同时期丹麦雕塑家托瓦尔森的工作室一样，成为 18 世纪末欧洲艺术界的重要聚集地之一。

德国、瑞士艺术家的罗马之旅
拿撒勒人，艺术家团体

　　到罗马去，到罗马去！"到罗马去，到罗马去！"
1810 年，一批德国、瑞士青年艺术家如此欢呼着，他们
效仿朝圣者的路线，跟随唐怀瑟的脚步走进"新耶路
撒冷"。

　　18、19 世纪之交，众多"壮游"艺术家兼旅行家
（"罗马德国人"）来到罗马学习古代文化和新古典主义
风格，继他们之后，一批在维也纳学习绘画的德意志青
年画家也于 1810 年来到圣城罗马，追求理想的精神，
与意大利文艺复兴先驱艺术家乔托、弗拉·安吉利科、
佩鲁吉诺、青年拉斐尔等人的艺术形式重新建立联系。

　　这批青年艺术家在圣伊西多罗改建过的老修道院落
脚，老修道院就在人民广场附近。他们留着和丢勒一样
的波浪形长发、和基督一样的胡子，穿着中世纪风格的
斗篷，在残破的修道院里过着修士一般的生活，主要创
作宗教主题的画作。这些穿着像耶稣门徒的外国人既低
调又古怪，被罗马人称为"拿撒勒人"；而我们也通过

拿撒勒人这个称呼了解他们。

　　圣卢卡协会的成员于 1908 年创立了维也纳美术学院，这批画家在被法军占领的大教堂、小教堂、小礼拜堂或是罗马的私人艺术馆里找到了来自宗教的灵感源泉，也获得了本地富人和外国富人庇护者们出乎意料的认可，他们都是天主教画家或是皈依天主教不久的画家：如弗朗茨·普福尔、卡罗斯菲尔、菲利普·维特、约翰尼斯·维特、路德维格·沃格尔和约翰·康拉德·霍廷格。

　　地地道道的吕贝克人弗里德利希·奥韦尔贝克的名画《意大利和日耳曼妮娅》创作于 1828 年，该作现存于慕尼黑新绘画陈列馆，这

约翰·弗里德利希·奥韦尔贝克，《意大利和日耳曼妮娅》，1828 年

幅作品并不符合当时的审美规范，却是这些艺术家追求的"理想国"。事实上，这幅画作令德国人对意大利的友谊和向往更浓烈，画中描绘的是两个呈坐姿的年轻姑娘，看起来像两位文艺复兴时期的女士，她们握着对方的手，似乎在倾听彼此的沉默。

此画与 15 世纪文艺复兴艺术家的风格相似，画上的姑娘是两个和谐的邻居的隐喻，只有历史动荡才能打破这种和谐。在一座中世纪城邦前面，侧着身子的日耳曼妮娅和美丽的意大利一起沉思着，意大利头戴桂冠、双目低垂、思虑深沉，端庄得像拉斐尔笔下的圣母玛利亚，她将沉思的目光延续到远景中的一座山前小教堂。

神职人员和一部分罗马人的关注为这批打破常规的画家带来了声望，令他们得以摆脱被边缘化的境况以及生活的贫苦。 1817年，普鲁士驻罗马总领事（作曲家费利克斯·门德尔松的叔叔）向他们订购了一系列关于圣若瑟主题的壁画，用以装饰其官邸（巴尔托迪之家）的客厅，官邸位于祖卡里宫，距离山上天主圣三一教堂仅两步之遥。同年，娶萨克森公主为妻的马西莫侯爵又请这批画家为其乡村别墅（位于拉特朗附近的前朱斯蒂尼亚尼之家）的三个房间做装饰，分别根据但丁的《天堂》、塔索的《耶路撒冷的解放》和阿里奥斯托的《疯狂的罗兰》中的场景作画[30]。 这批画家共同完成的壁画属于具有革命性的朴实风格，很好地表明了艺术家和中世纪意大利宗教绘画之间的特殊关系，即后者为他们提供了典

---

30 巴尔托迪之家是如今的赫尔奇阿娜图书馆，其壁画（1815—1817）展现的是圣若瑟的故事，由科尼利厄斯、奥韦尔贝克、冯·沙多、维特创作完成，这些壁画于 1867 年被拆下，目前保存在柏林国家美术馆。马西莫之家的壁画（1817—1829）是科尼利厄斯（但丁）、奥韦尔贝克（塔索）、施诺尔·冯·卡洛斯菲尔德的作品。

范。 1818 年，巴伐利亚公国的继承人在风景画家乔治·冯·迪利斯的陪同下造访罗马，这批青年画家受到公国继承人的庇护，并受邀到德国继续发展绘画事业，原本的青年艺术家团体因此解散。

与罗马、意大利密不可分的"拿撒勒式"作品尽管受到浪漫主义者的批判，尤其被歌德和海涅认为是"脱离时代"的，但在新哥特式风格诞生之际，其他艺术家却对此提出新的看法；这批青年画家声称他们进行的是英国前拉斐尔派运动，但保留了 19 世纪下半叶某些宗教画的痕迹，这一点在里昂学派法国画家的作品中体现得尤为明显，因此，跨越国界的后世作品就拥有了欧洲性。

拿撒勒画家离开以后，仍有数位文学家、艺术家在罗马旅居，例如研究中世纪文化的历史学家斐迪南·格雷戈罗维乌斯就在罗马生活超过 20 年，被称为新意大利首都的第一位荣誉公民。格雷戈罗维乌斯的《意大利漂泊岁月》（1856—1872）陪伴着新一代的画家兼旅行家，如在阿西西、陶尔米纳、卡普里画风景的卡尔·罗特曼、卡尔·布勒齐， 1855 年至 1873 年间，安塞尔姆·费尔巴哈在威尼斯、佛罗伦萨、罗马居住并创作了一些美丽的意大利女性肖像画，1874 年至 1875 年，汉斯·冯·马莱在佛罗伦萨的圣方济各隐修院作画。

脱离德意志青年艺术家团体的几个讲法语的瑞士画家仍然在待在罗马，其中包括风景画家马克西米利安·德·梅隆和亚历山大·卡拉梅，他们循着同胞利奥波德·罗伯特的踪迹在罗马旅居，此人曾在世纪之交描绘罗马乡村小人物的生活。 1850 年至 1857 年间，从魏玛来的阿诺德·勃克林在永恒之城罗马教书、作画，随后于 1862 年又抽

安塞尔姆·费尔巴哈，
《一位意大利女性肖像》， 1873 年

汉斯·冯·马莱，
《戴黄色帽子的自画像》 1874 年

利奥波德·罗伯特，《那不勒斯专题》， 1827 年

阿诺德·勃克林，《古罗马酒馆》， 1866 年

身去了圣多梅尼科迪菲耶索莱，直至 1866 年去世。[31]

　　直至 19 世纪末，意大利仍然是德国、瑞士大画家最喜爱的目的地；德国、瑞士的音乐家、文学家同样对意大利心驰神往。

卡尔·罗特曼，《古罗马皇宫遗址》， 1831 年

31　原文如此，应为作者之误。阿诺德·勃克林 1850—1885 年间一直往返于罗马、慕尼黑、
　　佛罗伦萨，1886—1892 年在苏黎世生活，之后在佛罗伦萨旁的圣多梅尼科定罗，1901 年
　　才在菲耶索莱去世。——编注

音乐家、素描画家、水彩画家之旅
费利克斯·门德尔松-巴托尔迪

（汉堡，1809—莱比锡，1847）

　　19 世纪初的柏林，早早表现出音乐天赋的四个孩子为亚伯拉罕·门德尔松的家中增添了乐趣：这位父亲是一个财运亨通的银行家，长女范妮和弟弟费利克斯在作曲方面天赋异禀，丽贝卡擅长演奏古钢琴，较晚出生的小儿子保罗则是一位优秀的大提琴手。在这个注重艺术和文学修养的犹太家庭里，孩子们在对祖父摩西[32]（德国启蒙运动的领袖哲学家之一）的仰慕中长大，并伴随着音乐度过了幸福的青年时期。此外，作为这个昌盛的柏林家庭的一家之主，亚伯拉罕·门德尔松于 1816 年为孩子们进行了新教洗礼，这次洗礼不仅为他们带来了第二姓氏巴托尔迪，也令他们坚定地向欧洲文化靠拢。

　　他们的豪宅位于莱比锡大街，后花园里有一座带圆

32　摩西·门德尔松（1729—1786）：启蒙运动的领袖人物，与莱辛有过合作，翻译过柏拉图的作品。

柱的音乐亭，门德尔松夫妇和朋友们在亭子里开周末家庭音乐会，孩子们便登台演出，宾客都陶醉其中。四个孩子中最出色的费利克斯接受过扎实的音乐教育，也接受过数学、外语、绘画等科目的私人授课。作为钢琴高手、小提琴和管风琴天才，费利克斯以非比寻常的早慧征服了他的老师。

1825 年春，费利克斯陪同父亲前往巴黎，正是那次旅行令他有机会熟悉梅耶贝尔、罗西尼的作品，从而更加坚定了自己作为作曲家、指挥家的使命。

费利克斯·门德尔松，《因特拉肯的树丛》， 1842 年

　　1827 年，这位头发浓密、风度翩翩的年轻男士完成了在柏林大学的学业，在校期间他上过黑格尔的美学课，并狂热崇拜伟大的歌德， 1821 年，"魏玛的太阳"歌德曾称赞过这位少年天才的杰出才能。

　　1829 年 4 月，当时巴赫的《马太受难曲》已被世人遗忘，门德尔松让这首曲子重新回到聚光灯下，在创作了几首协奏曲以及《仲夏夜之梦》序曲之后，他第一次前往英国，在他之后的音乐生涯和艺术生命中，英国发挥了重要作用。

　　青年门德尔松在伦敦受到外交官朋友卡尔·克林格曼 [33] 和钢琴家伊格纳兹·莫谢莱斯 [34] 的接待，两位友人帮助他实现了《第三交响曲》的出演。受到音乐界广泛认可的门德尔松在街区沙龙演出，并频繁拜访几位女歌唱家，其中包括著名的玛利亚·马里布兰，也会去国王图书馆花很长时间研究亨德尔的歌剧和清唱剧歌谱，那时，亨德尔在德国尚未成名。

　　7 月末，门德尔松在克林格曼的陪同下前往苏格兰，去苏格兰旅行在当时是很罕见的。布满欧石楠、大风呼啸的旷野和岩石被海浪击碎的斯塔法岛海岸为他的两部代表作带来灵感，一部是单簧管旋律，灵感来自盖耳人的《苏格兰交响曲》中，另一部是他在爱丁堡圣十字架公园的叶丛中匆匆写下的《芬格尔山洞》。在旅行过程中，他在图画本上画草图，然后将草图返工，完成几幅描绘庄严雄伟的杜伦大教堂的水彩画。但是门德尔松刚到伦敦就遇上一场倒霉的车祸，不得不

33　　卡尔·克林格曼（1794—1870）：汉诺威王国驻伦敦公使馆参赞，诗人、音乐家，1827 年至 1847 年期间与门德尔松保持通信，通信集在门德尔松去世后出版。

34　　伊格纳兹·莫谢莱斯（1794—1870）：作曲家、杰出的钢琴家，波西米亚人，贝多芬的良师益友。

延长在英国的逗留时间，因此未能赶回柏林参加姐姐范妮的婚礼，范妮嫁给了画家威廉·亨泽尔[35]。

　　1830 年 4 月，门德尔松在完成开始于英国的宗教改革交响曲[36]之后前往莱比锡，并在魏玛最后一次问候年迈的歌德。随后，他继续一路前行，在慕尼黑和维也纳稍作停歇，接着朝意大利航行，于 11 月份到达罗马。在永恒之城罗马旅居的 5 个月给他带来不少惊喜，罗马之旅是他"壮游"途中的重要一站。事实上，这位艺术家一方面被这座城市的奇迹所吸引，比如罗马的古代遗址、文艺复兴时期的宫殿、巴洛克风格的教堂等，另一方面，他对教宗城的音乐和西斯廷教堂的唱诗班却感到非常失望。

　　门德尔松在西班牙广场街区不断与名人会见。他与对美第奇别墅感到厌倦的法兰西学院青年艺术家柏辽兹一见如故，并且经常拜访杜塞尔多夫[37]的画家圈子，和他们一起研习水粉画和中国的水墨画。在罗马旅居期间，门德尔松还参观了他叔叔的官邸祖卡里宫，这位普鲁士领事曾让几位拿撒勒画家创作壁画为祖卡里宫做装饰。门德尔松正是在这座离苹丘山不远的豪宅附近创作了《意大利交响曲》的开头部分和《沃尔普吉斯之夜》的合唱部分，《沃尔普吉斯之夜》的灵感来源于歌德的著名诗剧《浮士德》。

　　1831 年 4 月，费利克斯前往那不勒斯，并与多尼采蒂会面。接着，在参观伊斯基亚岛和卡普里岛，创作关于阿玛尔菲海岸的水彩画之后，门德尔松又踏上北上的旅途。和几年后的李斯特一样，门德尔

35　威廉·亨泽尔（1794—1861）：柏林肖像画家，普鲁士宫廷画家。

36　宗教改革交响曲，为致敬归正教会和巴赫的音乐而作，创作于奥格斯堡合约签订 300 周年之际。

37　杜塞尔多夫美术学院的风景画家和威廉·冯·沙多、鲁道夫·维格曼、威廉·希尔默、安德烈亚斯·阿亨巴赫等画家在罗马组成一个艺术家圈子，和拿撒勒画家圈子交好。

松在威尼斯聆听贡多拉轻舟船夫的歌声，合集《无言的浪漫》中用钢琴弹奏船歌（《威尼斯贡多拉》）的灵感就来源于此，他曾将其中一本合集赠与克拉拉·舒曼。

在莱茵河谷稍作休憩之后，门德尔松又到巴黎旅居 5 个月。在富裕的银行家、文艺事业资助者、肖邦的朋友奥古斯特·莱奥家里安顿好之后，门德尔松频繁造访德国移民聚集区，拜访梅耶贝尔和斐迪南·席勒[38]，有时也通过他们和诗人海因里希·海涅合作。有了这些新的关系网，门德尔松的《仲夏夜之梦》序曲演出获得成功，但是《宗教改革交响曲》却遭遇惨败，彩排以后就再无后下文。

1832 年至 1847 年间，门德尔松到英国旅行的次数达十次，旅行期间在伦敦指挥《意大利交响曲》的演出，在伯明翰指挥清唱剧《保罗》的演出，紧接着又指挥了《颂歌交响曲》和《伊利亚》。受到观众、英国音乐家、合唱团成员追捧的作曲家、指挥家门德尔松分别于1842 年、 1847 年在白金汉宫受到维多利亚女王的接见。门德尔松的《苏格兰交响曲》正是为献给女王而作。女王和阿尔伯特亲王欣赏这位年轻朋友的音乐， 1858 年，门德尔松创作的《婚礼进行曲》被选为他们的女儿维多利亚公主和普鲁士王储婚礼上的音乐。这首曲子很快成为一种潮流，后来被以多种方式改编，在国际上名声远扬且从未过时。

1833 年，重新回到德国的门德尔松被任命为莱茵河畔天主教城市杜塞多尔夫的"音乐总监"，两年后，他成为路德教之城、萨克森之城莱比锡的音乐领袖——"布业大厅管弦乐团音乐总监"，并在那里和罗伯特·舒曼、克拉拉·舒曼重逢。

---

38   斐迪南·席勒（1811—1885）：法兰克福人，指挥家、作曲家，与柏辽兹关系很好。

门德尔松的妻子西西莉·吉雷纳德是在绘画领域颇有天赋的"沉默女神"，西西莉的父亲是法兰克福的一位胡格诺派牧师，结婚之后，门德尔松夫妇在国王大街[39]一座新文艺复兴风格的别墅内宽敞的套间里安顿下来，套间配有音乐厅，从音乐厅望出去可以望见圣托马斯教堂，1723年至1750年间（巴赫去世的年份），约翰·塞巴斯蒂安·巴赫正是在这座教堂担任唱诗班的领唱。画家爱德华·马格努斯为这对新婚夫妇绘制了肖像，画上展现的是一对年轻的资产阶级夫妇：费利克斯的脸庞温和而严肃，一头卷发蜷曲着，宛如一条黑色的项链。他穿着一件深色礼服，里面是白色的衬衫，领口扎着一个大领结。西西莉留着时兴的鬓角卷发，穿着一件蓝灰色的镂空花边连衣裙，外面披着一件动物皮草披肩取暖，手里拿着一小束花。

1840年，门德尔松在莱比锡接待了弗朗茨·李斯特并为他组织数场音乐会。钢琴才子李斯特对东道主门德尔松印象深刻，在给玛丽·达古尔的信中，李斯特这样写道："这是一个才华卓越的人、一个十分有教养的灵魂，他的绘画也令人赞叹，还会演奏小提琴和中提琴，熟读用希腊语写的荷马史诗，可以自如地讲四五种语言。[40]"

自1842年起，名气正盛却已然疲倦的门德尔松不得不在柏林宫廷、建成不久的莱比锡音乐学院以及布业大厅之间奔走，期间他在布业大厅接待了柏辽兹。为了避免来回奔波于两座城市造成过度劳累，费利克斯和他的妻子、弟弟保罗以及弟媳艾伯丁前往瑞士修养。这是费利克斯第三次造访"万国之国"瑞士，继1822年家庭旅行之际领略过瑞士因特拉肯的风光后，1831年，费利克斯又从意大利到瑞

39　现在戈尔德施密特大街，该别墅已被改造成博物馆。

40　被布里吉特·弗朗索瓦-萨佩在《门德尔松——时代之光》中引用，法亚尔出版社，2008年。

门德尔松《伊利亚》序曲手稿

士攀登瑞吉山，并在英格堡本笃会修道院用巴洛克管风琴即兴演奏。"如此美丽的土地，在梦里也难见到。"对赫尔维蒂[41]的景色赞叹不已的门德尔松如此写道。

　　1847 年 4 月，费利克斯再一次前往伦敦指挥清唱剧《伊利亚》的首演，彩排期间得知挚爱的姐姐范妮去世的消息，他立即停止演出返回法兰克福。这场家庭悲剧发生的那个夏天，费利克斯和他的妻子、姐夫威廉带着孩子们在伯尔尼高地的一座小木屋里生活了一个月，试图在那里忘却忧伤。在此期间，门德尔松写出了 F 小调弦乐四重奏，

41　瑞士的古称。

并画了很多素描以及一系列水彩画。但 9 月份返回莱比锡时，精疲力竭的门德尔松突然变得很虚弱，之后便卧床不起，同年 11 月 4 日病逝，享年 38 岁。 1892 年，曾接纳这位音乐家的城市莱比锡为他立了一座庄严的雕像，该雕像于 1936 年被纳粹分子摧毁。如今，门德尔松的雕像复制品被立在圣-托马斯教堂的后堂，离巴赫的雕像不远。

苏格兰、瑞士、意大利和德国是费利克斯·门德尔松-巴托尔迪的人生轨迹中最重要的四个站点，也是他音乐灵感的来源地。

苏格兰高地和赫布里底的荒凉景色对奥西恩和沃尔特·斯科特而言是宝贵的，如果说如此荒凉的景色也令门德尔松感到着迷，那么派斯和罗马之美、赫尔维蒂之美、山巅上的寂静以及享受幸福家庭生活的低调心情则让他重新发现了音乐世界。

门德尔松经常和自己的亲人一起旅行，和亲人分享去别处的渴望以及他的内心世界，但旅行之后他总是喜欢回到布业大厅所在的城市莱比锡，在莱比锡伟大的唱诗班领唱巴赫的庇荫下进行创作。

这位醉心于无声的音乐家仿佛屏气凝神的"走钢丝的杂技演员[42]"，他的一系列钢琴浪漫曲就取名为《无词歌》。此外，靠自身风度与才华研习素描和水彩画的经历使得他的音乐之旅更具深度与内涵。

42　吉尔·普尼尼泽，《游牧精神》。

巴登
"欧洲大陆的夏都"

     1931 年改名为巴登-巴登的"小小法国沙龙"在 19 世纪是"欧洲大陆的夏都"，也是欧洲名流的度假胜地，许多大人物在那里不期而遇。

     巴登大公国的温泉浴场由一家于 1809 年开放的赌博大厅起家，位于青翠欲滴的乌斯河河谷，乌斯河是莱茵河的一条小支流，自 1830 年开始，这里成为适合消暑的地方。法国人"巴登之王"雅克·贝纳泽特和他的儿子爱德华获得这片地区的开发特许权，距离浴场[43]仅两步之遥的赌场在父子二人的管理下发展壮大。贝德克尔对这座温泉小城的雅致、美食及美酒称赞不已，由于巴登、普鲁士、比利时、符腾堡和巴伐利亚宫廷成员的频繁造访，在几十年的时间里，它一直是各国政要、文人和音乐家会见的必要场所。

---

43   弗里德里希·温布伦纳（1766—1826）：卡尔斯鲁厄建筑师，1821 年主持建造了新古典主义风格的巴登浴场。

　　1855 年，管理这片文化场所的爱德华·贝纳泽特命法国建筑师查尔·歇尚建造了新的赌场、阳光玻璃房、蓬帕杜风格的沙龙和巨大的舞厅，后由皮埃尔-吕克-查尔·西塞里[44]完成室内装饰。除了有接待全欧洲政界、文化界、社交界名流的设施之外，巴登这个"无都之国的绿色小沙龙"还有奢华的酒店、优雅的廊柱、豪华的别墅、俄式教堂、马场和公园，温泉疗养者们常在这些地方偶遇。

克里斯蒂安·葛利普，《巴登-巴登》， 1840—1874 年

44　查尔·歇尚（1809—1874）：亚历山大·大仲马的基督山城堡的建筑师，曾为伊斯坦布尔的多尔马巴赫切宫和修复沃子爵城堡做室内装潢。画家皮埃尔-吕克-查尔·西塞里（1782—1868）因其众多歌剧布景作品而闻名。

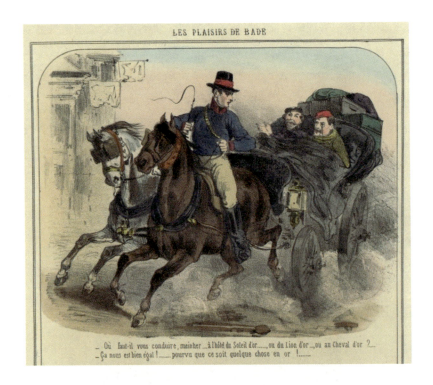

LES PLAISIRS DE BADE

_ Où faut-il vous conduire, meinher ...à l'hôtel du Soleil d'or...,ou du Lion d'or...,ou au Cheval d'or ?
_ Ça nous est bien égal !... pourvu que ce soit quelque chose en or !......

　　早在 1807 年，歌德的出版商约翰·弗里德里希·科塔已经把一座嘉布遣会风格的旧修道院改造成一家名为"巴登之家"的酒店。这家酒店在当时被认为是配备最齐全的酒店，连马儿都可以在酒店内享受温泉， 1810 年至 1836 年年间，柏林诗人路德维希·蒂克到巴登治疗痛风并四次入住这家酒店，萨克森·魏玛公国的卡尔·奥古斯特公爵也曾数次下榻于此。

　　自 1830 年起，法国文学家开始到巴登修养身心。 1834 年 9 月，刚刚在威尼斯与乔治·桑分别的阿尔弗雷德·德·缪塞入住"策林格之家"，"没有同伴也没有带狗"，而后他又住在当地居民家里，写了一首诗回忆温泉浴场的氛围。

此外，于我而言，出于某种担忧，我去了看上去像乡村的巴登（巴登是建在山上的一座公园，和蒙莫朗西有些联系。[45]）

这让他对温泉疗养者报以微笑。

> 巴黎的女士们通过小道消息得知
> 巴登的空气很高贵，且非常健康，
> 就像到埃尔博泡浴，
> 她们在那里获得健康；购得了：
> 玫瑰般的面庞，胜雪的酥胸；
> 这是所有医生都乐于看到的。

保罗·德·缪塞提到弟弟在巴登的旅居是有益的，但阿尔弗雷德自己却感到厌倦，在一家赌场挥金如土，那家赌场：

> ……像一座屋顶盖着瓦的希腊神庙，
> 像某种带柱廊的谷仓，
> 我说不出形状，也叫不出名字；
> 既像堆草料的仓库，又像帕特农神庙。

10年后，亚历山大·小仲马下榻于"英国人之家"。小仲马由年轻、迷人的玛丽·杜普莱斯陪同，她是著名小说《茶花女》的女主角玛格丽特·戈蒂埃的原型；二人早于钱拉·德·奈瓦尔来到这家旅馆，身

---

45 《诗歌新集》，阿尔弗雷德·德·缪塞，伽利玛出版社。

无分文的钱拉·德·奈瓦尔为了赚取旅费为《信使》杂志供稿，在阳光旅馆写了数篇《旅行信札》。巴尔扎克和汉斯卡夫人在一同前往那不勒斯之前于 1845 年 9 月末下榻赫希酒店。或许巴尔扎克在《驴皮记》中描述的就是他记忆中的巴登温泉疗养者："……那是愉快的疗养者的聚会。男人们个个优哉游哉、面色红润，老妇们厌倦无聊，英国人到处游逛，逃离了自己丈夫的小情人被情夫带到温泉疗养院……"。

1865 年至 1866 年，福楼拜和老搭档、老朋友马克西姆·杜尚在巴登重逢，杜尚是巴登温泉的常客，并于 1894 年在巴登去世。

作为 19 世纪中期最受外国人喜爱的度假地，巴登接待了大量俄国人，他们都被此地的赌场和上流社会生活所吸引，巴登大公国是沙皇亚历山大一世的妻子的故乡。携带家眷和大量行李，跟随统治者远道而来的俄国人处事之优雅、法语之流利可与法国人相媲美。 1836年，尼古拉·果戈里成为第一位常驻巴登的俄国文学家。果戈里住在荷兰酒店，并在那里开始《塔拉斯·布尔巴》的写作。小说家伊凡·冈察洛夫和屠格涅夫继果戈里之后分别于 1852 年、 1856 年入住荷兰酒店。从巴黎来的屠格涅夫在酒店的赌场里和列夫·托尔斯泰不期而遇。 10 年之后，威斯巴登赌场的常客费奥多尔·陀思妥耶夫斯基携第二任娇妻再次来到巴登，在赌场里挥霍钱财，并和朋友屠格涅夫决裂。陀思妥耶夫斯基指责屠格涅夫诋毁斯拉夫世界，行事一副德国人做派。陀思妥耶夫斯基回忆起在巴登的伤心岁月，因此花了几天便完成《轮盘赌》，后改编成小说《赌徒》[46]。 1878 年，温泉疗养者还能在利希滕塔尔大街的椴树下看见大胡子尼采和马克·吐温，这位美国

46　　陀思妥耶夫斯基分别于 1862 年、1866 年、1867 年旅居巴登，1865 年、1867 年旅居威斯巴登。

作家、专栏记者到巴登旅居是为了治疗风湿病，也是为了写作《欧洲漫游记》。

自 19 世纪初，巴登也吸引了一批音乐家、作曲家、演奏家。他们都到巴登寻找宁静和灵感，或是寻找爱好音乐的听众。 1810 年，卡尔·马利亚·冯·韦伯再次登上巴登附近的狼峡谷，从中获得灵感，因此写就了著名的歌剧《魔弹射手》。继韦伯之后，梅耶贝尔和罗西尼也来到巴登泡温泉， 1840 年由李斯特牵头，三人聚在一起，在漫长的音乐生涯中，李斯特曾六次在库尔霍斯酒店的音乐厅登台演出[47]。

由于艾克托尔·柏辽兹的努力，巴登才得以和魏玛共享欧洲音乐之都的美誉。事实上，自 1853 年起，《幻想交响曲》和《浮士德的天谴》的作者柏辽兹受爱德华·贝纳泽特之邀，在巴登数次指挥音乐会，并于 1862 年 8 月 9 日创作完成歌剧《比阿特丽斯和本尼迪克》。1863 年，女歌唱家波丽娜·维亚尔多在温泉疗养站定居，进一步巩固了巴登在音乐界的地位，波丽娜·维亚尔多的父亲、男高音曼努埃尔·加西亚正是《塞尔维亚的理发师》的首唱者。波丽娜·维亚尔多因其共和思想被流放，在丈夫和孩子的陪伴下在巴登大公国过着流亡生活。作为杰出女歌唱家玛利亚·马里布兰的姐妹、给予屠格涅夫灵感的法国女伴，波丽娜·维亚尔多成为一小批内行人士和音乐爱好者[48]的缪斯。屠格涅夫为了取悦这位情人，租了一间木屋供她举办音乐会。随后，屠格涅夫又命人在利希滕塔尔大街建了一座路易十三风格的大别墅，波丽娜则让人在别墅里安置了一架卡瓦依-科尔管风

47　　1840 至 1885 年间，李斯特六次在巴登的音乐会上登台演出。1885 年，李斯特为德意志帝国皇后奥古斯塔演奏。

48　　路易·维尔多尔（1800—1883）：作家，乔治·桑的朋友，也是塞万提斯、果戈里、普希金的译者。

琴。维亚尔多的音乐厅被来自各地的音乐家频繁造访，时常接待著名钢琴家、作曲家舒曼的遗孀克拉拉·舒曼，有时一同来的还有约翰内斯·勃拉姆斯、作曲家亚历山大·鲍罗廷和钢琴才子阿图尔·鲁宾斯坦等俄国青年音乐家。

屠格涅夫正是在如此高雅而不羁的音乐、文学氛围下创作出小说《烟》，这部小说情节设定在巴登大公国内，讲述的是爱情的幻灭和对俄国人的批判。屠格涅夫还在巴登写作轻歌剧剧本，波丽娜则为剧本作曲并为普鲁士王后表演。

巴登原本只是一座嗜好赌博的外国富人渴望的温泉小城，但其无可比拟的魅力、酒店设施的奢华、艺术生活和上流社会的光芒吸引了来自四面八方、卓尔不群的客源。

19 世纪的巴登作为政治、文化之城，也是欧洲社交的高档场所。君王、外交家、文人、艺术家们在库尔霍斯酒店的露台上不期而遇；俄国、法国、德意志帝国的王公贵族在那里比肩而走，这般美好的光景一直持续到 1870 年普法战争爆发才结束[49]。

49　德意志帝国皇帝威廉一世、皇后奥古斯塔、首相俾斯麦都数次旅居巴登；1872 年之后，维多利亚女王三度前往巴登，探望同母异父的姐姐霍恩洛厄亲王夫人。拿破仑三世、亚历山大二世和弗朗索瓦-约瑟夫也曾在巴登停留。

云游音乐家的欧洲之旅
弗朗茨·李斯特

［雷定（多布让），奥地利帝国，1811—拜罗伊特，巴伐利亚王国，1886］

　　钢琴天才、作曲家、杰出的指挥家弗朗茨·李斯特在漫长的音乐生涯中几度纵横欧洲大陆，少年时期就开始的多次旅行令他熟知法国、意大利、德国和俄国等各有特色的国家。

　　李斯特在父亲的陪伴下踏上前往维也纳、巴黎和伦敦的道路，等待他的是热情的听众和国王乔治四世的掌声。这位金色头发的少年走遍了欧洲各国的首都并逐渐学会与上流社会的大人物频繁来往[50]。从名声赫赫的沙龙到各大音乐厅，从一架钢琴弹到另一架钢琴，这位新的"世纪之子"钢琴演奏技艺之精湛、少年能量之强大令人肃然起敬。

　　李斯特在巴黎完成了情感教育、文化教育和上流社会社交教育。 1830 年七月革命之后，李斯特在贝尔焦霍索

50　弗朗茨·李斯特的父亲亚当·李斯特是匈牙利贵族艾什泰哈奇亲王的
　　管家，也是乐师、钢琴业余爱好者。

公主⁵¹的家中与巴尔扎克、缪塞、乔治·桑、雨果和德拉克罗瓦频繁
会见，也是在那里结识了他欣赏的两位音乐家肖邦、柏辽兹。

　　风度翩翩、卓尔不群、魅力非凡的李斯特——不是来自匈牙利
吗？——那双大手正如他的眼神一般吸引人，征服了无数女性。 1833
年，与玛丽·达古尔的相遇让李斯特再次踏上旅途，并燃起他对作曲
的兴趣。玛丽·达古尔被巴尔扎克在小说《比阿特丽克斯》中无情地
讽刺为"马拉给堤岸的柯丽娜"⁵²，她承续了母亲的德国血统，属于
有教养且游历四方的贵族阶层。新婚的达古尔公爵夫人的闺名是玛
丽·德·弗拉维尼，她虽是有妇之夫，但仍来去自由，时常在家中款
待全巴黎的文艺界名流。李斯特在肖邦的住处结识了这位聪明且热爱
自由的女士，并成功引诱了她。"他把她藏在钢琴里拐走了"⁵³，任凭
外界的谣言四起。

　　李斯特以旅行者而非钢琴家的身份拜访的第一个国家是瑞士。玛
丽比他年长 6 岁，为了躲避流言蜚语，两人于 1835 年 8 月出发前往日
内瓦，玛丽在那里生下女儿布朗蒂娜⁵⁴，并恢复了在巴黎时的习惯，
在自家客厅接待日内瓦的自由主义精英，李斯特则笔耕不辍，创作音
乐作品。瑞士的风光和对拜伦诗歌的解读令作曲家获得灵感，由此创
作的钢琴曲被汇编为他的第一卷钢琴曲集《旅行岁月》⁵⁵，该曲集成

51　克里斯蒂娜·德·贝尔焦霍索（1808—1871）：米兰女文人，意大利复兴运动的策划者之
　　一，在巴黎流亡。
52　柯丽娜是斯塔尔夫人小说中的女主人公。引自弗朗索瓦兹·马莱-里斯的《李斯特》，
　　"天才与现实"丛书，阿歇特出版社 1967 年出版。
53　引自乔治·布鲁尔的《音乐家李斯特的人生》，"天才与现实"丛书，阿歇特出版社 1967
　　年出版。
54　布朗蒂娜·李斯特（1835—1862），后嫁给拿破仑三世的司法部长埃米勒·奥利维耶。
55　《旅行岁月》（第一卷）瑞士：李斯特创作于 1835—1836 年间的 9 首钢琴曲组成的钢琴
　　曲集，其中一部分被编入由 19 首钢琴曲组成的《旅行者札记》。

约斯夫·丹豪瑟，《李斯特家的一个早晨》，1840 年

为瑞士的音乐名片，上面镌刻着《日内瓦之钟》《华伦城之湖》《欧仁曼之谷》《威廉·退尔礼拜堂》等名曲。

30 年以后的 1867 年，李斯特已然年迈，在此前不久才加入方济各会，接受低品神职成为神父，10 月份他再次回到瑞士德语区，劝阻已经和指挥家、钢琴家汉斯·冯·彪罗分手的次女科西玛不要嫁给作曲家理查德·瓦格纳，因为李斯特通过瓦格纳的《未来的音乐》一文读出他内心过度的傲慢和嫉妒的态度。四森林州湖畔的特里布申别墅是瓦格纳离开慕尼黑以后的避难所，父亲李斯特和女儿决裂的一幕就在那栋别墅里上演。1872 年，科西玛已是瓦格纳夫人，已然与女儿和解的李斯特前往拜罗伊特参加拜罗伊特剧院的落成仪式，女婿瓦格纳的歌剧在这里上演。

继瑞士之后，意大利之旅于李斯特和玛丽·达古尔而言是一笔巨大的财富。 1837 年，这对情侣从巴黎出发前往米兰，途中在博若莱稍作停留，李斯特从拉马丁的《诗与宗教的和谐》中受到灵感启迪，在东道主拉马丁的圣普安城堡创作出一组新的钢琴曲[56]。

几天以后，弗朗茨和玛丽到达科莫湖畔的贝拉吉奥，并租下梅尔奇别墅，那是两人的次女科西玛的出生地。公园里种满了柏树和杜鹃花，远离尘世喧嚣的弗朗茨和玛丽致力于研究艺术和作曲。

正是在这样的环境下，李斯特在意大利的博物馆和图书馆中寻找灵感，完成了《旅行岁月》第二卷[57]，该钢琴曲集歌颂了拉斐尔、米开朗基罗、彼得拉克和但丁，其中《但丁读后感——幻想奏鸣曲》可以作为印证。

他写道："在最后的时光走遍许多未曾涉足的国家、各色景点、被历史与诗意眷顾的地方，感受到大自然的方方面面，各种真实的场景如虚妄的画面一般在我眼前挥之不去……我试着把感觉最强烈、感触最深的画面变成音乐。"[58]

1844 年，已经预感到将和玛丽·达古尔分手的李斯特在威尼斯写下几首伤感的曲子[59]，灵感来自沿运河而建的宫殿里依稀可闻的贡多拉船夫的歌声和威尼斯河汩汩的水声。 11 年后，旅居佛罗伦萨的记忆仍在脑海中萦绕，受到托斯卡纳诗人但丁启迪的李斯特写下壮丽而

56　发表于 1853 年，由 10 首曲子组成的钢琴曲集，其中包括《葬礼》，该曲是为纪念 1849 年匈牙利革命的英雄以及向拉马丁（3 首钢琴曲的灵感来源是朋友拉马丁的诗歌）致敬而作。

57　《旅行岁月》（第二卷：意大利）：创作于 1838—1829 年，共 7 首钢琴曲。

58　引自克劳德·罗斯坦德的《李斯特》，"天才与现实"丛书，阿歇特出版社 1967 年出版。

59　《旅行岁月》第二集三首遗补《威尼斯和那不勒斯》：《船歌》、《小曲》和《塔兰泰拉舞曲》，发表于 1853 年。

抒情的《但丁交响曲》（《地狱》《炼狱》《天堂》）。

在李斯特生活过的所有意大利城市中，罗马是他最钟爱的城市。1839 年，李斯特和时任法国驻罗马法兰西学术院院长的安格尔[60]一道游历罗马，安道尔为李斯特担任各大博物馆的向导，并为他在美第奇别墅的各大沙龙里举办音乐会。

20 年后的 1858 年，已经辞去魏玛歌剧院指挥的李斯特前往罗马与卡罗琳·德·塞恩-维根斯坦公主重聚，两人的初次相遇发生于 1847 年的基辅。如果教宗同意取消卡罗琳公主年少时在俄国订下的婚约，李斯特希望娶他的"人生伴侣、思想之穹、活圣经、灵魂天堂"为妻。两人婚礼的宗教仪式原定在圣卡洛教堂举行，然而，教廷对此事的否决在仪式前一天传来，这对订了婚的爱人只能遵从神旨并取消了结婚仪式，不过后来两人的结合又得到教会的允许。在与公主蜜糖般幸福的爱意中，经历了儿子丹尼尔和女儿布朗蒂娜去世的李斯特作了两首钢琴曲《传奇》，第一首是《阿西西的圣方济各向鸟儿布道》，第二首是《保罗的圣方济各在水面行走》。

这位从前的引诱者、"音乐界的堂吉坷德"[61] 经历了家庭苦难后日渐成熟，并重拾年少时的信仰， 1865 年，接受圣方济各会低品神职成为神父的李斯特震惊了全欧洲。他身着长袍、头戴圆帽，退隐至马里奥山的罗萨里奥圣母修道院，该修道院距离罗马不远，庇护九世教宗正是在此任命他为圣大额我略教宗骑士，并前来欣赏他用风琴演奏的最新宗教曲目[62]。"魔鬼成了隐士"，达古尔伯爵夫人如此讽刺地

60　安格尔在罗马为李斯特画了一幅画像并亲笔签名后送给达古尔夫人。
61　引自弗朗索瓦兹·马莱-里斯的《李斯特》，"天才与现实"丛书，阿歇特出版社 1967 年出版。
62　李斯特在罗马创作了众多宗教曲目，其中最著名的有《通向克鲁西斯》（1878）、清唱剧《基督》（1872）、《圣塞西尔弥撒》（1876）。

评价李斯特[63]。开始新生活的卡罗琳公主在一栋满是藏书的公寓独自安顿下来，每天清晨在潜心研读佛教、基督教著作之前都会写一封信给她亲爱的弗朗茨。李斯特和卡罗琳公主双双寻回了自由，恢复了各自的创作。

1877 年之后，晋升为阿尔巴诺教区议事司铎的李斯特曾几度再访罗马。受霍恩厄洛亲王兼红衣主教之邀，他常驻蒂沃利并在那里写下他所有钢琴曲作品中最出色的作品，其中最著名的是《埃斯特庄园的喷泉》和第三《梅菲斯托圆舞曲》。 1882 年 11 月，李斯特到威尼斯与女儿科西玛和她的丈夫重聚，三人一行在威尼斯大运河畔的温德拉敏·卡勒吉宫过冬，那里正是李斯特令人心碎的作品《哀伤贡多拉》的创作地。

次年，白发苍苍的李斯特神甫在布达佩斯得知瓦格纳在威尼斯总督府去世。尽管这位老同行的去世对他触动很大，但他仍克服悲痛前往巴黎指挥了自己的最新作品[64]。终于，李斯特成为真正的音乐界巡回偶像，被热烈而隆重地邀请至伦敦举办最后一场音乐会，并在温莎获得维多利亚女王和阿尔伯特亲王的热情赞扬。

中欧，特别是奥匈帝国，在音乐家李斯特的音乐生涯中扮演了重要角色，皆因李斯特的一生和他的马扎尔血统密不可分。

1838 年，李斯特分别在维也纳、普雷斯堡和布达佩斯为匈牙利水灾遇难者举办音乐会，这三座城市的同胞把李利斯特当作民族英雄一

63　引自克劳德·罗斯坦德的《李斯特》，"天才与现实"丛书，阿歇特出版社 1967 年出版。玛丽·达古尔，笔名丹尼尔·斯特恩，发表小说《内利达》，主要灵感来源是她本人和李斯特的关系。

64　李斯特在圣叙尔皮斯教堂指挥《格兰弥撒曲》的演出、在特罗卡德罗博物馆指挥《圣伊丽莎白传奇》的演出。

般地欢迎。而后的 1846 年，第一次旅居意大利并与达古尔夫人分手之后，万众追捧的钢琴家李斯特又回到了中欧。

匈牙利人民将他称作李斯特·费伦兹，在旅居多瑙河畔期间，李斯特着手创作著名的《匈牙利狂想曲》[65]，这个系列的作品有点类似于幻想曲，灵感直接来源于吉普赛音乐和民谣。趁着新一轮的巡回演出机会，"不知疲倦的流浪者"[66] 李斯特分别在加利西亚的伦贝格、摩尔达维亚公国（今罗马尼亚）的雅西和加拉茨登台演出，一路向东直到伊斯坦布尔。奥斯曼帝国苏丹阿卜杜勒-迈吉德一世在锡拉根宫以亲王般的规格接待了李斯特，并邀请他用专门从巴黎订购的埃德拉钢琴为宫廷贵妇演奏乐曲[67]。

次年，受到欧洲各国款待的李斯特前往俄国敖德萨、基辅进行巡演。在基辅的一次慈善晚宴上，他结识了父姓是伊万诺夫斯卡的卡罗琳·德·塞恩-维根斯坦公主。卡罗琳公主于是成为李斯特的红颜知己，随后两人发展成形影不离的伴侣。李斯特受这位仰慕者之邀前往乌克兰南部波多利亚省的沃罗尼夫齐城堡，他被这位高挑、富有的波兰女子折服了。卡罗琳公主信奉天主教，嫁给一位信奉新教的俄国王公，丈夫经常不在身边。李斯特此次和卡罗琳公主的见面既是出乎意料的，又是非比寻常的，李斯特把公主称作他的"神秘的女战士""清晨耀眼的星星"。这位博学的女士会讲多国语言，对文学和宗教学兴趣浓厚，会抽雪茄和水烟。在李斯特准备重返魏玛担任指挥之时，卡罗琳打乱了他的计划，李斯特写道："我只能走向您，我只能

---

65 《匈牙利狂想曲》共计 19 首，李斯特在 1851—1853 年间创作完成。

66 柏辽兹语。

67 在伊斯坦布尔期间，李斯特住在佩拉街区的一所房子里，对面是法国驻奥斯曼帝国大使馆所在地法兰西宫。关于李斯特在伊斯坦布尔的旅居，请参考让-弗朗索瓦·索尔农的《头巾与伊斯坦布尔》，佩兰出版社 2009 年出版。

和您在一起，我所有的信仰、希望和爱都集中在您身上——从现在直至永远。"

李斯特于 1859 年重返故乡，应首席主教的要求在匈牙利天主教圣地埃斯泰尔戈姆圣殿祝圣仪式上指挥《庄严弥撒曲》。 10 年后，李斯特再次向祖国致敬，接连为匈牙利的神圣君主弗朗茨·约瑟夫皇帝作《加冕弥撒曲》和清唱剧《圣伊丽莎白传奇》，后者的灵感来源于瓦特堡城堡的壁画[68]，该壁画讲述的是图林根伯爵德维希四世和匈牙利妻子虔敬的一生。终于，李斯特为了对同胞表示感谢，于 1875 年接受匈牙利皇家音乐学院院长的职位，并因此获得位于布达佩斯的一处舒适的公寓（今已改造为博物馆）。

李斯特在漫长的音乐生涯中也与德意志各邦结下了交情。 1841 年，备受追捧的艺术家、"钢琴之王"李斯特两个月内在柏林举办了 21 场独奏音乐会，普鲁士国王腓特烈-威廉四世多次出席。接着又到布拉格、德雷顿斯、莱比锡继续巡演，舒曼、门德尔松在布业大厅接待了他。而后李斯特又到巴黎与达古尔夫人告别，期间结识了从莱比锡到巴黎的才华横溢的作曲家理查德·瓦格纳。尽管弗朗茨和达古尔夫人已经分手，在接下来的三个夏季，两人仍和孩子一起在莱茵河罗蕾莱岩石[69]附近的诺能维特岛度假，住在一家本笃会旧修道院的客栈里。在这个被众多诗人讴歌的浪漫之地，李斯特用一架走音的钢琴谱了几首《艺术歌曲》，修道院 30 周年纪念日那天，他还在花园里种了一棵法国梧桐。 1845 年 8 月，李斯特再次前往贝多芬的故乡波恩，

---

68 装点城堡大殿的壁画是莫里兹·冯·施温德所作，壁画表现的是来自匈牙利的王后的一生。

69 莱茵河上一块能发出回声的悬岩。——编注

参加音乐大师诞辰 75 周年庆典，此时正值贝多芬雕像[70]落成之际，该雕像就矗立在维多利亚女王和普鲁士国王的雕像旁边。

卡罗琳公主的贵族做派与其他普通女子如劳拉·蒙特斯[71]或平时围在李斯特周围的喜剧女演员形成了极大的反差。1848 年，李斯特在公主的陪同下前往魏玛担任卡尔·弗里德里希大公的宫廷乐队负责人，大公是一位内行的音乐迷，也是当时的文艺事业资助者。音乐家李斯特在阿尔滕堡定居，他的波兰女伴卡罗琳公主则在宽敞的住处安置了数架钢琴，还有许多书籍、绿植和地毯。李斯特对自己的新职位充满热情，很快将以往只被文学家称道的小都城魏玛变成了欧洲的音乐圣地。他还在魏玛创作了两首《钢琴协奏曲》以及他不朽的杰作《奏鸣曲》，还有向伟大的歌德及其作品主角浮士德博士、玛格丽特和靡菲斯特致敬的《浮士德交响曲》[72]。音乐总监李斯特执掌魏玛宫廷乐队超过 18 年，还导演歌剧，邀请独奏音乐家前来为公众演奏，其中不乏尚不成熟的新作品，毕竟有时邀请的是像柏辽兹、圣桑、瓦格纳这些初出茅庐的艺术家。1850 年，瓦格纳的《罗恩格林》第一幕在李斯汉斯·冯·彪罗的指导下登上舞台，此人是李斯特女儿特科西玛未米的丈夫。1858 年，刚继位的大公喜爱戏剧胜过音乐，李斯特对此十分失望，一方面疲于应付有关私生活的谣言，另一方面也被之外的天地所吸引，因此，他提交辞呈，前往罗马，与在他之前到达罗马的卡罗琳公主重聚。

10 年之后，身穿长袍、留着长发的神甫、作曲家李斯特只身返回

70　由恩斯特·哈内尔所作的贝多芬铜像立在大教堂广场，贝多芬雕像落成仪式之时李斯特创作于《节日康塔塔》。

71　劳拉·蒙特斯（1821—1861）：爱尔兰女舞蹈家，在成为巴伐利亚国王路易一世的情妇之前与李斯特有过短暂交往。

72　请参考本书关于魏玛的章节。

魏玛。在大公夫人索菲的庇护下，音乐大师李斯特在"花园别墅"度过好几个夏天，并接待了来自四面八方的钢琴演奏学习者，这座房子如今已被改造成博物馆。

1883年瓦格纳逝世以后，李斯特继续造访拜罗伊特。他见证了科西玛对已故丈夫瓦格纳的崇拜，并参加了"拜罗伊特的诞生"。才华横溢的欧洲音乐家因旅途劳顿而精疲力竭，《特里斯丹》演出结束的翌日，即1886年7月31日，罹患肺炎的李斯特在拜罗伊特逝世。

永远的流浪者、伟大的文学家李斯特对旅行途中的交通工具并不在意。然而，1847年在俄国进行长期巡演时，他和仆人、秘书一道乘坐的是一辆舒适的旅行篷车，这种马车相当于当时的奢华野营车。

和柏辽兹截然不同的是，李斯特拥有十分健康的身体，不会受旅馆的条件不好或当地气候的不适等因素影响。他不仅能够十分自如地应付社交，对伴侣、朋友，尤其是对瓦格纳非常慷慨，还经常写信给自己的孩子，与两位爱人达古尔伯爵夫人和卡罗琳公主保持频繁的通信。他的信件绝大部分是用法语写的，还有他写的关于肖邦、吉普赛音乐等作品[73]，诚然，这些足以让李斯特成为一位小作家，但其实他的文学特质被音乐的光芒遮蔽了，还有待我们重新去挖掘。

李斯特在他的时代是无与伦比的"红角儿"，这位钢琴才子的旅行路线错综复杂，有些穿插在大量的巡回演出期间，不过，这些旅行作为他传奇的一部分，同时勾勒出19世纪中叶欧洲音乐的版图。

另外，李斯特的旅行也和他的私生活紧密相关，包括年轻时探访

73　李斯特和德·塞恩-维根斯坦公主合作的作品《肖邦》，1851年出版；《论匈牙利的吉普赛人和他们的音乐》，1861年出版；和玛丽·达古尔、布朗蒂娜·奥利维耶（李斯特之女）、汉斯·冯·彪罗、理查德·瓦格纳、卡罗琳·德·塞恩-维根斯坦的通信集；以及为《辩论报》供稿的许多音乐评论、文学评论文章。

威廉·冯·考尔巴赫的《匈奴之战》，李斯特曾受该作影响，创作了同名交响诗。

瑞士、意大利诸湖，歌唱自己的祖国匈牙利，在魏玛担任乐队指挥时献身德国音乐，当然也包括年迈时的神甫生活，作为虔诚的信徒，波兰公主让她的爱人李斯特重返教会、再访罗马，凡此种种不一而足。

一位"飞行"音乐家的欧洲行
理查德·瓦格纳

（莱比锡，1813—威尼斯，1883）

　　外省剧院乐队指挥、唱诗班指挥、编剧理查德·瓦格纳在青年时期过着漂泊、艰苦、贫穷的生活，这段时期对于他非比寻常的音乐生涯、诗歌生涯而言却是灵感的沃土。

　　在以普鲁士和俄国为首反对拿破仑的莱比锡战役发生 5 个月前，瓦格纳出生于巴赫的故乡莱比锡。自童年起，瓦格纳就不得不面对母亲的再婚和时代的政治动荡。青年时期的瓦格纳踌躇满志，渴望功成名就，但这条道路何其漫长，在名声大噪之前要经历过数不清的坎坷。从马格德堡剧院到哥尼斯堡剧院，在此期间，即 1836 年，瓦格纳娶喜剧女演员明娜·普兰娜为妻。随后小音乐匠瓦格纳又回到 1839 年暂别的里加歌剧院，尽管有债主追身，仍不忘自豪地把他第一部大剧《黎恩济》的乐谱带在身上。

　　1839 年，瓦格纳携妻子和爱犬登上一艘简陋的帆船前往法国，在丹麦海峡遭遇了一次可怖的暴风雨，帆船在改变航向驶向伦敦之前不得不在挪威海岸停靠。这次穿越波罗的海的经历给瓦格纳留下的痛苦回忆，这恰恰滋养了《漂泊的荷兰人》（《幽灵船》）的剧本和音乐。作曲家熟读海因里希·海涅的诗歌，他重读被诅咒的荷兰人传奇之后，把大海的漂泊者作为他这部壮观的歌剧中的主人公、永远的旅行者之化身[74]。

在英国逗留一周以后，瓦格纳夫妇于 8 月 20 日在布洛涅下船，乘坐邮车前往巴黎，下榻托奈尔利托纳勒里街的一家小旅馆，就在莫里哀故居附近。瓦格纳夫妇在巴黎没有关系，也没什么钱，因此经常出入当铺。陷入这种漂泊无依的生活困境是瓦格纳无法接受的，他只能靠改编意大利歌剧艰难地维持生计，好在他的创作深受巴黎人民喜爱。

他也为报纸专栏和某些音乐新闻杂志撰稿，写一些极具吸引力的自传故事，记述青年艺术家生活的艰辛[75]。尽管有业已成名的李斯特的鼓励，瓦格纳在巴黎音乐界仍然受到冷落。 1840 年是瓦格纳屈辱而痛苦的贫困之年。然而次年他就和明娜搬到一处小屋里，屋外绿树成荫的小径通向默东城堡，瓦格纳在那里完成了《幽灵船》的乐谱创作。

1842 年，瓦格纳夫妇前往德累斯顿森珀歌剧院参加《黎恩济》的初演。同年 10 月 20 日的演出大获成功，瓦格纳于是被任命为森珀歌剧院乐队常驻指挥，但 1843 年《幽灵船》的演出却遭遇了失败。两年后，他的第一部"音乐剧"《唐怀瑟》得以上演。 1849 年 5 月，

74　漂泊的荷兰人传奇是海因里希·海涅的短片小说《施纳贝尔沃普斯的回忆录》中的故事（第一卷），1833 年出版。

75　1839—1842 年间瓦格纳为《巴黎音乐杂志与新闻》供稿：《一位在巴黎的外国音乐家》《拜访贝多芬》《一位德国音乐家的生活片段》《一个幸福的夜晚》《关于优美音乐的幻想》，这些作品是瓦格纳仅有的虚构文学作品。

皮埃尔-奥古斯特·雷诺阿，
《理查德·瓦格纳》，1882 年

萨克森人民起义反对专制和落后的政府，瓦格纳因往日频繁出入"爱国议会"，并和无政府主义者巴枯宁交好，成为守旧派的眼中钉。起义之时，由于瓦格纳参与了游行，歌剧院被焚毁。由于担心被追查甚至可能被捕入狱，瓦格纳在李斯特及时的帮助下迅速离开了巴黎，他的成功脱离险境主要得益于李斯特的人脉。

在巴黎简短逗留之后，瓦格纳于 7 月率先到达瑞士，两个月后明娜、两人的女儿、狗、鹦鹉前来瑞士和他团圆。瑞士是政治避难者的天堂，也是大部分欧洲无政府主义者的庇护所。再次流亡在现实的窘迫和对好日子的期待中开始，瓦格纳完成了三篇散文的写作：《艺术与革命》《未来的艺术品》《歌剧与戏剧》，他在文章中提出"整体艺术"的概念，并且秉持这个概念完成了新歌剧《罗恩格林》。 1850年，该歌剧由李斯特指挥，在魏玛剧院成功首演。

接下来的 20 年是瓦格纳一生中最多产的时期。 1853 年，他在苏黎世鲍尔酒店的沙龙中首次宣读《四部曲》，由此结识了德国富商奥托·韦森登克和他的妻子玛蒂尔德。这对内行的音乐迷夫妇为瓦格纳提供了一处幽静的乡村住所，与富商夫妇的豪宅相邻，旁边围着一个菜园，视野开阔，远处阿尔卑斯山的景色一览无余。在这种乡间生活的氛围下，瓦格纳和修养良好、年轻的女音乐家诗人玛蒂尔德结下友谊，瓦格纳甚至对她产生了与日俱增的爱慕之情。

"她像布伦希尔德听沃坦一般倾听着我"，瓦格纳把对玛蒂尔德的感情写进《特里斯当和伊瑟》的诗歌和乐谱里。他在恩人夫妇的陪伴下在苏黎世度过了幸福的一年，直到不得不突然远离深爱的玛蒂尔德而离开瑞士[76]。

1858 年 8 月，理查德乘坐火车前往意大利并第一次到访威尼斯，这座忧郁的城市在他的生命中占据重要地位。他先在丹尼利酒店入住，后又搬到奢华的朱斯蒂尼亚尼宫，《特里斯当》第二幕的爱之二重奏就诞生在提埃波罗设计的天花板之下，随后，次年冬天《伊瑟之死》的面世才令这部伟大的歌剧完结。

三年后，瓦格纳重返巴黎，指挥《唐怀瑟》的彩排， 1861 年 3 月 13 日在意大利人剧院首演。观众心怀敌意，赛马会成员和预订这部歌剧的观众纷纷喝起倒彩，只有波德莱尔在一篇著名的文章中为这部歌剧辩护。瓦格纳的妻子从维也纳前来与他团聚，和解了的瓦格纳夫妇在星光大道附近的牛顿路过着简朴的生活，后来又搬至乌马莱路居住。

1862 年，参与 1848 年欧洲革命的革命者获得赦免，瓦格纳因此得以回到德国，在莱茵河畔威斯巴登附近的布里希度过一年。他在靠

76　1857—1858 年，瓦格纳根据玛蒂尔德·韦森登克的诗歌创作了 5 首《抒情曲》。

近拿骚公爵府邸的一座别墅里开始着手《纽伦堡的名歌手》的创作，在前往萨克森、俄国、维也纳巡演之前于 1864 年 5 月 3 日在斯图加特暂作停留，于是，《纽伦堡的名歌手》被呈于年轻的巴伐利亚国王路德维希二世眼前。此次意外的相遇以及因此由两人发起的音乐创作让已及天命之年的瓦格纳有机会考虑如何实现自己的梦想。事实上，路德维希二世这位年轻君主是瓦格纳作品的忠实爱好者，给他写过满怀热情的书信，正是得益于他的慷慨无私，《特里斯当》才得以于 1865年 6 月 10 日在慕尼黑上演，然而面对的却是一批茫然无知的观众。瓦格纳因成为国王宠臣而遭到谴责，在来自宫廷的嘲讽声中于 12 月被迫离开巴伐利亚王国。

　　瓦格纳再一次返回瑞士，并在四森林州湖畔的特里布申租了一栋漂亮的贵族别墅，这栋有着白色百叶窗的别墅里还住着年轻的情人——李斯特和玛丽·达古尔的小女儿科西玛·冯·彪罗。两人是在柏林相遇的，科西玛此时已与瓦格纳的朋友、乐队指挥彪罗分手。

　　1870 年，明娜的突然离世和科西玛的离婚促成了瓦格纳和科西玛这对爱人于 8 月 25 日在卢塞恩的完婚。随后的 6 年间，瓦格纳夫妇过着富足体面的资产阶级生活，孩子和朋友[77]都陪伴在侧，其中包括青年尼采，这样的生活对瓦格纳的音乐创作十分有利。确实如此，在那间对面尽是湖光山色的音乐厅里，瓦格纳完成了《纽伦堡的名歌手》，接着又完成了《尼伯龙根的指环》，以及由三曲《时光》、一首《序曲》组成的《四部曲》。 1876 年，该四部曲在拜罗伊特的演出令瓦格纳得以进入瓦尔哈拉音乐家圈子。 1870 年圣诞节的早晨，

77　　法国诗人卡蒂尔·孟戴斯（1841—1909）及其妻子朱迪特·戈蒂埃（1845—1917）、作家维利耶·德·利尔-阿达姆（1838—1889）于 1869 年在特里布申拜访瓦格纳夫妇。（请参考孟戴斯的《理查德·瓦格纳》、《回忆录》1886 年出版。）

也就是在这座"幸福岛"上，几位音乐家在门廊里演奏激动人心的《齐格弗里德·伊德尔》，那是瓦格纳送给科西玛的生日礼物。

很长一段时间以来，瓦格纳都致力于建造一座"戏剧堂"，可以让他的音乐剧在音质、舞台效果极佳的情况下呈现。为了这个目标，他到拜罗伊特进行了一次感恩之旅，拜罗伊特是巴伐利亚王国北部的一个旧总督领地的首府，有着丰富的文化和悠久的历史，因此被瓦格纳选中建造"节日剧院"[78]用以专门表演他的歌剧。 1876 年 8 月的第一次戏剧节上，《尼伯龙根的指环》以完整版呈现在巴伐利亚国王威廉二世和巴西皇帝唐·佩德罗面前。

1876 年，瓦格纳在科西玛的陪伴下第二次到威尼斯旅行，科西玛因此初探出生地意大利。瓦格纳夫妇在欧洲酒店度过了 8 天，随后前往那不勒斯附近的索伦托，两人的朋友马尔维达·冯·麦森布格正和哲学家保罗·里以及早已和瓦格纳决裂[79]的弗里德里希·尼采在此旅居。在返回途中为了向李斯特问好，瓦格纳和他的妻子在罗马停留了一些时日，结识了新朋友外交家、法国作家、《论种族不平等》的作者戈比诺伯爵，后者曾两度受邀参加拜罗伊特音乐节。

4 年后，时常抱怨、愁眉不展、年岁渐长的音乐大师瓦格纳想远离弗兰肯的阴郁氛围，继续为《帕西瓦尔》作曲，于是他和形影不离的妻子再次取道那不勒斯，旅行途中在阿尔马菲海岸上岸，骑驴至拉韦洛，那座小小的中世纪隐修院和鲁弗洛别墅的空中花园既是他们坠入爱河的地方，也为歌剧《帕西瓦尔》第二幕克林格公园的舞台布景提供灵感之所。几周后，瓦格纳在途经托斯卡纳时又从锡耶纳大教堂

78　节日剧院是根据理查德·瓦格纳的计划，由建筑师奥托·布鲁克瓦德建造。
79　请参考本书相关章节。

的多彩大理石获得灵感，歌剧中圣杯骑士大厅——"圣星期五的魔力"之地的布景因此确定。

次年，瓦格纳夫妇前往巴勒莫，瓦格纳从蒙雷阿莱阿拉伯-诺曼式大教堂获得灵感，确定了歌剧中的布景，并于 1882 年 1 月 13 日在棕榈酒店的露台上完成《帕西法尔》的乐谱。几天后，在瓦尔瓜内拉-甘吉宫，疲惫的音乐大师为画家奥古斯特·雷诺阿摆好姿势供他作画。于是雷诺阿为德国作曲家画了一幅简朴的肖像[80]。 1883 年夏，《帕西法尔》在拜罗伊特演出达 16 次，这部令人印象深刻的"圣剧"引起的反响令瓦格纳成为"未来音乐"无可争议的大师。

1882 年 9 月，科西玛和瓦格纳疲于上流社会的应酬，身体状况每况愈下，因此决定全家一起在总督府过冬。一家人带着管家和仆人在温德拉敏·卡莱尔吉宫安顿下来，住在帕尔马公爵租的大约有 20 间房的半楼里，并拜访了年迈的李斯特[81]。全欧洲人民敬仰的著名作曲家瓦格纳来到威尼斯大运河，令那里的人民无比自豪，然而 1883 年 2 月 13 日，由于心脏病突发，瓦格纳在这座他深爱的城市陨落，享年 70 岁。在他住处的一面墙上有一块牌子，上面刻着诗人加布里埃尔·邓南遮的诗句，追忆着作曲家瓦格纳："在这座宫殿里/所有的灵魂都听见/理查德·瓦格纳的最后一声气息/如潮汐一般不朽/洗刷着潮汐之下的大理石"。

大师瓦格纳的遗体经火车运到拜罗伊特，被隆重安葬在沃德弗里德花园；这位音乐家的最后一次旅行，也是最后一次回到巴伐利亚，打开了通向"瓦格纳记忆"的大门，同时宣告了拜罗伊特音乐节的

---

80   雷诺阿为瓦格纳画的肖像画被收藏在奥赛博物馆。
81   温德拉敏·卡莱尔吉宫如今作威尼斯赌场和瓦格纳博物馆之用。

未来。

　　瓦格纳不仅是独具一格的音乐家、擅于创新的舞台布景师，也是一位多产的作家，还热衷于政治、哲学和美学。在威尼斯期间，他修改青年时代的文学作品并完成名为《我的一生》的自传，1911 年，该自传的删改版由科西玛出版。1880 年，瓦格纳写过一篇题为《宗教与音乐》的论文。所有这些作品，再加上歌剧剧本、通信、日记所构成的文集是一笔巨大的财富，也是与其音乐作品中不可分割的一部分。

　　时常戴着黑色天鹅绒大贝雷帽，穿着精致的缎子衬衣、叫人从巴黎购买的奢华居家长袍，虽身材矮小却穿着得体，下巴长而尖，鼻子高又挺，巴伐利亚艺术家弗朗茨·冯·伦巴赫为这位歌剧王子、奢侈品爱好者画下这样的肖像，但在很长一段时间里他只是一位一文不名的青年音乐家。旁边的科西玛身材高大，鼻子细长，轮廓宛如一只鸟，她眼神热切地盯着比自己年长 20 岁的丈夫，两人组成了一对琴瑟和鸣的夫妻，他们深知艺术家的独特之处和天赋理应得到保护和颂扬；拜罗伊特音乐节的巨大成功及其延续都应归功于这对夫妻。

　　瓦格纳是出于必要而旅行，而他的通信和在瑞士、意大利的长期旅居见证了他对不同地方的感受。从莱比锡到里加，从巴黎到苏黎世，从拜罗伊特到慕尼黑、巴勒莫，他在寻找格拉尔的途中游遍了欧洲[82]。

　　旅行者的角色在瓦格纳的音乐剧中也随处可见。确实如此，漂泊的荷兰人在海洋中永不停息地划桨航行，唐怀瑟前往罗马完成朝圣之

82　"我走遍世界，远处与到处，只为获得，知识与智慧。"——《齐格弗里德》第三幕第一场中旅行者的台词，旅行者是众神之王沃坦赋予埃尔达的假身份。

旅。众神之王沃坦则穿着日耳曼"旅行者"的衣服走遍了世界，齐格弗里德戴着一顶足以把脸遮住的大帽子在莱茵河"旅行"，帕西法尔完成漫长的救赎流浪之后重返家乡蒙特萨尔瓦特。在作曲家瓦格纳的一生中，歌剧中的旅行者一直陪伴着他，这些旅行者于他、于科西玛，都是永恒的。

> 人人称我作
> "旅行者"；
> 我已经走远：
> 在地球之脊
> 我走过不少地方[83]。

83　《齐格弗里德》第一幕第二场中旅行者给迷魅的地址。

拜罗伊特的诞生

　　自 17 世纪中叶开始，拜罗伊特的艺术和文学就得到了蓬勃发展，这是一座位于巴伐利亚北部上弗兰肯的小城，也是霍亨索伦-安斯巴赫王朝宫廷所在地。一个世纪之后，拜罗伊特侯爵夫人、腓特烈大帝的姐姐、杰出的羽管键琴演奏家、精彩的《回忆录》的法语作者、伏尔泰的笔友威廉敏娜[84]，将拜罗伊特打造成前卫的"小魏玛"。威廉敏娜在拜罗伊特开了一间聊天沙龙，建了一座意大利风情的剧院，其奢华的装潢由意大利建筑师朱佩塞·比比恩纳完成，还规划了一座新城堡，并在乡村建造了迷人的洛可可式小楼（分别命名为"隐修院"和"幻想中的城堡"）。拜罗伊特自 1742 年起就是一座大学城， 1804 至 1825 年间，它曾是作家让-保罗·里希特的创作地。

84　费雷德里克·索菲·威廉敏娜（1709—1758）：勃兰登堡-拜罗伊特侯爵弗雷德里克三世之妻，创作了一部歌剧，撰写了《回忆录》（出版于 1810 年），收藏了一些意大利画作。

拜罗伊特是一座显贵之城，拥有丰富的文化遗产。1871 年 4 月，理查德·瓦格纳和科西玛第一次拜访拜罗伊特之时便发现，这里正是他们实现音乐梦想和戏剧梦想的理想之地。得益于国王路德维希二世和其他贵族的多次资助，节日剧院于 1872 年 5 月 22 日奠基，剧院坐落在市中心旁边的"绿色丘陵"上，1876 年 4 月 18 日完成落成仪式。彼时正值第一届拜罗伊特音乐节之际，欧洲各国的国家首脑以及一众艺术家、文学家纷纷前来参加音乐节，拜罗伊特由此诞生并得到大力宣传[85]。

1874 年，瓦格纳携家人及一众仆役到巴伐利亚国王赠予他的瓦恩弗里德别墅定居。大师瓦格纳经常在挂着厚重帷幔的客厅里接待参加音乐节的朋友、资助者、音乐家和专栏作家，拜罗伊特音乐节的声望因而迅速传遍欧洲各国。别墅内的主墙上挂着一幅画，描绘的是诗歌缪斯和音乐缪斯相伴在沃坦神左右，瓦格纳命人在旁边刻了一句题词欢迎访客："我的想象在这里获得了平静——瓦恩弗里德——这是我为它取的名字[86]。"

1871 年新帝国诞生，其政治声望令瓦格纳和科西玛欢欣鼓舞，二人在颇具才干的巴伐利亚国王的鼓励下，创造出音乐节的概念，并赋予其艺术维度、思想维度和商业维度的意义，其中一些延续至今。拜罗伊特音乐节因独有的礼拜仪式而成为独一无二的国际音乐"圣地"。正如音乐学家阿尔伯特·拉维尼亚克所描绘的，人们前往拜罗伊特的方式多种多样："想怎么去就怎么去，步行、骑马、骑自

85　拜罗伊特节日剧院由红色砖块建成，是一座圆形剧场，内有 1500 个座位，观众可以看到由瓦格纳亲自设计的乐池。瓦格纳的《尼伯龙根的指环》和《帕西法尔》分别于 1876 年、1882 年在该剧院上演。

86　位于竞走大街（今为理查德·瓦格纳大街）的瓦恩弗里德别墅现为理查德·瓦格纳基金研究中心、档案馆所在地，也是瓦格纳博物馆所在地。

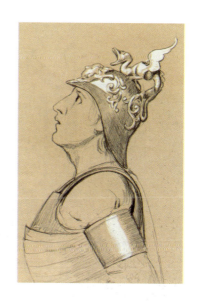

汉斯·托马，《戴头盔的女武神》
（拜罗伊特服饰习作），1894—1896 年

行车、乘火车"，他还补充道："真正的朝圣者应该一路跪拜着去。
但至少对法国人而言，最方便的方式是乘火车[87]。"

　　旅行、客居、欣赏瓦格纳的歌剧表演，这样的"朝圣"逐渐成为
上流社会的一种文化现象，席卷各国的贵族阶层、资产阶级和艺术
界，甚至蔓延至巴西，也包括在 1870 年的普法战争中战败的法国，
尽管存在反德情绪，法国人也未曾错过对拜罗伊特的朝圣。大师瓦格
纳的音乐威望得以最终确立。

　　每年夏天，按照惯例，在侯爵大剧院听完贝多芬的《第九交响
曲》之后，严守清规戒律的瓦格纳音乐爱好者及其门徒、富有的实业

87　阿尔伯特·拉维尼亚克（1846—1916），《拜罗伊特艺术之旅》（1897），拉维尼亚克在该
　　书附录中公布了 20 年间参加拜罗伊特音乐节的法国人名单，其中有许多作曲家，如丹
　　第、圣桑、维多尔、德利布、杜帕克、迪卡斯、马斯奈、梅萨热、德彪西，还有数位文
　　学名人和上流社会人物，如门德斯、朱迪特·戈蒂埃、舒雷、孟德斯鸠、波利尼亚克、
　　巴雷斯。

《音乐节宫殿》，约 1895 年摄于拜罗伊特

家、体面的政治家、珠光宝气的优雅女士、穿着晚礼服的文学家和艺术家们纷纷排着长队前往圣地——拜罗伊特节日剧院观看表演。1883年大师逝世以后，为了表达对他确立的规则的永恒敬意，拜罗伊特音乐节的礼拜仪式在科西玛的主持下得以永久流传。

　　拜罗伊特是无与伦比的艺术圣地，也是音乐界和外交界聚会的热门场所，为纪念在世时就已被神化的艺术家瓦格纳，第一次盛大的艺术游行也是在此举行的。19 世纪末，拜罗伊特音乐节是欧洲最重要的音乐盛事，其影响力是空前的；伴随着拜罗伊特的诞生，瓦格纳主义也应运而生。尽管历史经历了风云变幻，但瓦格纳主义至今仍熠熠生辉。

两位女知识分子的欧洲之旅
玛尔维达·冯·梅森堡
露·安德烈亚斯-莎乐美

　　论年纪，第一位女士可以做第二位的母亲，但二人的亲密友谊、精神上的惺惺相惜以及同属一个社会阶层的归属感令她们关系亲近，宛若一对姐妹。这份情投意合令两位自由又摩登的女贵族、游历四方的女文人在19世纪下半叶的中欧文学界和音乐界占据了特殊地位，两人也经历过彼时的国际矛盾。

玛尔维达·冯·梅森堡
（卡塞尔，1816—罗马，1903）

　　玛尔维达生于德意志，但终其一生，都是一位十足的欧洲女性。她出生在一个古老的法国胡格诺派家族——瑞瓦里耶家族，在卡塞尔度过了童年。其父卡尔·菲利普曾是威斯特伐利亚国王热罗姆·波拿巴的侍臣，后又服侍过黑森选帝侯，于1825年被封为贵族。为了远离充满阴谋、被诸多诡计腐蚀的反动宫廷，玛尔维达随母亲和兄妹一同到小小的利珀亲王国都城德特莫尔德生活，并在那儿接受良好的教育，主攻外语和艺术实践。

1844 年 9 月，这位年轻的姑娘第一次离开德意志联邦。为了陪同嫂子、侄子和家庭教师前往普罗旺斯，她穿过瑞士，在柏林欣赏阿尔卑斯山，乘船从里昂前往阿维尼翁，第一次在马赛看到大海，随后经由马赛到达海耶尔。"我们乘坐一辆宽敞豪华的四轮马车，要多舒适就有多舒适，坐在车里就像在自己家一样，一路上我们想在哪里停下，管家就能让我们下车。[88]"玛尔维达在一位牧师的陪同下参观了土伦监狱，被链子拴着的苦役犯给她留下了深刻印象，这段经历令无忧无虑的假期尾声变得有些暗淡。

在返程途中，玛尔维达和侄子们骑着骡子到达沙特勒乌斯大修道院，旅行中的高光时刻令她怀念法国南部的风景，怀念她喜欢说的法语。"我的祖国似乎不像从前那般美丽了；大地上似乎看不见鲜花，天空是阴沉的。[89]"

这段愉快的插曲结束后，玛尔维达回到德特莫尔德与西奥多·奥特豪斯重逢，后者是她钟爱的一位牧师。这位教会人士与她分享撼动德国社会的民主社会思想。1848 年春，信念坚定的玛尔维达离开家人和幼时生活的保守社会，前往自由抗议之都法兰克福。她接受了新思想的洗礼，秘密参与议会选举的准备工作，与自由派保持密切联系，并质疑曾接受的宗教教育。1894 年对柏林革命事件的血腥镇压发生以后，玛尔维达·冯·梅森堡男爵夫人前往汉堡定居，为提高妇女地位、发展女子教育而积极奔走。"我想让女性远离男子的粗鲁，在人类

---

88   引自雅克·勒·里德尔的传记《玛尔维达·冯·梅森堡——一位 19 世纪的欧洲女性》，巴尔第亚出版社，2005 年。

89   同上。

弗朗茨·冯·伦巴赫
《玛尔维达·冯·梅森堡》，
1890 年

文明成果中和男性享有同等地位，帮助她们成为更好的自己[90]。"玛尔维达因此遭到监视，随后又受到政治警察的威胁，这些人掌握了她的政治活动动态。因担心自身安全，玛尔维达被迫切断与家人的联系，1852 年 5 月 25 日，她前往伦敦，与同在伦敦流亡的德意志人取得联系。"我希望人民能够真正把命运掌握在自己手里，统治者能够受到约束而归顺，甚至消失。[91]"

玛尔维达在英国首都伦敦并不受欢迎。她没有经济来源，只能靠教德语艰难谋生，后来得到为亚历山大·赫尔岑的女儿当教师的机

90　引自雅克·勒·里德尔的传记《玛尔维达·冯·梅森堡——一位 19 世纪的欧洲女性》，巴尔第亚出版社，2005 年。
91　同上。

会，彼时赫尔岑已经丧妻[92]。1853 年至 1856 年间，冯·梅森堡女士是赫尔岑这位俄国流亡作家不可或缺的合作者，对于赫尔岑的孤女们而言，她是亲切的老师，也代替了母亲的角色。众多政治避难者[93]经常出入赫尔岑家，然而，当赫尔岑在家里迎接情人——故友诺加列夫的妻子时，玛尔维达这位可敬的女士在他家的工作便走到了尽头。失去工作的她坚决地重拾写作，着手创作其重要作品《一位女理想主义者的回忆录》，用法语写就，由日内瓦自由俄国印刷厂印刷出版，这部作品见证了她为妇女地位而战的态度。

1855 年，玛尔维达经人介绍结识理查德·瓦格纳，后者因参加 1848 年的起义而逃离德累斯顿，前往英国举办音乐会。此次见面原本只是两位德意志避难者之间一次简单的社交活动，但事实上却是一段知识分子友谊的开端，这段友谊令来自法兰克福的小革命者玛尔维达成为"拜罗伊特的忠实信徒[94]"。随后的数年间，她多次与瓦格纳在巴黎重逢。被大师的天才征服的玛尔维达于 1861 年 3 月 13 日欣赏了《唐怀瑟》的首演。在波德莱尔评论的加持下，《唐怀瑟》引发了轰动。

如果说与瓦格纳保持密切联系对梅森堡男爵夫人的文艺创作产生了巨大影响，那么最初的几次意大利之旅——1862 年和赫尔岑的女儿们一道游览佛罗伦萨，一年后又游览罗马——则为她打开了新生活的大门。作为瓦格纳的忠实朋友，玛尔维达于 1868 年前往慕尼黑为《纽伦堡的名歌手》捧场，随后到巴黎过冬。她在巴黎和儒勒·米什

---

92   请参考本书《俄国人在意大利、瑞士的旅行》一章。
93   路易·布朗、勒德吕-洛兰、马志尼、加里波第。
94   引自雅克·勒·里德尔的传记《马尔维达·冯·梅森堡——一位 19 世纪的欧洲女性》，巴尔第亚出版社，2005 年。

莱、加布里埃尔·莫诺重逢，还结识了当时新晋的社会思想大师，尤其是儒勒·瓦莱斯和埃利泽·雷克吕斯[95]。

1870 年 8 月 25 日，即法国对普鲁士宣战一个月之后，玛尔维达作为证婚人在卢塞恩参加理查德·瓦格纳和科西玛·冯·彪罗的婚礼。1872 年 5 月，她也参加了拜罗伊特节日剧院的奠基仪式，并在那里结识弗里德里希·尼采及其朋友保罗·里。玛尔维达笃信瓦格纳所宣扬的"整体艺术作品"审美，被瓦格纳向她推荐的叔本华的作品征服，路易·布朗和马志尼曾经的仰慕者、亚历山大·赫尔岑的密友玛尔维达走进拜罗伊特殿堂的大门，并成为"半官方调停人[96]"之一。

1874 年 11 月，这位德意志男爵夫人游遍意大利之后罗马租下一套公寓，距离圣伯多禄锁链室很近，离古罗马斗兽场也不远。"罗马……沉思的灵魂在这里获得精神食粮，寂静的故乡比世界上任何地方都好。我也决心在这里，在我最后的故乡定居。[97]"

两年后，1876 年 7 月，玛尔维达再次踏上前往拜罗伊特的道路，参加第一届音乐节并欣赏《尼伯龙根的指环》四部曲。避开前来参加瓦格纳礼拜仪式的政界和艺术界大人物，邀请尼采和保罗·里到索伦托的鲁宾纳奇别墅小住，这栋别墅是她为了打造一个"非教会修道院"式的空间而租的，在她周到的安排下，大家可以在别墅里随心所欲地写作、阅读、创作音乐。她在这座面朝那不勒斯海湾的房子里与两位哲学家朋友共同度过 6 个月的友好时光，但这段时光也因尼采和

95　儒勒·瓦莱斯（1844—1912）：亲德历史学家、出色的教授、德雷福斯事件的支持者，1866 年在佛罗伦萨遇见玛尔维达。1873 年在佛罗伦萨与奥尔加·赫尔岑结婚并为法语版《一位女理想主义者的回忆录》作序。埃利泽·雷克吕斯（1830—1905）：杰出的地理学家，通晓多种语言，无政府主义者，曾在英国、瑞士流亡。

96　引自《世界报》，2005 年 12 月 2 日，作者系马克·富马里。

97　选自玛尔维达写给　　　　的信，引自雅克·勒·里德尔的传记《玛尔维达·冯·梅森堡——一位 19 世纪的欧洲女性》，巴尔第亚出版社，2005 年。

瓦格纳的最终决裂以及尼采精神疾病的发作而变得令人伤感。

　　1881 年，梅森堡男爵夫人多次外出旅行，两度前往那不勒斯和索伦托与瓦格纳见面，还在巴黎结识了丹纳、勒南和屠格涅夫，这主要得益于奥尔加·赫尔岑及其丈夫加布里埃尔·莫诺的引荐。

　　1882 年 3 月返回罗马后，玛尔维达在家中接见了俄国贵族冯·莎乐美小姐，年轻的冯·莎乐美家境富裕、富有教养且才华横溢，二人是在拜罗伊特相识的。玛尔维达为能与这位珍珠般珍贵的女性重逢感到十分高兴，她把这位迷人的外国女性介绍给保罗·里，于是莎乐美成为尼采和保罗·里无人可及的缪斯，也成为三人频繁通信的中心[98]。1882 年 7 月，梅森堡男爵夫人只身一人到拜罗伊特旅行，当时正值《帕西法尔》首演之际，李斯特前来见证女婿的辉煌成就，梅森堡男爵夫人则有幸在年迈的李斯特的陪同下观看了首演。

　　时年 69 岁的玛尔维达·冯·梅森堡有着一张温柔的脸庞和灰蓝色的、略带忧愁的眼神，戴着头纱，穿着雅致。1885 年慕尼黑画家弗朗茨·冯·伦巴赫为她绘制的肖像表现出这位女思想家的个性，质朴的外表下蕴藏着属于知识分子毋庸置疑的优秀品格[99]。

　　1883 年 2 月 14 日，瓦格纳突然去世，1889 年 1 月 3 日，尼采在都灵因神志错乱而崩溃，梅森堡男爵夫人就此痛失两座曾照亮她整个青年时期的灯塔，此后再次重拾文学创作。

　　1885 年，玛尔维达连续出版了以曾经的理想为灵感源泉而创作的几部短篇小说和一部长篇小说《淮德拉》，她在书中捍卫社会"理想主义者"的观点并猛烈抨击巴黎公社，另外《一位女理想主义者的回忆录》

98　　请参考本书有关尼采和露·安德烈亚斯-莎乐美的章节。
99　　该画收藏于四森林州湖畔的特里布申别墅的瓦格纳博物馆。弗朗茨·冯·伦巴赫（1836—1902）：
　　　慕尼黑学派画家，1882—1887 年在佛罗伦萨居住并于 1884 年遇见玛尔维达。

的续集《人生迟暮》也完成并出版。1889 年，莫诺夫妇在凡尔赛宫向她介绍了年轻的罗曼·罗兰[100]，后者正准备动身前往罗马。这位出色的历史学家、优秀的钢琴家、《约翰-克里斯朵夫》未来的作者令年迈的男爵夫人深受感动，定期与他通信，并引导他完成对瓦格纳戏剧的启蒙。1891 年，她在罗曼·罗兰的陪伴下最后一次前往拜罗伊特，并为他做向导。从拜罗伊特返回后，梅森堡男爵夫人又在奥加尔·莫诺的陪同下再次拜访威尼斯和索伦托，并在索伦托得知尼采逝世的消息。1903 年 4 月 26 日，梅森堡男爵夫人在罗马去世，享年 86 岁。她的骨灰被葬在罗马非天主教徒公墓，大理石骨灰盒上镌刻着两个词："爱"与"和平"。

作为那个时代文化界无与伦比的女调停者，玛尔维达·冯·梅森堡将自己的才华倾注于个人的事业当中。这位女贵族思想进步、热爱意大利，身边常有年轻作家相伴，她促进了这些年轻作家的文学创作。她是一位精通多国语言的女文人、杰出的书简作家、小说家；不公的是，她还是一位被世人遗忘的随笔作者，她将自己漂泊的一生变成了一部隐迹之书，书中记录的是她一生的际遇和成果。另外，她也是一位敏锐的音乐爱好者，瓦格纳的宏伟蓝图和拜罗伊特的诞生都离不开她的贡献——尽管反犹太主义笼罩着拜罗伊特，但她多次重申并坚决反对反犹太主义[101]——也是一位不同寻常的使者，对推广瓦格纳音乐的影响力颇有贡献。

如果没有这位"红色贵族"，这位既低调又高效的缪斯曾跨越鸿沟，青睐德国理想主义和俄国虚无主义，如果没有她的亲法情绪和普鲁士民

100　罗曼·罗兰（1866—1944）：加布里埃尔·莫诺在高等师范学院的学生，1889—1891 年任罗马法兰西学院成员。

101　玛尔维达·冯·梅森堡是犹太人保罗·里的朋友，和德雷福斯时间的支持者加布里埃尔·莫诺关系密切，她反对瓦格纳夫妇、尼采的妹妹伊丽莎白·福斯特·德·戈比诺伯爵的反犹太主义思想，也反对年轻人罗曼·罗兰的相关质疑。

族主义，19 世纪下半叶将缺少一位"欧洲文化女谋士"专注而敏锐的目光。

露·安德烈亚斯-莎乐美

（圣彼得堡，1861—哥廷根，1937）

冯·莎乐美小姐生于圣彼得堡，父亲是来自普罗旺斯的胡格诺派，母亲有日耳曼和丹麦血统。她的童年是在涅瓦河畔度过的，从小接受的多语种教育为她打开了通向欧洲知识界的大门。

1831 年，沙皇尼古拉一世封冯·莎乐美将军为贵族，作为家中的第六个孩子，幼时的小"露露"身边常围着一群波罗的海国家的德意志新教徒，他们是 1848 年欧洲革命以后到圣彼得堡定居的移民。

少女时期的露·安德烈亚斯-莎乐美就已显露出智力上的早慧，自 18 岁起便痴迷于宗教历史和哲学史，被称作"绝顶聪明的大脑"。她本名路易斯·冯·莎乐美，露是一位荷兰新教牧师为她取的教名。很小的时候，莎乐美就表现出对独立、自由的渴望，"失去对上帝的信仰"，以及对女权主义的认可。露是俄国人，又不是真正的俄国人，在军官圈子中成长起来的她闯入成年人和男性的世界，就像一位无所畏惧、冷静果敢、不安于现状的骑士。

为了上大学[102]，露和她的母亲于 1880 年到苏黎世定居，随后又前往罗马，因为罗马充裕的阳光有助于治疗她的慢性支气管炎。冯·莎乐美小姐长得像一位隐瞒身世的女演员，她穿身着皮草，公主一般完美的身形令摄影师赞赏不已，茂密的金发下面是宽阔的额头、明亮的眼睛、英

102　19 世纪下半叶，只有瑞士的大学接受女学生（请参考本书《俄国人的瑞士之旅》一章。）

挺的鼻子和饱满的嘴唇。冯·莎乐美小姐美得令人迷醉，玛尔维达·
冯·梅森堡[103]及其友人保罗·里、弗里德里希·尼采都对她充满热情，彼
时的罗马小团体甚至把她当作一位新的缪斯。

露·莎乐美、保罗·里和尼采
摄于儒勒·邦内的照相馆，1882 年

103　请参考上文。

但是露的到来打破了玛尔维达沙龙中"思想三人组"原有的和谐，保罗·里向露表达爱意但被她回绝了；保罗·里将她介绍给尼采，尼采又向她求婚，以"友谊"之名被她两度拒绝；露与身边的男士都保持着这种不谈情爱的关系。在这份克制和清醒之下，露在自传中只记述了在圣伯多禄大教堂和尼采相识的场景，以及二人在奥尔塔湖畔的萨克罗山坡上的坦言相对，还提到尼采、保罗·里和自己在卢塞恩一家照相馆拍的那张照片：保罗·里和尼采穿着黑色西装扎着领结，站在画着一座山的布景前面，做出拉动小车的动作，露则半蹲在小车上，她身穿一条保守的白领连衣裙，一只手挥着一根点缀着丁香花的鞭子，另一只手则握着挂在两位男士胳膊上的缰绳，仿佛是这辆稀奇小车的车夫。露和保罗·里目光笃定正视前方，而尼采则胡子拉碴，眼神游离于画面之外。

尽管露在音乐上没有任何天赋，1882 年 7 月，她仍受玛尔维达之邀前往拜罗伊特观看《帕西法尔》的演出。在瓦格纳夫妇举办的一次接待会上，露在温弗里德别墅经人引见结识了瓦格纳和他的妻子。她如是写道："由于他个子小，经常被别人挡住，在接待会上只能偶尔发现他的身影，就像突然喷水的喷泉一样。相反，科西玛身材修长，比她周围的人都高；巨大的礼服拖尾把她和其他人隔开来并保持一段距离。[104]"尼采的妹妹伊丽莎白·福斯特在露身上依稀看到"波西米亚"知识分子的影子，换言之，她认为露是一个放荡的女子，而尼采正深受其害。音乐节结束后，露与尼采的一次重逢是在图林根，另一次是在莱比锡，那是她最后一次和尼采见面。

---

104 引自露·安德烈亚斯-莎乐美的《我的一生——简要回忆》，该书于作者死后出版，1977 年出版于法国大学出版社，被收入"批评视野"丛书。

　　和尼采的决裂令她梦寐以求的"三人行"关系迅速恶化，但是她和保罗·里[105]的深厚友谊仍继续保持着。的确如此，露陪同保罗·里回到波美拉尼亚的家中，后又与他一起在柏林生活至1885年，期间二人还解读尼采的作品并分享见解，彼时，尼采的作品已经开始出版。

　　1886年，露结识了比她年长15岁的东方学学者、生于爪哇岛的弗里德里希·卡尔·安德烈亚斯（1846—1930），露十分欣赏安德烈亚斯百科全书式的学识。次年，在周围人惊愕的目光中，露以妹妹的身份嫁给了他。这对古怪的夫妇住在柏林的一所大房子里，经常出入自由剧院，那里时常上演格哈特·霍普特曼和奥古斯特·斯特林堡的剧目，这两位剧作家的戏剧灵感来源于自然主义新美学。

　　几年以后，露独自一人在巴黎自由剧院观看导演安德烈·安托万的舞台剧，还一路追随他的国际巡演剧目。她在一位丹麦女性朋友家暂住期间遇到挪威作家克努特·汉姆生和德国剧作家弗兰克·韦德金德，此人是《青春的觉醒》的作者，这位风流才子指导露尝试戏剧写作，在一次演出结束之后，他试图在大厅里引诱露，未果[106]。露在巴黎过着精彩的生活，接待欧洲文化界人士，俄国同胞和芙瑞妲·冯·彪罗伯爵夫人[107]伴其左右，后者是露的一位德意志朋友，彼时刚从中非回到巴黎。"这座城市丰富的历史有着难以言表的魅力，我觉得它像一个不断成长的爱人，年轻时的光彩一旦褪去，仍葆有铁锈、蛀虫

105　保罗·里（1849—1887）：犹太裔哲学家。与尼采决裂、露结婚之后，保罗·里退隐至上恩加丁山谷（瑞士）致力于贫民医学。他死于山体滑坡。

106　引自露·安德烈亚斯-莎乐美的《我的一生——简要回忆》，该书于作者去世后出版，1977年出版于法国大学出版社，被收入"批评视野"丛书。

107　芙瑞妲·冯·彪罗（1857—1909）：旅行家、小说家，几度旅居达累斯萨拉姆、桑给巴尔，并记述她的非洲回忆。

都无法侵蚀的璀璨。"结束在巴黎的旅居后，她又到瑞士度过了几周，在那里的高山牧场像少女一样光着脚奔跑，那是她从未有过的经历。

1895 年，安德烈亚斯·莎乐美女士重新踏上旅程。她先回到俄国处理一些事务，随后维也纳、蒂罗尔州消夏，接着途经格拉茨前往威尼斯。她在慕尼黑巧遇波罗的海小说家爱德华·冯·凯泽林，她十分欣赏这位几乎半盲的小说家。1897 年 5 月，她又遇见 21 岁的年轻诗人莱纳·玛利亚·里克尔，这个年轻人成为她忧郁的伴侣、天使般的朋友，和她一起旅行，两人保持通信近 25 年，里克尔是露一生中唯一的爱人。

　　　……我知道你远离寂寞

　　　走向幸福

　　　我知道你会抓住我的手……[108]

1899 年，露和里克尔前往圣彼得堡和莫斯科，她带领里克尔领略了故乡俄国的风光，1899 年圣周星期五的晚上，二人拜访了伟大的托尔斯泰。

1900 年，二人返回俄国，再次来到托尔斯泰家中，位于图拉附近的亚斯纳亚·波利亚纳庄园。托尔斯泰"穿着亲手织的罩衫，怡然自得"，露为这位贤者绘制了一幅贴切的肖像并附在她的回忆录中。返回圣彼得堡之前，二人经由伏尔加河游览基辅。乘船返程途中，莎乐美女士开始创作小说《罗丹卡——关于俄国的回忆》，而诗人里克尔

108　里克尔，《思念之歌——写给露的信》选段，1897 年 5 月 31 日写于慕尼黑，出自《通信集之里克尔——莎乐美》，伽利玛出版社，1980 年。

则完成了《时祷书》的大部分内容，这部作品带有东正教修行的神秘色彩。

1903 年，这对情侣因里克尔前往巴黎生活而分手，在巴黎期间，里克尔和罗丹进行合作，后返回德国沃普思韦德与艺术家克拉拉·韦斯特霍夫结婚。露又做回独立的"自己"，到哥廷根定居，她的丈夫在哥廷根大学教授东方语言。在堆满书籍的屋子里，她像一位"年迈的誊抄员"一样全身心投入自己的文学创作，并继续和流浪诗人里克尔保持通信。1905 年，她游览了斯堪的纳维亚半岛；因为对奥斯曼文明十分感兴趣，她在巴尔干半岛战火连天之时参观了君士坦丁堡。同年，她还乘坐火车到西班牙巴斯克地区观看了斗牛，那场面令她感到恐惧。

1911 年，露·莎乐美在魏玛遇见弗洛伊德博士，第一次了解精神分析，这为她的人生和作品指引了新的方向。1926 年，里克尔在瑞士去世以后，莎乐美来到维也纳，成为无意识大师弗洛伊德的病人，同时也成为刻苦的学生、内行的精神疗法医生，两人保持着定期通信。

露·安德烈亚斯-莎乐美是雅克·诺贝古眼中"里克尔和尼采的灵感缪斯兼刽子手[109]"，彼得·加斯特眼中"思想与心灵的天才"[110]，她用自己的智慧、文化、青春和美貌激励了最初的几位仰慕者。彼时的欧洲向世界敞开怀抱，在领略过意大利的"自由精神"、德国的瓦格纳式民族主义之后，来自欧洲边境的莎乐美把年轻的俄耳普斯[111]带到俄国，她对诗歌的信念也更加坚定。

109　选自雅克·诺贝古为《我的一生——简要回忆》作的序，该书于作者死后出版，1977 年出版于法国大学出版社，被收入"批评视野"丛书。

110　引自的弗朗索瓦·盖里的《露·莎乐美一生的天才》，卡尔曼-列维出版社，1978 年。

111　俄耳普斯是古希腊著名的诗人、歌手，此处代指里克尔。——译注

　　莎乐美所构想的女性解放是如此前卫，与电影明星和歌剧大腕[112]相比，她是一位"严肃女性[113]"，一位无可匹敌的书简作家、足迹踏遍欧洲的随笔作者，更是弗洛伊德最忠实的追随者，正如玛丽·波拿巴那样。

112　露·莎乐美是莉莉安娜·卡瓦尼执导的电影（1977）和由朱佩塞·西诺波利指挥的同名歌剧（1981）《善恶的彼岸》的女主角原型，电影版女主角由多米尼克·桑达出演。
113　引自 1991 年 2 月 22 日《世界报》所刊吉纳维芙·布里萨克的文章。

一位哲学家的漂泊之旅
弗里德里希·尼采

（1844，普鲁士，萨克森省，洛肯—1900，魏玛）

尼采出生在一个路德教牧师之家， 5 岁时成了孤儿，在德国度过漂泊的青年时期。一次徒步旅行后，他从普夫达中学进入图林根州的伯恩大学和莱比锡大学学习神学和古典哲学。 1869 年，博士还未毕业的尼采从讲师被晋升为巴塞尔大学副教授，光明的学术前程已近在咫尺。

1868 年 11 月 8 日，尼采与理查德·瓦格纳在莱比锡相遇，当时瓦格纳和李斯特次女科西玛·冯·彪罗已是情侣，尼采欣赏瓦格纳的创新才能，于是与二人结下友谊。这段经历改变了这位年轻的大学老师、天才音乐家、杰出钢琴家的生活。"未来音乐"大师瓦格纳在离卢塞恩不远的特里布申避难，尼采与之关系亲近，并和科西玛保持定期通信，在瓦格纳的影响下，尼采度过了数午的创作高峰期。 1872 年，他将第一部作品《悲剧的诞生》[114] 题词献给了瓦格纳。

114　德语原文为《悲剧从音乐精神中诞生》——译注

尼采靠着浓密的黑胡子和厚厚的烟熏玻璃镜片隐瞒自己糟糕的健康状况。1876 年秋，这位 32 岁的哲学教授第一次踏上意大利之旅。在哲学家保罗·里和一位巴塞尔学生阿尔贝·布伦纳的陪同下，尼采从热亚那乘船前往那不勒斯。人满为患、场面热闹的意大利大港口给来自北方的尼采留下深刻印象，他立刻感受到南方拉丁人的性感和耀眼的阳光。到达索伦托之后，尼采和同伴们入住鲁宾纳奇别墅，该别墅是他们的朋友玛尔维达·冯·梅森堡男爵夫人租用的，就是为了创建一个供思考、写作、创作音乐[115]的"自由精神隐修院[116]"。

鲁宾纳奇别墅有两个露台和一个种着桔树的花园，面朝世界上最美的海湾；这栋别墅在那 6 个月里一直都是尼采的灵感之地。尼采试图忘记自己的身体状况，投入创作《人性的，太人性的》，那是他献给伏尔泰的作品。德意志女主人、"朋友、母亲、医生[117]"、杰出的女文人玛尔维达照看着来宾，并安排由他们组成的"理想之家"的日常生活。期间瓦格纳夫妇来访，当时他们住在维多利亚酒店，旅居的 6 个月里穿插着集体读书会、庞贝和卡普里岛的游览。尼采还请了一位那不勒斯医生为他诊治脑部的肿瘤[118]。

然而，如果说在意大利的第一次旅居令尼采得以深化自己的思想并完成一部新的伦理学著作，那么他和瓦格纳的友谊则是致命的，因为瓦格纳强加给身边人的思想令人越来越无法接受。"拜罗伊特第一

115　1872 年 5 月，拜罗伊特节日剧院奠基仪式举行之际，尼采由科西玛·瓦格纳介绍给马尔维达。保罗·里（1849—1901）：德国哲学家，《精神观察》和《意识的起源》的作者。
116　引自雅克·勒·里德尔的传记《马尔维达·冯·梅森堡——一位 19 世纪的欧洲女性》，巴尔第亚出版社，2005 年。
117　尼采在《人性，太人性的》中对马尔维达·冯·梅森堡的题词，引自雅克·勒·里德尔的传记《马尔维达·冯·梅森堡——一位 19 世纪的欧洲女性》，巴尔第亚出版社，2005 年。
118　引自雅克·勒·里德尔的传记《马尔维达·冯·梅森堡——一位 19 世纪的欧洲女性》，巴尔第亚出版社，2005 年，请参考本书同名章节。

届音乐节举行之时，我就已经和瓦格纳告别了。我无法忍受模棱两可；然而，自他到德国定居之后，就逐渐向我蔑视的一切卑躬屈膝，包括反犹太主义。是时候该告别了。理查德·瓦格纳看似胜利了，实则失望、颓废、堕落，他无能为力、精疲力竭[119]，突然倒在十字架下……"

《弗里德里希·尼采》，爱德华·蒙德， 1906 年

119　选自《尼采反瓦格纳》，引自迪特里希·菲舍尔-迪斯考的《瓦格纳和尼采，模仿者与背弃者》，弗朗西斯·范·德·维尔德出版社，1979 年。1876 年 11 月 5 日，瓦格纳和尼采最后一次在索伦托见面。

　　1879 年，在巴登经过治疗后，尼采的身体状况仍然堪忧，因此辞去了在巴塞尔大学的教职。次年春天，尼采在领取巴塞尔大学的年金之后前往威尼斯——"深深孤独的城市"——同去的音乐家彼得·加斯特[120]充当他的秘书，二人都喜欢四手联弹。贝伦迪斯宫距离总督之城咫尺之遥，尼采在那里完成了《朝霞：关于道德偏见的思考》（《威尼斯的影子》）的大部分内容，并利用那段时间再次练习肖邦的曲子。"我试图找一个可以替代音乐的词，只能找到威尼斯这个词。[121]"

　　尼采先后在马里昂巴德和瑙姆堡的母亲家中度过最美的季节，之后继续漂泊之旅，于 1881 年春回到热那亚。这位德意志博士窝在浸信会之路一座宅邸的阁楼里，要走 164 级台阶才能到达。整个秋天他都过着苦行僧一般的生活，令周遭人感到惊讶。"有时我在热亚那的山岗上漫步，带着和哥伦布一样的目光和情感，从前他就是从这里眺望大海和未来。[122]"尼采如是写道。

　　次年夏天，尼采被宜人的高山气候吸引，和加斯特一道在意大利南蒂罗尔住了好长一段时间。随后，他只身前往位于瑞士格劳宾登州的锡尔斯-玛利亚。在海拔一千多米的席尔瓦普拉纳湖畔漫步时，"在风儿淘气而欢快的吹拂下"，尼采受到"永恒回归"的启迪，意识到"永恒"的真谛，也起了创作查拉图斯特拉这个人物的念头[123]。"我坐在那儿等待，没有任何期待，善恶的彼岸时而明媚时而阴沉，令人愉

120　彼得·加斯特是海因里希·科赛利茨（1854—1918）的化名，德国作曲家，歌剧《威尼斯之狮》的作者，位于门迪坎蒂运河畔的贝伦迪斯宫属于他的家族。
121　选自《瞧，这个人》，引自盖伊·波尔塔莱斯的《浪漫欧洲》，伽利玛出版社，1949 年。
122　1881 年 3 月 24 日尼采写给欧文·罗德的信。
123　石头上刻的字至今保存着尼采的记忆："高于人类与时间之上六千英尺"，尼采曾住过杜里施家族位于锡尔斯-玛利亚的房子，那座房子如今是一座博物馆。

悦，把自己交给游戏、湖泊、南方以及漫无目的的时光。我的朋友突然由一生二——查拉图斯特拉就这样出现在我脑海里。[124]"

6个月后，尼采从热亚那返回，创作完成《快乐的知识》，他在书中断言上帝已死以及"自由精神"的胜利，之后便常去歌剧院欣赏比才的《卡门》，比才阳光、坦诚的音乐把尼采从"堕落"、强势、"危险"的瓦格纳音乐中拯救出来。

　　　　每次我听《卡门》都感觉自己变得更豁达，成了更好的哲学家……，越精通音乐，就越豁达。[125]

1882年4月，为了完成《帕西法尔》，拜罗伊特大师瓦格纳到巴勒莫旅居，尼采对此不予理睬，乘坐帆船前往西西里岛，期间遭遇了一次暴风雨。再次见到他钟爱的地中海风光，尼采在墨西拿初尝禁忌之乐[126]。偷闲之旅结束后，尼采回到罗马和保罗·里、"亲爱的玛尔维达"重聚，玛尔维达想把他介绍给露·冯·莎乐美认识，后者是一位富裕的俄国年轻女贵族、会讲德语的知识分子，有着非凡的美貌，玛尔维达和露是在拜罗伊特音乐节上相识的[127]。

露在自传中提到在圣伯多禄大教堂将她介绍给尼采的是保罗·里，并公开承认哲学家尼采用戏剧性的口吻向她提出的那个著名的问题："我们分别是从哪两颗星球上掉到这里并相遇的？[128]"

124　选自尼采的《快乐的知识》（锡尔斯-玛利亚）。
125　选自尼采的《瓦格纳事件》。
126　选自马克·索泰《尼采的女人》中《科西玛·瓦格纳和弗里德里希·尼采的信》的前言，追寻南方出版社，1995年。
127　请参考本书关于马尔维达的章节。
128　引自露·安德烈亚斯-莎乐美的《我的一生——简要回忆》，该书于作者死后出版，1977年出版于法国大学出版社，被收入"批评视野"丛书。

　　继此次见面的几周后，年轻的女士露和撩人的反基督徒尼采之间令人惊讶的浪漫曲奏响了。这份浪漫在奥尔塔湖附近的伦巴第、萨克罗山、特里布申旅行期间继续蔓延，特里布申甚至令尼采有机会回顾自己瓦格纳式的过去。尼采坚信自己钟爱这位美丽的外国女士，两度向她求婚，但露明确拒绝了她，这深深伤害了尼采，两人的关系因此走到了尽头。

　　……甚至作为朋友都变得困难，如今却仍与我有联系——

　　我本想独自一人生活——

　　但是亲爱的鸟儿露飞过我走的路，我以为那是一只鹰。我想让这只鹰待在我身边。

　　来吧，让你受苦我痛苦不已。在一起，我们能更好地承受痛苦。[129]

　　自 1882 年起，文学家尼采再次开启意大利漂泊之旅，期间笔耕不辍。尼采在位于拉帕洛和菲诺港之间的黎凡特海滨的简陋客栈里孤独地度过了数月，并在那里开始《查拉图斯特拉如是说》的创作。就是在此期间，他得知瓦格纳于 1883 年 2 月 14 日在威尼斯突然去世的消息。1884 年春，尼采再次前往罗马，住在瑞士画家马克斯·缪勒位于巴贝里尼广场的家中，在那里继续创作《查拉图斯特拉如是说》及其中描写特里托内喷泉的章节《夜歌》。"夜已到来，喷泉之声愈发响亮，而我的灵魂，也是一座喷泉。"

129　选自 1882 年 4 月 4 日尼采写给在拜罗伊特的露·莎乐美的一封信，引自《通信集之尼采——莎乐美》，伽利玛出版社，1980 年。

随后的几年中，尼采分别到威尼斯、莱比锡、恩加丁山谷的马焦雷湖和法国的滨海自由城、尼斯旅居，连续 5 个冬季都是在他非常适应的蓝色海岸的"晴朗的天空"下度过的。 1883 年，尼采在港口附近的一家膳宿公寓内完成了《查拉图斯特拉如是说》，漫步于俯瞰滨海路的埃兹小镇。三年后，他又在花市附近的一间阁楼里完成了《善恶的彼岸，未来哲学的序曲》。

1888 年，那是尼采在尼斯的最后一个冬季，他再次前往歌剧院为《卡门》喝彩，随后前往加斯特为他推荐的城市都灵——"一座真正为我而建的城市，庄严肃穆，一点也不大，一点也不摩登[130]"。

1889 年夏，近乎半盲的尼采还在锡尔斯-玛利亚继续创作《瓦格纳事件》《偶像的黄昏》和《反基督》。9 月末，尼采回到皮埃蒙特首府的卡洛·阿尔贝托广场，开始撰写自传《瞧，这个人》，并把和瓦格纳相关的作品汇编成一部名为《尼采反瓦格纳》的论战作品。1889 年 1 月 3 日，饱受精神问题困扰的尼采在都灵的马路上崩溃了，他深知自己注定要失败，那段极其高产的创作时期也随之结束。几天后，友人弗朗茨·奥韦尔贝克[131]将他送入巴塞尔精神病院。尽管尼采瘫痪在床、精神不济，但他仍在母亲位于瑙姆堡的家中生活了 11 年。1900 年 8 月 25 日，尼采在魏玛去世，当时他的妹妹伊丽莎白陪伴在侧[132]。

"逃亡者[133]"尼采把恩加丁的高峰、意大利里维埃拉海岸、热亚

130　选自 1888 年 4 月 7 日尼采写给彼得·加斯特的信。

131　弗朗茨·奥韦尔贝克（1837—1905）：教会历史学家，巴塞尔大学教授。

132　1894 年，伊丽莎白·福斯特-尼采（1846—1935）在魏玛创建尼采档案馆，并于 1898 年促成备受争议的尼采作品全集第一版的出版。她参与对尼采作品的篡改，并通过纳粹政权收集尼采的文稿。

133　选自 1879 年 7 月尼采写给保罗·里的信，选自《通信集之尼采——保罗·里》，伽利玛出版社，1980 年。

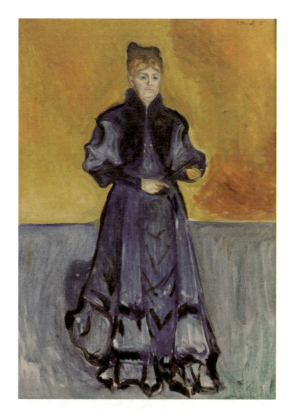

爱德华·蒙德，《伊丽莎白·福斯特·尼采》，1905 年

那和罗马变成混乱人生中的圣地、写作生涯中的必经之站。对别处的向往、对纯净空气和阳光的渴望使他不得不开启频繁的漂泊之旅。

尼采是一位孤独且没有好奇心的旅行者，很少像其他游客一样游览风景名胜。尽管久病缠身，他仍在威尼斯和密友交谈、交流思想。尼采凭借广博的学识、颠覆性的思想令保罗·里、彼得·加斯特、玛尔维达·冯·梅森堡、露·莎乐美、理查德·瓦格纳、科西玛·瓦格纳等人赞叹不已，惊讶万分。这位自称"没有祖国"的德国人成为历代知识分子心中的现代哲学先驱。他既不追求成功，也不奢望得到认可；他在瑞士、意大利、法国旅行途中完成了卷轶浩繁的著作的大部分内容，旅行的内容往往只有写作，写作的地点也经常出人意料。

卡尔·施皮茨韦格，《结伴出行的英国游客》，　1845 年

透纳,《海峡素描 28》, 1845 年

2
PART

英语文学家、艺术家之旅

" 然后，意大利毒药一般的魅力 "
开始作用于她，她不再获得信息，而是开始感到快乐。

—— 爱德华·摩根·福斯特

尽管美国独立战争后于 1783 年在凡尔赛签订的和约[134]令英国失去了 13 个殖民地，18 世纪下半叶的英国在全世界范围内的势力仍在不断扩张，经济持续繁荣。

乔治三世和夏洛特王后统治期间（1760—1820），考究的社交礼仪在英国得到充分发展。简·奥斯汀的小说和华兹华斯的诗歌正是其写照。劳伦斯·斯特恩创作的有关欧洲大陆的《多情客游记》（1768）则令读者感到惊叹，他在书中介绍了叙事的主观性，并提出一种新的文学形式。

毕业于剑桥大学、牛津大学的英国青年喜欢求知、自然和古董，一心想着旅行。人们在伦敦、巴斯的豪宅、朗利特野生动物园、萨克赛斯公园等地的新古典主义沙龙里畅想着"壮游"——能够让年轻贵族成为真正的"行家"、艺术爱好者、完美绅士的意大利之旅。

《亚眠条约》（1802）带来的和平转瞬即逝，法国大革命的爆发以及以英国取得胜利为标志的拿破仑战役令旅行者们被迫沉寂了很长一段时间，海军中将纳尔逊、威灵顿公爵则分别因特拉法加海战（1805）和滑铁卢战役（1815）而闻名。

敌对关系结束、欧洲各国按照维也纳会议的决议进行边境重建以后，"英国游客"的罗马、那不勒斯之旅于 1815 年再度开启。自那时起，克雷文夫人、博宁顿伯爵夫人等数位女文人、创新而独立的书简作家继玛丽·蒙塔古之后踏上了南下的道路。在女性知识分子纷纷出行的背景下，摄政王——未来的乔治四世统治时期（1811—1830）的浪漫主义大诗人济慈、雪莱、拜伦以及稍晚一点的勃朗宁夫妇将瑞士、地中海沿岸诸国、君士坦丁堡作为旅行的目的地和灵感之源。

134　指《英美和约》。——编注

　　1837 年，维多利亚女王在她的叔叔威廉四世去世后继承王位，女王本人虽仅有几次官方出行，但她在位期间正是铁路、蒸汽机海运迅速发展的时代。这些新型交通工具使得威廉·萨克雷、查尔斯·狄更斯、罗伯特-路易斯·史蒂文森等小说家能够更加便捷地游遍欧洲大陆，画家透纳[135]则多次造访威尼斯。巴黎再次成为英国文人评价最高的目的地之一，哲学家约翰·斯图尔特、诗人奥斯卡·王尔德追随 18 世纪的同行前辈大卫·休谟、霍勒斯·沃波尔、沃尔特·斯科特等人的脚步游历法国。

　　19 世纪末期，维多利亚女王统治下的英国是一个工业强国，一个巨大的殖民帝国，此时，钟情于异域情调的文学家们对地中海之旅的青睐逐渐减弱，开始转向更远的旅行目的地。

　　另一边的美国摆脱南北战争（1861—1865）后，经济迅猛发展，作家詹姆斯·费尼莫尔·库柏、纳撒尼尔·霍桑、马克·吐温、亨利·詹姆斯和画家玛丽·卡萨特、约翰·萨金特等人踏上前往欧洲的旅途，为 20 世纪初的同道者开辟了道路。

135　请参考本书同名章节。

三位英国诗人的欧洲漂泊之旅
济慈、雪莱、拜伦

　　19 世纪初，许多年轻人还在继续"壮游"，将穿越阿尔卑斯山脉、游览罗马的回忆写成日记。浪漫主义时期的三位英国诗人翘楚济慈、雪莱、拜伦也踏上旅途，意大利和瑞士在众多目的地中脱颖而出，持续为他们的诗歌创作提供灵感。

约翰·济慈

（伦敦，1795—教宗国，罗马，1821）

　　　"到了罗马，立刻就到了天堂，墓穴、城市与旷野。"

——雪莱《阿多尼》

　　这位描写紫罗兰和雏菊的诗人是个孤儿，身体羸弱，其早慧的作品透露出为生存而斗争的痛苦。

　　济慈最初的诗作受到雪莱的赞赏，诗歌《恩底弥

约瑟夫·赛文，《约翰·济慈》
微型象牙雕塑，1819 年

翁》的灵感来源于奥维德，这首诗的发表令他成功跻身伦敦青年文学家的圈子。1818 年，怀着逃离悲伤生活的愿望，济慈与友人查尔斯·布朗[136]踏上漫长且费力的苏格兰徒步之旅。他在信中记述了这次坎坷的远足旅行，后来以《北方之行》为题出版。

从苏格兰返回后，济慈变得十分虚弱，疾病已经拖垮他的身体，弟弟的去世更是令他颇为神伤，此时，他遇到了 18 岁的妙龄少女芬妮·勃劳恩，并与之订了婚。济慈最美的几首诗的灵感都来源于这幸福的诺言、脆弱而未尽的浪漫，都是对忧郁、夜莺、美与爱的颂歌，尤其《明亮的星》，是对爱人鲜明而理想化的隐喻，这首著名的诗歌后来被用作一部电影的名字[137]。

136　查尔斯·阿米蒂奇·布朗（1787—1842）：济慈友人，谜一般的朋友，作家，济慈去世后，1822—1835 年间，布朗在意大利旅居，1840 年移民至新西兰，直至去世。

137　简·坎皮恩 2009 年执导的电影《明亮的星》。

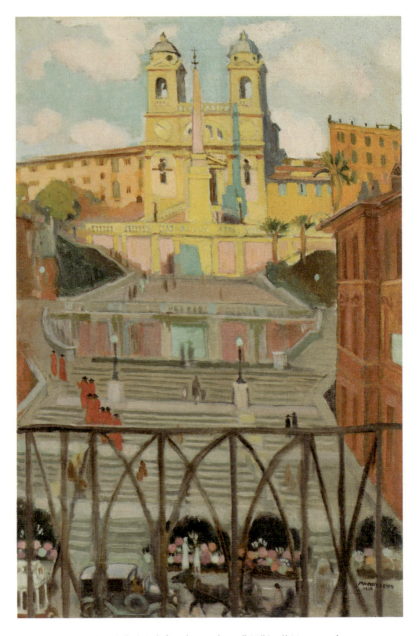

《西班牙大台阶和山上天主圣三堂》，莫里斯·德尼，1928 年

　　济慈受诗人雪莱之邀前往托斯卡纳与之相聚，希望能好好享受医生推荐的地中海气候。身患肺结核的他知道自己时日无多，此次旅行仓促成行。1820 年 9 月 17 日，在画家约瑟夫·赛文的陪伴下，济慈在伦敦附近的格雷夫森德登上玛利亚·古瑟号。旅途漫长且艰辛，两个年轻人被迫在那不勒斯隔离 10 日。二人因旅途劳顿而精疲力竭，11 月 14 日终于到达罗马，入住西班牙广场的一座府邸，府邸位于山上天主圣三堂和贝尔尼尼设计的喷泉[138]附近。其巴洛克风格的戏剧化装潢、街区中心的位置吸引着外国艺术家、文学家们纷纷前去寻欢作乐。而济慈在赛文和一位英国医生的陪伴下和疾病作着斗争，在那里度过人生中最后的 3 个月，并于 1821 年 2 月 24 日去世。济慈的诗歌生涯仅仅持续了 6 年便在一间小小的卧室里结束了，卧室对面便是永恒之城罗马[139]最美丽的广场之一——西班牙广场。

　　数月后，曾在比萨斜塔等待济慈的珀西·雪莱为这位英年早逝的诗人写下感人的挽诗：“直至地老天荒，他的命运和声望仍将是永恒的一声回响与一线光明！[140]”（《阿多尼》第一节，译者系费利克斯·拉贝）

　　济慈被葬在罗马新教公墓，离塞斯提伍斯金字塔、奥勒良城墙不远，后来雪莱的骨灰也埋葬于该城墙脚下。1879 年，他忠实的朋友、旅伴约瑟夫·赛文同样在罗马去世，被葬在济慈和雪莱的墓地旁边。济慈的诗才和赛文的色彩装点着两块墓碑，墓碑立在一座种着紫罗兰

138　目前是济慈-雪莱纪念馆所在地。

139　济慈去世以后，约瑟夫·赛文（1793—1879）仍然住在罗马直至 1830 年。教宗庇护九世统治时期罗马危机期间，赛文从 1861 年开始以英国领事的身份第二次旅居罗马，济慈的好几幅肖像画和表现雪莱写作《解放了的普罗米修斯》的一幅画在卡拉卡拉温泉浴场的废墟中被赛文发现（先藏于济慈-雪莱纪念馆）。

140　引自斯蒂芬·斯班德的译文《雪莱》，西格尔出版社，1954 年。

让-巴蒂斯特-卡米耶·柯罗,《山上天主圣三堂》, 1825 或 1850 年

和雏菊的小园子里。应济慈的要求,左边的墓碑上刻着"此地长眠者,声名水上书"。

和同时代的许多其他病人一样,济慈的罗马之旅并非本人所愿,只是为了遵照医生[141]的处方:当时的英国医生都推荐病人前往意大利治疗肺结核和抑郁情绪带来的痛苦。

的确,1830 年前后,气候疗法之风盛行,医疗旅游由此诞生。这种新的旅游方式促进了中欧国家温泉浴场的发展,像瑞士阿尔卑斯山、意大利的众多湖泊、里维埃拉这样新的文化热地也随之诞生。

141　詹姆斯·卡夫特（1788—1870）：英国医生,气候疗法专家,1819 年到罗马定居,他为济慈开展的治疗对济慈而言是致命的。返回英国以后,卡夫特成为维多利亚女王和阿尔伯特亲王的私人医生。

珀西·比希·雪莱

（萨塞克斯郡霍舍姆市费尔德广场，1792—托斯卡纳大公国，拉斯佩齐亚湾，维亚雷焦市附近的公海上去世，1822）

　　哦，我的心，在这冰冷的骨灰瓮上，散发着春天的气息和阴郁。"

　　　　　　　　——卡尔杜奇《在珀西·比希·雪莱的骨灰瓮里》

　　和好友济慈一样，诗人雪莱也是在意大利悲惨去世，昙花一现的文学生涯就此结束。

　　议员准男爵之子、出身伊顿公学的雪莱钟情诗歌、热爱自由，甚至有些过度，在意大利之旅中实现了情感生活和文学创作的双丰收。1881 年，雪莱因一篇宣扬无神论的文章被牛津大学开除，也因此与家族决裂，随后完婚[142]。三年后，彼时已成鳏夫的雪莱赢得玛丽·戈德温-沃斯通克拉夫特[143]的芳心，并于 1816 年娶她为妻。

　　哦，亲爱的玛丽，你能在这里多好

　　你，和你那明亮开朗的棕色的眼睛……

　　还有你的秀额……

　　更胜过蔚蓝色意大利的天穹……

142　哈丽特·威斯布鲁克，雪莱的第一任妻子，于 1816 年自杀。

143　玛丽·戈德温-沃斯通克拉夫特（1797—1851）是无政府主义哲学家威廉·戈德温和女权主义作家玛丽·沃斯通克拉夫特之女。

路易斯·爱德华·富尼耶所作《雪莱的葬礼》，1889 年

　　为了逃离英国社会的繁文缛节以及家族的指责（其家族为雪莱放纵的生活感到惋惜），1814 年 7 月 28 日，充满激情时而又模棱两可的诱惑者雪莱和玛丽及其继妹克莱尔·克莱尔蒙特一起离开英国前往瑞士。

　　奇怪的三人行漂泊至鲁塞尔，后经由德国、荷兰返回伦敦。然而，刚返回伦敦不久，诗人雪莱和他的"女士们"又准备开启一段新的瑞士之旅。1816 年 5 月 14 日，三人到达日内瓦，并在蒙塔莱格里小镇的湖边租了一栋房子。在这间朴素、幽静的乡村小屋里，三人以共同撰写日志为乐，雪莱还写了一首诗赞美夏慕尼的冰川和勃朗峰的"绝美"。6 月 10 日，雪莱和玛丽在科莱尔的引见下结识了《恰尔德·哈洛尔德游记》的作者拜伦勋爵，彼时他正安顿在科洛尼的迪奥达蒂别墅。这群天资聪颖的青年怪才很快从度假的邻伴变成朋友，共享旅途的愉悦，并以文会友。因此，碰上天气不好的夜晚，每位与会者都必须写一篇充满想象力的短篇小说。玛丽独自完成了这项练习，描绘了一场灾难并很快创造出书中的著名人物"科学怪人"。

回到伦敦以后，雪莱、玛丽和克莱尔再次遭受污蔑，于是三人决定彻底离开英国。1818 年 4 月，三人出发前往意大利，经塞尼山口跨越阿尔卑斯山脉，在米兰停留了一段时间，随后到卢卡浴场消夏。此时已入秋，他们前往威尼斯与拜伦重聚，之后又到达那不勒斯，在大不列颠酒店度过膳宿全包的 3 个月时光。从酒店套间的阳台望出去，一边可以欣赏那不勒斯海湾优美的全景，另一边是维苏威火山，火山上方飘着神秘的烟雾，如同小艾莲娜母亲的身份一样讳莫如深，是克莱尔还是女管家，无从知晓。尽管受到家庭琐事的烦扰，雪莱仍享受着冬日的温和，参观卡波迪蒙特博物馆的皇家藏品，游遍国王斐迪南时常猎捕野猪的坎皮佛莱格瑞火山区。当然，他也未曾错过在维吉尔墓旁沉思的机会。

1819 年 3 月，雪莱和玛丽在罗马科尔索大道安顿下来，后转至距离祖卡里宫不远的西斯蒂纳街，二人三岁的幼子查尔斯在那里夭折。这座"已逝世界的首都"，"荒芜的、满地大理石的城市"的废墟令雪莱惊叹不已，他在这座城市完成《解放了的普罗米修斯》之后又创作了《倩契》，其创作灵感来源于有关意大利的几则传言和圭多·雷尼绘制的著名肖像画，该肖像画彼时藏于巴贝里尼宫，[144] 是为向致敬"能想象出来的最美生灵"、乱伦弑父的贝亚特里切创作的。

144　约瑟夫·赛文的一幅画作，现藏于罗马济慈-雪莱纪念馆，该画描绘的是诗人雪莱在卡拉卡拉温泉浴场的废墟中写作《解放了的普罗米修斯》(1845)。贝亚特里切·倩契的悲剧也为同时期的其他文学家如司汤达、大仲马、意大利诗人巴蒂斯塔·尼科里尼、波兰诗人尤利乌什·斯沃瓦茨基等人带来创作灵感。

圭多·雷尼的《贝雅特里倩契》

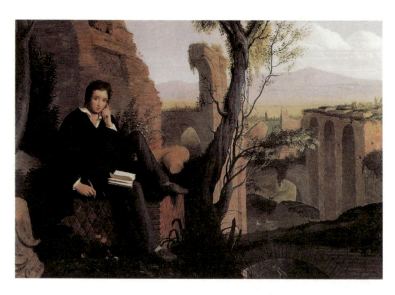

约瑟·塞文的《雪莱创作〈普罗米修斯〉》

1821 年，雪莱夫妇前往佛罗伦萨和比萨，他们在比萨得知友人济慈在罗马去世的消息。此前，他们曾邀请济慈前来托斯卡纳相聚。痛心疾首的雪莱写下诗歌《阿多尼》纪念挚友的逝去。

次年，雪莱和玛丽再次踏上旅途，在利古里亚海岸的港口城市拉斯佩齐亚安顿下来，随后租下马格尼之家，这座房子有些破败，离莱里奇很近。在这个远离人群、"美妙而崇高"的地方，雪莱重拾笔墨，并广交新友，醉心于泛舟之乐。1827 年 7 月 8 日，雪莱乘坐的帆船在从里窝那出海归来的途中因遭遇强风暴而沉没。10 日后，28 岁的雪莱和他的英国同伴约翰·威廉姆斯的尸体在维亚雷焦的沙滩上被找到。随后，由拜伦和二人的朋友特雷拉尼操办了火葬，以壮观而隆重的方式结束了诗人雪莱的命运[145]。坟墓的白色大理石墓碑背靠新教公墓的古城墙，墓碑上刻着莎士比亚戏剧《暴风雨》中爱丽儿唱的一段词：

> 消失的他没有一处不曾受到海水的变幻化成瑰宝，富丽而奇怪

雪莱去世以后，玛丽在意大利继续住了一段时间，并在日内瓦旅居之际拜访拜伦勋爵。接着，玛丽放弃旅行，最终返回伦敦，出版了几部灵感来源于意大利的小说：《六周环游欧洲大陆的故事》和《德国、意大利之旅》（与其子同游）。尽管意大利承载着痛苦和离别，但对于玛丽·雪莱而言，"回忆将这个国家描绘成天堂"。

旅行伴随了叛逆而敏感的纨绔子弟、诗人雪莱短暂的一生。不同

145　路易斯·爱德华·富尼耶的一幅画，表现的是雪莱的葬礼（1889）。

于英国同胞对"壮游"的肤浅的好奇心，雪莱对意大利人和对彼得拉克的语言的热爱是深刻的。悲剧的海难令雪莱的旅行戛然而止，他的漂泊之旅意味着对腐朽的英国之抗拒、对失去的天堂之追寻。作为一位没有缘由的反抗者，一直"在路上"、温文尔雅的理想主义年轻人，雪莱和他的女缪斯们在美丽的意大利旅行，宛如一位先行于所处时代的富贵嬉皮士。

拜伦勋爵

（伦敦，1788—奥斯曼帝国统治下的希腊，迈索隆吉翁，1824）

> "美即是真，真即是美——这就包括你们所知道、和该知道的一切。"
>
> ——济慈《希腊古瓮颂》

作为第六代拜伦男爵，乔治·戈登挑战自身的命运，一生追求自由。同时代的人对这位传奇的英雄人物毁誉参半。其形象和境遇令人们对这位诗人作品研究依然不甚明朗，"他的才华是如此无法估量"（歌德）。

拜伦是令人难以抵抗的引诱者、和唐璜一样的女性收集者，同时也"捕获"男性，他喜欢以希腊风的打扮厮混其中，他是自身魅力、轻浮、无节制挥霍的受害者。这位年轻的勋爵出身于一个古老的贵族家庭，有着一头卷发，长着鹰钩鼻，美中不足的是有些跛脚，他在剑桥大学三一学院取得优异成绩，并在那里获得关于情感和文学的最初体验。

为了逃离英国社会的因循守旧，疗愈对爱情的失望，拜伦于1809

托马斯·菲利普斯，
《穿着阿尔巴尼亚服饰的拜伦勋爵》，
约 1835 年

年开启欧洲大陆的第一次旅行。1809 年 6 月，在查阅了大量目的地国家的相关文献，准备好面对旅途诸多不适和惊喜之后，拜伦和来自剑桥的一位好友、仆人、深受其喜爱的年轻侍从约翰·霍布豪斯一起出发前往里斯本，"因为和我自己一样，他就像一只没有朋友的动物。"拜伦如是写道。

对我而言，离开英国是无悔的——我不愿再回去。[146]

拜伦被葡萄牙温暖的天气所吸引，却对这个被英国军队占领的国家的古板习俗感到失望，因此没有在里斯本久留。他鼓起勇气游泳横渡塔霍河，并骑着骡子在周围漫游，之后又骑马到达安达卢西亚，途

146　引自安德烈·莫洛亚的《唐璜或拜伦的一生》，格拉塞出版社，1952 年。

经塞尔维亚、"到处都是西班牙最美的女人"的加的斯以及英国人珍
爱的雪利酒的产地赫雷斯。

诗人拜伦在直布罗陀登船前往马耳他，又乘坐军用双桅横帆船离
开马耳他，前往阿里帕夏铁腕统治下的阿尔巴尼亚——奥斯曼帝国治
下近乎神秘的一个国度。

英国年轻公子哥和年迈帕夏的隆重会面轰动一时；拜伦返回伦敦
以后穿着东方服饰戴着头巾的肖像画[147]、帕夏夏宫里嵌在墙上的大理
石碑都是此次会面的见证。石碑至今仍在，纪念着拜伦曾经到访山鹰
之国阿尔巴尼亚。在那荒蛮之地，拜伦身边总是围绕着穿着刺绣外
套、白色宽松短裙的男人，也是在那里，他完成了《恰尔德·哈洛尔
德游记》最初的几章，这首关于旅行的长诗随即令他声名鹊起。

> 阿尔巴尼亚的土地上出现了伊斯坎德尔，
>
> 对年轻一代而言是传奇的、智慧的火炬、
>
> 战无不胜的同名英雄
>
> 在骑士功勋面前退缩
>
> （《恰尔德·哈洛尔德游记》第二章第三十八节，译者系罗
> 杰·马丁，奥比尔出版社。）

被骄傲的阿尔巴尼亚深深吸引的拜伦乘坐一艘土耳其战船继续前
行至希腊，途中遭遇了一场可怕的暴风雨，战船在伊庇鲁斯海岸搁
浅，附近有一伙强盗扎营，拜伦在书中描绘过他们凶神恶煞的嘴脸。
事故发生以后，他被迫骑马至迈索隆吉翁，还登上德尔菲神庙，把名

147　托马斯·菲利普斯为拜伦画的肖像画藏于伦敦国家肖像美术馆。

字刻在阿波罗神庙的一根柱子上，并于 1809 年的圣诞夜到达雅典。

　　　　美丽的希腊！逝去之伟大留下的悲伤圣地！繁盛不再仍不朽；
　　陨落破碎仍伟大。

　　拜伦在雅典这座破败不堪的奥斯曼重镇度过 6 周的时光，彼时他的英国同胞额尔金勋爵开始拆除帕特农神庙的石雕。拜伦对这位考古学家的野心和计划感到震惊，于是离开雅典，经由舒尼恩岬前往伊兹密尔，并在那里创作《恰尔德·哈洛尔德游记》第二章的开头部分。1810 年 5 月 3 日，他再次踏上前往里斯本的海上航线，还效仿希腊神话里的英雄莱安德雷，花一个半小时的时间游泳横渡达达尼尔海峡，而后又参观了特洛伊。10 天后，拜伦到达穆罕默德二世的首都——君士坦丁堡，在英国大使馆受到接见后，他游览了该城，在博斯普鲁斯海峡航海，还在加拉塔的沙龙参加了几场社交活动，而后即刻重返雅典，并在那里巧遇奇妙非凡、正前往耶路撒冷的斯坦霍普夫人[148]。

　　拜伦在君士坦丁堡的一家嘉布遣会修道院结识了一名年轻的法国男子，该男子教他学习意大利语并成为他的露水情人。7 月 17 日，拜伦结束了为期一年多的东方之旅。

　　回到伦敦后，拜伦被视为恰尔德·哈洛尔德本人，《异教徒》《阿比多斯的新娘》《海盗》等受东方历险启发而创作的诗歌令他名利双收，欧洲的"拜伦狂热"由此诞生。然而，继承了丰厚家产且极有教养的妻子安娜贝拉·米尔班奇谴责拜伦与其继妹有不正当关系，为了

148　赫斯特·斯坦霍普女士（1776—1839）：英国旅行家、冒险家，皮特的侄女，游遍叙利亚、黎巴嫩、巴勒斯坦，她在这些德鲁兹派穆斯林国家活得像一位女王。1845 年，她的回忆录和游记在她的医生梅里昂的帮助下出版。

躲避这桩新的丑闻，"放纵的旅行者[149]"拜伦不得不离开英国。在仆人和波里道利博士的陪同下，他带着满满当当的行装前往瑞士。这位波里道利是一名年轻的意大利医生，也是同时期的作家，拜伦当时对他颇为迷恋。

> 再一次出海！再一次！浪花像认得主人的骏马一般在我脚下跳跃。

由于没有获得法国签证，拜伦一行乘船前往奥斯滕德，途经滑铁卢，沿着莱茵河谷向上游行进，最后在波恩附近的龙岩山顶峰停下脚步。

到达日内瓦后，拜伦与情人克莱尔·克莱尔蒙特重逢，克莱尔蒙特将继嫂、雪莱的妻子玛丽介绍给他。就这样，真诚的友谊在两位文学家之间诞生了，两人除了对诗歌和漂亮女士的爱好一致，其他方面截然不同。被日内瓦乡村风光吸引的拜伦在科洛尼租下迪奥达蒂别墅[150]，用以接待新朋友，朋友们都为这位主人的魅力和大方所倾倒。尽管那一年瑞士的天气很糟糕，拜伦一行仍然参观了西庸城堡及其监狱，正是这座监狱让年轻的拜伦勋爵受到启迪，创作出著名诗作《西庸的囚徒》。他们还在克拉伦斯、费尔内分别向卢梭、伏尔泰致以了敬意。

阴郁的夏季末，从夏慕尼、伯尔尼阿尔卑斯山远足回来以后，拜伦拜访了他的朋友马修·刘易斯[151]，刘易斯为他领读了歌德《浮士德》

---

149 萧伯纳对拜伦的评价。
150 二战期间，奥迪达蒂别墅是画家巴尔蒂斯的住所。
151 哥特式小说《修道士》的作者。

的英文选段。对部杰作的解读激励着拜伦继续创作《曼弗雷德》，这部诗剧表现了一个被内疚折磨的男人的命运。

> 沉浸在高傲悲伤中的拜伦，
> 有一天经过这个国家时说：
> 当我在冷杉丛中看见这片墓地，
> 似乎是我的朋友们。
> （阿尔弗雷德·德·缪塞《阿尔卑斯山的回忆》）

　　10月6日，拜伦冒着瓢泼大雨离开日内瓦，经由辛普隆山口前往意大利。在米兰（当时属于奥地利）的一次歌剧晚会上，经人引见结识了弗朗索瓦·亨利·贝尔（司汤达）。司汤达吹嘘着自己了解意大利绘画，并和拿破仑大军、拜罗纳勋爵一起横穿了欧洲大陆。事实上很不幸的是，司汤达和这位"高傲、古怪、有点疯狂"却又被认为是"在世最伟大的诗人[152]"的公子哥会面之后就没了下文，因为卓越的拜伦匆忙去了威尼斯，由"贡多拉轻舟忧郁的欢快和运河的寂静"汇成的又一次旅程开始了。

> 我站在威尼斯的叹息桥上，
> 一边是官殿，一边是牢房。
> 举目看时，许多建筑物忽地从河中升起，
> 仿佛魔法师挥动魔杖后出现的奇迹。
> （《恰尔德·哈洛尔德游记》第四章第一节，译者系罗杰·马丁）

152　引自司汤达发表在《巴黎杂志》的文章《拜伦勋爵在意大利》，1830年。

贝特尔·托瓦尔森创作的拜伦胸像

　　1817 年，拜伦在威尼斯运河边定居，生活奢靡，但"饱尝无休止的无聊[153]"，于是中止了在圣拉扎罗岛修道院的亚美尼亚语学习，前往罗马，途经费拉拉时写就了《塔索的哀歌》。在永恒之城罗马，拜伦参观了丹麦雕塑家贝特尔·托瓦尔森的工作室，后者为他塑造了一尊古代风格的胸像[154]。返回威尼斯后，拜伦在运河边租下豪华的莫西尼哥官，并在那里写作将神话和自身经历相结合的"现代史诗[155]"《唐璜》和富有浪漫主义色彩的《马泽帕》。

　　同年，拜伦迷恋上年轻的伯爵夫人特蕾莎·圭乔利。莫西尼哥官因他的放荡不羁俨然变成一座荒唐的声色场所，但和特蕾莎·圭乔利交往以后，拜伦结束了那段放荡时光。1819 年，他出发前往拉文纳和

153　阿尔弗雷德·德·缪塞。
154　原作藏于伦敦皇家收藏馆，复制品藏于哥本哈根托瓦尔森博物馆。
155　引自安德烈·莫洛亚的《唐璜或拜伦的一生》，格拉塞出版社，1952 年。

阿尔伯特·里格，《月光下的日内瓦湖》，创作年份不详

新情人重聚，特蕾莎则带着丈夫的祝福欢迎了拜伦，成为当时教廷眼中的大丑闻。

然而，拜伦不顾生活中的流言蜚语继续撰写《日记》以及展现威尼斯共和国历史的歌剧《两个福斯卡里》，同时和以谋求意大利自由为宗旨与烧炭党保持密切联系。跟随圭乔利夫妇到达托斯卡纳后，拜伦再次见到住在莱里奇附近的雪莱夫妇。不过，雪莱在里窝那海湾遭遇风暴遇难以后，拜伦就离开了伤心之地，并在热亚那租下一栋面朝海湾的粉色大宅子——萨卢佐之家，在那里接待了正取道返回英国的玛丽·雪莱，旅居里维埃拉的布来辛顿夫人[156]和多尔塞伯爵紧随其后，

---

156 玛格丽特·加德纳，布莱辛顿伯爵夫人（1789—1849）：爱尔兰作家，出版《拜伦勋爵谈话录》。

希望和她结伴而行。

对辉煌历险的渴望和对介入政治的期待令拜伦得以逃脱资产阶级化的生活，"他，不幸的意大利的最后一位情人……[157]"前往希腊，和一个正在为争取希腊独立做准备的使团取得联络。1823 年 7 月，拜伦带着 12 个支持者离开意大利，为希腊人而战。8 月 3 日到达被英国人占领的爱奥尼亚群岛的其中一座——凯法利尼亚岛之后，拜伦致力于建立一支雇佣军部队。次年 2 月，拜伦在迈索隆吉翁等待增援和命令时感染发烧，医治无效。4 月 19 日，拜伦在仆人的怀中去世，刚满36 岁。

涂了防腐香料的遗体经历最后一次旅行，乘坐佛罗里达号双桅横帆船被运回英国，并于 7 月 16 日被埋葬在哈克纳尔，距离他在纽斯特德的房产很近，就在诺丁汉附近。英国举国同哀，"拜伦狂热"就此结束。正如安德烈·莫洛亚的评价："战胜纨绔子弟和全世界男人的诗人、士兵"。就如拉马丁[158]所说，拜伦这位新尤利西斯，这只"山鹰"把意大利漂泊之旅和为希腊而战的经历变成了生活和写作的完美教科书。

1959 年，罗马博尔盖塞博物馆竖起一座拜伦的雕像，和位于剑桥的拜伦雕像一模一样。拜伦勋爵呈坐姿，一只脚置于一根古代圆柱上，肩披斗篷，右手执笔，左手握着一本《恰尔德·哈洛尔德游记》，其中第四章赞美永恒之城罗马之美的诗句被镌刻在雕像的底座上。

---

157 引自阿尔弗雷德·德·缪塞《致拉马丁先生的信》，缪塞是拜伦的仰慕者。
158 拉马丁十分欣赏拜伦的作品，尤其是《曼弗雷德》，拉马丁写了一首题为《男人》（诗集《诗的冥想》）的诗歌献给拜伦。

欧洲大陆的三位英国女性
沃特利·蒙塔古夫人、克雷文夫人、
布莱辛顿夫人

英国女性是自 18 世纪中叶起最早便进行频繁旅行的女性群体。其中像沃特利·蒙塔古夫人这样富裕且独立的女贵族，往往已经是几个孩子的母亲，仍然陪同自己的丈夫到遥远的地方执行公务。还有一些女性则跟随自己的情人漫游欧洲，例如布莱辛顿夫人，因此受到大人物的接见，克雷文大人甚至在国外举办文学沙龙。这批优秀的女性甚至写下了大量信件和回忆录，这些作品见证了她们对旅行极大的好奇心，以及和时代不相符的冒险精神；她们的现代性和独创性值得我们探讨[159]。

---

159 摩根夫人（1776—1859）：拜伦欣赏的爱尔兰小说家、回忆录作者，1821 年出版过一部意大利游记，也是最早开始旅行的女性之一。

玛丽·沃特利·蒙塔古夫人

（伦敦，1689—伦敦，1762）

　　沃特利·蒙塔古夫人给亲友写了近千封书信，是著名的书简作家，也是 18 世纪英国文学史上的一位重要人物，她将智慧、思想和对知识的好奇流于笔端，称得上是英国的塞维涅侯爵夫人。欧洲之旅令这位杰出的女贵族成为一位无与伦比的作家。

　　自幼时起，小玛丽就学会了如何看待这个世界，惊叹于大自然的景象和身边的人。其父伊夫林·皮尔庞特，即金斯顿伯爵，为她提供了极好的教育。她曾学习法语、意大利语和拉丁语，其中拉丁语是她最擅长的。后来在君士坦丁堡旅居时，她还上过土耳其语课。1712年，玛丽和爱德华·沃特利·蒙塔古结婚，次年，两人的儿子出生，玛丽夫人在约克郡生活，后于 1715 年到伦敦和丈夫团聚，因为她的丈夫在乔治一世的宫廷里谋得一个重要职位。玛丽夫人在首都伦敦效仿法国的沙龙女主人，招待一群经常相聚的作家，如意大利神甫、学者兼哲学家安东尼奥·孔蒂，剧作家威廉·康格里夫、诗人约翰·盖伊和亚历山大·波普。

　　1716 年 4 月，沃特利勋爵被任命为英国驻奥斯曼帝国大使，这项任命改变了妻子玛丽的生活，她陪同丈夫前往君士坦丁堡，并在许多写给亲人的信件中描述了他们的旅行。

　　1716 年 8 月，玛丽夫人和丈夫、儿子一起穿过荷兰、德国，途经科隆、法兰克福和维尔茨堡，随后乘船沿多瑙河经雷根斯堡到达维也纳。蒙塔古大使在维也纳停留了几周，处理一起奥地利和土耳其的调停案。在哈布斯堡王朝的首都维也纳逗留期间，蒙塔古夫人频繁出入

克内勒爵十,
《玛丽·沃特利·蒙塔古肖像》,约 1720 年

剧院和歌剧院,参加查理六世副首相、勋彭伯爵举办的晚宴。那一年的岁末,玛丽夫人陪同沃特利勋爵到莱比锡、德累斯顿、汉诺威执行公务,夫妇二人受到当地选帝侯的隆重接见,后者邀请他们品尝了温室里种植的香蕉和橙子。

　　1717 年 1 月,外交家蒙塔古勋爵携妻子出发前往贝尔格莱德,踏上奥斯曼帝国苏丹艾哈迈德三世的领土。在穿越巴尔干半岛的途中,玛丽夫人开始学习土耳其语,她对这块"新大陆"颇感兴趣,充满惊叹与好奇。蒙塔古大使夫妇在大领主官邸所在的阿德里安堡(埃迪尔内)停留了很长时间,期间蒙塔古夫人游览了温泉浴场,在奥斯曼帝国最美的清真寺,年轻的法国大使夫人陪同她一起参加了苏丹及其随从进寺的庄严仪式。6 月,沃特利夫妇终于到达君士坦丁堡,安顿在为外国人专设的佩拉区,离金角湾不远,从那里可以望见仙境一般的、满是清真寺圆穹顶和尖塔的君士坦丁堡老城。

　　"从房子的某些角度望出去，可以看到港口、城市、宫殿以及遥远的亚洲山丘，也许这是世界上最美丽的远景。"孔蒂神甫如是写道。

　　在君士坦丁堡旅居期间，大使夫人玛丽参观这座都城的历史建筑，并热衷那里的社会和文化生活。为了更自在、更低调，玛丽穿着土耳其风格的衣服，经常出入清真寺、宫殿及其后庭，会见穆斯林贵妇人，包括托普卡帕宫的后宫嫔妃。玛丽发现，土耳其人为了预防天花纷纷接种牛痘，在大使被召回伦敦前不久，玛丽让儿子和刚出生的女儿完成了接种。

　　带着新生儿的返程之旅途经突尼斯、热亚那，一家人在热亚那被迫接受检疫隔离，而后经由都灵、塞尼山口继续前行。大使夫人玛丽坐在几位强壮的农民抬的柳条轿子里穿过塞尼山口，接着前进至里昂、枫丹白露和巴黎，在巴黎期间玛丽到法兰西喜剧院观看了拉辛的《巴雅泽》。沃特利一家最后顺利回到英国，返程之旅持续了4个多月。

　　1739年，玛丽夫人在伦敦遇见并迷恋上青年诗人、威尼斯外交家、伏尔泰和腓特烈大王的朋友弗朗切斯科·阿尔加洛蒂。她以身体健康为由借口外出透气，离开家人前往意大利威尼斯和阿尔加洛蒂重聚，两人一起参加了狂欢节、为纪念萨克森君主而举办的赛船、总督和亚得里亚海的结亲仪式[160]。阿尔加洛蒂在柏林执行外交任务期间，玛丽女士在佛罗伦萨和英国同胞、作家霍勒斯·沃波尔重逢，随后到罗马、那不勒斯继续"壮游"，并在那不勒斯参观了刚面世不久的赫库兰尼姆遗址。

　　但是，1741年春回到都灵以后，玛丽夫人得知阿尔加洛蒂和身边

160　"海亲节"是威尼斯共和国在耶稣升天节举行的重要仪式，威尼斯总督会扔一枚金戒指到亚德里亚海中，象征威尼斯对水的统治。——译注

一位年轻的勋爵有染之后便结束了这段关系。失望又伤感的玛丽独自一人逃到遍地是英国人的日内瓦，随后到尚贝里过冬。次年，玛丽夫人前往阿维尼翁教宗宫寻求庇护。接着，她的新宠、年轻的乌戈利诺·帕拉齐伯爵陪伴她前往布雷西亚随后又去了威内托。玛丽在威内托的旅居长达十来年，经常给丈夫和女儿写一些愈发深情的书信，其笔调和幽默可以和一个世纪以前塞维涅侯爵夫人写给女儿格里尼昂伯爵夫人的书信媲美。

　　1756 年，证实帕拉齐的放荡行为以后，玛丽夫人独自一人到帕多瓦附近的一栋乡村别墅隐居，整日侍弄花草和菜园。最后，她决定回到威尼斯。1761 年 1 月，她得知许久不见的丈夫去世的消息。由于担心自身的经济状况，同时也希望再次见到女儿，于是这位"不称职的老妪"于 1762 年 1 月返回英国，将近 23 年的国外旅居岁月就此画上句号。6 个月后，沃特利·蒙塔古夫人在伦敦去世。享年 73 岁的蒙塔古夫人将无数苦难的秘密带走了，却给读者留下大量书信。1837 年，这些书信首次以《土耳其信札》为题出版。

　　从沃特利·蒙塔古夫人现存的肖像画上可以看出，这位女士身形修长，有着丰满的乳房、稍胖的脸蛋和一双浅褐色的眼睛。身着土耳其风情的丝绸半裙、薄纱短斗篷、镶边皮里长袍，头戴羽毛装饰的丝绒无边软帽，脚穿苏丹后妃穿的极美的拖鞋[161]。

　　为纪念她对治疗天花以及普及种痘的贡献，利奇菲尔德大教堂内竖立着一块致敬玛丽的大理石碑，就在詹纳雕像的不远处。

　　沃特利夫人的书信是她多次旅行的印证，也是一位女性用清醒的

161　蒙塔古夫人肖像画中最主要的两幅：查理·杰瓦斯（1675—1739）所作《沃特利·蒙塔古夫人》现藏于爱尔兰国家美术馆，乔纳森·理查森（1665—1745）所作《由黑人侍从陪伴着的玛丽夫人》现藏于伦敦国家肖像美术馆。

眼光看待所处时代，并善于从中获取智慧的反映。她的书信充满智慧，往往不失滑稽，显露出鲜明的个性，其中不乏争取并维护妇女自由的思想。终其漂泊的一生，经历丰富的作家玛丽夫人对各种各样的主题都充满热情。她从不落入旅游或异域风情的陷阱，总是以一种疏远却不含偏见的眼光描述或报道所见事物，这一点保证了其作品的客观性；她的作品对人们了解 18 世纪的奥斯曼土耳其以及启蒙运动时期的欧洲作出了巨大贡献。

伊丽莎白、克雷文伯爵夫人、安斯巴赫藩候夫人、伯克利公爵大人

（伦敦，1750—两西西里王国，1828）

伊丽莎白·伯克利生来就是勋爵之女，后又嫁给勋爵为妻，5 岁丧父。她在一个兄弟姐妹众多的家庭里长大，由一位瑞士家庭女教师抚养，教她学习法语，自小接受的开明教育培养了她对阅读的热爱和对旅行的兴趣。1765 年，15 岁的伊丽莎白陪同母亲前往巴黎，她瓷器一般细腻的皮肤和极具表现力的脸蛋惹人注目。两年后，经人引见得以进入宫廷的她嫁给四十来岁的克雷文勋爵。尽管伊丽莎白在 15 年的婚姻生活中生下 7 个孩子，但期间有好几段婚外情，在伦敦社会引起轰动。1782 年，同样对她不忠的丈夫彻底离开了这位朝三暮四的妻子。

伯爵夫人抱着被世人遗忘的希冀到国外旅行，在多病的漂泊之旅中找到了做自由独立女性的理由。

1784 年，伊丽莎白带着由她监护的幼子前往法国。她带儿子去住凡尔赛宫，在镜厅观看皇家"出行"。那天，玛丽-安托瓦内特王后发现了这个金色头发的孩子，于是要求认识他的母亲，伊丽莎白因得到

王后的问候而高兴不已。但是法国仅是漫长的欧洲之旅的第一站。1785 年 8 月，在途经里昂、阿维尼翁、马赛后，伊丽莎白到达托斯卡纳。

9 月，伯爵夫人在比萨停留，接着又穿过热亚那、里窝那、卢卡，在前往威尼斯之前游览佛罗伦萨。然而，并不欣赏意大利人的伯爵夫人对意大利城市也感到失望，于是迅速离开此地前往维也纳，并在维也纳宫廷"受到最高级别的接见"，还得到约瑟夫二世皇帝的私人召见。按照伯爵夫人自己的记述，当时约瑟夫二世刚丧妻不久，却也未能对她的美丽无动于衷！

伯爵夫人乘坐雪车继续赶路，接着来到波兰曾经的首都克拉科夫，随后于 1786 年 1 月到达华沙，她欣然接受了国王斯坦尼斯瓦夫·奥古斯特·波尼亚托夫斯基的邀请，到瓦津基宫参加晚宴，这位国王是叶卡捷琳娜二世曾经的情人，喜欢有教养的女士陪伴左右。在华沙参加了一个月的社交活动以后，伊丽莎白夫人再次上路前往圣彼得堡。在圣彼得堡这座沉睡在白雪之下的北方威尼斯，颇有心计的伊丽莎白经人引见给叶卡捷琳娜二世、玛丽亚·费奥多罗夫娜大公夫人以及女皇的男宠波将金公爵。伊丽莎白像女歌唱家一般频频接触、奉承俄国的贵妇人，赞美她们地道的法语。旅行继续启程，她把笨重的四轮豪华马车留在圣彼得堡，乘坐更加轻便的吉普赛旅行车向莫斯科前行，途中发生两次翻车。在俄国旧都基辅短暂停留 5 日后，伊丽莎白伯爵夫人穿过广袤的乌克兰大地，乘船沿第聂伯河而下，到达哥萨克地区的赫尔松后继续前行，1786 年 4 月 8 日终于到达克里米亚半岛的鞑靼老城贝克奇撒莱。

克雷文夫人在位于黑海边的塞瓦斯托波尔出海，前往君士坦丁堡。克雷文夫人到来的消息是俄国外交家提前放出的，但迎接她的却是法国大使、博学的舒瓦瑟尔·古菲耶伯爵，后者邀请她到大使官邸暂住。"即便我是俄国女皇，他也不能表现出更多的尊重了，如果我是他的妹妹，他也无法对我更加亲切了"，伊丽莎白在回忆录中如是写道。

伊丽莎白夫人乘坐几位粗犷壮汉抬着的轿子游览都城君士坦丁堡以及大皇宫，在大皇宫受到后妃的接见，并发现后宫的女人在金碧辉煌的监狱里享受着出乎意料的自由。美丽的英国女士伊丽莎白对土耳其服饰持批判态度，决然离开君士坦丁堡和她的外交家朋友，启程向北，往拿索斯和雅典前行，途经罗马尼亚的布加勒斯特和锡比乌，随后穿过奥斯曼帝国的瓦拉几亚地区和哈布斯堡王朝统治下的特兰西瓦尼亚地区，并于 1786 年 8 月 30 日到达维也纳。

外出旅行长达 4 年多，伊丽莎白夫人返回英国后实现了少女时期的梦想，爱上一位比她年长 14 岁的已婚德国公爵，该王公是普鲁士王族近亲，也是勃兰登堡-安斯巴赫藩侯[162]。对这段私情感到无比欣喜的伊丽莎白陪同这位富有的公爵前往图林根，随后又跟随他到达那不勒斯，二人在那不勒斯受到斐迪南四世国王、玛丽·卡洛琳娜王后、英国大使威廉·汉密尔顿爵士及其未来的妻子、迷人的哈特小姐的隆重接见。酷爱打猎的国王欣赏伊丽莎白夫人巾帼不让须眉的品质，二人一同到卡塞塔的树林里骑马，王后也陪同她一起参加圣卡洛剧院的晚会，伊丽莎白夫人很喜欢这些活动。

1786 年秋，安斯巴赫藩侯返回安斯巴赫，因没有继承人，决定将自己的小州让给普鲁士。因此他在伊丽莎白夫人的陪伴下前往柏林，

---

162 克里斯蒂安（1736—1860）：勃兰登堡-安斯巴赫公国、拜罗伊特公国总督，普鲁士公爵、塞恩伯爵，图林根州的统治者，他也是普鲁士国王腓特烈·威廉二世的表兄弟、英国国王乔治二世的侄子。

奥齐亚斯·汉弗莱，
《克雷文夫人肖像》，
约 1780 年

后者则作为国君的"义妹"被引荐给夏洛滕堡宫廷。不久以后，安斯巴赫藩候的妻子去世，这对情侣于 1791 年 6 月回到英国，彼时正值法国国王路易十六出逃至瓦雷纳。几周后，希望远离伦敦的伊丽莎白夫人和她的骑士启程前往里斯本。结束了 7 天的旅程刚刚到达葡萄牙之时，卡雷文勋爵去世的消息传来，至此安斯巴赫藩候和伊丽莎白的婚姻迎来了可能性。1791 年 10 月 30 日，两人迅速举行了婚礼。

接着，这对新婚夫妇途经西班牙回到英国，但返程之旅是阴郁乏味的，查理四世接见二人的态度很冷淡。至于法国，如火如荼的革命风暴不允许他们久留。

回到英国后，伊丽莎白夫人得到神圣罗马帝国皇帝的恩典，成为公爵夫人，在曾经受到无情对待的英国社会得以翻身。伊丽莎白夫人和年迈的丈夫在奢华的勃兰登堡宫定居，尽管有了婚姻之实和贵族身份，夏洛特王后仍对她不满，自己的孩子也和她赌气，拒绝与她见面。孤独的她只能把时间花在写作和阅读法语著作上。

1806 年，安斯巴赫藩候去世，1815 年欧洲和平得到重建以后，一直对那不勒斯念念不忘的冯·安斯巴赫夫人重新踏上前往两西西里王国的道路，希望能得到丧妻不久的斐迪南国王的庇护。伊丽莎白夫人定居在波西利波，此后再未离开。国王将加洛第别墅旁边的一块地赠给她，从那里可以眺望那不勒斯湾，1819 年，她命人在那里建了一栋精致的新古典主义风格的房子，至今仍存于世。正是在这个梦一般的地方，她完成了回忆录[163]的大部分内容，也在此地举办沙龙。她还在这里接待过绯闻缠身的德文郡公爵夫人乔治业娜·斯宾塞、由奥赛伯爵陪同的布莱辛顿伯爵夫人以及其他众多来访者，他们都希望了解她漂泊的一生，也希望学习她的园艺技能；1828 年，年迈的伯爵夫人在这栋房子里去世，安葬在帕特诺珀城的英国人公墓。

孤独而时髦的旅行者卡雷文夫人本可以成为一位伟大的回忆录作家，可惜没有实现。因忙于上流社会的社交，为引诱大人物而奔波，她像当今社会匆忙的旅行者一样走马观花地游遍了整个欧洲。她晚年写作的并不打算出版的纪念文、通信集和回忆录尽管不如人意，却是一位自由女性独自旅行的见证，是她忠于内心的旅行，并没有突出勋爵夫人、被抛弃的女人、孤独的公爵夫人或是公爵遗孀等身份。

她的肖像画向世人展现的是一位优雅的女性，眼中带着忧伤，脸蛋白里透红，赤褐色的头发十分茂密，发辫上饰以珍珠并用纱巾系着，在下巴下方打了个结；这些肖像画是当时最好的画家留下的作

163　回忆录用法语写作，1828 年在巴黎出版，1991 年经审校、补充后再版。

品。乔治·罗姆尼、奥齐亚斯·汉弗莱、安吉莉卡·考夫曼和维杰-勒布伦大人等画家善于用各自的方式捕捉这位"摩登"得惊人的女性内心的孤独和忧郁。

布莱辛顿伯爵夫人玛格丽特·鲍尔
（爱尔兰，蒂珀雷里郡，克朗梅尔，1789—巴黎，1849）

托马斯·劳伦斯爵士于 1822 年所作肖像画中最好的一幅现藏于伦敦华勒斯典藏馆，画的是布莱辛顿夫人，她穿着奶油缎面低胸连衣裙，漏出雕塑一般优美的胸脯和脸蛋，黑色的头发用发带束起。作为英国油画史上的杰作，这幅肖像画充分展现了模特布莱辛顿夫人的美丽，令她成为格鲁吉亚式优雅女士最完美的代表之一。

年轻又迷人的爱尔兰女人玛格丽特·鲍尔是一位脾性爆烈的军人的遗孀，以其秉性、思想和文学品位征服了伦敦的各大沙龙。1818 年，玛格丽特·鲍尔再婚嫁给都柏林人、富有的鳏夫布莱辛顿伯爵查尔斯·加德纳。1822 年，玛格丽特在圣詹姆斯广场的家中遇见年轻的法国花花公子、被封为贵族的法兰西帝国将军之子奥赛伯爵。如星辰一般俊美的奥赛伯爵很快成为布莱辛顿伯爵夫妇形影不离的朋友、伯爵夫人的知己。

同年，布莱辛顿伯爵夫妇和奥赛伯爵在布莱辛顿夫人妹妹的陪同下踏上欧洲大陆之旅。古怪的四人一行下榻于巴黎内伊元帅酒店，在那里过着美好的生活，随后开着 3 辆汽车，带着 6 个仆人、1 个厨师和无数行李前往意大利，途中在阿维尼翁歇脚，"布莱辛顿团"在当地引起了轰动。

托马斯·劳伦斯，《布莱辛顿夫人肖像》，1822 年

1823 年，四人在热亚那停留了近 6 周的时间，期间受到拜伦勋爵的接见，当时拜伦住在萨卢佐别墅，正准备前往希腊。布莱辛顿夫人的美令他印象深刻，正如他所写的"清晨一般的美"。布莱辛顿夫人和拜伦的友谊源于她以谈话录的形式献给拜伦的作品，该作是集合了作者对拜伦的见闻、回忆、评论于一体的大型访谈录。

1823 年至 1826 年间，布莱辛顿一行人在那不勒斯贝尔维德尔宫生活，并在那里接待了当地的上流社会人士以及前去参观维苏威火山、赫库兰尼姆古城的英国旅行者。也是在那不勒斯，布莱辛顿伯爵将自己的女儿哈里特·加德纳嫁给了妻子的情人奥赛伯爵，该丑闻立即传到英国并引起强烈谴责。

1827 年春，在佛罗伦萨旅居的 6 个月期间，布莱辛顿夫人结识了《假想谈话录》的作者、彼时在托斯卡纳生活的英国作家沃尔特·兰

多。同年 11 月，布莱辛顿伯爵夫妇和奥赛伯爵夫妇结束了在罗马的
"壮游"，在那里，忠于拿破仑皇帝的奥赛伯爵将同行的其余三人引荐
给了彼时正在流亡中的波拿巴家族。

　　1828 年，布莱辛顿一行在巴黎住了一段时间，过着惹人注目且开
销巨大的生活，一切皆因 46 岁的布莱辛顿伯爵去世而变得黯淡。快
乐、富有却丑闻缠身的遗孀布莱辛顿夫人和奥赛伯爵回到伦敦，彼时
后者刚刚和哈里特分手。布莱辛顿夫人随奥赛伯爵一起搬到位于肯辛
顿区的一处古典豪华住所戈尔之家[164]，她喜欢在那里接待像巴麦尊勋
爵、迪斯雷利伯爵、路易-拿破仑这样的政客或是像狄根思、维尼、
劳伦斯这样的文学家、艺术家。1849 年，布莱辛顿夫人因讲究生活排
场几乎破产，于是变卖伦敦的房产，重返巴黎和奥赛伯爵重逢，到巴
黎不久便突然去世了，被葬在尚布尔西公墓。该公墓因其金字塔形状
的墓而闻名，那是"时髦的天使[165]"、布莱辛顿夫人漂泊人生中的伴侣
奥赛伯爵命人为她建造的。

　　布莱辛顿夫人原本或许只能成为交际花，或者说得更好听一点，
模特或缪斯；她确实身兼多重身份，但她首先是一位女文人，在《比
利时旅行简述》《闲人在意大利》《闲人在法国》《女仆回忆录》等作
品中拒绝英国社会的虚伪，颂扬自己的旅行爱好。诚然，这位美丽的
爱尔兰伯爵夫人过于沉迷排场和上流社会的生活，但她也曾在"壮
游"的路上豪迈挥笔、肆意创作。

164　1750 年由罗伯特·亚当负责完成戈尔之家的装潢，维多利亚女王时期，因建造皇家阿尔
　　伯特音乐厅被拆除。
165　拉马丁的描述。

威尼斯的英国画家
约瑟夫·玛罗德·威廉·透纳

（伦敦，1775—切尔西，1851）

> "举目看时，许多建筑物忽地从河中升起，仿佛魔法师挥动魔杖后出现的奇迹。"
>
> ——拜伦

19 世纪西方油画史上最擅长描绘光线的风景画家约瑟夫·玛罗德·威廉·透纳是一位不知疲倦的旅行家，1802 年英法《亚眠和约》签订、滑铁卢兵败、维也纳会议结束后，他才踏上欧洲大陆的旅途，并继续其始于英国威尔士和苏格兰的艺术使命。

自 1817 年起，透纳经常前往大师克洛德·洛兰、尼古拉斯·普桑的祖国法国和瑞士，风景和山岳之美令他着迷。透纳擅长徒步旅行，一天之内步行距离可达近 40 公里，这位孤独的艺术家举止粗鲁、相貌平平，其父是一名假发制作师。他利用当时一切可行的交通方式进行旅行：帆船、蒸汽机船、骑马、驿车和火车，铁路真正成为绘画的主题[166]就有他的功劳，在这一点上他比莫奈早了很多年。

透纳堪称油画、水彩画专业的地理学家、地形学家， 1793 年，他在皇家艺术学院完成学业，对风景艺术发生兴趣并自学成才。和克洛德·约瑟夫·韦尔内画法国的港口一样，青年艺术家透纳经常在蓝色的画夹上用小幅水彩画表现英国的江河，随后又接着画卢瓦尔河、塞纳河、索恩河、罗讷河、默兹河、莱茵河的河岸。他的多本记事本上记录的旅行日志——按照地区划分为 3 卷，经收集汇编后从 1826 年开始陆续出版（《透纳旅行年鉴》），为这位水彩画家兼记者带来意想不到的名望[167]。

1819 年 7 月，透纳决定全身心投入艺术创作。他放弃陪同额尔金勋爵去希腊的机会，独自前往威尼斯，途中在巴黎和米兰歇脚， 9 月到达威尼斯，随后从威尼斯启程前往科莫和卢加诺。

加纳莱托、瓜尔迪的故乡威尼斯当时被奥地利人占领，透纳曾读过雪莱的诗歌，也为拜伦的《恰尔德·哈洛尔德游记》[168] 画过插图，在威尼斯的初次旅居对他而言是真正的梦境与现实的比照。游览威尼斯这座岛屿古城为透纳带来情感上、审美上的深刻震撼，令他改变画法，打开了光线、天空、水流的新世界。透纳住在运河边的来昂·比安科旅馆，威尼斯的建筑古迹之美令他赞叹不已，短短几天便完成了80 多幅速写、素描和水彩画的草图，画上表现的有里亚尔托桥、圣玛利亚大教堂、雷佐尼科宫、巴尔比宫、加佐尼别墅、葛拉喜馆、海关大楼、小广场、圣乔治马乔雷教堂、叹息桥、总督府、圣马可教堂等景点。透纳的记事本上源源不断地记录着每天的日志，后来在英国

166　《雨、蒸汽和速度——西部大铁路》（国家美术馆，伦敦）
167　引自英奇·赫罗尔德《透纳的旅行》，普雷斯特尔出版社，1997 年。
168　拜伦，《恰尔德·哈洛尔德游记》："我站在威尼斯的叹息桥上，一边是宫殿，一边是牢房"。

约瑟夫·玛罗德威廉·透纳,《维苏威火山》, 1817—1820 年

约瑟夫·玛罗德·威廉·透纳,《威尼斯大运河》, 1835 年

出版[169]。

　　不久之后，透纳在前往罗马的途中在安科纳歇脚， 10 月终于到达永恒之城罗马，并在那里一直待到年末。 1820 年 2 月，透纳返回伦敦，在此之前他曾绕道那不勒斯，此次意大利之旅为他带来 1 500 多幅素描以及约 60 幅彩色的草图。如果说罗马、那不勒斯、佛罗伦萨在透纳的创作中占据着重要地位，那么威尼斯则让他更好地认识了自己，并两度召唤他前往。

　　1821 年，透纳再次前往法国。他沿着塞纳河而下到达鲁昂，接着继续赶路至翁弗勒尔，手中的画本一直没有停止记录。 4 年后，透纳第二次到莱茵河旅行。 1828 年，他再次到罗马消夏，期间经常和拿撒勒派画家来往。此后，阴郁孤僻、离群索居、沉默寡言的透纳又于1833 年再次造访威尼斯，途中在柏林、德累斯顿、布拉格、维也纳参观博物馆，后又继续赶路，途经因斯布鲁克和多洛米蒂山。此次在"红色威尼斯"为期 10 天的旅居期间，他至少完成了 185 幅素描和水彩画，其中有几幅如今是几家著名博物馆的镇馆之宝[170]。

　　返程途中，透纳于 1855 年 3 月 24 日在巴黎遇见德拉克罗瓦，并在日记中草草写道："他给我留下的印象很一般；穿着相当粗糙的黑色衣服和大皮鞋，神色严厉且冷漠，看上去像一个英国农场主。"

　　1840 年，透纳结识了一位英国同胞——青年艺术批评家约翰·罗斯金（1819—1900），罗斯金曾大力赞赏他的作品，并向公众介绍透纳"眼里的纯真"，公众开始称透纳为"描绘光的画家"。这份迟到

169　林赛·施泰因托《透纳的威尼斯》，大英博物馆出版，1986 年，安德鲁·威尔顿《透纳的出国之旅》，大英博物馆出版，1984 年。

170　《大运河》（汉庭顿艺术馆，帕萨迪那）、《威尼斯》（美国国家美术馆，华盛顿）、《从安康圣母教堂的门廊眺望威尼斯》（纽约市博物馆，纽约）、《威尼斯的太阳如海升航》（泰特美术馆，伦敦）。

的认可令透纳更加坚定自己的审美选择，并促使他第三次也是最后一次到威尼斯旅居。 7月末，透纳从伦敦出发穿过德国，越过奥地利边境前往布雷根茨之前在科堡稍作停留，为维多利亚女王的丈夫阿尔伯特亲王的城堡作画，因此从北边到达威尼斯。透纳又一次在运河边的欧洲酒店住了14天，许多外国人都住在那里，艺术家兼旅行家透纳又画了180多幅素描和草图，画作的内容往往是重复的，除了逼真地表现出威尼斯的纯真和优雅之外，还有这座沉睡中的古城新近发生的变化。

1841年，身体状况不如从前的透纳仍决定前往法国，在皮卡第大区的欧城堡受到路易-菲利普的简短接见，随后到瑞士和蒂罗尔州，再次欣赏他钟爱的阿尔卑斯山。透纳以瑞士为主题的最后一组水彩画就诞生于这段最后的旅程。

1851年，透纳在切尔西的家中去世，被葬在伦敦圣保罗大教堂。他的作品很快在英国国家级遗产的殿堂占有了一席之地。

在法国印象派画家、普鲁斯特等人发现这位先行于所处时代的另类画家之前，埃德蒙·德·龚古尔欣赏就已经表现出对他的欣赏，透纳是绘画现代性的先驱。他的画作超越描绘地点的地形现实，并蜕变为诗意和音乐的遐想。描绘英国、法国的那些大雾弥漫的水彩画[171]、阴沉的海洋风景画和表现几乎不真实的意大利的风景画和他的日志一起汇成了透纳的绘画旅行史，带领我们潜入绚烂的色彩世界，邀请我们游遍无尽的空间。

171　《安息-海葬》（泰特美术馆，伦敦）、《暴风雪-海港口的汽船》（泰特美术馆，伦敦）

一对诗人夫妇的意大利之旅
罗伯特·勃朗宁

（伯韦尔，萨利坎—威尼斯，1889）

伊丽莎白·巴雷特

（达勒姆，柯斯侯—佛罗伦萨，1861）

　　1846年9月，勃朗宁夫妇秘密结婚以后从伦敦出发到达比萨，整个英国社会都没有料想到这两位大文学家会离开祖国长达十来年。二人乘坐极不舒适的简陋马车穿过法国前往意大利，成功摆脱英国社会的因循守旧并获得自由。

　　罗伯特·勃朗宁是一位"思想犀利的艺术家、敏锐的文人，对一切充满期待，博闻强识，学识浩渺，堪比大英博物馆，外形上的魅力也不容置疑，他十分清瘦，有着褐色的头发，非常英俊，有些花花公子的做派，定然戴着昂贵的柠檬黄小羊皮手套。[172]"他的父亲和祖父都是银行家，母亲拥有日耳曼—苏格兰血统，他非常尊

172　引自吉尔伯特·基思·切斯特顿的《罗伯特·勃朗宁》，时代之声出版社，2009年。

敬母亲并和她十分亲近。罗伯特·勃朗宁年轻、有教养，且引人注目，"博学多才"，因几部"戏剧独白诗"[173] 和一出令他一举成名的戏剧而为世人熟知。雄心勃勃的勃朗宁是"典型的英国资产阶级"，从他和女诗人伊丽莎白·巴雷特保持频繁通信开始，他的人生就发生了改变。

和罗伯特相反，伊丽莎白在赫里福德郡的赫普恩德庄园里过着与世隔绝的生活，她的父亲是一位富裕的牙买加种植园主，一直照看着罹患神经疾病、依靠鸦片治疗的女儿。幽暗的卧室里，年轻的女诗人伊丽莎白躺在沙发上，终日活在兄弟溺死在她眼前的回忆里，生活在社会的边缘。但其实她欺骗了所有人。人们认为她身患残疾、多愁善感，还有点歇斯底里，她的人生注定没有未来，却忽视了写作和爱情的力量。伊丽莎白受过极好的教育，可以阅读希腊语和拉丁语著作，她的诗作十分细腻，深受读者喜爱。

1845 年，时年 39 岁的伊丽莎白感觉自己被抛弃了，她在记事本上写道："我的诗歌之所以在某些人眼中有些许价值，是因为它是从我身上开出的花朵。"

对于维多利亚女王时代后浪漫主义时期的作家、"思想的诗人、热情的诗人"勃朗宁而言，伊丽莎白·巴雷特的诗歌令他感到震惊。几乎每天不间断的通信持续了 4 个月之后，罗伯特于 1845 年 5 月 20 日拜访了伊丽莎白，并于初次见面的两天后向她表明爱意。

是的，我确实全心全意爱您的诗歌，我也爱您。

173　其中尤其出名的是《巴拉赛尔士》（1835）、《斯特拉福德：历史悲剧》（1837）、《德鲁兹人的归来》（1843）。

托马斯·布坎南·里德，《伊丽莎白·巴雷特·勃朗宁肖像》和
《罗伯特·勃朗宁肖像》，1853 年。

　　被意料之外的爱情扰乱心绪的伊丽莎白在冬季花园的温热中开始
写作《葡萄牙人抒情十四行诗集》，这组作品共计 44 首，是一部"绝
美日记[174]"，堪称英国女性创作的最美诗集。

　　我是怎样地爱你？让我逐一细数。（《葡萄牙人抒情十四行诗
集第四十三首》）

　　我找到了你。我坚强，被爱，忠实……

　　就像被花田抚慰的灵魂

　　无悔地回想往日的苦难

174　引自查尔斯·杜·博斯的《罗伯特·勃朗宁和伊丽莎白·勃朗宁或人类爱情的全部》，
　　克林克斯克出版社，1982 年。

1846 年 9 月 12 日，与勃朗宁相爱的伊丽莎白站了起来，在惊愕的家人面前离开了卧室。原以为自己"快要死了"的伊丽莎白有足够的精力，考虑和罗伯特一起前往意大利，但遭到老父亲的拒绝。在他看来，这个提议简直是荒唐至极。伊丽莎白犹豫过，但在那个浓情蜜意的时刻，她愿意在圣马里波恩教堂和勃朗宁秘密结婚，然后一起离开英国，不理会世人的流言。

两位诗人离开伦敦的事情引起纷纷议论，"诱拐四十岁处女"的故事不免令人想起玛丽·戈德温也曾被雪莱诱拐。诗人华兹华斯借机如是写道："罗伯特·勃朗宁和巴雷特小姐就这样一起离开了。我希望他们能相互理解。他们将成为一对独一无二的夫妻。[175]"伊丽莎白忘却了汤药的苦涩和曾经的幽暗，也忘却了烟熏疗法和鸦片的麻醉，尽情享受意大利的阳光，早起、骑驴、旅行；她是自由的。

新婚的勃朗宁夫妇、女仆以及他们的金色可卡犬阿弗[176]在比萨受人瞩目，在佛罗伦萨也是如此。夫妇二人在距离皮蒂宫不远的圭蒂宫[177]（Casa Giuidi）定居，和放荡不羁的意大利人、音乐家、艺术家们频繁往来，同时不忘继续进行文学创作。 1849 年，儿子小庞的出生令夫妇二人想到雪莱的儿子，这似乎是个不祥之兆，因此返回伦敦，而后又前往巴黎，遇见了乔治·桑。此时正值路易-拿破仑·波拿巴发动政变之际，勃朗宁是坚定的自由主义者，因此对他十分反感。

再次回到意大利后，勃朗宁夫妇在罗马科尔索大道附近的博卡德利昂路[178]定居。新教徒勃朗宁在罗马完成了颂扬圣彼德大教堂之美的

175　引自安德烈·莫洛亚的《肖像》，格拉塞出版社，1955 年。

176　请参考弗吉尼亚·伍尔芙写的关于伊丽莎白·巴雷特的可卡犬的虚构传记《阿弗小传》。

177　圭蒂宫被改造成博物馆，现属于伊顿公学。

178　为纪念勃朗宁夫妇旅居罗马，博卡德利昂路 14 号竖着一块碑："对他们而言，意大利是理想的祖国/用他们永恒的诗歌/预言未来。"

诗歌《圣诞夜》，随后又发表了诗集《男男女女》，该诗集共计 50 首
戏剧独白诗，其中好几首诗的主人公是中世纪或意大利文艺复兴时期
的人物，如弗拉·菲利波·利比、安德烈亚·德尔·萨尔托。"血统
纯正的英国人、[179] 对意大利着迷"的勃朗宁是意大利统一运动的拥护
者，赞成加里波第派的活动和马志尼、加富尔伯爵的思想，也因此卷
入政治漩涡。伊丽莎白则在巴尼亚卢卡创作了具有自传性质的长篇诗
体小说《奥萝拉·莉》，和斯塔尔夫人的《柯丽娜》、乔治·桑的
《康素爱萝》类似，这是一部真正为妇女权力发声的针砭时弊之作，
在英国大获成功。

　　几年后，丧父不久的英国女诗人伊丽莎已年愈五旬，第一次听说
风靡全欧洲的通灵术。趁在伦敦旅行之际，伊丽莎白和罗伯特观看了
苏格兰著名通灵者丹尼尔·霍姆[180]的示范表演，此人在维多利亚女王
统治下的英国社会拥有颠倒黑白的本领。勃朗宁个人十分厌恶通灵
者，而妻子这一古怪的爱好或许是他们夫妻之间唯一的不和。

　　49 岁的罗伯特依然风流倜傥、衣冠楚楚，为了和虚弱且病重的妻
子重聚，他回到佛罗伦萨， 1861 年 6 月 29 日，伊丽莎白在罗伯特怀
中去世，被葬在佛罗伦萨的英国人公墓。

　　在返回英国的途中，勃朗宁和儿子、父亲及妹妹在法国布列塔尼
大区小住，随后到伦敦沃里克·克瑞森特安家。彼时的勃朗宁已是公
认的大作家，他重读了一本先前花了一里拉从罗马书商手中购得的
书，该书是意大利罪犯、阿雷佐贵族吉多·弗朗切斯奇尼的拉丁语诉
讼原稿，弗朗切斯奇尼因于 1698 年杀害其妻子而受到审判。勃朗宁

179　引自吉尔伯特·基思·切斯特顿的《罗伯特·勃朗宁》，时代之声出版社，2009 年。
180　达尼尔·邓格拉斯·霍姆（1833—1886）：闻名于英国和法国的通灵者、先知，和亚历山
　　　大·大仲马过从甚密。

利用这本书中不同角色的证词开始创作他的杰作《指环与书》，类似一部侦探小说，由超过两万句诗组成十段内心独白组成，是关于"情欲、谋杀、诉讼程序的故事[181]"，该作于 1868 年出版。勃朗宁受到各大文学沙龙的追捧以及各大名牌大学的推崇，接受画家乔治·弗雷德里克·瓦特为他创作了一副侧面肖像[182]，画上的勃朗宁蓄着茂密的胡须，一副大资产阶级的做派。

1870 年以后，勃朗宁常到意大利过冬，因为那里有关于亲爱的伊丽莎白的回忆。他多次前往威尼斯——"圣马可教堂的所在地、总督往海里扔指环和大海举行结亲仪式的地方[183]"——看望在那里做雕塑师的儿子。 1889 年 12 月 12 日，勃朗宁在威尼斯雷佐尼科官陨落了，遗体由贡多拉轻舟运到圣米歇尔，随后经海运回到伦敦，举行了崇高的葬礼，最后被葬在威斯敏斯特教堂的"诗人角"。

意大利是伊丽莎白·巴雷特和罗伯特·勃朗宁诗歌的中心，也是这两位文学家爱情的避难所、共同爱好的福地和"理想的祖国"，为二人的文学使命以及对社会活动赋予了意义。"对于他们而言，意大利是一个生气勃勃的国度，是欧洲大陆政治和宗教的榜样和中心；是西方，甚至全欧洲历史古老而闪耀的心脏。[184]"勃朗宁夫妇不是普通的旅行者，他们是加富尔伯爵的仰慕者，和为国家统一而战的意大利朋友保持着密切关系。勃朗宁夫妇的旅行和"壮游"模式与前辈们的

181　引自查尔斯·杜·博斯的《罗伯特·勃朗宁和伊丽莎白·勃朗宁或人类爱情的全部》，克林克斯克出版社，1982 年。

182　乔治·弗雷德里克·瓦特（1819—1904）为勃朗宁创作的肖像画现藏于伦敦国家肖像美术馆。

183　选自勃朗宁的诗歌《加卢皮的托卡塔》。

184　罗伯特·勃朗宁好几首戏剧独白诗的灵感都是直接来源于意大利历史，特别是《加卢皮的托卡塔》（威尼斯）和《我已故的公爵夫人》（曼托瓦），当然《指环与书》的灵感也是来自意大利（教宗依诺增爵十二世统治时期的罗马）。

旅行相去甚远，他们的远行是出于必要而非审美上的好奇心。他们远离等级森严、因循守旧的英国，享受对自由的追求，与社会不公作抗争[185]。

命运就是如此，伊丽莎白在佛罗伦萨去世，而罗伯特则在威尼斯走完人生之路；这对不同寻常的夫妻如此热爱文艺复兴时期的意大利，对于他们而言，两人双双在意大利去世是对这个国家最崇高的敬意。

185　请参考伊丽莎白·巴雷特的诗歌《圭蒂宫的窗口》："啊自由是多么美丽！多么美丽！"

周游世界的美国文学家
马克·吐温

（密苏里州，佛罗里达镇，1835——康捏狄格州，斯托姆菲尔德，1910）

　　萨缪尔·兰亨·克莱门以笔名马克·吐温闻名于世，在成为记者、作家之前干过好几门营生。小萨缪尔出生在密西西比河附近的奴隶制"边境州"密苏里州的一个村庄，从小在那里探索大自然并享受自由。 1834年，萨缪尔的父亲因金融危机破产，过早失去父亲的萨缪尔很快辍学，成为一名印刷工学徒。

　　萨缪尔十八般武艺样样精通，而且很机灵、有天赋，在圣路易斯、费城和康涅狄格州到处流浪。随后，他学习驾驶蒸汽机船，沿着密西西比河一直开到新奥尔良。 1862年，去更远方冒险吸引着萨缪尔，他于是离开惨遭南北战争蹂躏的田纳西州，在旧金山以马克·吐温[186]为笔名开始文学创作。三年后，在《萨克拉门托联合报》任记者的萨缪尔前往太平洋桑威奇群岛（夏威夷），他的作家生涯就在那里拉开序幕。

186　"马克·吐温"是密密西比河上的水手的行话。

1867 年，即南北战争结束两年以后，萨缪尔·克莱门已晋升为《加利福尼亚阿尔塔日报》驻纽约记者，登上由 65 个美国富人为了探索新世界花费 1250 美元租的蒸汽机船——舒适的"贵格城号"。这是旅游史上第一次由一位记者详述的"跟团游"，这令他随之从一位年轻的记者成长为一位才华横溢的作家。同行的牧师、医生、军官、"一大群教师"和二十来位女士"即便不是老迈之辈也都有点年纪了[187]"，马克·吐温和他们一起享受在船上的生活：玩沙狐球游戏、观看老式幻灯片、集体祷告、茶歇闲聊。经过 10 天的愉快旅程后，"贵格城号"在葡岛亚业速尔群岛靠岸，乘客们纷纷下船向当地的贫农购买葡萄酒和水果。

6 天后，这群美国游客欣喜地看见直布罗陀海峡上飘着英国国旗，于是不顾闷热，骑驴登上了著名的直布罗陀巨岩。随后，萨缪尔和几位同船游客的一同游览了"有雪白的坟墓、到处是人的城市"、摩尔人和犹太人的城市——丹吉尔，那是他第一次踏入清真寺，惊讶地发现清真寺里竟有黑奴。

在"贵格城号"上愉快地庆祝了独立日[188]之后，美国游客一行在马赛下船，"被古怪的法国人打量"，发现自己听不懂普罗旺斯人所说的语言。分两批入住卢浮宫酒店和和平酒店以后，他们畅饮香槟并参观了马赛城。这群美国人对普拉多大道上的漂亮女人和马赛餐厅里各种各样的菜式印象深刻，对伊芙堡之游甚是满意，因为此行令他们想起亚历山大·大仲马的小说《基督山伯爵》。

187　引自马克·吐温的《在国外的无辜者》及其自传。
188　美国宣布独立的日子（1776 年 7 月 4 日），也是美国的国庆节。

布拉德利摄《马克·吐温》， 1907 年

　　接着，游客们迎来新的经历——乘坐火车穿越法国。他们对各种各样的美丽风光喜出望外，感叹道："多么迷人的土地！简直是一座花园！"他们沿途欣赏了里昂富维耶圣母院，在第戎品尝了肥美的蜗牛，并到达"宏伟的巴黎！"，此时巴黎正在举办世博会，向世人展示着最强大的王牌。塞缪尔和一位操着一口蹩脚英语的导游在布瓦大道上巧遇上拿破仑三世和欧仁妮皇后的出巡，帝后二人和"无知、虔诚、怠惰的天才"土耳其苏丹阿卜杜勒·阿齐兹一起坐在敞篷四轮马车里。而且，就在这座以娱乐活动著称的都城里，塞缪尔被导游带到马比勒花园观看康康舞表演。这种"奇特、混杂的舞种"就像一群暴怒的女巫乱舞，萨缪尔和朋友们对此感到十分震惊。最后，在参观巴黎圣母院、卢浮宫、拉雪兹公墓、圣德尼修道院之后，美国游客们前往凡尔赛宫。"我们对周围的美丽世界感到眩晕、惊愕，几乎以为自己身处美妙的梦境中。和军乐一样令人震撼！"，萨缪尔如是写道。

这座不寻常的宫殿"没有任何事物是渺小的，没有任何事物是平庸的"，生于密苏里州大平原的萨缪尔由衷称颂太阳王路易十四留下的这份伟大。

返回马赛后，游客们再次登上"贵格城号"，向"壮丽的热亚那"及其上百座宫殿前行。萨缪尔的胡子乱蓬蓬的，头发像狮子一般茂密，利古里亚之城热亚那[189]居民的优雅令他感到狂喜。"我端详走过我身边的每一个女人的脸庞，我觉得她们都很美丽。在此之前我从未见过这么多美女。"随后参观的米兰大教堂令他欢欣鼓舞，"巅峰之作……恍如幻象！奇迹！石头谱成的赞歌、大理石砌成的诗！"，价值数百万美元。几天后，从湖区游览返回的美国旅行者被意大利征服了，终于明白生活的意义，随后他们在贝加莫乘坐火车前往"大海的古城、亚得里亚海的遗孀"、不久之前刚并入意大利王国的威尼斯。一行人于某天晚上到达那里，还没来得及仔细参观这座全世界最美都市之一的城市，萨缪尔就感觉自己仿佛身处"洪水泛滥的阿肯色州的某个城市"。他在月光下乘坐"欧洲大旅馆的柩车"——贡多拉轻舟逆大运河而上。此时"共和国可敬的女王"威尼斯向这位目瞪口呆的游客展现其光彩，萨缪尔想了解圣马可教堂前长着翅膀、爪子抓着福音书的狮子的一切，也想了解这座流动着的城市的生活方式。"这里应该是残疾人的天堂，因为在这里，真的没有人用得上自己的腿！"确实，贡多拉轻舟的无处不在令这群习惯于在现代化城市里乘坐无轨电车的美国人惊得目瞪口呆。而且，他们不知道该如何自处，因为他们惊奇地发现许多漂亮的女人都盯着他们看。对萨缪尔而言，参观博物馆也是独特的经历，他用幽默的语言记录了那次经历："有一万三

189　热那亚为利古里亚大区首府，故有此说。——编注

千个圣罗杰姆、两万两千个圣马可、一万六千个圣马修、六万个圣塞巴斯蒂安、超过四百万叫不出名字的修士，"他还补充道："如果不出国旅行，您永远不会知道，永远，您会成为多么无知的人！"

费利克斯·齐姆，《圣马可广场上的飞狮柱》

　　来自新大陆的游客们对威尼斯感到疲倦后坐火车前往佛罗伦萨，马拉松式的油画、雕塑欣赏之旅又令他们恢复了活力与生机。那天夜里，萨缪尔散步时迷了路，遭到意大利卫兵的询问，卫兵把他当作流浪汉带到警局进行盘查，最后礼貌地将他护送至酒店。这次不愉快的经历使萨缪尔在托斯卡纳最后的旅居时光变得黯淡。

　　美国游客们又到里窝那坐船前往罗马港口奇维塔韦基亚——"截至目前我们见过的最美丽的污秽、歹毒、无知之巢"。

　　这群来自大洋彼岸的朴素的新教徒花了好一段时间才适应永恒之城罗马的古代遗址、教堂、宫殿。萨缪尔喜欢"用数字量化自己的理解"，比较圣伯多禄大教堂和美国国会大厦的面积、抑或比较圣伯多禄大教堂内由贝尼尼设计的穹顶和尼亚加拉瀑布的高度。在这么多壮丽恢弘的建筑面前，萨缪尔没有描绘这无法归类的奇观。相反，这群《圣经》的虔诚读者倒是对一些像罗马斗兽场这样的非宗教建筑感兴趣：一些基督徒曾在"有洞、有窗的大箱子"斗兽场里惨遭折磨。

　　游遍罗马之后，萨缪尔一行乘坐火车前往那不勒斯，喧闹的人群令他们想起纽约的百老汇。作为真正的游客，他们和"奸诈、吝啬、谄媚"的骡夫一起登上维苏威火山，骡夫把他们晾在火山之巅，浓雾之下根本无法欣赏火山区的全景。完成庞贝古城的参观结束以后，美国同胞们在"贵格城号"的甲板上重聚，船只启程驶向东方。

　　斯特龙博利岛的火山冒着烟，"贵格城号"越过墨西拿海峡在比雷埃夫斯港靠岸。可惜的是，因希腊实行检疫隔离，乘客们无法参观雅典，但这并未阻止萨缪尔和其他3个同伴深夜坐小船上岸并登上雅典卫城。经过激烈的争论以后，卫兵终于为他们放行。4位偷渡者因其鲁莽的出行而疲惫不堪，在返程路上还被一群流浪狗追赶，终于在"佛晓第一缕微光刚刚照亮东边的天空那一刻"回到"贵格城号"

上，"阳光照在残缺的圆柱上，帕特农神庙仿佛是地平线上一架断了弦的竖琴"。

几天后，君士坦丁堡出现在清晨的薄雾中，清真寺的穹顶和宣礼塔令萨缪尔感到困惑，他惊奇地探索着奥斯曼帝国首都的各大街区，位于欧洲部分的加拉塔、佩拉宫、伊斯坦布尔老城，以及位于亚洲海岸的城市于斯屈达尔。但是，在别致优美的外表之下，萨缪尔很快觉察出这座城市的真面目，除了在丹吉尔以外的任何地方，他从未见过笼罩着这座城市的可怕的悲惨。"君士坦丁堡的街道是只能看一次的表演，不能再多了"，他匆忙总结到。鱼龙混杂的各色人物充斥着这个大染缸，汇聚着"各种污秽的活动、乞丐、驴、叫卖的商贩、脚夫、苦行僧、土耳其上流社会的女买家、希腊人、来自山区和偏远省份的伊斯兰教徒的喧闹"，这一切却令萨缪尔兴奋不已。

最后，萨缪尔在"圣索菲亚大教堂——这座城市的主角"里脱下短靴穿着袜子走路，默不作声地欣赏着这座建筑。奥斯曼人将这件拜占庭艺术杰作[190]改成了清真寺，他为此感到遗憾。至此，萨缪尔才更加明白，自己被一味美化君士坦丁堡的书籍欺骗了。对于他这位拒绝精神骗局的另类游客、追求客观且懂得如何看待世界的作家而言，景和人都值得被温柔以待。

萨缪尔躲过布尔萨玫瑰精油和丝绸布料的推销，再次回到星条旗随风飘扬的"贵格城号"上，沿博斯普鲁斯海峡向北，穿过黑海到达克里米亚半岛，等待他的是以蛮横无理著称的沙皇海关。但事实上，俄国热情地接待了这群美国参观者，他们游遍了废墟中的塞瓦斯托波尔的大街小巷、巴拉科夫堡战役遗址和巴拉克拉瓦堡垒，以上地方都

190　1924 年，圣索菲亚大教堂被阿塔图尔克改造成博物馆。

曾惨遭英法联军[191]的蹂躏。这段阴森的旅程令他们回想起南北战争的恐怖。之后，"贵格城号"到俄罗斯帝国南部大港敖德萨储煤。此时，乘客们得知在不远处享受温泉的俄罗斯帝国皇帝和皇后意欲接见他们，以此展现俄罗斯和美国的友谊。这份邀请令他们激动不已。"我的手应该往哪里放？我的脚应该往哪里放？以上天的名义发问，我应该如何自处？"萨缪尔一边准备一边问自己。"先生们穿着燕尾服，戴着白色小羊皮手套，女士们穿着浅色丝绸连衣裙，排成列"在帝国宫殿的花园里，由领事开车送至宫殿的美国富人们受到农奴"救星"——沙皇亚历山大二世和皇后、玛利亚女大公[192]的接见。女大公的单纯令人卸下心防，俄国农民的极度悲惨和西伯利亚的苦役犯于是被全然抛诸脑后。这场难忘的接见被惯于抱怨的萨缪尔当作一场悲伤的"葬礼"一般记录下来。

后来，美国游客们到达黎凡特地区的大港口伊兹密尔，那里混居着土耳其人、犹太人、法兰克人、黎凡特人和亚美尼亚人。享受海边的风光后，萨缪尔一行坐火车前往以弗所，此地是使徒约翰和圣母玛利亚的故乡，于是，美国游客们在这里完成了第一次朝圣之旅。

贝鲁特和黎巴嫩的山区是迎接这群不知疲倦的旅行者的另一个东方地区。新的冒险之旅由此开始。住惯了船上舒适客房和带蚊帐的酒店客房的美国人，在黎巴嫩却要忍受极不舒适的贝都因人的游牧帐篷或是沙漠旅行队住的帐篷。骡子驮着笨重的行李，萨缪尔在二十来个仆人的陪同下和朋友们带着羊毛被子、向导和必不可少的《圣经》踏

191　法国、英国、奥斯曼帝国组成联盟反对俄罗斯帝国而发起的克里米亚战争（1853，1856）以 1856 年《巴黎条约》的签订而结束。

192　沙皇亚历山大二世夫妇唯一幸存的女儿。——编注

夏尔·泰奥多尔·费里尔，《贝鲁特大巴扎》

上通往大马士革的道路。

　　旅客们排成长队骑着马登上黎巴嫩山脉，而后为了欣赏圆柱直耸云霄的古罗马神殿废墟，他们在巴勒贝克歇脚。三天后的黄昏，他们到达大马士革绿洲并下榻于一家客厅里铺着地毯、放着长沙发的酒店。次日，他们沿着圣保罗的足迹到犹大和亚拿尼亚的故居朝圣，皈依基督教的保罗就是在那里接受亚拿尼亚的医治的。不过，萨缪尔得了霍乱，不得不缩短在这座倭马亚王朝旧都的参观时间，在到达巴勒斯坦之前休息了几日。

　　美国游客们冒着酷暑踏上圣地巴勒斯坦，戴着白色的头纱和绿色的太阳镜，一路走过他们熟读的《圣经》中提及的风景，骑马从加利利海到拿撒勒，从塔博尔山到约旦河、死海。萨缪尔甚至在死海中泡了澡。一群贫苦的孩子围在美国游客们身边不停地骚扰，致使他们失去了耐心。某天早晨，耶路撒冷奇迹般地出现在他们眼前。尽管那时的它已拥有 14 000 名居民，仍对耶路撒冷之小感到惊讶的萨缪尔如是写道："和一个拥有四千人的美国村庄差不多大"。耶路撒冷是亚伯拉罕和所罗门国王的城市，也是耶稣经过大马士革门被钉在十字架上受难的地方，这群美国游客于是不顾 7 月骄阳的炙烤，进入这座城市开始了真正的朝圣之旅。作为前共济会成员，萨缪尔并不相信当地民众的虔诚，但他动情于耶路撒冷诸多圣地的精神，为圣墓教堂、维亚多勒罗沙、橄榄山写下等许多美丽的篇章。然而，圣诞教堂被一群唬人的东正教修道者把持，他在此留下了不愉快的回忆。不过萨缪尔一到圣殿山就兴奋起来，山上可以望见奥马尔清真寺恢弘的穹顶及其丰富的阿拉伯风格装饰。

黎凡特地区的旅行虽然辛苦，却让美国游客们感到十分满意，在那之后他们在雅法上船，向亚历山大港航行。但这座和欧洲隔海相望的埃及大城市却令他们感到厌烦。于是他们坐马车前往开罗，终于到达了"阿拉伯心脏"！

美国游客们下榻于尼罗河畔的牧羊人旅馆，他们发现这条河与密西西比河宽度相当。他们骑着驴去参观金字塔，却惊讶地发现它们只是用巨大的石头垒成的陵墓。历经千辛万苦后，他们终于登上了金字塔，"'贵格城号'的朝圣者们像两种不同性别的昆虫一样在令人晕眩的金字塔石坡上爬行，塔顶的游客仿佛是一小群黑色蜂群挥动着邮票——实则是游客手中的手帕。"萨缪尔和朋友们被"暴躁的阿拉伯人"和乞丐包围，他们向"因孤独而伟大，因威严而壮观，因尘封历史的秘密而引人入胜"的斯芬克斯狮身人面像致以敬意之后就结束了吉萨之旅。最后，来自新大陆的美国公民们在亚历山大港走出东方梦境，离开了这个"世界上最古老的国家"。

　　"贵格城号"在直布罗陀的技术性停靠令萨缪尔有机会到塞维利亚偷闲，随后，它再次起航。此时的乘客们已然是见多识广的游客，为游览过欧洲而感到自豪，"终于，他们在某个美丽的早晨驶入纽约港……漫长的邮轮游结束了。阿门。"三年后，马克·吐温在结婚之前在旧金山写下了《在国外的无辜者》，以十分幽默的口吻记述了他的欧洲之旅。

　　在随后的几十年里，马克·吐温曾数次穿越大西洋。 1873 年，他和妻女一同游览了英格兰、苏格兰，期间还遇到了托马斯·哈代、罗伯特·勃朗宁和路易斯·卡罗。回到美国以后，马克·吐温及其家人搬到康涅狄格州哈特福德一座维多利亚时代的大木屋里。 1878 年，《汤姆·索亚历险记》获得巨大成功以后，一家人到瑞士山区消夏，并爱上了欧洲， 1891 年至 1894 年间，他们先后在巴黎、柏林、维也纳定居，萨缪尔曾在柏林和威廉二世皇帝共进晚餐，最终在茜茜公主的隆重葬礼的前几天到达维也纳。

　　1875 年，被萧伯纳评为"最伟大的美国作家"的马克·吐温受邀前往澳大利亚、新西兰、印度和南非开讲座，由此带来的不菲酬劳令他得以还清因金融投资不慎欠下的债务。之后的 20 世纪之交，马克·吐温一家再次到卢塞恩附近的韦吉斯和位于下奥地利州的卡尔滕洛伊盖本度过了 6 个月，并在那里巧遇波兰小说家亨利克·显克维支，卡尔滕洛伊盖本是他最喜欢的居住地之一。

　　1903 年，白发苍苍的台球爱好者萨缪尔在病妻的陪伴下到达托斯卡纳，并在佛罗伦萨附近租下奢华却不舒适的夸尔托皇家别墅，并在这座有点像"公爵府"的别墅里完成了自传的大部分口述工作。1907 年，为了接受牛津大学的荣誉文学博士学位，马克·吐温最后一次踏上旅途。"我再次获得大学文凭的快乐和印第安人剥头皮的快乐一样简单，而且，我比他们更加难以掩饰喜悦。[193]"

　　妻子和爱女分别在意大利、美洲去世以后，周游世界的年迈旅行者、抑郁孤独的烟民马克·吐温在离纽约不远的雷丁的家中因咽峡炎去世，此前他已经给两部作品分别取名为《傻瓜在国内》和《斯托姆菲尔德船长访问天国》。

　　马克·吐温不仅是密西西比河畔的伟大记者、长期旅行的文学家，还是一位将欧洲作为广阔观察天地的旅行家兼人种学家。

　　美国游客眼中的幽默作家、欧洲人眼中的诙谐评论家马克·吐温更是一位不知疲倦的观察者，善于观察科技和文化不断演变的世界。他热爱自由与平等，曾猎捕浣熊，是黑人的朋友，《在国外的无辜者》《维也纳的轮廓》及其自传中的部分内容令这位来自南方的美国人在国际旅行文学中占有了一席之地。

193　1876—1906 年写的《马克·吐温自传》，"逃避真相的"墓畔演说，马克·吐温去世后该自传被出版。

游历四方的美国人
亨利·詹姆斯

（纽约，1843—英格兰，切尔西，1916）

　　小亨利 6 个月大的时候便迎来人生的第一次旅行。他在乳母的怀里穿越大西洋，随父母、哥哥一起到英国生活了 4 年。

　　12 年后的 1855 年 6 月，钟情于欧洲的威廉·詹姆斯夫妇[194]带着 5 个孩子和法国家庭教师再次远行，一家人除了拥有众多藏书，还有在波士顿积累的丰厚财富。离开位于纽约繁华街区的宅第后，他们出发前往利物浦，在伦敦暂住了一段时间后下榻于巴黎和平街的西敏酒店。此次在国外旅居时参观卢浮宫和漫步卢森堡花园的经历给小亨利留下了美妙的回忆。"伟大的历险、新的欧洲之旅开始了。[195]"到里昂、瑞士旅行之后，詹姆斯一家定居伦敦，等待那场令美国陷入瘫痪的金融危机的结束。

194　老亨利·詹姆斯是哲学家、斯维登堡哲学思想的信奉者，生于波斯顿一个富裕的批发商家庭，青年时期因为车祸失去了一条腿。

195　引自利昂·埃德尔的传记《亨利·詹姆斯》，瑟伊出版社，1990 年。

亨利·詹姆斯，　1910 年

　　1859 年，思念欧洲的詹姆斯一家再次前往欧洲日内瓦，男孩子们
到那里的一所私立学校上学。在这座"杰出的小城，即便有不愉快，
也会勉强获得尊重"，少年亨利于是开始通过写作讲述自己和哥哥威
廉在瑞士、法国阿尔卑斯山的旅行。次年，一家人离开瑞士前往法兰
克福和外国富人常去的温泉城威斯巴登，接着又到了贝多芬的故乡波
恩，孩子们在那里提升了德语水平。但是，在波恩的旅居生活突然因
为从美国传来的坏消息而中止了。因担心祖国政局变化，詹姆斯一家
紧急返回纽约。

　　南北战争结束、奴隶制废除以后，亨利开始在哈佛大学学习法
律，同时创作游记，并为波士顿杂志《大西洋月刊》艺术专栏供稿。

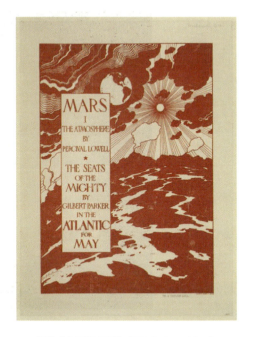

某期《大西洋月刊》封面（1893—1895）

　　19 世纪中期，青年亨利·詹姆斯在新英格兰内陆地区如饥似渴地阅读巴尔扎克的作品，高大的个子以及藏在黑色大胡子后面严肃的脸庞让他很容易被认出来。那时的他致力于第一部小说《时刻戒备》的写作，该标题宣告了一种非常个性化的审美的诞生。

　　1869 年，26 岁的亨利·詹姆斯独自一人前往欧洲。在伦敦，他学着真正了解和美国人大相径庭的英国人。作为艺术、文学的爱好者，亨利和拉斐尔前派画家频繁往来，参观罗塞蒂的画室，与爱德华·伯恩-琼斯结交，和罗斯金在一家雅致的俱乐部共进晚餐，该俱乐部是当时社交生活的高级场所，于是亨利逐渐发现了俱乐部的诸多用处。他还下乡拜访了著名女小说家乔治·艾略特[196]，他觉得乔治·艾略特"丑得惊人、丑得动人"，但十分欣赏她的才华，"从文学上来讲，我爱上了这位长着一张马脸的女才子"，他在给哥哥威廉的信中如是写道。

在皮卡迪利剧院附近度过 3 个月后，亨利返回日内瓦，分别到科佩、费尔内参观斯塔尔夫人的城堡和伏尔泰故居。随后，他绕道卢塞恩，爬上圣哥达山口，再南下至"热烈、活跃、悸动的意大利"、属于浪漫主义者、司汤达和绘画大师们的意大利、神往已久的意大利。为了欣赏列奥纳多·达·分奇的《最后的晚餐》，亨利前往威尼斯的途中在米兰停下脚步，随后还欣赏了曼托瓦、维罗纳、维琴察、帕多瓦等地的壮丽景观。9 月中旬在威尼斯的初次旅居是短暂的，随后亨利继续赶路前往罗马，一到罗马，他便写道："我摇晃着、低语着穿过街道，高兴得发狂。"接着，詹姆斯继续"壮游"，游览那不勒斯，观赏"冒烟"的维苏威火山，之后到阿西西"像在中世纪一样泡个美妙的澡"。到都灵以后，亨利告别了意大利这位一直吸引他的"头发凌乱的美女"， 1870 年 4 月，他带着全新的欧洲视野启程返回美国。

1872 年 5 月，普法战争和巴黎公社结束以后，亨利和妹妹爱丽丝、姨母凯特一起开启了一场漫长的欧洲之旅，从利物浦出发，经由牛津到达伦敦，接着前往巴黎，他们带着悲伤和不解参观了被焚毁的杜伊勒里宫废墟和巴黎市政厅。夏日的酷暑促使他们向凉爽的瑞士和威尼斯前进，第二次到瑞士和威尼斯旅居对亨利而言是一件真正的乐事。

196　乔治·艾略特（1819—1880）：维多利亚时期自然主义小说家、《亚当·比德》的作者。

　　同行的两位女士重返纽约以后，詹姆斯独自一人留在欧洲大陆，因为他想研究"民族习惯之间的细微差别"，理解"事物的外来之音"。然而在法国首都巴黎，他很快便疲于美国同胞的陪同，因为后者频繁出入圣日耳曼德佩区的沙龙和林荫大道上的咖啡馆。 12 月 18 日，意在了解意大利的作家兼旅行家亨利·詹姆斯乘坐火车前往罗马，离开三年之后他又一次愉快地回到罗马。

　　"终于，这一次，我在这里生活！"他在给亲人的书信中如是写道。亨利随身带着贝德尔克出版的旅行指南，逃离被游客占据的"历史中心"，绝不像托马斯·库克旅行社的客户一样参观意大利的新首都，而是用全新的眼光观察罗马。他像一位深思熟虑的导游，在大别墅的花园里闲逛，寻找像卢多维西别墅赌场、新教徒公墓这样的秘密之地，其中有些别墅甚至有人居住。他还骑马走遍了罗马的乡村，用古典画家一般平静的目光探索乡村之美。春日在罗马旅居期间，詹姆斯一直生活在"罗马的微笑"及其无与伦比的色彩魅力之下。他选择远离像罗斯金[197]这样的学者对永恒的意大利的无聊评论，他是一位反游客或者说真正的游客，他将目光聚集在风景和历史建筑上，建议读者"悠然地、漫无目的地到处走走，为目之所及的一切赋予只可意会不能言传的意义。"

　　1873 年，詹姆斯到德国巴特洪堡[198]消夏，秋天又返回佛罗伦萨迎接他的兄长威廉[199]， 威廉第一次游览这个"美丽的国度"。次年，亨

197　约翰·罗斯金（1819—1900）：画家、作家、英国艺术评论家，多次到意大利尤其是威尼斯旅行。他欢愉艺术的主要作品有《现代画家》(1843) 和《威尼斯之石》(1853)。

198　位于法兰克福附近（黑森州）的巴特洪堡的温泉浴场是普鲁士国王的消暑行宫之一，直至 1914 年，该温泉浴场内配备的赌场一直接待富有的国际客户。

199　威廉·詹姆斯（1843—1910）：亨利·詹姆斯的长兄，两人关系十分亲近。威廉·詹姆斯是医生、心理学"创始人"、哈佛大学教授，也是《心理学原理》的作者。

利离开"七座山丘的魔法师"罗马前往意大利北部。"告别、整理行装、因离别而揪心……用手心捧着喝了50口特维雷喷泉的水,这令我们的内心更加炽热,可以确定的是我们会想尽一切办法再回来。"在悠然的旅途中,亨利穿过"翁布里亚天堂"阿西西到达佩鲁贾、锡耶纳和比萨的托斯卡纳老城,又先后参观了卢卡和佛罗伦萨,百合之城佛罗伦萨是一座冷峻的中世纪古城,亨利在那里创作了小说《罗德里克·哈德森》,其中情节就发生在罗马的美国人艺术圈。

旅行还在继续,亨利在拉立纳暂停,沿着但丁和拜伦走过的路探索城中的奇迹,在克拉塞的圣亚坡理纳圣殿"温和的光线中坐了难忘的一个半小时,透过开着的门和灰色的林荫大道观赏稻田生机盎然的绿色,透过凉意聆听忧郁的平静。"之后,为了和伟大的俄国小说家伊万·屠格涅夫见面,亨利越过阿尔卑斯山到达巴登,但那时屠格涅夫已经离开去了巴黎。9月,亨利回到英国并启程回纽约。

1875年末《大西洋的轮廓》出版以后,詹姆斯第三次前往伦敦,开始为期6年的旅居生活。"我拥有这个旧世界,我呼吸,我占有!"一到伦敦他便如此感叹道。在伦敦安顿好以后,詹姆斯前往巴黎看望屠格涅夫,后者在形影不离的缪斯宝琳·维雅多的家中接待了他。尽管年龄差距很大,文化背景也不同,但詹姆斯和屠格涅夫这两位"自愿的流浪者"结下了深厚的友谊,詹姆斯也因此成为著名女歌唱家宝琳·维雅多在杜埃路沙龙举办的音乐晚会的常客。这层特殊关系为詹姆斯进入巴黎文学圈和福楼拜的"星期天下午"沙龙提供了便利,正是在此期间结识了埃德蒙·德·龚古尔、阿尔丰斯·都德和青年莫泊桑。同时,亨利还是美国富人和俄国公爵们举办的晚会上的重要人物,当时的法兰西第三共和国,随处可见美国富人和俄国贵族。亨利便是在这样一个海外富人云集的圈子里遇见他的同胞惠斯勒[200]，他并不欣赏这位画家的才华，轻蔑地形容他为"被伦敦化的小南方人"。

亨利·詹姆斯在英国、美国被奉为杰出小说家，在法国、意大利因其世界主义精神受人钦佩。这位"博尔顿街的单身汉"在伦敦、文学之都巴黎和意大利之间往返，伦敦成为他欧洲生活的中心，意大利是他多次前往的幸福之地，在那里他遇见了许多文艺界人士。

1879 年新出版的《黛西·米勒》获得巨大成功，书中的故事发生在瑞士和罗马，随后出版的小说《欧洲人》讲述的则是一对来自旧欧洲的兄妹面临美国表兄弟生活方式的冲击，作家亨利·詹姆斯以对比、批判的描写方式追踪他熟知的旧世界和新世界。他还分别在巴黎、佛罗伦萨创作了《华盛顿广场》和《一位女士的画像》。

在威尼斯的旅居也伴随着上述两部小说的写作，对詹姆斯而言，那是一段漫长、充实的时光，他"深深地、不顾一切地"迷上了尊贵的共和国——威尼斯，他酷爱在威尼斯进行创作。利昂·埃德尔在关于詹姆斯的传记中写道："威尼斯是他伟大的'地形'爱情故事之一"，因为这座水上城市"和神经敏感的女人一样善变，在见过各方面的美之前你无法真正了解她。"因此"你希望拥抱她、抚摸她、拥有她，以至于有一种温柔的占有欲在你身上膨胀，你的参观就成了永恒的爱。[201]"

1881 年 10 月，詹姆斯回到 6 年未归的新大陆，对于依然成了一

200　詹姆斯·惠斯勒（1834—1903）：美国印象派画家，杰出的肖像画家，曾在巴黎接受教育。他在伦敦定居，曾赴西班牙旅行。

201　节选自亨利·詹姆斯的《意大利时日》，《罗马假期》和《佛罗伦萨的秋天》中也有提及。

个完美欧洲人的詹姆斯而言，回归"精致而一文不值"的城市生活并不简单，特别是因为他到美国没多久就失去了和他关系十分亲近的母亲。 6 个月后，亨利经由爱尔兰返回伦敦，爱尔兰是其祖辈的故乡，随后开启在法国南部阿基坦大区和普罗旺斯大区的漫长旅程，期间还为讲英语的旅行者写了一本旅行指南。结束在法国南部的游览以后，他前往巴黎，和彼时距大去之期不久的老朋友屠格涅夫告别。

1882 年 12 月，詹姆斯在父亲去世之际再次返回美国，而后又回到欧洲。也正是在这个时期，他开始创作一部纯美式的长篇小说，该小说将新英格兰地区的清教徒、大胆的波士顿女权主义者和爱的力量置于对立面[202]。

1885 年，詹姆斯在巴黎结识了画家约翰·辛格·萨金特，随后邀请萨金特前往英国，并将他引见给爱德华·伯恩·琼斯[203]。 4 年后，这位年轻又有才华的美国艺术家已是詹姆斯的朋友，为他画了一幅稍显严肃的肖像画，彼时的詹姆斯因年龄渐长、心情忧郁变成了没有胡子的秃头，穿着条纹绸缎坎肩和黑色外套，俨然一位老议员的模样。1886 年夏，詹姆斯在伯恩茅斯和放荡不羁、充满幻想的旅行家、苏格兰作家罗伯特·史蒂文森[204]结下友谊，詹姆斯为他的遥远征途和骑着驴在法国山区漫游的故事着迷。

20 世纪初，年过六旬的詹姆斯在"羊羔屋"、罗马欧洲酒店和美

202　《波士顿女人》。

203　约翰·辛格·萨金特（1856—1925）：深受资产阶级喜爱的肖像画家，曾在巴黎接受教育。他在伦敦、威尼斯、波士顿、纽约之间往返生活，他为詹姆斯画的肖像画现藏于伦敦国家肖像美术馆。

204　罗伯特·史蒂文森（1850—1894）：《金银岛》《土地之旅》（1878）以及著名的《驴背旅程》（1879）的作者。

国同胞伊迪丝·华顿[205]开在巴黎的私人酒店之间往返生活。"羊羔屋"是他在宁静的萨塞克斯郡拉伊小镇购入的一栋老房子，罗马欧洲酒店是他和美国雕塑家亨德里克·安德森[206]共进午餐的地方，而"高大、亲切的沙龙母狮"、极有教养的女文人伊迪丝·华顿则会在某一天开车载着詹姆斯前往诺汉特。

1904 年，最后的三部小说[207]出版以后，詹姆斯便开始了辉煌的美国巡回之旅，期间欣赏了太平洋风光。 6 年后，詹姆斯最后一次回到家乡安葬兄长威廉，随后再次返回欧洲，并决定不再离开。

1915 年，詹姆斯成为英国公民， 1916 年 2 月 28 日因脑部疾病在切尔西去世。

希望"用眼睛看尽世界[208]"并用笔为这个世界赋予意义的亨利·詹姆斯将自己的欧洲之旅化为五十来卷作品，包括 20 部长篇小说和100 多篇短篇小说。

亨利·詹姆斯在两种文化、多种语言之间，在民主、务实、清教盛行的美洲和传统、死板的维多利亚时期的英国之间来回切换，他是来自新大陆的绅士、小说家，尽管离群索居、沉默寡言，仍一丝不苟地描绘着他所处的社会——急速演变的社会，亦或是居于中间状态、对各种形式的流亡都持开放态度的社会。

亨利·詹姆斯眼光独到，是灵魂的先知、城市与景观的先知，以无人能敌的才华向世人介绍了他永远怀念的意大利文学和艺术。

205　伊迪丝·华顿（1862—1937）：美国女小说家，《纯真年代》的作者，1907 年在法国定居。

206　亨德里克·安德森（1872—1940）：挪威裔美国雕塑家、卡诺瓦的崇拜者，将他的工作室和作品遗赠给了罗马。

207　《鸽翼》（1902）、《使节》（1903）、《金碗》（1904）.

208　引自让·帕万斯于 2011 年 10 月 16 日在奥赛博物馆的讲座《游历四方的亨利·詹姆斯》。

亨利·詹姆斯的艺术里，"一切都在变化之中，发现、研究的努力被折叠、再折叠，是无法破译的密码，曲折而含蓄[209]"，与其相伴的则是无尽旅途中迷人的世界奇观。

让-巴蒂斯特-卡米耶·柯罗，《罗马圣巴托洛梅奥岛与桥》，罗马， 1825—1828 年

209　引自莫里斯·布朗肖对亨利·詹姆斯短篇小说的介绍，"七星文库"丛书，伽利玛出版社，2011 年。

勒布伦夫人,《日内瓦湖上一叶小舟》

3
PART

法语文学家、艺术家之旅

" 旅行者……为了写作而旅行，
一边旅行一边写作，因为对他们而言旅行就是写作。 "

—— 米歇尔·布托尔

　　18 世纪末期萨瓦人萨米耶·德·梅斯特写作的《在自己房间里的旅行》是对"壮游"风潮趋之若鹜之辈的回应，19 世纪游览欧洲各地及其边境地区的文学家、艺术家则人数众多。他们跟随军队探索新的世界，也是为了躲避起义和革命，1789 年至 1871 年间发生的起义和革命几乎可以勾勒出欧洲大陆的历史。

　　为了躲避法国大革命，和宫廷有联系的巴黎艺术家们踏上了流亡的道路，例如维杰-勒布伦夫人一路流亡至圣彼得堡。法兰西第一帝国时期，反对拿破仑政体的斯塔尔夫人为了躲避富歇手下警察的追捕，从日内瓦漂泊至莫斯科，又从斯德哥尔摩流浪到伦敦。但也正是得益于拿破仑发动的战役，多位文人、书简作家得以跟随军队横穿普鲁士和波兰，探索广袤的俄国，其中包括如亨利·贝尔，也就是后来以笔名行世的司汤达。还有其他像肖代洛·德·拉克洛、保罗-路易斯·库里耶这样的军人、文学家游览意大利南部，亚历山大·德·拉波尔德则前往约瑟夫·波拿巴统治之下的西班牙[210]。

　　滑铁卢兵败、维也纳会议以后，欧洲版图得以重组，拉马丁及稍晚一些的司汤达等被外交事业吸引的作家，在夏多布里昂的支持下踏上通往国外大使馆的道路。其他还有像奈瓦尔、梅里美、戈蒂埃、大仲马等作家远赴国外是为了给报纸、杂志的连载版面供稿。阿尔及利亚于 1830 年被占领，弗罗芒坦、德拉克罗瓦等艺术家被阿尔及利亚所吸引，由此描写、描绘阿尔及利亚，当然也不乏被东方港口君士坦丁堡吸引的文学家、艺术家。

　　1830 年、1848 年的巴黎革命结束以后，保守的复辟政权和七月

210　肖代洛·德·拉克洛（1741—1803）：《危险关系》的作者，意大利远征军陆军准将，在塔兰托因疟疾去世。保罗-路易·库里耶（1772—1825）：古希腊语学者、书简作家、檄文作者，也是那不勒斯军队参谋长。亚历山大·德·拉波尔德（1773—1842）：流亡贵族，奥地利远征军军官，受吕西安·波拿巴的保护，到西班牙、奥地利、希腊、埃及等地旅行，《别致的西班牙历史之旅》（1807—1818）和《奥地利之旅》的作者。

王朝的君主政体走向终点，像柏辽兹、宝琳·维雅多这样的作曲家、抒情艺术家成为法国音乐在欧洲各大首都的形象大使。并且，几代画家、雕塑家、建筑学家常年出入由霍勒斯·韦尔内、让-多米尼克·安格尔领导的罗马法兰西学院。

19 世纪中叶，"人民之春"为欧洲民族国家的觉醒、最早的跨国铁路线的铺设以及蒸汽机航海技术的使用作出贡献，正是在这样的背景下，巴尔扎克才得以快速到达基辅，屈斯蒂纳才能轻松前往莫斯科，马尔米耶也出海远行至遥远的拉普兰。

但对于这些动机各异的文人、艺术家而言，神往、梦幻的东方是他们优先选择的目的地。由此诞生了许多文学杰作，可以追溯至拿破仑远征埃及时期（1798—1799）以及夏多布里昂在耶路撒冷的旅行（1806—1807）。拉马丁、奈瓦尔、大仲马、福楼拜和马克西姆·杜刚的冒险之旅一路从君士坦丁堡前进至开罗，途经希腊、以色列及巴勒斯坦，并留下了引人入胜的作品。

19 世纪下半叶，文艺旅行家以及一些作家、设计师玩转各国边境。法兰西第二帝国时期的音乐中心人物雅克·奥分巴赫以及在根西岛、布鲁塞尔写诗的流浪者雨果就是其中的典型例子。最后，1870 年的普法战争以及 19 世纪 80 年代的巴尔干危机令文学家、艺术家们放慢了远行的脚步，但也并未阻止众多法国人的旅行，比如阿蒂尔·德·戈比诺前往拜伊罗特听瓦格纳的歌剧，埃德蒙·艾伯特则搭乘东方快车前往伊斯坦布尔[211]。

211　阿蒂尔·德·戈比诺（1816—1882）：外交家、文学家、东方学家，曾驻扎伯尔尼、塞兰、雅典、里约、斯德哥尔摩，著有小说《七星诗社》，也是《亚洲新闻》、《在亚洲的三年》和《旅行人生》的作者。埃德蒙·艾伯特（1828—1885）：小说家、剧作家、艺术评论家、法兰西学院院士，在希腊、埃及旅行并居住，是《高山之王》、《费拉》、《断耳的男子》、《从蓬图瓦兹到伊斯坦布尔》的作者。1883 年，他参与了东方快车的初次运行。

法国艺术家、文学家的罗马之旅

自 15 世纪晚期开始，不惧旅途艰险的弗拉芒艺术家和德意志艺术家就开始前往威尼斯和罗马，拜见文艺复兴时期的意大利艺术大师，和阿尔卑斯南部的同行切磋画技；罗希尔·范德魏登、昆丁·马西斯和丢勒就属于这批艺术家。

17 世纪初，为了研究文艺复兴时期和矫饰主义艺术家的作品，来自安特卫普的鲁本斯前往参观热亚那、曼托瓦和威尼斯，并于 1605 至 1608 年间在罗马进行创作。而委拉斯开兹则于 1629 年从马德里到罗马长居，并为教宗意诺增爵十世绘制了著名的肖像画。数年间，雅克·卡洛、克劳德·洛兰、查尔斯·梅林、西蒙·武埃、尼古拉斯·普桑等众多法国素描画家和油画家也纷纷涌向罗马，此外路易·勒南也极有可能去过罗马，他们将这座圣城作为无与伦比的交流之城，对于来自北方的艺术家而言，这样的交流有利于他们更新对景观的审美，并把世外桃源中各种精致的优雅搬到画布上：灶神庙废墟、斗兽场遗址、蒂沃利的堡垒、阿尔巴诺湖和罗马的城堡。

1666 年，在科尔伯特、勒布朗、贝尼尼的推动下，路易十四创建了罗马法兰西学院，彼时正值皇家绘画暨雕塑学院成立 20 年之际，此前已经招收了第一批艺术大家。1725 年，罗马法兰西学院在科尔索大道的曼奇尼宫落成，4 年内接纳了 12 位获得路易十四年金的青年艺术家，他们在旅居期间必须为国王陛下完成一批用于室内装饰的画作。画家布歇、萨布雷拉斯、弗拉戈纳尔、雕塑家布沙东、建筑师皮埃尔-阿德里安·帕里斯是路易十五和路易十六统治时期获得年金的年轻艺术家中最著名的几位。罗马法兰西学院院长查尔斯-约瑟夫·纳图瓦尔还为圣王路易堂的天花板绘制了壁画。

1793 年，罗马法兰西学院关闭，藏品被抢劫一空，后于 1795 年在法国督政府的支持下重新开放，并于 1803 年在拿破仑新得的奢华的美第奇别墅[212]落成；从此开启了这个重要机构的新时代。

在法兰西学会和美术学院的监督下，罗马法兰西学院作为罗马大奖的组织方再次招收画家、雕塑家、雕刻家、建筑师，并且从 1803 年开始招收音乐家。美第奇别墅的黄金年代及著名的"从罗马寄出"机制（学生作品被运送至巴黎接受评审）开始了，并持续了很长一段时间。

19 世纪时，许多有天分的艺术家到美第奇别墅旅居，美第奇别墅对于他们中的某些人而言是灵感来源地，对其他人而言则是"学术营房"（柏辽兹）。画家于贝尔·罗贝尔、大卫、安格尔、霍勒斯·韦尔内、法布尔、弗朗德兰、埃贝尔、卡巴内尔、雕塑家普拉迪耶、克莱里索、卡尔波、法吉埃、鲁德、建筑师拉布鲁斯特、巴尔塔德、查尔斯·加尼叶、音乐家阿莱维、柏辽兹、古诺、比才、马斯内、德彪西、夏庞蒂埃，这里列举的仅是最著名的罗马大奖年金获得者，他们的作品给位于品乔花园的工作室带来了荣光。柏辽兹等人还在信件和回忆录中幽默地讲述自己在罗马的旅居生活。

18 世纪末，像维杰-勒布伦夫人这样的独立艺术家来到罗马深造、欣赏意大利艺术，亦或是为了罗马寻找暂时的庇护所。这批罗马法兰西学院"之外"的法国人被美第奇别墅的天之骄子称为"下等

212　今天的美第奇别墅仍是罗马法兰西学院所在地，受法国文化部管辖，每年招收新的年金获得者、艺术家、文学家、艺术史学家。

让·阿洛克斯，《安格尔在罗马的画室》，1818 年，二稿

人"，前者在希腊人咖啡馆[213]相聚，该咖啡馆是新来的艺术家们见面、交流的场所：包括画家约瑟夫·韦尔内、普吕冬、柯洛、雕塑家乌东、齐纳德、大卫·德昂热、建筑师佩西耶、查尔格林、维奥莱-勒-迪克，还有随后从 1830 年开始来到罗马的青年文学家，例如保罗·德·缪塞和他的哥哥阿尔弗雷德·德·缪塞，巴尔扎克为自己能够跟随蒙田、孟德斯鸠或是年代更近一些的萨德侯爵、夏多布里昂、司汤达的脚步而感到自豪。

意大利对于这些艺术家的吸引力是巨大的，并对他们所有的作品都产生了相当大的影响。如果没有意大利，克劳德·洛兰笔下的海港、于贝尔·罗贝尔描绘的遗址、格拉内的水彩画、柯洛的风景画将会如何？如果没有《哈德罗在意大利》《罗马狂欢节》和《特洛伊人》，柏辽兹的音乐又将如何？

作为获得罗马大奖年金的艺术家或是独立的艺术家兼旅行家，这群法国人领略到罗马这座"浪漫之城"的光辉，罗马的历史和美丽、冒险与诗意相互碰撞；18、19 世纪的法国艺术有很大一部分成就都应归功于罗马。

---

213 古希腊咖啡馆建于 1760 年，位于西班牙广场附近的孔多蒂街，在将近一个世纪的时间里，古希腊咖啡馆一直是在罗马旅居的外国艺术家、文学家见面、交流的场所。歌德、司汤达、果戈里、门德尔松、李斯特、柏辽兹、瓦格纳、叔本华、梅尔维尔、安德森、显克微支经常出入古希腊咖啡馆。（请参考本书《壮游》章节）

不知疲倦的流亡者
维杰-勒布伦夫人的旅行

（巴黎，1755—巴黎，1842）

1795 年 7 月 25 日，玛丽-安托瓦内特及法国王室的御用画师、著名肖像画家路易斯·伊丽莎白·勒布伦在经历了漫长的旅途之后到达圣彼得堡，她没有料到自己会在俄国居住七年之久，并在那里引领艺术风潮。

40 岁时，维杰-勒布伦独自带着彼时还是孩童的女儿朱莉一起旅行。她从待了两年多的维也纳出发，取道"最可怕"的路穿过东普鲁士和利沃尼亚。在一个不眠之夜，笨重的马车取道彼德霍天驶入圣彼得堡，维杰-勒布伦惊讶得说不出话，她沉浸于彼得大帝的首都的魔力之美。

到达圣彼得堡的当天，勒布伦夫人得知叶卡捷琳娜女皇希望于次日在叶卡捷琳娜宫接见自己。于是她没穿宫廷礼服就被迅速引见给了被伏尔泰称为"北方之星"的女沙皇，对习惯于凡尔赛宫、美泉宫宫廷礼仪的勒布伦夫人而言，能和女皇闲谈仍是一个奇迹。"我惊讶地发现她个子很小；我想象中的她是很高大的，和她的名望齐平。她非常胖，但脸蛋还是美丽的，白色的头发盘得极好。宽阔且高耸的额头似乎显出她的天资。她有着柔和而灵敏的眼睛、典型希腊式的鼻子，脸上很有生机，面部表情非常灵动。" 66 岁时伊丽莎白在她的回忆录中如此描述叶卡捷琳娜[214]。

勒布伦夫人被奉为"才华横溢的女士"，因此受到追捧，圣彼得堡的贵族纷纷在各大豪宅里接待她。勒布伦大人开始投入创作，为斯特罗加诺夫伯爵夫人、库拉金伯爵夫人、戈利岑公爵夫人绘制了多幅肖像画，也为她们的母亲和朋友作画，例如来自波兰的波特卡伯爵夫人给她"当模特"，躺在土耳其式的长沙发上，胸口放着一只白鸽。随后，勒布伦夫人又为大公夫人们搭配服装并作画，她们都穿着"有点希腊风格但十分简单、朴素"的衣服，也就是说不常见的、非常新鲜的衣服。

勒布伦夫人住在一所暖气很足的房子里，十分舒适，她像以前一样一个人静静地创作，作画时穿的工作裙——"画裙"常常令来访者感到惊讶、好笑。远离实际日常生活的艺术家勒布伦夫人钟爱俄国，将一切事物都理想化，但其实她对这个热情款待她并让她过上优渥生活的国家一无所知。

1796 年 11 月 17 日，叶卡捷琳娜女皇突然去世，新上任的沙皇保罗"极丑，鼻子很塌、嘴巴极大、牙齿很长，令他看上去像一具头骨"，沙皇令勒布伦夫人为他的妻子玛利亚·费奥多罗夫娜皇后绘制肖像，皇后在优雅的巴甫洛夫斯克宫里摆好姿势供勒布伦夫人作画，

214　维杰-勒布伦的引用来自她的回忆录，法国妇女出版社 1984 年版。起先是写给库拉金公主和波特卡伯爵夫人的信，1869 年才以完整书籍的形式出版。

伊丽莎白·维杰-勒布伦，
《戴草帽的自画像》，
约 1782 年

身边围着 4 个长得和皇后一样俊美的皇子。而此时退隐至圣彼得堡的
波兰末代国王斯坦尼瓦夫-奥古斯特·波尼亚托夫斯基也激发了勒布
伦夫人的才华，在他去世前为其绘制了肖像画。

　　1800 年 6 月，勒布伦夫人因当选圣彼得堡学术院院士而受到隆重
接见，她身着学院的统一制服："女骑士服，紫色的小外套、黄色半
裙、插着黑色羽毛的帽子"。圣彼得堡学术院和富有的资助者们为勒
布伦夫人带来的荣誉令她声名远扬，求画的订单爆满。但是，勒布伦
夫人对结婚以后不常来往的女儿感到失望，于是于 10 月份冒雨前往
莫斯科，洪水般的大雨把旅途变成了一场真正的噩梦。相反，在俄国
旧都欣赏穹顶和金色圆顶的经历却令她赞叹不已。"我仿佛到了伊斯
法罕，我见过好几幅关于伊斯法罕的素描，但莫斯科的面貌和欧洲其

他所有城市都不一样。"勒布伦夫人到斯特罗加诺夫伯爵夫人家里过冬，连续 6 个星期都在卧室里不停地作画。她不顾朋友们的坚持挽留和身体的疲惫，缩减了莫斯科之旅的时间，于 1801 年 3 月河流解冻、洪水暴发之际返回圣彼得堡。

在冬宫，俄国宫廷在对沙皇保罗之死疑虑不已的同时，也在庆祝着亚历山大一世的登基，后者的统治显现出极好的兆头。值此之际，勒布伦夫人负责为新皇夫妇作画，但是画了几次之后就搁置了，因为疲惫的她不得不到德国进行温泉疗养。她独自一人坐一马车前往柏林，途中在寒冷的柯尼斯堡停留了好几天，等待海关检查行李。

勒布伦夫人在普鲁士宫廷所在地波茨坦被引见给年轻的路易斯王后。"她绝美的脸庞散发的魅力表现出亲切和善意，这些特征是如此和谐、如此细腻；令人着迷的身材、脖颈、胳膊以及容光焕发的面色，总之她身上的一切都比我们想象的更迷人。当时她正戴着重孝，头上束着乌黑的发带，这不仅没有令她花容失色，反而衬得她更加白皙、明艳。"腓特烈-威廉三世的妻子路易斯王后身着一件着重突出胸脯和臂膀之美的连衣裙，微卷的头发被一块平纹细布织成的大围巾包住，摆好姿势供艺术家勒布伦夫人作画。后来，路易斯的魅力令拿破仑和沙皇都意乱情迷。这位普鲁士王后也许是勒布伦夫人最优雅的模特，路易斯的肖像画[215]也是勒布伦夫人最成功的画作之一。肖像画完成以后，勒布伦夫人还为其他几位王室成员作画，并在柏林遇见"因其思想和富于激情的头脑而著名[216]"的克吕德纳男爵夫人和法兰西共

215　这幅画现藏于黑兴根的霍亨索伦城堡。
216　请参考本书《来自北方的旅行者》章节。

和国大使夫人，大使夫人非常热情地接待了勒布伦夫人。"我说不出
那枚三色徽章对我造成了什么影响"，几年后，勒布伦夫人在说起布
农维尔将军的军装时这样写道。

　　这次出乎意料的见面预示着新时代的到来，她猛然想起12年前的
旧事， 1789年10月6日，卫兵把路易十六和玛丽-安托瓦内特从凡
尔赛宫带回巴黎，王后被疯狂的人群和卫兵吓坏了，于是迅速带着5
岁的女儿和女管家逃至里昂，全身家当只有几件衣服和84路易[217]。
确实，对于曾经经常出入宫廷的勒布伦夫人而言，此时的法国首都
太过危险。她把丈夫和母亲留在革命的暴风中心，经由萨瓦省和塞
尼山口到达意大利。此次风云突变也是新生活的开始。她在都灵、
帕尔马、博洛尼亚和佛罗伦萨欣赏意大利艺术的杰作，并着迷于意
大利的诸多奇观。她在罗马接待获得法兰西学术院年金的青年艺术
家，其中包括年轻的吉罗代，还拜访了"女性之光"——女同行安吉
莉卡·考夫曼[218]， 考夫曼向她展示了精美的作品，并向她表达对路
易十五曾经的大臣红衣主教伯尼斯的敬意，此人时任法兰西大使，
府邸就设在科尔索宫。因不喜嘈杂和喧闹，且不堪忍受老鼠的烦
扰，勒布伦夫人大费周章在罗马找住所，安顿好以后，她就参加了
圣伯多禄大教堂的圣周祭礼，期间还见到了"最英俊的男人之一"
教宗庇护六世！

　　勒布伦夫人还在法国流亡贵族的陪同下多次游览罗马的乡村，
这令她回想起和法国王后在特里亚农宫的花园里一起唱歌的幸福
时光。

217　1789年10月5日。
218　请参考本书同名章节。

勒布伦夫人，《亚历山大一世皇后路易丝》　　　勒布伦夫人笔下的爱玛·里昂

　　在罗马生活了 8 个月之后，勒布伦夫人前往那不勒斯度假，下榻于面朝那不勒斯海湾的摩洛哥酒店。她结识了英国大使，大使为他迷人的情人、未来的汉密尔顿夫人——人称哈特夫人的爱玛·里昂小姐求画，于是爱玛·里昂被描绘成酒神巴克斯的女祭司，头发随风飘动，穿着古代的祭服，摇着铃鼓在浓烟滚滚的维苏威火山前跳舞[219]。远离法国悲剧事件的勒布伦夫人似乎已经忘记了悲痛，登上了"亲爱的火山"，她说在火山上"触到通向地狱的路"。她还骑驴走遍了伊斯基亚岛、普罗奇达岛和卡普里岛，随后参观了面世不久的赫库兰尼姆遗址和庞贝遗址，接着沿着英国游客的脚步前往米塞诺角和帕埃斯图姆。返回罗马后，王后玛丽-卡罗琳邀请勒布伦夫人

219　这幅画现藏于利物浦的利弗夫人美术馆。

为她几位年长的女儿作画，她自己则需要一幅单独的肖像画。"她独自一人扛着政府的重担……虽然她不如她妹妹也就是法国王后那么漂亮，但她仍然总是令我想起法国王后；她的脸庞显得很疲惫，但还是可以看出曾经的美丽；尤其是手和胳膊的形态、肤色都堪称完美。"

但是历史就是如此讽刺，1791 年 6 月，路易十六及王室家族在瓦雷纳被捕并被带回巴黎之时，忠于绘画事业的勒布伦夫人正在罗马为路易十六的姑母阿德莱德夫人和维多利亚夫人的肖像画做最后的扫尾工作，因为她们二人率先开始了意大利流亡之旅。次年春天，勒布伦夫人到威尼斯旅居。耶稣升天节当天，她在维旺-德农[220]的陪伴下参加了大运河上壮观的水上节庆活动以及总督和亚德里亚海的结亲仪式。6 年后，威尼斯共和国从欧洲地图上消失了，拿破仑命人将著名的圣马尔谷之马雕像运至巴黎。

然而，尽管历史的悲剧正在法国上演，勒布伦夫人仍然热切盼望着回国，于是前往皮埃蒙特，途中在维琴察、维罗纳、都灵停留，然而从法国传来的消息令她打消了翻过阿尔卑斯山回国的念头。而且，撒丁王国王后、普罗旺斯伯爵夫人、路易十六的妹妹克洛蒂尔德的劝说更加坚定了她留在国外的决心；流亡之旅因此继续，马车踏上了前往维也纳的道路。

勒布伦夫人在哈布斯王朝首都维也纳待了两年半时间，当时许多法国流亡贵族都到那里避难，其中包括黎塞留公爵、后来的敖德萨州州长朗热隆伯爵和波利尼亚克家族。维也纳的灰尘和大风令她的眼睛

220　男爵多米尼克·维旺-德农（1747—1825）：考古学家、外交家、雕刻家，勒布伦夫人的朋友，为勒布伦夫人写了题为《原型与肖像》的专题著作，1792 年。

感到不适，但没有任何事情能阻挡她频繁参加沙龙和舞会的脚步，她在舞会上学习波罗乃兹舞和华尔兹舞。华尔兹舞是"非常适合漂亮女士的舞蹈，因为可以欣赏她们的身材和脸蛋"，也适合"穿着优雅的匈牙利男人，匈牙利人个子高大且行事得体，通常是备受期待的存在"。 在这个由考尼茨公爵和利希滕斯坦公爵主持的国际化圈子中，她陶醉于社交和创作，直到得知路易十六和王后被处决的消息。勒布伦夫人对这场双重悲剧深感震惊，更决意要远离法国。于是她打算前往圣彼得堡为叶卡捷琳娜女皇效劳，利涅亲王和她提过此事。因此勒布伦夫人于 1795 年 4 月 19 日出发，途经布拉格、德累斯顿和柏林，随后乘坐笨重的马车到达里加，为了办理签证在里加等待了几日。

在俄国旅居超过 12 年后，勒布伦夫人已经 46 岁，渴望回到法国和亲人团聚。

1801 年，勒布伦夫人得知由于《亚眠和约》的签订，她的丈夫洗去了保王党人的嫌疑，家人们在法国大革命中幸免于难。于是她独自一人返回巴黎，家人则在那里迎接她的到来。她和几位朋友重逢，年迈的格勒兹在"她刚起床"时就去向她问好。她还拜访了雷加米埃夫人，因为她想看看热拉尔男爵笔下的四分之三正面肖像画中穿着希腊风格的白色睡衣、光着脚的美丽女士[221]。但是经过这些社交活动以后，"总是住流动军营"、不停搬家的勒布伦夫人在默东租下一座名叫卡普西尼埃的小房子，并在那里隐居数月， 1802 年 4 月 15 日，她启程前往英国。

221　弗朗索瓦·热拉尔男爵（1777—1849）的画现藏于巴黎卡纳瓦莱博物馆。

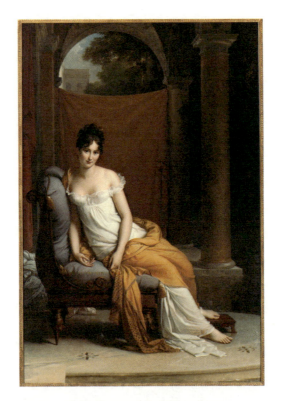

热拉尔男爵，《雷加朱埃夫人肖像》

局部

　　勒布伦夫人随心所欲地旅行，但总是担心路上有小偷，因此她把钻石藏在长筒袜里。到伦敦后，她下榻于布鲁内特酒店。经过长时间的寻觅，她终于将画架安置在马多克斯街一间安静且光线充足的公寓内。她不会说英语，对英国人的生活习惯感到诧异，也惊讶于他们的处世之道和英国艺术家一本正经的礼貌，她有幸获得了"很长时间内整个王国最英俊的男人之一"——威尔士亲王[222]的保护与支持，后者为她打开了英国各大豪宅的大门。

　　勒布伦大人虽然不喜欢伦敦的多雨天气，但英国乡村挂满大师画作的城堡及其精致的花园却令她着迷，她在"魔法般的、戏剧般的"巴斯休养了 3 个星期。在这个优美且高贵的地方，她结识了古怪的安斯巴赫藩侯夫人、伯克利公爵夫人，后者立刻就想让这位勒布伦夫人为她绘制肖像[223]。

　　在英国生活了 3 年以后，勒布伦夫人返回巴黎，接受拿破仑皇帝的委托，为他的妹妹卡罗琳画肖像[224]。但是这位年轻的穆拉夫人、未来的那不勒斯王后的任性与蛮横给勒布伦夫人留下了痛苦的回忆，勒布伦夫人比任何人都了解上流社会的繁文缛节，她无法忍受这位模特庸俗的戏谑。

　　从这次令人厌烦的任务中解脱出来以后，伊丽莎白离开法国前往瑞士，途中数次"受到景色的诱惑"，比如白雪皑皑的山顶、卢梭描绘过的冰川和湖泊。她在莱芒湖畔参观了浪漫的西庸城堡，随后前往费尔内参观伏尔泰故居，发现那里脏得令人厌恶。几天后，她到科佩拜访斯塔尔夫人。读过《柯丽娜》的勒布伦夫人为"不漂亮，但生动

222　未来的乔治五世。
223　请参考本书《欧洲大陆的三位英国女性》章节。
224　该画属于凡尔赛宫藏品。

的脸庞足以让她变得美丽"的主人绘制肖像，斯塔尔夫人穿着古代的衣服坐在米塞诺角上，手里拿着《柯丽娜》，仿佛是她小说里的女主角[225]。"必须跟您说，和我们同时拜访斯塔尔夫人的旅行者有很多；为了避开喧闹、叫喊的人群，我让他们走在前面。为了躲避这帮家伙没完没了的废话和车马随从，我独自和我的向导离开了。"但是此次出游结束后，雪崩堵住了通往日内瓦的路，勒布伦夫人不得不在等待数日后才离开这个"除了山羊和岩羚羊之外不该住人"的伤心之地。

　　勒布伦夫人回到王朝复辟的法国后到路维希恩定居，杜巴利夫人[226]的幽灵还在那里萦绕。勒布伦夫人获得路易十八的许可，前往凡尔赛宫看她创作于 1787 年的巨幅画作，画上描绘的是王后玛丽-安托瓦内特和她的孩子们[227]，这幅画因放在凡尔赛宫一间不对公众开放的房间里被奇迹般地保存了下来。

　　1819 年，勒布伦夫人又在长长的肖像画名单中加入贝里公爵夫人的画像，其中一幅画的是穿着红色连衣裙的公爵夫人，另一幅则穿着蓝色连衣裙。在丈夫和女儿去世后，勒布伦夫人前往图尔和波尔多进行最后的旅行。 1842 年，她在巴黎去世，享年 87 岁，彼时的法国正处于国王路易-菲利普的统治之下。

　　勒布伦夫人很小的时候，父亲便将素描和油画的技巧传授于她，作为一位早慧的艺术家，她的绘画生涯是极其灿烂的。作为一位漂亮的女士，她曾为自己绘制过自画像，画上的她按照当时的潮流身着乡村服饰，头戴一顶扎着丝带、插着羽毛的草帽。尽管她在漂泊的一生中经历过许多苦难——12 岁丧父、一段失败的婚姻、和太过宠爱的女

225　　这幅画先藏于科佩博物馆（瑞士）。
226　　勒布伦夫人曾于 1789 年为杜巴利夫人画过肖像，该画现藏于凡尔赛的兰比内博物馆。
227　　《玛丽-安托瓦内特和她的孩子》，画与 1787 年，凡尔赛博物馆。

《拿破仑之妹卡罗琳的肖像》

《玛丽王后和她的孩子们》， 1787 年

《贝里公爵夫人肖像》

儿关系紧张以及无休止的流亡——但她在整个欧洲都是公认的重要女肖像画家和女人味十足的预言家。

她对当时的知名人士的观察总是十分准确，她的作品至今仍具有吸引我们的质朴。她是孤独的，她是自己的情人，旅行过程中所展现的性格力量不同于其他女性、往往存在于男性世界的力量。晚年时她还写过非常有趣的回忆录。

她的才华将人类的脸庞变成世界上最美的风景，那些令人震撼的肖像画是旧制度与 19 世纪之交的欧洲贵族的一面镜子，也为我们展现出一位将眼睛的智慧和内在的敏感融为一体的自由、独立的女艺术家。

自我之旅
弗朗索瓦·勒内·德·夏多布里昂

（圣马洛，1768—巴黎，1848）

　　弗朗索瓦·勒内生于布列塔尼地区的一个贵族家庭，父亲是往返于纽芬兰岛和安的列斯岛的船商，他自小接受的是传统、保守的天主教教育。勒内在贡堡城堡以及多勒、雷恩、迪南等地的初中度过青少年时期，位于贡堡的家族城堡牵绊着他，那里有他挚爱的姐姐。但热爱大海、浪花和"期待暴风雨"的年轻人勒内梦想着一个人的冒险和远行，于是离开了家人，此时大革命席卷了法国，一个时代随之结束。

　　1791 年 4 月 7 日，告别了军人生涯的勒内希望离开法国，但又不想踏上流亡的道路，于是这位 22 岁的贡堡骑士登上捕鳕船"圣伯多禄号"前往新大陆，这艘船载着圣叙尔比斯会的教士和几位说英语的修道院修士驶向巴尔的摩。"我要进入森林，比去科布伦茨要好。只移居到法国之外有什么用？我要移居到世界之外。[228]"海上的航程持续

228　　引自乔治·邓肯·潘特的《夏多布里昂传记（一）》，伽利玛出版社，1977 年。

了近 3 个月。反向风使"圣伯多禄号"向亚速尔群岛方向偏离，于是重新确定轨迹驶向法属圣伯多禄和密克隆群岛，并在那里停泊了 15 日。在纽芬兰海岸遭遇此次小插曲后，旅行者们在 7 月 2 日迎着明媚的阳光到达马里兰州首府。

美洲没有任何新鲜事物，也没有异域风情，几天后，夏多布里昂独自乘坐驿车前往美国的临时首都费城，向华盛顿总统递交了德·拉鲁埃里侯爵[229]为他写的介绍信，并着手准备"勘察"美国的沙漠，希望取道两大洋之间的美国西北部，但未能成行。相反，随后的游历却为他未来的文学创作提供了理想的灵感来源。

离开美国之前，弗朗索瓦·勒内还到波士顿附近"向美国独立战争第一战场致敬"[230]，然后到纽约乘船，沿着"北方之河"（哈德逊河）而上直至奥尔巴尼。在一位很熟悉五大湖路线的荷兰向导的陪伴下，弗朗索瓦穿得像个猎人，带着猎人的装备，披散着蓬乱的头发，深入莫霍克山谷的森林，发现了易洛魁人，并开始熟悉这群"善良、幸福的野人"的生活。尼亚加拉宏伟的瀑布令他赞叹、惊愕不已。本想靠近深渊的弗朗索瓦被向导救下，虽死里逃生，但也为他的冒失付出了代价，胳膊受了伤，不得不延长在印第安部落的旅居时间。

重新坐上马鞍之后，勒内跟随前往俄亥俄山谷的几个加拿大猎人上路。在无休止的骑行光景里，他想象着未曾去过的密西西比河、路易斯安那州、佛罗里达州等无限广袤的疆域，但是他却以自己的方式在 1798 年的《纳奇兹人》和 30 年后的《前往美洲》中提到了这些地

229　鲁里埃侯爵，也称阿尔芒上校，是继拉法耶特侯爵之后华盛顿总统最钟爱的战友。

230　莱克星顿战役（1775 年 4 月）是 13 个殖民地人民反对英国军团的起义，该战役是美国独立战争的第一起事件。

方。小镇匹兹堡有着"150座大多用原木建造的破房子"，在此停留了一段时日后，已然成为探险家、人种学家的诗人、作家弗朗索瓦最终在10月中旬到达弗吉尼亚州。随后，年轻的夏多布里昂子爵回到费城后受到华盛顿总统的接见，以纪念二人共同认识的德·拉鲁埃里侯爵，总统邀请他共进晚餐，并向他表达了对法国时局和法国王室的担忧。

12月10日，在新大陆为期5个月的旅居结束了，此次旅行令夏多布里昂十分沮丧，在返程的路上遭遇了暴风雨，并于1792年1月1日乘坐一艘断了桅杆的回到勒阿弗尔，船只差点在海峡群岛附近沉没。"一切都令我疲倦，百无聊赖地度日，走到哪儿都打哈欠"旅行家夏多布里昂在关于美洲的《回忆录》中如是总结道。

在布列塔尼和母亲、姐姐重聚，并与塞莱斯特·贝松·德·拉维尼在圣马洛成婚以后，为了和科布伦茨的法国流亡贵族汇合，贡堡骑士夏多布里昂于次年夏天再次踏上旅途，但兴致不高。他从里尔出发，向列日和科隆前进，逆莱茵河谷而上，和保皇党军队汇合。

在步行前往特里尔的途中，包里放着《阿塔拉》手稿的年轻人夏多布里昂遇上了不伦瑞克公爵率领的普鲁士军队，后者此时正在向巴黎进军，夏多布里昂和皇家军团统帅汇合了。漫长的蒂永维尔围困以反法同盟军的溃败而告终，在瓦尔密战役胜利的前几日，夏多布里昂受了腿伤，又生着病，身体十分虚弱，因此由一辆接一辆的手推车接力运送，越过阿登山区直至布鲁塞尔，随后在这"可怕之年"的年末到海峡群岛的圣赫利尔寻求庇护，在那里度过漫长的康复期，期间获知路易十六被处决的消息。

贺拉斯·贝内特，《瓦尔密战役》，　1826 年

弗朗索瓦·勒内刚从苦难中稍稍恢复就再次踏上了流亡之旅，于
1793 年 5 月 16 日出发前往彼时正与法国打仗的英国，他希望在英国
加入普鲁士军团。但是身无分文且极度沮丧的他不得不决定在伦敦以
教法语谋生，并撰写了一部关于法国大革命的政论[231]。 1797 年春，
向往别处与文学的夏多布里昂重读了自己美国之行的记录并开始《纳
奇兹人》的创作，这部作品和《阿塔拉》《勒内》一起组成了一部十
分独特的"印第安传奇"[232]。

　　1800 年 5 月 6 日，尽管夏多布里昂仍在保皇党人士的名单上，但
他在英国的旅居无法继续了，于是他手持名为让·大卫·德·拉撒涅

231　《试论古今革命》，1797 年发表于伦敦。
232　引自让-克劳德·贝切特的《夏多布里昂》，伽利玛出版社，2012 年。

的护照在加莱启程，到纳沙泰尔公国定居。他的英国流亡生涯持续了
7年。彼时的巴黎，执政府正准备让位于第一帝国，在新朋友冯塔
纳、儒贝尔的支持下，不名一文的旅行者夏多布里昂得以恢复他的公
民身份，三人相识于波丽娜·德·博蒙特举办的沙龙[233]。 1802年，
法国和英国签订《亚眠合约》，和罗马教廷签订政教协定以后，夏多
布里昂的时空幻想之旅《基督教真谛》出版，这部献给拿破仑·波拿
巴的作品为33岁的夏多布里昂创造了奇迹，并为他带来认可与
声望。

次年，弗朗索瓦·勒内计划去路易斯安那州探险，随后前往俄
国，他的仰慕者德·克吕德纳夫人是沙皇的朋友，成功将他引见给沙
皇。但是最终命运驱使他去了意大利。

事实上，第一执政拿破仑考虑到这位年轻的天主教作家在高级教
士职位上能发挥用处，于是任命他为罗马红衣主教费什[234]的秘书，后
又升任他为驻罗马教廷全权代表大臣。

1803年5月25日，这位年轻的外交家乘坐邮车离开巴黎，骑着
骡子经塞尼山口穿越阿尔卑斯山脉，在奇萨尔皮尼共和国首都米兰停
下脚步，欣喜地游览神往已久的意大利。一个月以后，他到达庇护七
世统治下的永恒之城罗马。在给友人莫雷的信中他记录道："罗马是

---

233 路易·德·冯塔纳（1757—1821）：作家、记者、院士，任教于巴黎大学的大师（1808），
      路易十八时期的公共教育大臣、法国上议院议员。约瑟夫·儒贝尔（1754—1824），政论
      作家、道德家。恐怖统治时期（雅各宾专政时期），波丽娜·德·博蒙特（1768—1803）
      是儒贝尔的庇护者，夏多布里昂的情人，在奥尔日河畔萨维尼举办沙龙，后因肺结核死
      于罗马。
234 红衣主教约瑟夫·费什（1763—1839）：里昂大主教、文艺事业赞助者、收藏家、拿破仑
      的母亲莱蒂齐娅·拿破仑同父异母的兄弟。

寂静的，是一种见证人类事物虚无的巨大空虚。[235]"　在法国公使馆所在地兰塞洛蒂宫的顶楼，夏多布里昂满怀热情地处理公务。但这位一等秘书在被大使的挖苦和同事的恶意激怒后，很快便辞职了。随着此次职业生涯的失败，他病倒了，之后情人波丽娜·德·博蒙特也去世了，并被葬在圣王路易堂。"在这地球上我又孑然一身了，我像一个在孤独中感到害怕的孩子"，他在给斯塔尔夫人的信中如是写道。

　　遭遇如此不幸后，弗朗索瓦·勒内希望改变生活，于是前往不甚了解的那不勒斯。　1804 年 1 月 1 日，他在特拉齐纳春日一般的阳光下度过新年，随后到斐迪南国王的首都旅居数日，参观博物馆、朝圣，孤独地在维吉尔墓畔游荡，游遍庞贝古城，还登上了维苏威火山，他将维苏威火山称为"此地的恐怖"并表露出"它激发的恐惧"。

维吉尔墓

235　引自让-克劳德·贝切特的《夏多布里昂》，伽利玛出版社，2012 年。

　　随后的 1 月 21 日，这位前外交家离开"既是一座墓也是一幅刻着记忆之诗的镶嵌画"[236] 的罗马，回到巴黎和亲人团聚。他对自己的未来举棋不定，在得知自己被任命为驻瓦莱共和国（获得独立的一个瑞士地区）大使馆代办时，淡淡地接受了，但对于出发前往圣彼得堡之事仍在犹豫。彼时昂吉安公爵因与英国同谋而受到指控，在文森被第一执政的卫兵处决了，这迫使夏多布里昂谢绝了这份工作。由于此次大胆的举动，这位青年作家和拿破仑及其政权永远地疏远了。

　　全身心投入于新作品——献给戴里克先的《殉道者》的弗朗索瓦·勒内于 1805 年夏天到日内瓦和萨瓦省进行了短暂的旅行。他和妻子、巴朗什、里昂出版商一起参观了查尔特勒，并在夏慕尼度过几日时光，又前往在瑞士科佩生活的斯塔尔夫人致敬，这也是为了躲避帝国警察的追捕，此前他们还登上勃朗峰的陡坡、深入山谷的冰川。

　　1806 年回到巴黎后，夏多布里昂准备前往圣土，他希望能在那里为正在写作的书收集文献资料。在妻子、女佣和他的布列塔尼仆人朱力安[237] 的陪伴下，他于 7 月 13 日乘坐一辆笨重的四轮篷盖马车离开法国，后来为了越过阿尔卑斯山脉，他不得不把马车拆开。10 天后，旅行者们到达飘扬着三色旗的威尼斯。由于担心东方之旅的进程，加上妻子已返回巴黎，弗朗索瓦·勒内无心在威尼斯游览，前进至奥地利的里雅斯特，并在那儿乘坐商船前往士麦那（伊兹密尔的旧称）；东方之旅终于开启。

236　菲利普·安托万，2009 年 5 月。

237　朱力安·波特兰，夏多布里昂的仆人，写作的《耶路撒冷之旅日志》发表于 1904 年。夏多布里昂在《墓畔回忆录》中具体指出：朱力安"跟着我的路线走，就像大船上进行观光之旅的乘客一样记日志。

　　经过 9 天的海上之旅，夏多布里昂首先到达土耳其统治下的希腊，他重拾了对大海的热爱。在莫雷阿岛受到法国领事的接见后，夏多布里昂在土耳其近卫军士兵和向导的陪同下冒着酷暑骑马至斯巴达。然而，因担心被土耳其土匪掳去当人质——如果真的发生这种情况，他的创作梦想就会搁浅，他没有在古城的废墟里滞留，只是在经过的时候漫不经心地望了一眼伯罗奔尼撒半岛的居民。相反，他却在雅典小城停留了 4 日，因厌恶奥斯曼帝国的专制而痛斥了土耳其，当然也咒骂了洗劫雅典卫城的额尔金勋爵。尽管如此，他仍因这位外交家、考古学家的狄益匪浅。然而，8 月 22 日，当他骑马去港口准备登船前往小亚细亚时，突发"猛烈的高烧"，这令他动弹不得，整整一个星期都待在阿尔巴利亚穷人的窝棚里。在 3 倍计量的奎宁的作用下，他的身体很快好转，于是在黎凡特明珠士麦那上岸，随后取道君士坦丁堡，并怀揣着在穿越达达尼尔海峡前拜访他神往的特洛伊遗址的希望。夏日的高温令他感到疲惫，对希腊的幻想很快便破灭了，他在给一位友人的书信中不失嘲讽地写道："宁愿在荷马的作品中看希腊"，并补充道，"那样更好！[238]"

　　夏多布里昂在苏丹塞利姆三世的首都停留了 4 日。他住在外国人街区，在法兰西宫受到塞巴斯蒂安将军的接见。然而，忧心旅程安排的夏多布里昂花了太长时间等待苏丹的文书（firman）[239]，以便能够在奥斯曼帝国继续旅行。最终，他在仆人和翻译（drogman）的陪同下离开君士坦丁堡，乘坐一艘满载希腊朝圣者的帆船前往耶路撒冷，途

238　写给法杰·德·博尔的书信，引自让-克劳德·贝切特的《夏多布里昂》，伽利玛出版社，2012 年。

239　firman：由奥斯曼帝国苏丹签发的行政、外交文件。
　　　drogman：协助驻奥斯曼帝国大使馆外交官和领事馆官员的官方口译人员。

中帆船在罗德岛停泊，经历了一段艰苦的航程后，于 10 月 2 日到达雅法。两日后，弗朗索瓦·勒内得以游览耶路撒冷，并在一座方济各会修道院找到住处。对于能够在这座古城闲庭散步，弗朗索瓦·勒内倍感激动，于是前往"圣地"朝圣，随后骑马至朱迪亚沙漠体味东方印象。最后，在重返雅法之前，他乘坐汽车前往约旦河谷并凝望被颜色奇特的群山环抱的死海。他在《回忆录中》写道："在朱迪亚旅行时，首先被无边的倦意占据了心灵；但在经历了一次次孤独后，空间更宽广了，眼前是一望无际的景象，渐渐地倦意就消散了，会体验到一种内在的惊骇，远离灵魂的堕落，给人以勇气，振奋人心。"

近东之旅接近尾声。 10 月 13 日，风尘仆仆的夏多布里昂乘坐一艘叙利亚小帆船再次出海，经过 6 天的平静航程之后到达亚历山大。

夏多布里昂在亚历山大港受到法国领事的迎接后，便为前往下一站——突尼斯做起了准备。然而，原定的航程被耽搁了，他于是决定前去欣赏金字塔。遗憾的是，尼罗河涨水导致他无法骑马至吉萨高原，只能远远地望了一眼。在战争中幸免于难的拿破仑卫队骑兵的帮助下，夏多布里昂有幸参观了开罗，这座城市满足了他对东方的一切想象。"埃及于我而言是地球上最美的国家：我甚至热爱与它接壤的沙漠，它们为我打开了广阔的想象空间。"回到"世界上最悲伤、最荒凉的地方"——亚历山大港后，他于 11 月 23 日登上一艘奥地利船只，在途中多次破损、数次停靠之后，这艘船终于到达"野蛮"海岸。

50 天的渡海令弗朗索瓦·勒内精疲力竭，于是在突尼斯停靠休整，期间给亲友写信，会见领馆人员，并参观了迦太基。随后他乘坐一艘开往直布罗陀海峡的美式双桅横帆船前往西班牙。 3 月 30日，晒得和贝都因人一样黝黑的夏多布里昂刚到阿尔赫西拉斯就收获了一个巨大惊喜，他最后的知音诺阿耶夫人正在安达卢西亚，夫人与他相约在格拉纳达见面，于是他立刻前去赴约[240]。随后，他在女伴诺阿耶夫人的陪伴下避开马德里的社交活动，低调地穿过西班牙，于5月5日到达巴约纳，二人在那里分别。地中海之旅共持续了11个月。

回到巴黎后，夏多布里昂受到富歇手下警察的监视，被怀疑是昔日保皇党同谋，在《信使》杂志上发表的文章也受到批判，因此他宁愿远离巴黎，和妻子到离沙特奈马拉布里不远的狼谷定居，那里有他花了大价钱置办的庞大产业。在这个适合写作、交友的地方，夏多布里昂在做园艺之余完成了《殉道者》，并于1811年2月当选法兰西学术院院士后创作了《巴黎到耶路撒冷纪行》，这部作品是从内心视角出发对游记的再创作，正如他向杜拉斯夫人吐露的："这正是您想要的，是回忆录而不单单记录一次旅行。我从头到尾像一只喜鹊一样讲述着自我。"

随后的数年里，因忙于新书的出版，夏多布里昂一直待在法国。但远离世俗只是他的一种姿态，自1813年返回巴黎开始，他就见证了帝国的陨落。归附于路易十八的他为王权的复辟和宪法的颁布感到欢欣鼓舞。由于和新的权利团体关系亲近，夏多布里昂被推荐为驻瑞典大使，但是该任命遭到贝纳多特[241]拒绝，就此剥夺了他的斯堪的纳维亚之旅，但他也因此在百日王朝期间得以跟随国王出逃至根特。滑铁卢兵败返回巴黎后，时任内阁大臣而后又任贵族院议员的夏多布里昂就再也没有时间为了个人消遣而外出旅行了。

240　夏多布里昂在《最后的萨拉只家族的传奇》中描述过格拉纳达的阿尔汗布拉宫。
241　让-巴蒂斯特·贝纳多特，帝国时期的元帅，瑞典亲王、国王，称查理十四世。

莱昂·奥古斯特·阿瑟利努，《阿尔汗布拉宫阿本塞拉基厅》

　　1821 年 1 月 1 日，夏多布里昂因被任命为驻普鲁士大使而出发前往柏林，将妻子和他当时的缪斯雷卡米耶夫人和杜拉斯公爵夫人[242]留在巴黎。他在秘书和仆人的陪同下乘坐一辆重型汽车穿越德意志联邦，汽车在覆盖着积雪的路上行驶了 11 天。

　　夏多布里昂在到达柏林时冷得要命，入驻了位于林登大街上宽敞却破败的官邸，那里距离歌剧院和圣黑德维希大教堂不远。数日后，他向国王腓特烈-威廉三世递交了国书，这位尚未走出丧妻之痛的年轻鳏夫国王过着低调的生活，不讲究任何繁文缛节。对于习惯了巴黎沙龙的外交家夏多布里昂来说，每天早早睡觉的柏林生活很快就显得索然无味。他在柏林这座简朴的新教都城被孤立、被无视，于是希望此次"体面的流亡"能够画上句号，部长接受了他的请求。不过，他在离开普鲁士之前参观了位于波兹坦的无忧宫，那里还留存着腓特烈大帝和伏尔泰的记忆。 4 月 17 日，外交家夏多布里昂离职，返回巴黎并与迷人的朱丽叶重逢。

　　等待了将近一年后，夏多布里昂再次踏上旅途，前往他十分了解的英国。夏多布里昂以荣普专员的身份前往伦敦， 22 年前，正是这座城市收留过落迫潦倒的他。后来，在一次重要的外交调动中他被任命为驻伦敦大使。 1822 年 4 月 2 日，再次把妻子留在巴黎，这位外交家兼文学家比大件行李先行一步踏上旅途，行李中则是用来送给东道主的陶瓷、水晶和银器陶瓷、水晶和银器。乘坐四轮马车前往加莱港，以及横渡英吉利海峡的旅程令他有足够的时间怀念已然远去的青春岁月。一到新大使馆所在地砵兰街，全权代表大臣夏多布里昂便重拾

242　朱丽叶·雷卡米耶（1777—1849）举办的沙龙及其美貌令她成为艺术家、文学家们的朋友。科莱尔·德·杜拉斯（1777—1828）：女文人，有才华的小说家，是夏多布里昂的密友。

天生的好口才与同僚们寒暄，其中就有不久前在君士坦丁堡参与争夺断臂维纳斯的马塞勒子爵。到达伦敦一周后，法国大使夏多布里昂一行前往白金汉宫，向乔治四世国王递交国书，并受到热情接见。接见仪式完成后，他便利用空闲时光撰写《回忆录》。

　　1822 年 9 月，夏多布里昂受邀参加由神圣同盟组织的维罗纳会议，该会议旨在研究西班牙的政治形势，当时的西班牙局势正在遭受一场自由主义暴动的威胁。夏多布里昂途经巴黎、日内瓦、辛普隆山口，于 10 月 14 日到达伦巴第古城维罗纳。各国君主的讨论占据了会议的全部内容，把外交家们晾在一边无所事事。于是弗朗索瓦 勒内和当时在普鲁士代表团工作的友人亚历山大·冯·洪堡[243]趁机到威尼斯偷闲，彼时的威尼斯又成了奥地利的地盘。回到阿迪杰河畔后，夏多布里昂重新参与到会议工作中[244]，接触到诸如亚历山大一世沙皇这样的大人物，沙皇则对他表示了友好。

　　经过为期 3 个月的外交谈判，夏多布里昂大使回到爆发新政治危机的巴黎过圣诞节。被任命为维莱尔政府外交大臣的他接受了组织西班牙军事远征的使命，此次远征旨在将斐迪南七世重新推上国王宝座。这是"我一生中的政治大事件"，夏多布里昂如是写道。 1824 年 6 月，尽管在一场有争议的苦战中取得了胜利，夏多布里昂仍被路易十八突然"逐"出外交部，陷入没有任何职务的境地。 1828 年，远离政治生活的他作为新闻自由的坚决捍卫者，在查理十世政府攻击新闻自由之时，再次回到西班牙。马蒂尼亚克招他进入海军部，但他拒绝了，却接受了驻罗马教廷大使的职位，因为该职位让他可以远离

243　亚历山大·冯·洪堡（1769—1859）：著名自然主义学者、普鲁士地理学家，多次到拉丁美洲、西伯利亚地区旅行。他是柏林大学创始人威廉·冯·洪堡的弟弟。

244　1838 年，夏多布里昂出版了《维罗纳会议》，共两卷。

巴黎和那些极端反动的对手。

1828 年 9 月 14 日，夏多布里昂子爵和他的妻子带着行李和回忆，踏上前往罗马的道路。二人在辛普隆山口翻越阿尔卑斯山，到米兰稍作停留，随后经由人民广场进入圣城罗马，在随从的簇拥下乘车驶向大使馆新址西蒙内蒂宫。随着漫步罗马机会的增多，夏多布里昂再次被这座古城吸引。作为天主教君主政体大国的代表，他在宗座宫受到隆重接见。由于和领导罗马法兰西学院的画家霍勒斯·韦尔内关系密切，夏多布里昂在一个暴雨天举办了一场盛大的仪式，在美第奇别墅的花园里接待了俄国的海伦娜大公夫人。接触到获得罗马法兰西学院年金的艺术家后，他委托其中三位建造一座尼古拉·普桑念纪念碑献给圣洛伦佐教堂，因为画家普桑于 1665 年葬在此地。 1829 年 2 月，教宗利奥十二世去世，庇护八世的选举紧随其后，夏多布里昂跟进教宗选举会的准备工作，关注罗马教廷的政治局势。这场外交马拉松结束之时，他的休假获批，返回法国致力于其《作品全集》的出版。

1830 年七月革命以后，路易-菲利普一世即位，仍效忠于波旁王朝的夏多布里昂想远走高飞，但最终还是回到令他感到厌倦、忧郁的日内瓦。尽管心情抑郁、经济困顿， 1832 年以后，他仍多次前往美丽的赫尔维蒂旅居，独自在卢塞恩旅居期间偶遇了年轻的亚历山大·大仲马。夏多布里昂还陪同雷卡米耶夫人拜访了圣勒公爵夫人——前荷兰王后奥坦丝，奥坦丝和儿子路易——未来的拿破仑三世在康斯坦兹湖畔的阿伦伯格接待了他。最后，远离巴黎与政治的夏多布里昂回到日内瓦撰写《回忆录》。

但是令人出乎意料的是，夏多布里昂在七月王朝统治期间接受前往布拉格，为流亡中的查理十世效劳，为王位继承人之母贝里公爵夫人辩护，公爵夫人希望过去的荒唐行为得到原谅，希望能见到与自己分离的儿子。 1833 年 5 月 15 日，前大臣夏多布里昂离开巴黎，乘坐专门为了此次出行改装的旅行马车，于 9 天后到达伏尔塔瓦河畔。到达当晚他便进入布拉格城堡向年迈的国王提出请求，国王亲切地接见了他，但是拒绝他的一切调解。 4 个月后，忠诚的使者夏多布里昂再次踏上旅途，他不得不经过威尼斯，因为善用阴谋的公爵夫人约他在威尼斯见面。本着对正统派的效忠，这一次他取道萨尔兹堡、林茨，毫无悬念地再一次履行了使命。 6 天后，他回到巴黎，虽然精疲力竭、白发散乱，他仍因再次为父辈的君主政体尽了一份力而感到自豪。

1843 年，身患风湿和痛风的老汉夏多布里昂最后一次返回伦敦，年轻的"圣路易之子"尚博尔伯爵[245]召见了他打听情况。 1845 年 6 月，他受贝里公爵夫人之邀到威尼斯进行最后一次短期旅居，公爵夫人住在达涅利宫，她为能和文学家夏多布里昂保持良好关系而感到骄傲。最后，夏多布里昂途经热那亚和马赛回到法国，他自知不会再回珍爱的意大利了；而彼时，《墓畔回忆录》已经完成。

1849 年 7 月 4 日，也就是第二共和国宣告成立后的数月，夏多布里昂在妻子离世后不久也去世了。他比雷卡米耶夫人早去世一年。

夏多布里昂的旅行经历十分丰富，但他是一位优秀的旅行家吗？

在他漫长的一生中，虽出行不断，但如果除去美洲之旅和几次还算成功的俄国行，为了内心的愉悦而进行的旅行并不多。

夏多布里昂的大部分旅行都和他的外交职务或文学创作紧密相连。因此，从巴黎到耶路撒冷，从突尼斯到马德里，从罗马到柏林，

245　贝里公爵之子、"奇迹般的孩子"、查理十世之孙，以亨利五世之名继承王位。

从伦敦到维罗纳，甚至是布拉格和途经的威尼斯，他的旅行路线众多，交通方式也很多样，但是他真的认真看过他走过的这些地方吗？他真的懂得描写这些地方吗？

如果说他面对尼亚加拉瀑布、圣墓教堂、格拉纳达的阿尔汉布拉宫发出的惊叹是真诚的，那么对君士坦丁堡的缄默以及在《回忆录中》关于埃及金字塔和罗马圣伯多禄大教堂的寥寥数笔则令人感到意外。此外，他对美洲印第安人是真的感兴趣，但他对希腊人、土耳其人、阿拉伯人和西班牙人的好奇却很有限且充满偏见。

身处瞬息万变的历史旋涡、陷入灵魂奥秘的文学家、外交家夏多布里昂就是这样书不离眼、手不离笔地穿越了欧洲、地中海和大西洋。

寻找自由
斯塔尔夫人的旅行

（巴黎，1766—巴黎，1817）

热尔曼娜·内克自年少时便知道自己属于充斥着丑闻与不公的特权阶级。她很欣赏自己的父亲——日内瓦银行家、路易十六的财政大臣雅克·内克，20岁时她嫁给了瑞典驻凡尔赛大使斯塔尔·侯赛因男爵。

这位有教养的女士非常聪明，性格冲动而独立，她体态丰腴，经常戴一块大头巾，在巴黎主持着一家极其出色的沙龙，她懂得如何平衡自己的私生活、文学创作和政治活动。在督政府时期，她曾想取悦从埃及满载荣誉而归的英雄波拿巴，然而到了帝国时期，她却拒绝赞美公然追捕她且迫使她流亡的"暴君"拿破仑。

斯塔尔男爵夫人因其太过自由主义的思想而受到监视，不得不几度离开法国，到她坐落于瑞士科佩、莱芝湖畔的城堡避难。这位闻名全欧洲的女文人是雷卡米耶夫人的朋友，受到夏多布里昂的赏识，她在国外的长途旅行为好几部作品提供了灵感源泉，尤其是《柯丽娜》

《论德国》和《十年流亡记》[246]。

最初的旅行

（1803—1804）

魏玛，柏林

作为一名女政客，热尔曼娜·斯塔尔夫人对塔列朗的仕途颇有助益，但塔列朗却是令她流亡的"罪魁祸首"，她曾被怀疑因策划过几场阴谋，反对第一执政拿破仑，因此受到当局的严密监视。1803 年 10 月，这位科佩城堡的堡主担心法国军队入侵瑞士，另一方面又渴望进一步了解日耳曼文化，于是在本杰明·康斯坦的陪同下前往德意志。二人途经梅斯、法兰克福，于 1803 年 12 月 14 日至 1804 年 2 月 29 日在魏玛旅居。

斯塔尔夫人在"知识之都"——萨克森-魏玛-艾森纳赫公国的首都遇见当时的几位大思想家——其中尤为著名的有歌德、席勒、维兰德、赫尔德，并在他们的专业建议下研读德意志文学的重要著作。斯塔尔夫人受邀到宫廷接受卡尔·奥古斯特公爵的接见，并被引见给老公爵夫人安娜·阿玛利亚，这位夫人是一位有思想的女性，也是稀有书籍收藏家，斯塔尔夫人也因此结识了时任魏玛公国任国务大臣的歌德。歌德在席勒的引荐下在弗劳恩普兰家中的黄色客厅里接待了斯塔尔夫人。她的智慧、刚毅和韧性令东道主们惊叹，也让他们感到高兴，"这位卓越非凡的女性[247]"在北方"小雅典"魏玛和《少年维特的

246　《柯丽娜》：小说，出版于 1807 年。《论德国》：关于德国文学的评论著作，出版于 1810 年。《十年流亡记》："回忆录片段"，1812 年撰写于斯德哥尔摩的回忆，1821 年由她的儿子在她去世后出版。

247　引自《歌德》，1804 年年鉴。

烦恼》的作者歌德展开学术性对谈，每每谈至深夜，令歌德感到疲乏。在魏玛度过两个月后，斯塔尔夫人带着遗憾离开了这个有教养且很友好的群体，于3月8日到达柏林并在那里停留了6周时间。

到达普鲁士首都后，虽然斯塔尔夫人对此地实行的军事独裁政体感到惊讶，但她却很欣赏国王腓特烈-威廉三世和路易斯王后身边的知识分子。斯塔尔夫人在夏洛腾堡城堡受到接见，并遇见雷卡米耶夫人未来的追求者路易-斐迪南亲王，在她看来，路易-斐迪南亲王"在马背上拥有独特的优雅"；这位亲王后来成为科佩城堡的常客之一。返回瑞士以后，斯塔尔夫人对父亲的突然离世感到十分痛苦，也对巴黎传来的诸如昂吉安公爵被处决等坏消息感到担忧，于是她立即收拾行装前往罗马，希望到那里逃避忧伤、寻找新的文学灵感。

"壮游"之路
《柯丽娜》

"意大利，太阳帝国；意大利，世界之主；意大利，文学的摇篮，我向你致敬。多少次人类向你折服！折服于你的武器、美术和天空！"（《柯丽娜在国会大厦的即兴创作》，第三章。）

意大利之旅为期6个月。1804年12月11日，斯塔尔夫人在三个孩子及家庭教师施莱格尔，以及忠实的日内瓦同伴、历史学家西斯蒙第[248]的陪同下从里昂乘坐轿子出发，经塞尼山口翻越积雪的阿尔卑斯山，于12月29日到达米兰，并下榻于离大教堂不远的城市酒店。在

248　奥古斯特·威廉·冯·施莱格尔（1767—1845）：文学评论家、诗人、翻译家，与斯塔尔夫人在柏林相识，也曾在科佩旅居，帮助斯塔尔夫人了解德国文学。沙尔·西蒙·德·西斯蒙第（1773—1842）：日内瓦自由主义历史学家，科佩团体成员。

新意大利共和国首都米兰，斯塔尔夫人因热衷上流社会的生活和艺术而获得声望，遇见了与家族不睦并在米兰隐姓埋名生活的吕西安·波拿巴。经过一段时间的拜访之旅后（其中包括拜访诗人文森佐·蒙蒂[249]），斯塔尔夫人于 1 月 14 日再次前往罗马，途中在帕尔马、博洛尼亚、安科纳歇脚。

伊丽莎白·维杰-勒布伦，《斯塔尔夫人扮演柯丽娜》，1807 年

249　文森佐·蒙蒂（1754—1828）：米兰新古典主义诗人，意大利王国史官。

正是在永恒之城罗马，斯塔尔夫人的旅行才获得了全部意义。她"对历史建筑的伟大感到激动"，并游览了古城区的历史建筑，后来在《柯丽娜》好几个章节中都有所描述。斯塔尔夫人参观了卡诺瓦的工作室，参加了罗马狂欢节，还观看了著名的科尔索赛马。信奉新教的斯塔尔夫人被当作文化名人受到热情接待，经常出入高级神职人员的文化圈子，并受邀至阿卡迪亚文学学院。歌德也曾受到同样的礼遇。随后，她和语言学者威廉·冯·洪堡重逢，他们曾在柏林相遇，而此时的洪堡已是教宗身边的普鲁士大臣，她还拜访了艺术家安吉莉卡·考夫曼，考夫曼立即为她画了一幅肖像，如今这幅作品已经遗失。同时，这位浪漫的旅行家爱上了葡萄牙青年外交家唐·佩德罗·德·苏萨，她赞扬苏萨的青春活力、雄健优雅，具备一名向导的优秀品质。

2月末，斯塔尔夫人到那不勒斯进行了一次令她赞叹不已的短期旅行。和小说中的柯丽娜一样，她参观了两西西里王国的首都、著名的那不勒斯湾和圣卡洛剧院，还走遍了维吉尔在《埃涅阿斯记》中描述的神秘之地，例如阿韦尔诺湖的地狱之门和库迈女预言家的洞穴。

为了观察那不勒斯人的日常生活，斯塔尔夫人在这座老城安顿下来，并在犹豫之下接受经人引见结识了玛丽-安托瓦内特的姐姐玛丽-卡罗琳王后，她与王后分享关于波旁王朝的记忆以及对法国皇帝的敌意。3月3日，对这次游历感到十分欣喜的斯塔尔夫人回到罗马，几天后再次出发前往佛罗伦萨，已故诗人阿尔菲耶里曾经的女伴奥尔巴尼伯爵夫人[250]在瓜达尼官的会客厅接见了她。之后，斯塔尔夫人的旅行继续向北，在帕多瓦稍作停留，随后在"到处是土耳其人、希腊人

---

250 露易丝·冯·斯托伯格（1752—1824）：奥尔巴尼伯爵夫人，小僭王爱德华·斯图亚特的遗孀，先是诗人维托里奥·阿尔菲耶里、法国青年画家弗朗索瓦-泽维尔·法布尔的情人，闻名全欧洲的书简作家、沙龙社交名媛。

和亚美尼亚人"的威尼斯度过了 5 天时光,威尼斯并没有令她感到着迷,那里的建筑在她看来是"摩尔式建筑和哥特式建筑的混合体,吸引人的好奇心但并不令人感到愉悦[251]。"返回已晋升为意大利王国首都的米兰后,斯塔尔夫人等待着拿破仑的到来,她希望向拿破仑申诉自己的流亡处境,然而一切皆是徒劳,在没有解决事情[252]的情况下,她不得不于 1805 年 6 月 15 日前往瑞士。

新的旅程,新的流浪

(1805—1808)

维也纳

　　富歇手下的秘密警察对斯塔尔夫人的监视越来越严密,这位夫人被禁止在巴黎居住,尽管如此她仍然想接近巴黎。她先后在欧塞尔、鲁昂定居,后而又到默朗附近定居,并在那里完成了《柯丽娜》。1807 年 5 月,这部关于爱情和生死的长篇小说出版了,意大利成为人们关注的焦点,书中颂扬了米歇尔·维诺克恰如其分地称之为"热情诅咒"[253]的意大利,这部作品的一夜成名让拿破仑感到恼火。为了报复,拿破仑迫使她立即回到她在瑞士的住所。由于需要完善对德国文学的了解以备创作新作品,斯塔尔夫人和孩子们一起从科佩逃往奥地利。

　　在半路上,她在因斯布鲁克停留,参观了多瑙河畔的梅尔克修道院,12 月 28 日到达哈布斯堡王朝的首都维也纳,并在那里待了 5 个

251　引自《柯丽娜》第三章。
252　斯塔尔夫人希望改善自己在法国出行的处境并推进法兰西王国偿还其父贷款事宜。
253　引自米歇尔·维诺克的《斯塔尔夫人》,法亚尔出版社,2010 年。

卢瓦尔河畔肖蒙城堡

月。和在魏玛时一样，斯塔尔夫人沉浸在维也纳的环境中；她广泛阅读、精进德语，频繁出入沙龙并在一位潇洒的奥地利军官的陪伴下寻欢作乐。遵守礼节的斯塔尔夫人被引见给皇帝弗朗茨一世、她最痛恨的敌人拿破仑的岳父，此时，拿破仑刚刚再婚。1808 年 5 月 22 日，她回到科佩，途中经由布拉格、德累斯顿和魏玛，这一次，她在没有歌德指导的情况下在那里撰写新作品《论德国》。

1810 年 4 月，为了离出版社近一些，这位夫人到卢瓦尔河畔肖蒙城堡定居，但她得知自己的作品因被拿破仑评价为"反法小册子[254]"而被禁出版，因此必须中断一切事务离开法国。这些坏消息令她不堪

254　引自米歇尔·维诺克的《斯塔尔夫人》，法亚尔出版社，2010 年。

忍受，于是再一次逃往瑞士，她感觉自己被剥夺了公权，于是决定永久放弃自己的地产。舍弃科佩对斯塔尔夫人而言是真正的心碎之事，毕竟她曾将这座城堡打造成欧洲文化生活的圣地。的确，连续好几个夏季，她正是在这座舒适的城堡里接待亲朋好友，城堡四周环绕着一个大公园，他们一起评论世界的进程：本杰明·康斯坦、施莱格尔兄弟、西斯蒙第、朱丽叶·雷卡米耶、普罗斯珀·德·巴朗特[255]、约翰·罗卡[256]，还有数位过客，例如夏多布里昂、维杰-勒布伦夫人、克劳塞维茨、普鲁士亲王奥古斯特、克鲁德纳男爵夫人[257]。在"欧洲知识分子的圆心[258]"的女主人斯塔尔夫人的努力下，这些旅行者、过路的住客或熟客将这座城堡变成了和帝国体制决裂的一代文人、艺术家特殊的会面场所、阅读场所以及交流想法的场所。热尔曼娜·德·斯塔尔在城堡的小院子中央容光焕发，为夏季增添了独特的光芒和言语的自由，为朋友们带来幸福，却给法国警方增添了不悦。

流亡之旅

维也纳、伦贝格、莫斯科、圣彼得堡、斯德哥尔摩、伦敦

自 1811 年起斯塔尔夫人就想去美国，但她最终选择途经奥地利、俄国、瑞典到达英国，因为穿越这些国家没有被逮捕的风险。因此，5 月 23 日，她在女儿、和约翰·罗卡生的长子的陪同下开启了人生中

255　普罗斯珀·德·巴朗特（1782—1866）：法国历史学家、政客。
256　阿尔伯特-让·米歇尔，也称约翰·罗卡（1788—1818）：日内瓦军官，在西班牙战争中致残，是斯塔尔夫人的第二任丈夫。
257　朱莉安，冯·克鲁登男爵夫人（1764—1824）：日耳曼-波罗的海女文人，和欧洲知识界、政界都有联系。
258　引自米歇尔·维诺克的《斯塔尔夫人》，法亚尔出版社，2010 年。

最长的跨越欧洲之旅；她趁着夜色离开科佩，到达萨尔兹堡，没有遇
到太多阻碍；逃亡正式开始了。

放弃穿过巴尔干半岛而前往君士坦丁堡坐船，流亡者斯塔尔夫人
于 6 月 6 日到达维也纳，经哈布斯王朝统治下的摩拉维亚、加利西亚
前往俄国。尽管饱受忧思之苦，她仍对这些偏远省份的居民颇感兴
趣，也试图逃脱奥地利间谍的监视。7 月 8 日，她到波兰公爵卢博米
尔斯基的兰卡特城堡歇脚，4 日后到达伦贝格，这是德语区的最后一
座大城市，而前往俄国的护照已备妥。7 月 14 日在布罗迪穿过国境线
后，由于普法战争爆发，斯塔尔夫人前往圣彼得堡的道路受阻。被迫
经由莫斯科前往俄国首都的她担心遇到已越过聂门河的拿破仑军队，
于是匆忙穿过沃里尼亚公国——"富饶的国度，像加西利亚一样到处
都是犹太人，但是这里的犹太人远没有那么悲惨。"她赶到基辅，"流
动的房子"和信徒的虔诚令她困惑。而横渡第聂伯河，参观东正教修
道院，欣赏拜占庭艺术以及俄国人的热情好客则令她赞叹不已。在前
往莫斯科的途中，马车夫的好脾气令她感到愉悦，但对于桦树林和枞
木屋她很快就厌倦了，于是陷入沉思。最后一站是匆匆完成的。事实
上，斯塔尔夫人愈发担心遇到法国士兵，她被迫将莫斯科之旅压缩至
4 天，却也窥探了这座富有魅力的、"亚洲的、东方的"城市。她参观
了克林姆林宫和弃婴之家，甚至受到莫斯科新总督罗斯托普钦伯爵的
接见。4 月 2 日，斯塔尔夫人到达莫斯科，并于 4 月 7 日离开。4 月
15 日，拿破仑进军莫斯科，并放火烧城至 18 日。那一天，斯塔尔夫
人正在前往圣彼得堡的路上欣赏诺夫哥罗德大教堂，她当时并不知道
自己有幸逃过了法国军队，5 天后她到达了自由之风盛行的帝国首都
圣彼得堡。

斯塔尔夫在彼得一世骑士雕像附近的一所房子里安顿下来，她被

圣彼得堡的新鲜事物所吸引，参观了喀山大教堂、圣亚历山大·涅夫斯基修道院、自然历史陈列馆和彼得保罗要塞，还前往沙皇村致敬了叶卡捷琳娜女皇。在圣彼得堡旅居的 3 周时间里，斯塔尔夫人会见了外交部长，二人一起愉快地重绘欧洲版图，她还受到奥尔洛夫、纳雷什金、戈利岑等几大家族的邀请。8 月 14 日，斯塔尔夫人被引见给萨克森-魏玛路易斯大公夫人的侄女伊丽莎白皇后和她认为极英俊的亚历山大一世皇帝，皇帝和她分享了对法国大革命的看法以及继续战争以对抗"暴君"的必要性。她则被当作反拿破仑主义的"女英雄"邀请至宫廷，斯塔尔夫人深知如何吸引并说服与她对话的人，其中包括老将军库图佐夫。出征前，斯塔尔夫人给予了他鼓励。随后，夫人决定继续远行，在博罗季诺战役爆发前夕乘船前往芬兰，在瑞典海岸险些遭遇海难，后于 9 月 24 日到达斯德哥尔摩。

斯塔尔夫人因与贝尔纳多特亲王关系亲近为世人所知，又且因其政治立场和文学作品而备受欣赏，作为前瑞典大使[259]的遗孀，她在瑞典宫廷受到"最大善意"的欢迎。在亡夫故土为期 8 个月的旅居期间，她开始撰写流亡日志，随后于 1813 年 6 月出海前往英国。

在伦敦，等待斯塔尔夫人的是法语版《论德国》的出版，这位反对"恶魔拿破仑"最杰出的人物被引见给摄政王、未来的乔治四世，并与拜伦勋爵结下友谊，后者认为她相貌丑陋却委实讨人喜欢。

经历了超过 10 年的流亡岁月和 1 年的旅行之后，斯塔尔夫人最终在 1816 年重返巴黎，次年去世，享年 51 岁。那一年，也是她到佛罗伦萨参加女儿阿尔贝蒂娜和维克多·德·布罗伊公爵婚礼的第二年，

259　瑞典大使埃里克·马格努斯、斯塔尔-霍尔斯坦男爵（1749—1802），1786 年迎娶热尔曼娜·内克。奥古斯特·德·斯塔尔将母亲的作品《流亡十年记》补充完整。

那是她最后一次旅行。

斯塔尔夫人的数幅画像留存至今；这些画像描绘了一位头发微卷、稍显笨重、胳膊雪白且受到身边人喜爱的"上流社会名媛[260]"。其中一幅不为人熟知的肖像是费尔明·马索的作品[261]，展现的是一位年轻的光头女士，微笑站在父亲的半身雕像前。特别著名的则是维杰-勒布伦夫人绘制的《斯塔尔夫人扮演柯丽娜》（1808）和弗朗索瓦·热拉尔[262]在斯塔尔夫人去世后画的两幅《柯丽娜在米塞诺角》，前者现藏于日内瓦艺术与历史博物馆，后两幅中，绘制于 1819 年的那一幅被普鲁士亲王奥古斯特买下并赠给了雷卡米耶夫人。这幅用浪漫主义笔法完成的巨幅画作现藏于里昂美术馆，也被印在小说《柯丽娜》的书页上。柯丽娜这位被形象化的"有诗才的女士"宛如多梅尼基诺笔下的女预言家，倚在一根古代圆柱上，抬眼望着天空；她穿得好似一位缪斯，仿佛在质疑未来并预感到自己的悲惨命运。该画以冒烟的维苏威火山为背景，柯丽娜面前的苏格兰爱人奥斯瓦尔德、两个小女孩和一个穿得像拜伦勋爵一样的阿尔巴尼亚人似乎被这位美人迷住了。除了作为这部著名小说的插图之外，这幅画还可以被认为是极度理想化的斯塔尔夫人作为"文学家"的肖像。更接近现实的是玛丽-埃莱奥诺雷·戈德弗罗伊为斯塔尔夫人绘制的存世画作（现藏于凡尔赛宫）和莫斯科画家弗拉基米尔·波罗维科夫斯基的画作（现藏于特列季亚科夫画廊），前者描绘的是裹着红白头巾、手里拿着一根绿枝的斯塔尔夫人，后者则逼真展现了旅行家斯塔尔夫人漫不经心地坐在叶卡捷琳娜女皇的半身雕像前。

---

260   引自米哈伊尔·希什金的《拜伦和托尔斯泰的步伐》，黑白出版社，2005 年。
261   该画现藏于科佩城堡博物馆。费尔明·马索（1766—1849），日内瓦肖像画家。
262   弗朗索瓦·热拉尔男爵，法国新古典主义画家，帝国时期及复辟时期著名的肖像画家。

热拉尔绘斯塔尔夫人　　　　弗拉基米尔·波罗维科夫斯基绘斯塔尔夫人

　　斯塔尔夫人是一位不知疲倦的旅行家，她被迫游遍了整个欧洲，她的旅行具有政治与文学的双重使命[263]。为了捍卫自己的自由主义思想，她用自己的实用主义知识令对话者着迷，并且利用多重关系与专制者作斗争。她把去过的国家描绘在纸上，公正、共情地描述她眼中全然陌生的人物或生活方式。她为自己的数次旅行赋予了一种新颖的政治维度，宣扬了她无比向往的无国界欧洲的"现代"理念。

263　矛盾的是，斯塔尔夫人在《柯丽娜》中写道："不管怎么说，旅行是人生中悲伤的快乐之一。"

不羁作家的流浪
亨利·贝尔

（格勒诺布尔，1783—巴黎，1842）

16 岁时，刚从格勒诺布尔中心学校毕业的亨利·贝尔一时兴起，离开家人和故乡，投奔在巴黎的表兄皮埃尔·达吕，此时的达吕任军务秘书长，邀请他一起前往意大利，于是亨利·贝尔便在意大利加入了第一执政拿破仑的军队。

昔日笨拙、平庸的高中生就这样机缘巧合地投入了一场毫无准备的冒险，于 1800 年 5 月出发前往日内瓦。途经大圣伯纳德山口时，他被雨淋成了"落汤鸡"，翻越阿尔卑斯山就到了歌剧的殿堂——梦中的意大利。"我全然沉醉了，幸福、快乐得疯了"，后来他在回忆那段非凡时光时如是写道。"一个充满热情、完美幸福的时代从这里开始了[264]。"

法国人把奥地利占领者从米兰驱逐出去后，年轻的贝尔开始在那里学习成为上流社会人士、善于引诱女子

---

264 《亨利·布拉吕的一生》，选自伽利玛出版社"七星文库"丛书。

的男人。和安吉拉·彼得拉格鲁阿的相遇以及他对这位"褐色头发，绝妙的、肉感的"、难以接近的美人的热情为其人生赋予了意义，于是亨利·贝尔将奇萨尔皮尼共和国的首都米兰当作初恋的福地。这位全方位游览皮埃蒙特和伦巴第的未来骑兵少尉与莫扎特作品中无忧无虑的绅士们过着相似的生活，但这也给他带来了困扰他一生的疾病。贝尔被任命为龙骑兵团第六团少尉，1801 年 2 月又晋升为米肖将军的助手。他利用在米兰的时间频繁出入斯卡拉歌剧院，对音乐的热情、对女歌唱家们的欣赏以及对学习单簧管的渴望都在剧院得到了满足。从贝加莫到克雷蒙纳，从维罗纳到马焦雷湖，这位新手唐璜在游历期间开始写作，之后汇编成《我一生的故事》，一位法国作家就这样在意大利诞生了。

大卫·德昂热所作
《司汤达》纪念章，
1892 年

　　1802 年回归平民生活以后，着迷于戏剧和女演员的亨利在巴黎、格勒诺布尔、马赛之间游走，寻找时运。厌倦了这种肤浅的乐趣后，他前往斯特拉斯堡和另一位表兄马提亚尔·达吕相聚，而已经加入大军团的达吕即将前往德国参加战斗。

　　耶拿战役[265]以后，贝尔作为特派员被派往不伦瑞克，这是一个拥有丰富文化历史的小公国，位于萨克森北部，在那里，贝尔试着了解日耳曼人，也确实遇到了符合他品位的条顿美人，例如威廉米娜·冯·格里斯海姆。这位被称作"米娜""米妮特"的金发女郎是拿破仑手下一位老将军之女，尽管已经订婚，仍陷入和法国魔鬼贝尔的爱情游戏。在这座日耳曼古城市中心度过的两个月让这位年轻人有机会到附近出游。在给妹妹的信中他用寥寥数语评价道："我热衷于这段时间的旅行。当我们学会如何旅行的时候，就会好好了解那里的人[266]……"在长途旅行的过程中，他在一座名叫施腾达尔的小城停留，于是有了一个想法，在这个普鲁士地名中加一个字母 h 作为他未来的笔名[267]。

　　1809 年春，贝尔陪同皮埃尔·达吕前往奥地利开启新的军旅生活。从斯图加特到乌尔姆，从客栈到驿站，经历过一个又一个身形优美的女子，在法国的盟友巴伐利亚王国的军旅生活很是惬意，那里的啤酒如此香醇。但是再往东一些，多瑙河另一边的战争灾难却令这位原本高枕无忧的军需官感到恐惧和震惊，他体会到了战争后果的

265　耶拿战役（1806 年 10 月 14 日）是由拿破仑指挥的法国军队与冯·亨霍洛火箭军领导的普鲁士军队交战的战役。

266　出自 1807 年 3 月 8 日写给波丽娜的信，引自让·拉库尔特《司汤达，流浪的幸福》，2004 年，瑟伊出版社。

267　施腾达尔是古代艺术史学家、考古学家约翰·约阿希姆·温克尔曼（1717—1768）的故乡。（司汤达写作 Stendhal，施腾达尔写作 Stendal。——编注）

恐怖。

1809 年 6 月到达维也纳后，这位爱好音乐的特派员参加了纪念刚刚去世的约瑟夫·海顿的追思弥撒，热衷抒情艺术的他也经常出入歌剧院。贝尔多次欣赏他所酷爱的莫扎特的歌剧《唐·乔万尼》，并由此恢复了对米兰的情感，也向往着其他的幸福。然而，几周后，他生病了，因此没有参加血腥的瓦格拉姆战役[268]，此次战役发生在距离奥地利首都几公里以外的地方，"50 万人打了 50 个小时"。疲于军旅生活的贝尔最终返回了法国。

27 岁的贝尔并不具备他书中的主人公于连和法布里斯的轻盈与优雅。大好的胃口令他发福，他抱怨着自己发胖的不雅身材、红润的脸颊和初现端倪的秃头。他想吸引所有女性，包括其表兄的妻子亚历山德琳·达吕。亚历山德琳很富有，像雕塑一般美丽，但他疯狂的爱慕通常遭到公爵夫人和女歌唱家们的拒绝，他的爱是为了取悦女士们，她们在他迷人的微笑和"有点神秘"的眼神中读到了他的思想、细腻和教养。

因为在奥地利战斗中表现出一名优秀军需官的品质，贝尔被任命为最高行政法院助理办案员，后又被任命为皇室总管助理，该职务让他拥有赴意大利两个月的假期和宽裕的经济条件，足以过上花花公子的生活。

亨利乘坐驿车从巴黎出发，于 1811 年 9 月 7 日到达米兰。在由欧仁·德·博阿尔内统治下的新意大利王国的首都米兰，他找回了青少年时期的快乐和生活的温情。尽管他已经发福，安吉拉·彼得拉格鲁阿仍然认出了他并陷入他的温柔陷阱。在漫长的爱情攻势下，安吉拉

268　瓦格拉姆战役，（维也纳以北）1809 年 7 月 5—6 日，拿破仑军队对抗奥地利军团。

终于接受了他。然而他的命运总是像暴风雨一般变幻莫测。他孤独地踏上了"壮游"之路，前往博洛尼亚、罗马和那不勒斯，期间经过佛罗伦萨，将乌菲齐美术馆和皮蒂宫的宝藏尽收眼底。在罗马，参观拉斐尔居所和卡诺瓦工作室以及聆听斗兽场的鸟鸣令他像一个英国人一般充满好奇，对他而言这是第一次私人旅行中最幸运的时刻。在缪拉和卡罗琳·波拿巴统治下的那不勒斯，他在像剧院舞台一样热闹的首都来回穿梭，在圣卡洛剧院聆听斯蓬蒂尼的歌剧《贞洁的修女》，但维苏威火山令他感到失望，因为骑驴上山的过程中他并没有看到"火山口深处沸腾的地狱"[269]。在这个对他而言相当陌生的南方王国里，"法国骑士"亨利很快便燃起对容光焕发的安吉拉的思念。但返回米兰以后，他不得不和这位"不忠的绝美婊子"分手，在返回巴黎前试图通过写作《意大利绘画史》忘记她，他开始想念巴黎的社交生活。

　　和司汤达一样热爱意大利的安德烈·苏亚雷斯后来写道："在意大利的时候，无论如何诟病，他仍无法割舍巴黎和法国精神。在巴黎的时候，又无法割舍米兰和心向往之却每每令他失望的意式爱情。[270]"

　　1812 年对贝尔而言是与历史相遇的一年，也是他走进文学的年份。他再次服役，作为大军团特派员，他负责将皇后玛丽·路易丝的一封信带给正在向莫斯科挺进的拿破仑，临时军需官贝尔于 7 月 23 日乘坐一辆"小型维也纳式敞篷马车"离开巴黎，途经科夫诺和维尔

269　引自司汤达《日记》，1811 年 10 月 10 日。
270　安德烈·苏亚雷斯，《冒险家之旅》。

纳[271]，进入战火连天的俄国；英雄的冒险就此开始。

8月12日，贝尔在别列津纳河畔和拿破仑大军汇合，将信件上交参谋部以后，于9月14日随军抵达莫斯科。在俄罗斯旧都的一个月里，这位帝国特工因职责所在，未能参观克林姆林宫的教堂，也没有兴趣追求公爵夫人。在罗斯托普钦伯爵的命令下，这座近乎荒芜的城市在战火燃起前夕屏息凝神。战斗打响后，贝尔藏身于医学院，靠着双筒望远镜见证了这座古城最美街区的毁灭。在给亚历山德琳·达吕的书信中他如此写道："我想那是9月20日，当我们进入莫斯科的时候，这座迷人的城市、最美殿堂之一已化为恶臭的黑色废墟，只剩几只倒霉的狗和寻找食物的妇女在废墟中流浪。"

从俄罗斯的撤退开始于10月16日，贝尔负责斯模棱斯克地区军队的粮食供给，他在对抗袭击军需车的哥萨克人时表现英勇，因此脱颖而出。11月27日，当他决定跟随大军团的一众士兵渡过别列津纳河时，好运伴随着他，那是桥塌的前一夜。12月7日，一身疲惫且几乎被冻死的贝尔到达拿破仑皇帝刚刚离开的维尔纳。

1813年1月31日返回巴黎后，贝尔清瘦了许多，人们都快认不出他了，这对他而言是件好事，他却十分沮丧，为这段经历画上了句号，把撰写历史小说和光荣史诗的任务留给别人，回到米兰待了将近3年，百日王朝时期都没有返回法国。1816年10月，在斯卡拉大剧院一间幽暗的包厢里，贝尔经人介绍结识了拜伦勋爵——"最伟大的在世诗人、英俊且迷人的年轻男子、虽然已经28岁却有着18岁的样貌，有着天使一般的身形、最温柔的神情"——贝尔靠着和拿破仑相

271　今为立陶宛考纳斯、维尔纽斯。

关的令人惊愕的故事征服了拜伦，并带他游览米兰。

返回法国后，贝尔完成了用笔名写作的《意大利绘画史》和《罗马、那不勒斯和佛罗伦萨》以及他的"壮游"日志；他和意大利再也无法分开了。

司汤达对拿破仑的征战及其失败感到疲惫，"对巴黎感到厌倦"，于是不惜改变主意踏上"凶险的阿尔比恩[272]"，1817 年 8 月，他在一名荷兰间谍和一个英国酒鬼的陪同下前往英国，该荷兰间谍是一个花花公子，而那位英国酒鬼则被称作"白兰地兄弟"。司汤达就此在伦敦旅居了 6 周，频繁出入娱乐场所，欣赏由著名的基恩出演的莎士比亚戏剧以及在科文特花园上演的亨德尔歌剧。尽管他在《新月刊》公开宣称亲英，且分别于 1821 年、1826 年两度到英国旅居，期间游览了西米德兰地区，但还是很快就厌倦了苍白无言的英国女人。因此，他离开了伟大的莎翁和拜伦的祖国，再次踏上前往美丽意大利的道路。

1818 年 3 月，贝尔在他珍爱的米兰安居，彼时的米兰再一次飘扬起奥地利国旗，他结识了玛蒂尔德·维斯康蒂尼·登博夫斯基伯爵夫人并对她一见钟情的。玛蒂尔德是自由主义贵族，当时已经和年迈的波兰军官丈夫分手，在她的陪伴下，年轻、羞涩、笨拙的"阿里戈"不断做着蠢事，他对玛蒂尔德贪婪的爱在托斯卡纳可悲地终结了，因为玛蒂尔德发现这位追求者在沃尔泰拉的小路上乔装成一个歌剧人物跟踪她，还戴着一副绿色的眼镜。

1822 年，司汤达在巴黎发表了关于"爱情的独特现象"[273] 的论文，文中总结了他对玛蒂尔德·维斯康蒂尼·登博夫斯基伯爵夫人的

272　大不列颠岛的旧称。——编注
273　引自温弗里德·格奥尔格·泽巴尔德《眩晕》，伽利玛出版社，"对开本"丛书，1990 年。

爱，接着又出版了第一部小说《阿尔芒丝》，之后他的旅行愈加频繁。1827年，他再次出发前往罗马和那不勒斯，途中在佛罗伦萨停留并拜访诗人拉马丁，此时的拉马丁在法国驻托斯卡纳大公国公使团任职。

　　曾经的特派员之所以蜕变成一名热衷于艺术的向导，是因为这让他得以完成《一个旅行者的回忆录》以及阐述罗马的独特性的《罗马漫步》。在令他学会爱的永恒之城罗马，司汤达继续撰写日志，将对罗马人日常生活的观察和他的审美思考掺杂在一起。但是这段在意大利闲逛的惬意时光在第二年便结束了，因为奥地利警方无法容忍这个法国人的蛮横无理，加之他是无神论者，警方将他赶出了他的天堂米兰。

　　安德烈·苏亚雷斯在《冒险家之旅》中对大师司汤达的评价如下："他将这个国度变成了永远只有20岁的土地。米兰是他最先爱上的地方，是他拥有第一个情人的地方，对他而言是爱情之都、年轻的乐园。他永远不会对米兰感到疲倦。当他不得不离开这座钟爱的城市，放弃年轻的快乐、爱情的快乐，哪怕痛苦的爱情也是快乐，他认为离开米兰就是和幸福永别。"

　　1829年，在痴迷于"西班牙主义"的青年友人普罗斯佩·梅里美的帮助下，司汤达在巴黎结识了德·蒙蒂霍伯爵夫人，后者当时正带着两个幼女在法国躲避西班牙国内的动乱。和这个来自安达卢西亚的富裕家庭结下的情谊激发了司汤达对西班牙的兴趣，并让他越过比利牛斯山前往西班牙。但这次临时起意的旅行只是他众多远行中的一个小插曲，不过是越过巴斯克地区的边界并在巴塞罗那进行了短暂的游览，他向蒙德·蒂霍伯爵夫人的女儿、未来的法国皇后小欧仁妮[274]讲述了这段经历。

274　欧仁妮嫁给了拿破仑三世，帕基塔嫁给了阿尔巴公爵。

托马斯·安德，《港口，的里雅斯特》

　　次年，在巴黎，七月革命将司汤达送入茱莉亚·里涅里的怀抱，茱莉亚是一个年轻的锡耶纳女子，"很有个性"，身材纤细，有一头深色的卷发，这是司汤达征服的最后一个女人。但是这段新的感情并不妨碍刚刚出版了《红与黑》的司汤达在路易-菲利普的政府谋得驻意大利外交官的职位。他很快被任命为法国驻的里雅斯特领事。的里雅斯特是奥地利边境的一座城市，也是一座大港口，气候恶劣。一个月后，贝尔幸运地摆脱了"野蛮"的边境流放生活，因为维也纳大使馆拒绝接受这位激进的雅各宾派。然而他却被教宗国接受，到奇维塔韦基亚担任相同的职位，失望透顶却选择逆来顺受的外交家司汤达在奇维塔韦基亚这座位于罗马以北的港口小城安顿下来，那里臭气熏天，充满了不幸，甚至连歌剧院都没有。

　　1840 年，和司汤达同时代的人如此描述他："……胖且矮，对于肥胖的身材而言这位男士的动作过于灵活；自命不凡，胸膛挺起，不愿让个子变矮一丁点；"最要紧的是他显得老成却不承认自己老成；胆小怕事；嘲笑别人时直言不讳，性情时常忧郁；心系时尚，外表光鲜，极度在意自己的丑陋。……他戴假发，乌黑的卷发……发红的脸上泛着血丝。他的额头和眼睛令人羡慕，或闪着智慧，或满是忧郁。[275]"

　　这段肖像描写和格勒诺布尔收藏的官方画作上的外交家形象形成极大的反差，官方画作上的司汤达十分英俊，留着合适的颊髯和乌黑发亮的头发，黑色的上衣镶着金边，红色丝带下闪耀着荣誉军团的十字勋章[276]。

275　引自安德烈·苏亚雷斯，《冒险家之旅》。
276　西尔维斯特罗·瓦莱里所作司汤达肖像，现藏于格勒诺布尔加格农之家。

司汤达肖像

在这场无休止的奇维塔韦基亚流亡中，贝尔几度前往罗马，向迷人的法国大使夫人致以敬意，到甘多尔福堡冒险追求年轻的西尼伯爵夫人（桑德雷夫人），还到锡耶纳和不专一却依然诱人的茱莉亚重逢[277]。 1832 年 3 月，这位昔日的帝国军需官、法国国王手下大腹便便的失意领事到安科纳出差，准备迎接一支负责反击奥地利入侵的士兵分遣队。在亚得里亚海岸完成的这次任务是司汤达漫长的领事任期内唯一引人注目的事件。

1833 年 12 月，司汤达在法国短住后返回意大利，在一艘沿着罗讷河而下的轮船上遇到准备前往威尼斯的乔治·桑和缪塞。三人在河上共度了一个夜晚，并一同参观了阿维尼翁大教堂。在《我一生的故事》中，"诺昂慈母"乔治·桑对司汤达是这样回忆的："这是一位卓

---

277 司汤达分别于 1834 年和 1836 年前往罗马，下榻于万神庙后面的德拉密涅瓦大酒店（孔蒂宫）。

越的男士，他欣赏的所有事物都具有无比睿智的远见，有着别出心裁的、实实在在的才华[278]……"返回奇维塔韦基亚后，外交官司汤达周旋于两国之间，看破一切的他重新开始撰写小说《吕西安·娄万》，1836 年又在巴黎继续该小说的创作。在为期近 3 年的休假期间，再次旅行的愿望无法抵挡，于是他游遍了法国，从波尔多到里昂，从土伦到蒙彼利埃，然后回到莱茵河谷和荷兰；司汤达从旅行家变成了游客。正是从这次漫长的游历回来以后，他想详细记叙游历中的故事却又了无兴致，便第一次登上了从安特卫普到布鲁塞尔的火车。 1838 年，重新做回巴黎人的司汤达写了《意大利遗事》，并花了 53 天时间就完成了杰作《帕尔马修道院》。如此丰硕的成果让他可以忍受返回"糟透了的偏僻之地"奇维塔韦基亚继续工作，并在那里孜孜不倦地写作《自恋回忆录》《亨利·勃吕拉的一生》、个人日志和一本未完成的小说《拉米埃尔》。

1841 年 10 月 21 日，这位抽雪茄的胖领事司汤达患了中风，不得不和自第一天就征服了的"不朽情人"意大利永别，最终回到巴黎。

次年，司汤达第二次脑溢血，疲惫的他在离住处不远的卡普辛大街跌倒，并于 3 月 22 日去世。梅里美将他的遗体护送至蒙马特公墓，墓碑上用意大利语刻着司汤达生前拟好的墓志铭："亨利·贝尔，米兰人。活过，写过，爱过。[279]"

司汤达的一生及其作品和旅行是分不开的。对于这位"无节制的流浪者[280]"、军队特派员、爱人、唯美主义者、音乐爱好者、外交家、文学家、艺术爱好者而言，必须"走出去才能活着"，走出去才

278　乔治·桑，《我一生的故事》之"自传作品Ⅱ"，伽利玛出版社"七星文库"丛书。
279　亨利·贝尔，米兰人。活过，写过，爱过。他的灵魂酷爱奇马罗萨、莫扎特和莎士比亚。
280　引自让·拉库尔特《司汤达，流浪的幸福》，2004 年，瑟伊出版社。

能证明自己的存在[281]。骑马、坐邮车或是敞篷马车，带着为数不多的行李，他便是这样走遍了欧洲的道路。他很少停下脚步，因为于他而言旅行是真正的事业，也是永恒的话题。只有在客栈歇、欣赏歌剧、参观博物馆和历史建筑可以令他稍稍搁置出发的迫切念头，而每次出行都透着一股"女性的芳香"。

从巴黎到贝桑松，从南希到帕尔马，途经滑铁卢，他小说中的人物按照教堂奏鸣曲、歌剧咏叹调、行军曲一般的风格有节奏地出现。"在欧洲和爱情的殿堂里[282]"，这些人物至今仍是我们内心的伴侣。

281　米歇尔·克罗泽《司汤达或我自己先生》，弗拉马利翁出版社，1999 年。引自让·拉库尔特，出处同上。

282　引自保罗·瓦莱里为《吕西安·娄万》作的序。

旅行中的法国文学家
阿尔封斯·德·拉马丁、维克多、
雨果、钱拉·德·奈瓦尔

　　法国大革命爆发、第一帝国成立以后，源于英格兰和德意志的浪漫主义运动在查理十世和路易-菲利普统治时期的法国得以传播。浪漫主义运动中诞生了一批青年作家、诗人、剧作家、小说家、作者，继夏多布里昂之后游遍欧洲，并把旅行作为文学创作的要素之一。

　　拉马丁、雨果、奈瓦尔也有着对别处的渴望，他们沿着萨米耶·德·梅斯特、保罗-路易·库里耶、夏尔·诺迪埃、维克多·库赞等人的脚步，根据自己的脾性、以自己的方式探索或远或近的异乡[283]。

283　萨米耶·德·梅斯特（1763—1852）：萨瓦人，《在自己房间里的旅行》（1794）的作者、俄国军队军官，曾到俄国和高加索地区旅行。保罗-路易·库里耶（1772—1825）：法国大革命及第一帝国时期军官，到过德意志和意大利。作家、政治家、自由主义者、反教权者，著有《来自意大利的信》。夏尔·诺迪埃（1780—1844）：小说家、法兰西学术院院士，于1813年到伊利里亚（斯洛文尼亚、克罗地亚），1821年到苏格兰旅行。维克多·库赞（1792—1867）：哲学家、法兰西学术院院士、公共教育部长（1840），数次前往德意志联邦、普鲁士和荷兰，出版了《德国回忆录》。

诗人外交家的旅行

阿尔封斯·德·拉马丁

（马孔，1790—巴黎，1869）

21 岁的勃艮第乡村绅士阿尔封斯·德·拉马丁曾在耶稣会接受教育，在诗歌方面颇有天赋，他和同时代前往意大利完成教育并在那里进行"壮游"的英国年轻贵族不一样，他被送往意大利是为了躲避征兵招募，也是为了结束一段令其家族不悦的爱情。

1811 年 7 月 15 日，这位会说意大利语的年轻人在两位前往托斯卡纳的表兄弟的陪同下离开里昂，两位表兄准备前往托斯卡纳。拉马丁从塞尼山口翻越阿尔卑斯山，到达彼时还属于法国的里窝那，并在那里消夏。随后，他独自在"美丽的国家"意大利继续旅行，游览佛罗伦萨后于 11 月 1 日到达被拿破仑军团占领的罗马，此时的罗马人民正翘首以盼被拿破仑囚禁的教宗庇护七世的回归。

令这位旅行者兴奋的是意大利城市那不勒斯、维苏威火山以及最让他着迷的那不勒斯海湾岛屿，这些地方为他的第一次旅居赋予了特殊的情感和创造力。

事实上，英俊的阿尔封斯尽管几乎身无分文，却仍穿得像一位花花公子，在普罗奇达岛的田园风光中，他遇见了清贫的渔夫之女玛丽安多尼亚（安东内拉）·雅克米诺，他爱上了这个"天真的夏娃"一般的女子，她是小说《格拉齐耶拉》和他的第一首《致艾尔薇拉》中女主人公的原型。在那不勒斯旅居期间，拉马丁住在一家老烟草厂，乘坐玛丽安多尼亚父亲的船游览巴亚湾。他前往索伦托看塔索故居，重读维吉尔的诗，到波佐利朝拜《埃涅阿斯记》作者维吉尔之墓。几年后，在回忆普罗奇达岛如此特别的氛围时，阿尔封斯写下好几首诗，灵感便来源于岛上的旅居时光[284]。

> 在那索伦托潮声喧嚣的海滨，
>
> 橙树根畔，千顷碧涛滚滚翻卷，
>
> 清香的树篱下，紧傍野外小径，
>
> 一块墓石又小又窄，无人关心，
>
> 竖立在无意走到的远客的足前。[285]

　　回到故土以后，在第一帝国陨落之际，拉马丁重拾笔杆。1815 年春，他在百日王朝时期第一次参军，在路易十八的近卫军中服役。但是拿破仑从厄尔巴岛回来以后，大规模起义爆发，他不得不前往日内瓦、尚贝里、撒丁岛避难，1816 年 10 月他回到艾克斯莱班泡温泉。在布尔歇湖畔，潇洒的诗人拉马丁在一个治疗肝病的温泉小浴场遇见克里奥尔美人查尔斯夫人，患有肺病的查理夫人是一位年迈的法兰西学会成员、物理学家之妻，也是拉马丁的第二位"艾尔薇拉"，于是，拉马丁成了查理夫人的情人。

　　1817 年，缪斯查理夫人去世后，诗人拉马丁的名望在《沉思初集》出版后得到提升，被任命为法国驻那不勒斯大使馆二等专员，"拥有薪水 1 000 埃居的优待。"这份运气部分解决了他在经济上的担忧，也让他得以在出发前在尚贝里迎娶玛丽·安·伯奇，这是一位会

284　7 首反映拉马丁在那不勒斯旅居的诗歌：《初悼》、《巴亚湾》（出自诗集《沉思初集》）（1813 年）、《伊斯基亚》（出自《新沉思集》）（1822 年）、《圣雷斯特维塔湾的百合》、《在伊斯基亚岛上》（1842 年）、《永别了格拉齐耶拉》、《渔夫之女格拉齐耶拉》。

285　《初悼》，引自热拉尔·昂格尔的《诗人、政客拉马丁》，弗拉马利翁出版社，1998 年。

说多国语言的英国贵族小姐，有绘画天赋，二人是在拉马丁姐姐的婚礼上相识的。

1820 年 6 月，拉马丁夫妇在玛丽母亲的陪同下踏上前往那不勒斯的道路，途中在都灵停留，拉马丁在那里拜访了一位初中时期的朋友，那位朋友也成了外交家。费了一番周折之后，拉马丁终于到达斐迪南·德·波旁国王的首都，在波西利波住宅区附近租下一间公寓，并携全家到伊斯基亚岛度夏，对安东内拉的回忆为他的两首新诗歌提供了灵感。不过这位外交家对自己低微的职位感到厌倦，于是告了假。在回国途中，拉马丁夫妇在罗马受德文郡公爵大人[286]之邀参加了沙龙，参观了雕塑家卡诺瓦的工作室，还向教宗庇护七世的国务秘书康萨尔维红衣主教表达了敬意。拉马丁的第一次外交官任期不满一年。

次年，阿尔封斯和玛丽·安前往英国，与伯奇家族见面并解决遗产问题。诗人拉马丁在伦敦受到法国驻英国大使夏多布里昂的接见，那是阿尔封斯第一次见到夏多布里昂。拉马丁虽对夏多布里昂的冷漠感到失望，但他很享受英国乡村的风光，兴盛的新哥特式建筑令他陶醉，也为他的圣普安城堡的修复提供了灵感。此外，他还写了一首长诗《哈罗德最后的朝圣之歌》，向不久前在希腊去世的拜伦勋爵致敬，颂扬他们对自由共同的爱。

《新沉思集》和《查理十世加冕礼颂诗》出版以后，国王的近臣请奏国王将诗人拉马丁任命为法国驻托斯卡纳代表团二等秘书。拉马丁对此次职务分派感到满意，于是和家人一起于 1825 年 7 月前往

286　伊丽莎白·福斯特夫人（1758—1824）：最后一任德文郡公爵夫人，1816 年退隐至罗马。她是艺术家们的朋友，对考古感兴趣，尤其对古罗马广场遗址颇感兴趣。

"中世纪的雅典"佛罗伦萨，庞大队伍的到来引起了大公国宫廷的注意，当时的大公国由擅长玩弄阴谋的布莱辛顿夫人[287]统治。保持优雅的完美丈夫、外交家拉马丁投入职场并全身心投入外交任务。拉马丁在任职内向外交部长寄过 80 多封公函，这些公函能够体现其政治分析之细腻。这位秘书确实有成为大使的野心，后来他晋升为大使馆代办。自此，他便有机会对言论自由、政教分离、意大利的未来等问题表达看法，他甚至已经构想过意大利的统一。

　　拉马丁欣赏利奥波德二世大公的开明思想，与之关系亲近，丁是购下位于葡萄园中央的维维亚尼别墅，并在那里多次接待比他年长 7 岁的亨利·贝尔，但他并不喜欢亨利·贝尔，也接待过萨米耶·德·梅斯特，并献了一首诗给他。远离马孔内的拉马丁心怀思念，不忘故乡，因为他在佛罗伦萨写下了感人的诗篇《米利或故土》，并完成了诗集《诗与宗教的和谐》的大部分内容。不过，1828 年 7 月，拉马丁担心新大使上任会剥夺他的评论自由，于是再次告假。1830 年的七月革命结束了查理十世的统治，效忠于波旁王朝的拉马丁因此向外交部长莫莱伯爵递交了辞呈，回到圣普安。

　　　意大利！意大利！永别了，我的爱！
　　　我看破一切的双眼永远不会失去你！[288]

　　随后的几年内，拉马丁对母亲的意外去世感到悲伤，对使团工作的失败感到失望，于是远离政界，开始准备他的第一次东方之旅。

287　参照本书关于玛格丽特·鲍尔、布莱辛顿伯爵夫人的章节。
288　《哈罗德最后的朝圣之歌》十三章。

　　1832 年 7 月 10 日，拉马丁携妻子、女儿茱莉亚和一群朋友乘坐阿尔赛斯特号在马赛出海起航。大量书籍被带上了船，步枪和军刀组成的武器库和几只待宰的鸡一起堆在船舱里。船只先后在英国殖民地马耳他、希腊的临时首都纳夫普利翁和雅典停泊，此时的希腊刚刚被奥斯曼帝国解放，阿尔赛斯特号驶过罗德岛到达贝鲁特，旅行者们在贝鲁特租下几栋雪松环绕的石屋。

　　"法兰克王子"拉马丁受到热情的接待，就像帕夏[289]受到黎巴嫩社区代表的热烈欢迎一般。拉马丁对一切事物都感到好奇，对神往已久的东方兴致盎然，他毫不犹豫地拜访了威廉·皮特的侄女、被誉为"沙漠里的女预言家[290]"的英国探险家斯坦霍普夫人，她就站在一群仆人中间仿佛是流浪的芝诺比娅[291]。此外，拉马丁还攀登了舒夫山，前往代埃尔-卡马尔与真正的埃米尔[292]贝希尔在贝特丁宫[293]会面交谈。

　　随后，拉马丁将妻子和生病的女儿留在贝鲁特，和同伴们骑马前往耶路撒冷，他身穿土耳其服饰，希望不被察觉。途中，他们在拿撒勒、卡梅尔山停留，10 月 18 日到达防御古城耶路撒冷，城里的圣迹净化了这群朝圣者的灵魂。但是，几周后，小茱莉亚因严重的咳疾在贝鲁特夭折的消息传来，失望与怀疑充斥着诗人拉马丁的内心，但他

289　帕夏是奥斯曼帝国行政系统里的高级官员，通常是总督、将军及高官。帕夏是敬语，相当于英语中的"lord"。——译注

290　赫斯特·斯坦霍普夫人（1776—1839）：旅行者、探险家，第一位前往帕尔米拉的西方女性，1813 年他在帕尔米拉受到女王一般的热烈欢迎。斯坦霍普夫人住在黎巴嫩西顿东北方山区的一座老修道院内，致力于占星术，接待了许多旅行者。

291　芝诺比娅是公元 3 世纪叙利亚帕尔米拉王国女王，她因容貌倾城，并带领帕尔米拉抗击罗马帝国而著称于世。——译注

292　埃米尔是阿拉伯语音译，原意为"受命的人""掌权者"，是伊斯兰国家对上层统治者、王公、军事长官的称号。——译注

293　贝希尔二世（1767—1850）：统治奥斯曼封建君主制之下的黎巴嫩山酋长国，1806 年命人建造贝特丁宫。

克制住悲伤，于 12 月重新上路，参观巴勒贝克和大马士革。随后，在离开黎巴嫩之前，"异教徒朝圣者[294]"拉马丁携妻子第二次到耶路撒冷，妻子独自在圣墓教堂里祈祷，而他则写下令人心碎的诗歌《客西马尼》纪念爱女的去世。

1833 年春，拉马丁夫妇及其友人在雅法登船前往君士坦丁堡，由于佩拉外国人街区鼠疫肆虐，拉马丁一行住在伊斯坦布尔海峡边的城市比十克代雷的一座海滨住宅里，该住宅是撒丁岛领事借给他们的。拉马丁在伊斯坦布尔的法语界十分出名，因此受到热烈欢迎。他参加了苏丹穆罕默德二世主持的祷告仪式[295]。拉马丁声称自己是第一个欣赏过托普卡帕宫后宫的外国人。在法国大使的向导下，拉马丁参观了圣索菲亚大教堂。他动情于所到之地的美丽，对此次旅居很满意，于是写道："我发出情不自禁的呐喊，我忘了那不勒斯海湾及其一切魅力。将其他地方和这座壮丽优美的城市作比较，是在侮辱造物主。[296]"

拉马丁夫妇在君士坦丁堡待了两个月，随后带着大量行李乘坐笨重的货车前往巴尔干半岛。但是拉马丁在鲁米利亚（今为保加利亚，当时属于奥斯曼帝国）生了重病。身患胸膜炎的他在农民家中治病并留宿了 18 天，稍稍康复一些后被送至普罗夫迪夫，一个希腊商人在美丽的家中[297]里迎接了他。病情恢复以后，拉马丁一行途经塞尔维亚公国的都城贝尔格莱德到达维也纳，他们在维也纳接受了一次隔离。最后，在维也纳和斯特拉斯堡休憩了几日后，拉马丁一行返回马孔。

没能带小荣莉亚回到故土的拉马丁在蒙索城堡定居，并从那时起

294　引自萨尔加·穆萨。
295　苏丹到场参加周五大祷告的仪式。
296.　引自莫里斯·托斯卡的《拉马丁或生命中的爱》，阿尔班·米歇尔出版社，1969 年。
297　普罗夫迪夫的"拉马丁之家"是一处奥斯曼旧宅，现为关于诗人拉马丁的一家小博物馆。伊斯坦布尔贝伊奥卢区的一条街至今仍以拉马丁的名字命名。

开始撰写丰富多彩的旅行记事《东方之旅》，这部作品显露出他对黎凡特的热爱[298]。

1841 年，《东方之旅》和《吉伦特派史》的出版受到媒体和读者的欢迎，为拉马丁带来意料之外的经济上的宽裕，1844 年，他匆忙带着妻子和侄女们到那不勒斯和伊斯基亚岛度夏，重返他最初的爱情发生的地方，并写下《格拉齐耶拉》，一时间忘了近忧。

的确，数年来拉马丁花费了许多时间在政治上，甚少离开法国。公使、总参赞拉马丁在 1848 年的二月革命中支持自由党，护卫巴黎市政厅的三色旗成就了他的荣光时刻。2 月 24 日，第二共和国成立，拉马丁成为临时政府的成员，12 月，他竞选总统遭遇惨败，从此彻底远离权力。

漫长的政治生涯以失败告终，年逾花甲的拉马丁再次陷入负债，他的东方梦却又一次燃起。这位"奥斯曼的朋友"立志移居国外发财，恳求阿卜杜勒迈吉德苏丹在伊兹密尔划出一块租借地，建一个示范农场。出人意料的是，他的请求竟被批准了。1850 年 6 月 21 日，放弃内阁工作的拉马丁出发前往布尔加斯-奥瓦的地盘，后者给了他 20 000 公顷良田，租约 30 年。这一次，作家、政客拉马丁乘坐蒸汽机船远行，一到伊斯坦布尔就受到大庄园主布尔加斯·奥瓦的接见。几日后，阿尔封斯和妻子向伊兹密尔出发，随行的车运载着二人笨重的行李。但是当他们发现"王国"之大、成本之高时，起初的热情便转化为恐慌。别无他法，他们只能返回法国寻求必要的资助以实现这个过于宏大的梦想。然而，1852 年，苏丹因拉马丁经济拮据而收回了这位"法国朋友"名下的地，并为这位对土耳其友好的作家提供补偿，

298　1850 年，拉马丁出版了《新东方之旅》，该书叙述了 1850 年他在土耳其的第二次旅居。

为他发放与租地所需租金等值的年金。拉马丁为了感激这位伟大的苏丹，开始撰写巨著《土耳其史》。他的奥斯曼之梦破碎了。

破产的拉马丁早已变卖米利的房产，不肯寻求帮助，又因患风湿而瘫痪，体力也变差了，他不得不在"惨淡的晚年"致力于数部"被迫完成的文学作品[299]"。1863 年妻子的去世令他伤心，他的身体在多重打击下变得非常虚弱，1867 年 12 月 18 日，拉马丁因脑溢血在巴黎去世，同年去世的还有波德莱尔。

诗人特有的敏感、对知识的好奇以及对外交事业的执着令阿尔封斯·德·拉马丁成为一名独特的旅行者。他既不是游客，也不是记者，更不是军人，他不写日记，却把漂泊的一生写成了诗。

拉马丁疯狂地爱着意大利，尤其是爱人格拉齐耶拉所在的那不勒斯，他把他的东方梦置于思考的中心，把沙漠、耶路撒冷和君士坦丁堡变成了内心世界的倒影。

拉马丁既是政治家、社会活动家，也是一位体贴的丈夫，他长期旅行，始终着眼于诗歌可以改变的世界。

一位大观察家的旅行

维克多·雨果

（贝桑松，1802—巴黎，1885）

维克多·雨果是 19 世纪的法国文豪和政治思想家，然而，旅行家是他不为人知的一面。事实上，雨果不仅是诗人、剧作家、正义与平等的捍卫者，也是比利时、瑞士、德国以及海峡群岛的常客，他曾

299　引自热拉尔·昂格尔的《诗人、政客拉马丁》，弗拉马利翁出版社，1998 年。

小荷尔拜因，《墓中基督遗体》

在日记中留下关于这些地方的文字。

雨果一生 5 次赴瑞士旅行，他疯狂地热爱这个国家——在那里，"人们眺望远方的群山，成群结队的动物在山峦上跳跃着[300]"。

1839 年 9 月，已经成名的维克多·雨果刚刚结识美丽的情人朱丽叶特·杜洛埃[301]，他们一起游览瑞士各州。两人化名为"高德先生"和他的"女性朋友"，从巴塞尔开始长途旅行，他们居住在巴塞尔市中心；拜访"采邑主教[302]的古老教堂——那里装饰着银底黑色十字徽章，俨然成了新教徒的场所[303]"；欣赏荷尔拜因令人震撼的画作《墓中基督遗体》——当地博物馆的镇馆之宝。

在苏黎世，他们入住的旅馆"并未欺诈游客，但是经过仔细分析，旅馆老板以每扇窗户每天 8 法郎的价格出售湖景"。两人在湖边漫步，到沙夫豪森附近的莱茵瀑布观光。几天之后，他们到卢塞恩攀登瑞吉峰，山峰奇景尽收眼底。站在雄伟的山巅，"在鹰与胡秃鹫返

300　引自《钱拉·德·奈瓦尔》，让-保尔·布尔著，巴蒂亚出版社，2001 年。
301　朱丽叶特·杜洛埃（1806—1883）：女演员，曾出演《卢克雷齐娅·博尔贾》。与雨果维持 50 年的情人关系，为其写了 2 万封信。
302　采邑主教，是指以教会诸侯的身份治理着一个或多个公国，拥有政教二重权力的主教。——译注
303　引自雨果《瑞士之行》，人类时代出版社，1982 年。

巢之际"——诗人为和母亲一同居住在维勒基耶的女儿缇缇娜描绘乡间生活的如画景象[304]。离开伯尔尼后，雨果在日记中写道："瑞士城市中的哥特式喷泉富有魅力，是阿尔卑斯地区的瑰宝"。经过18天的旅行，他们最终在日内瓦湖边的西庸城堡停下步伐，为的是一睹关押16世纪自由思想家波尼瓦尔的阴森地牢，拜伦曾赞颂此人是自由的英雄。

笔耕不辍的雨果在旅行期间也给妻子寄去许多书信，还在日记本中留下了丰富的历史、艺术和政治评论以及画作。

30年后的1867年8月，65岁的雨果已荣誉加身，在整个欧洲都富有声望。这位拿破仑三世的反对者和根西岛的流放者，受邀参加在洛桑举办的和平与自由国际大会。他被任命为这场庄严会议的荣誉主席，在儿子弗朗索瓦-维克多和朋友保罗·莫里斯[305]的陪同下，经由布鲁塞尔抵达瑞士。诗歌王子雨果受到热烈欢迎，他向"欧洲合众国的公民"致辞，谈论人民的权利。返程途中，他再一次越过莱茵河，写下"三十年后重返莱茵费尔登[306]，几无变化，我依然是我。"

此后，80多岁的雨果尽管精神不济且患耳聋，仍两次回到瑞士。1883年8月，他写下了遗嘱，在德维伦纽夫的拜伦酒店住了两个月，之后为躲避记者，搬到沃州沙布莱地区的贝城浴场大酒店。

304　莱奥波尔·雨果（1824—1843）：小名缇缇娜，雨果之女。其丈夫为查尔·瓦克里，两人在维勒基耶溺亡。诗人在多首诗歌中表达了对她的追忆。

305　弗朗索瓦-维克多·雨果（1828—1873）：在雨果的5个孩子中排行第四，曾翻译莎士比亚作品。1852年雨果流放期间，他跟随父亲前往泽西。保罗·莫里斯（1818—1905），剧作家，雨果好友，在其流亡的20年间，为其负责保管财物。

306　莱茵费尔登是瑞士阿尔高州的一个市镇，名字的意思是莱茵河流域。——译注

雨果，《集日出目录中一座城堡的回忆》，1857 年

次年夏天，胡子斑白的老诗人在离世前 9 个月，还去圣加仑州的拉加兹小温泉消遣了几日。健康状况不佳的雨果仍然享受着自己热爱的自然风光。最终他回到巴黎，于 1885 年 5 月 22 日离世。这是他最后一次出行。

除了瑞士之外，美因茨到科隆两地之间的莱茵河谷也令雨果魂牵梦萦。从青年时代起，他就被那条大河，以及浪漫的诗人、音乐家传颂的传奇故事所吸引。尽管他不是德国人，但他读过霍夫曼的作品且欣赏德国，甚至宣称"如果他不是法国人，他便想成为德国人"。1840 年、1862 年以及 1865 年，他三次到莱茵河旅行，并将旅程记录了下来[307]。他还创作了惊人的中国式水墨画，展现了莱茵河的美景和日耳曼神话的奇想。

如果说瑞士和德国是雨果最爱的旅行地，比利时，尤其是布鲁塞尔和阿登地区则吸引雨果在晚年数次驻足。由于反对"小拿破仑"的政变，雨果在 1852 年、1855 年先后被流放到泽西岛和根西岛。比利时首都成为他抵抗法兰西帝国的庇护所，他在此与家人重聚，并和出版商、银行经理商议事务。1861 年至 1870 年，他每年都独自一人，或在朱丽叶特·杜洛埃陪同下，又或者与妻儿们一道，到法兰德斯登船赴英国进行长途旅行。

在艺术家和作家纷纷前往意大利和东方的时代，雨果的旅行似乎显得不那么起眼。但我们常常忘记的是，雨果的父亲在他儿时就从上校晋升为帝国将军，因此雨果和母亲、兄弟们早已到过科西嘉和那不勒斯。1811 年，他们还在马德里度过了一整年。约瑟夫·波拿巴执政

307　雨果的笔记和日记在其逝世后出版，名为《见闻录》(1887 年)。

期间的西班牙无疑为小雨果留下了深刻印象，后来他将这个腓力二世和委拉斯开兹[308]的国度用作戏剧《欧那尼》和《吕伯兰》的故事背景。1843 年，在与朱丽叶特·杜洛埃一起游览比利牛斯山脉时，雨果造访了西班牙城市潘普洛纳，得以重拾童年记忆[309]。

雨果是一位理想的旅伴，一个出色的向导，尽管公共马车出行不便，火车也很脏乱，但他总能保持愉快心情。他是"天才的旅行指南""无与伦比的游客"，以其永远活跃的好奇心感染着读者。

他的旅行文字、信件、日志和评论，他的流亡记忆以及描绘莱茵河和瑞士的优美画作历久弥新，揭示了这位"观察家"不竭的快乐之源和内心的真实感受。

热爱书写的游荡者
钱拉·德·奈瓦尔
（巴黎，1808—巴黎，1855）

钱拉·拉布吕尼的父亲是拿破仑远征军的军医，母亲在西里西亚离世。最初，人们并未预料到他会在漂泊中度过短暂的一生。

热爱思考的少年由外祖父在摩特芳丹附近的法兰西岛抚养长大，他的诗才在适宜忧思的乡村初露头角。长大后，他在巴黎查理曼中学读到斯塔尔夫人的作品，从而接触到德国浪漫主义诗歌。他还翻译过克洛普施托克的诗歌和歌德的《浮士德》，后者令他声名远播。《三个火枪手》问世和"欧那尼战役"发生后，他成为维克多·雨果和大仲

马的朋友。"和善的钱拉[310]"常常参加名为"小社团"的文学团体的活动，在意外继承遗产后，于 1834 年夏天第一次出国旅行。

奈瓦尔带着他的笔名，开始了他的"壮游"，途经尼斯和热那亚，到达佛罗伦萨、罗马和那不勒斯。时至今日，这段旅程依然有诸多谜团，但他的书信以及作品《火的女儿（奥克达薇）》《幻象集》为人们留下了蛛丝马迹。

> ……墓中的黑夜，曾予我安慰的你，
>
> 请还我吧，波西利波和意大利海，
>
> 那使我忧郁的心如此愉悦的花朵，
>
> 那葡萄蔓与玫瑰交相缠绕的藤架[311]。

回到巴黎后，"小诗人"转而成为了一名记者。他神秘而忧郁，是"阴郁、独居、得不到安慰的人"，但他又状似无忧无虑地流连在各个文学团体中。

1836 年，他与泰奥菲尔·戈蒂耶去比利时旅行，他们是中学时代的朋友，当时戈蒂耶也在为知名的报刊杂志写专栏文章。一位编辑深思熟虑后，建议两人合作撰写，两位老友于是一道前往安特卫普、布鲁塞尔和根特。"泰奥"在之后的作品中描述了他们的弗拉芒之旅[312]。

两年后，奈瓦尔第一次向"日耳曼"出发——"歌德和席勒的土地，霍夫曼的故乡；德国的起源，我们所有人的母亲[313]"。他经由法兰

310　皮埃尔·奥利维尔·华尔泽，《瑞士之行》引言，人类时代出版社，1962 年。

311　《幻象集》中的诗歌（El Desdichado）第二节。

312　泰奥菲尔·戈蒂耶，《反复与曲折》（1852 年）。

313　引自《钱拉·德·奈瓦尔》，钱拉·科杰著，伽利玛出版社，2010 年。

克福前往曼海姆，遇到了在此地调查反动派剧作家科策布[314]刺杀案件的大仲马，他们计划一同创作戏剧《莱奥·布卡尔》。奈瓦尔不愿意像游客那样观察记录，他声称自己是由运气和自由指引的游荡者。虽然他很少孤身一人旅行，但他始终是一位孤独的旅者，他写道："旅行时，我尤其喜欢（……）随兴行至城中蜿蜒的道路，混迹于说着异国语言的各色人群中，参与他们漫长人生中的一天……[315]" 1852 年，热爱德国的奈瓦尔出版了游记《德国记忆》，诗人的"另一个自己"，双重的浪漫主义，这一切都呈现在书中。

　　1839 年，诗人接到法国内政部的秘密任务，前往有"戏剧之城""城市典范"之称的维也纳过冬。"哈布斯堡帝国"的生活给予他灵感，他在《媒体报》上发表了一系列文章，另有一篇优美文章刊登在《巴黎杂志》上，名为《维也纳的爱人》。步入维也纳外交界的奈瓦尔希望去国外就职。但是这一愿望并未付诸实践，因为在法国大使馆，他遇到了比利时著名钢琴家玛丽·普莱耶尔[316]并爱上了她。

　　第二年，"衣衫褴褛"的奈瓦尔回到巴黎，他一文不名又常常饮酒。奈瓦尔开始工作，翻译歌德《浮士德》的第二部，然后去布鲁塞尔和列日两地为报刊撰写一些文章。他并未得到自己期待的认可，文学上的失败纠缠着他，他的精神状态开始恶化。1841 年 2 月，奈瓦尔第一次精神失常，在布朗什医生知名的帕西诊所治疗。到了 11 月，他似乎从长期的疯狂状态中康复过来，决定前往东方，暂时离开人们的视野。

　　1842 年 12 月 22 日，奈瓦尔离开巴黎，他从欧塞尔抵达索恩河畔

314　参见本书关于大仲马的章节。
315　引自钱拉·科瑞，书名同上。
316　玛丽·普莱耶尔（1811—1875）：肖邦和李斯特欣赏的演奏家，其夫为钢琴制造商卡米尔·普莱耶尔。她很有可能就是奈瓦尔在《维也纳剧院的美丽潘多拉》中赞颂的缪斯。

钱拉·德·奈瓦尔，
纳达尔摄于 1854 年

沙隆，乘坐的是一辆"夏龙奈兹车"，这是一种四轮马车，是"最古老的法国马车，应当被陈列在博物馆的簧轮枪、石炮和木材压机旁边"。1843 年元旦，他搭乘开往马耳他的蒸汽邮船到达马赛。

之后，他乘坐一艘破旧的希腊轮船在亚历山大港靠岸，在东方古董收藏家约瑟夫·德·冯弗里德的帮助下，他探索了穆罕默德·阿里统治下的埃及，以旅行为乐的冯弗里德成为了奈瓦尔的旅伴。

奈瓦尔在开罗驻足了 3 个月，这座"满是尘土的寂静古城无声地倒塌在贫苦的农民身上[317]"。比起古迹，他对当地风俗更感兴趣，怀着好奇而愉快的心情在此地漫游，充分感受信奉伊斯兰教的埃及。为了深入了解这个国家，他穿上当地服装，在科普特人的居住区租了一间公寓。他尝试学习阿拉伯语，还和冯弗里德一起买下一名叫做齐娜普的"爪哇女奴"，不曾想却增添了一个负担。

5 月初，两人离开埃及，到雅法、阿卡和贝鲁特三地度过两个月

317　出自写给戈蒂耶的信件，引自钱拉·科瑞，书名同上。

的时光，奈瓦尔打探黎巴嫩不同群体之间的冲突情况，对德鲁兹派穆斯林感到好奇，他记录下这些信息用于写作。与急于抵达耶路撒冷的夏多布里昂和拉马丁不同，奈瓦尔并没有前往圣城，而是和旅伴一道经由塞浦路斯、罗得岛和伊兹密尔去了君士坦丁堡。

　　奈瓦尔在奥斯曼帝国的首都住了两个月，其中一个月是斋月。他和卡米尔·罗吉尔的足迹遍及这座城市的每个角落。罗吉尔是一位敢于冒险的向导，是奈瓦尔在文学社团结识的旧友，也是一名画家。两人在博斯普鲁斯海峡重逢。他们一起在集市间流连忘返，拜兰节时到清真寺穹顶下沉思。他们被这座城市吸引了，在伊斯坦布尔老城的一家旅馆住了下来，波斯人和亚美尼亚人也是这家旅馆的常客。

　　奈瓦尔在 1843 年 10 月离开君士坦丁堡，之后他到那不勒斯待了12 天，参观了赫库兰尼姆古城和庞贝古城。3 个月后他回到巴黎，剃着光头，打扮得像一个风尘仆仆的贝都因人，他将旅行的记忆与幻想杂糅，发表了《开罗女人》（1846）《东方生活的景象》和《东方游记》的初版（1848），以及《斋月的夜晚》（1850）。

　　1849 年，奈瓦尔和他的朋友戈蒂耶一起去伦敦旅行。次年，他乘火车造访魏玛，参加李斯特为纪念歌德和赫尔德举办的庆祝活动。他在科隆遭到原因不明的扣留，抵达魏玛时已经错过了瓦格纳的戏剧《罗恩格林》的首映。但这并不妨碍他对这部作品给予高度评价。奈瓦尔的《浮士德》译本曾受到歌德的赞赏，推崇文学艺术的当地上流社会因此对他十分敬重。回到法国后，奈瓦尔回忆起德国之旅，以"罗蕾莱"为标题出版了《德国记忆》[318]，罗蕾莱指的是"能在迷雾中发光的引诱人的精灵，与海涅诗歌中的北方水妖相仿。"

318　全名为《罗蕾莱，德国记忆》。——译注

从 1852 年开始，奈瓦尔多次到布朗什医生的诊所接受治疗，他还带上了一些从东方买来的物件。病情有所缓解时，他去了童年居住过的瓦卢瓦、"巴黎可悲的仿造品"布鲁塞尔以及海牙。从海牙回来后，他的文章《荷兰的节日》记述了这次顺利的短途旅行，发表在《两个世界杂志》上。1854 年 6 月，《火的女儿》出版，他再一起前往德国，从巴登到慕尼黑，再从纽伦堡到莱比锡，他一路流浪抵达魏玛，问候了李斯特和塞恩·维特根斯坦伯爵夫人，他们进行了简短的见面。这是奈瓦尔最后的"再见"，他与德国的永别之旅。

到了年底，奈瓦尔时常在巴黎街头散步，不知疲倦地进行夜游，他的幻觉倾向越来越不受控制。1855 年 1 月 26 日，人们在维艾耶兰特路发现了缢死的奈瓦尔，正位于他所热爱的巴黎玛黑区。

> 我喜欢稍微依赖偶然性，"他写道，"准点的火车、在固定日期和时间准时到达的轮船不能令我这样的诗人、画家、考古学家或是收藏家感到快乐[319]。

奈瓦尔如同斯特恩作品《伤感旅行》中的约里克，给予自己的旅程完全内心化和感性化的维度。

作为奈瓦尔文学作品的灵感来源，他在意大利、比利时和德国的行程并没有呈现太多旅行的色彩，相反，他在维也纳和东方的经历——从开罗到君士坦丁堡——使他得以进入"想象中的极致真实[320]"。

奈瓦尔是幻象的追寻者，没有爱人的爱恋者，是哀伤的做梦人，文学界忧郁的舒伯特，是富有法式浪漫主义色彩的轻装简行的旅者。

319　引自《东方之行》。
320　同上。

矛盾的旅人
阿斯托尔夫·德·屈斯蒂纳

（尼代尔维莱，1790—圣格拉蒂安，1857）

　　动荡的革命时代，阿斯托尔夫·德·屈斯蒂纳出生在摩泽尔省尼代尔维莱市的家族城堡中。他早年和保姆在德国生活，5 岁时回到法国，与出狱的母亲团聚，母亲幸运地躲过了雅各宾专政时期的"恐怖统治"。

　　1973 年，他的祖父亚当·德·屈斯蒂纳将军被送上断头台，父亲阿尔曼伯爵也在次年被处死。他在母亲——美丽的伯爵夫人德尔菲娜·德·萨伯兰身边长大，家族的悲剧记忆笼罩着这个家庭[321]。屈斯蒂纳和母亲关系十分亲密，他的母亲日后成为了夏多布里昂的缪斯女神——他的"玫瑰皇后"。年轻的屈斯蒂纳侯爵早早发现了自己的天性，自称"天生异类"。这一状况应该加以掩盖，这无疑构成他远行的原因之一，也是他矛

321　亚当·德·屈斯蒂纳将军（1742—1793）曾与拉法耶特侯爵在美洲作战，参与过法国大革命，并与莱茵军队一起攻占美因茨。他因涉嫌叛国罪被送上断头台。其子试图营救他，自己也遭到革命法庭的判决。

盾心理的成因。

1811 年，屈斯蒂纳离开诺曼底的费尔瓦克城堡，在母亲的陪伴下前往瑞士和意大利排解忧郁。旅行中他表现出对异乡的热爱和对文学的兴致，一回到巴塞尔，他就开始写作由信件构成的游记，记录每日的行程，收信人"未来的朋友"其实就是他自己。他喜爱山川，探索了伯尔尼高地，在科佩歇脚后前往日内瓦湖边上的夏慕尼，与经由母亲认识的斯塔尔夫人见了面。在穿越阿尔卑斯山之前，屈斯蒂纳还在卢塞恩湖畔住了几日，他沿着罗伊斯河谷穿过壮观的魔鬼桥，这座桥是阿尔卑斯山所有画家最喜爱的景物。"几天以来，这个国家美丽而明亮的天空使我迫切希望去看一看意大利，我无法扼制这种迫切，"他在圣高达尔的路上写道，"我只谈论意大利，我呼吸意大利的空气，我梦见意大利的阳光，我只愿生活在意大利[322]……"

屈斯蒂纳回到日内瓦取完汇票后，就和母亲、女仆珍妮前往米兰——欧仁·德·博阿尔内统治下意大利王国的首都。他参观米兰大教堂，欣赏文艺复兴时期的卓越画作，评价达芬奇的著名作品《最后的晚餐》非常"堕落"。

12 月 13 日，几位旅行者在暴雨中抵达罗马。急切等待这一刻到来的屈斯蒂纳却只感到深深的失望。"我看到的罗马，犹如一位只能指挥幽灵的女王！"他日后写道。当时，拿破仑将教宗庇护七世关押在萨沃纳，这座圣城由一位法国行政长官管理。年轻的屈斯蒂纳并不喜爱教宗城的建筑奇观。相反，他在圣伯多禄大教堂感受弥撒仪式的庄严，在罗马乡村醉心于美景。离开罗马前，他和一群快乐的德国人

322　《记忆与旅行（瑞士、意大利、卡拉布里亚、英格兰、苏格兰）》于 1830 年出版，引文出自风雅信使出版社 2012 年版本。

《阿斯托尔夫·德·屈斯蒂纳画》，
由他的母亲德尔菲娜·德·萨伯兰所绘

参加了著名的狂欢节活动，还遇到了他很欣赏的著名雕塑家卡诺瓦。次年 4 月 28 日，屈斯蒂纳和母亲结束在罗马历时 3 个月的旅程，向那不勒斯王国出发。

两人"在迷人的风景中'缓步'前行，愉悦地凝望天空，一呼吸便能感到幸福。"他们穿越韦莱特里的山丘，登上齐尔切奥峰，俯瞰特拉西那的棕榈树。之后进入那不勒斯——"真正意大利式的大城市"，屈斯蒂纳着迷于普通居民区的人群，钦佩车夫在人潮中全速驾驶马车的才能。在这座"意大利即兴喜剧"之都停留数日之后，屈斯蒂纳侯爵留母亲在波西利波的别墅中休息，只身踏上前往卡拉布里亚的道路，和他一同上路的是一位可以"保护他"的法国古董收藏家和德国风景画家弗朗茨·路德维希·卡特尔[323]。

323　弗朗茨·路德维希·卡特尔（1778—1856）：胡格诺派风景画家，柏林人，生卒于罗马。

1812 年，来意大利半岛南部的游客非常少见，因为前往西西里的游人往往选择在那不勒斯乘船。造访意大利最南边的几个省份并非易事，而是一种冒险行为。阿马尔菲海岸像是"展开的中国屏风，或者仙子的花园"，自此开始的旅途如同接纳新教徒的入教仪式，激发了屈斯蒂纳对于自由的激情，他站在帕埃斯图姆神庙前自问："如果旅人不追逐他的幻梦，那么还能称得上是旅人吗？"

不过旅行者还需解决实际问题，这一地区没有旅馆，只有获得推荐信，才能向"不通法语"的显贵租借房屋。

屈斯蒂纳沿着第勒尼安海继续南下，他来到英国海军巡逻的埃奥利群岛和埃透纳，犹如置身世界尽头。然后，他和旅伴们骑骡翻越干旱的山丘和荒凉的旷野，在烈日之下寻找水源和住宿，等到终于抵达科森扎、隆格罗两地，他们却遇到了腰间挂着弯刀的阿尔巴尼亚人以及因为蝗虫和疟疾逃难的盗匪。从一个村庄到另一个村庄，他们继续前行，来到有"卡拉布里亚地区的巴黎"之称的雷焦卡，在此参加了一场弥撒，但比起宗教仪式这更像一场歌剧。此外，他们还为购买新马鞍争吵了一番。"我们能想象这种旅行的艰难程度，"他在不久后写道，"现在我习惯了各种困难，即便面对最为桀骜不驯、令我失去耐心的卡拉布里亚人，我也毫不畏惧！"但是，炎热的天气使屈斯蒂纳不得不在夜间行动，进行长时间的午休，他患上了"旅行病"，发了严重的高烧。在骡夫的悉心照料下，3 天后回到那不勒斯时，他已恢复自如。

潇洒的年轻男人留着金色的胡子，在秋天回到法国，他对参政产生了兴趣。1814 年，他担任查理十世的短期幕僚，后者曾在法国1814 年战役中和奥地利军队一起攻向巴黎。拿破仑第一次下台后，屈斯蒂纳听从塔列朗的亲信亚历克斯·德·诺阿耶的建议，在没有受到委任的情况下前往奥地利，希望加入出席维也纳大会的法国使团。但他的期望很快落空，"我来这里寻求盛大的场面，但只发现盛大的晚宴[324]。"出于对文学活动的热爱，屈斯蒂纳定居法兰克福，结识了德国外交官卡尔·奥古斯特·瓦尔纳哈根·冯·恩斯，以及他的夫人拉海尔，后者举办了一个具有影响力的文学沙龙[325]。在法兰克福学习的一年间，屈斯蒂纳和歌德有过一次匆忙的私下见面。之后，他回到母亲身边，母亲希望他与朋友德·杜拉斯夫人的女儿结婚[326]。他们很快公布了两位年轻人的喜讯，但在婚礼前夕，屈斯蒂纳解除了和克拉拉女爵的婚约，因为他更喜欢和来自英国的新朋友爱德华·德·圣巴尔博在一起，他在巴黎结识了这位身无分文的律师[327]。

两年之后，屈斯蒂纳迫于周围人的压力，娶了蕾欧蒂娜·德·古尔特麦尔，这是一位富有的 18 岁孤女，她在婚后第六年突然过世，他们的儿子随后也离开人世。放纵的旅者再次获得了完全的自由。

在新的独立生活和过往旅行经历的催化之下，屈斯蒂纳和爱德华一起于 1822 年 7 月开启了英格兰和苏格兰的探索之旅，他决心写作新的日志并用来出版。

屈斯蒂纳在有"伦敦郊区"之称的布洛涅乘坐轮船，饱受晕船折磨后到了杜夫尔。但他仍为探索新的国度感到幸福。在旅途中，他注意到英国人非常尊敬上层，却对下级极其漠视。尽管如此，他仍然欣

324　引自亨利·马西斯的《俄罗斯来信》序言，书商俱乐部出版社，1960 年。

325　拉海尔·莱文是柏林人，犹太裔，她在普鲁士首都举办文学沙龙。其夫是卡尔·奥古斯特·瓦尔纳哈根·冯·恩斯。夫妇两人与屈斯蒂纳长期通信。

326　克莱尔·德·杜拉斯伯爵夫人（1777—1828）：小说家，斯塔尔夫人和夏多布里昂的朋友。

327　1822 年至 1857 年，爱德华·德·圣巴尔博（1794—1859）和屈斯蒂纳共同生活，并继承了他的遗产。

赏"旅行民族的天赋"，他们创造了蒸汽轮船，拥有不畏风雨的优秀船员。他还为伦敦街头的热闹氛围感到讶异，取笑"引领潮流的时髦男子"，写下"奇形怪状中的一致性就是英国人的神"。但是他赞美的热情很快冷却下来，因为他目睹了格林威治的绞刑架，发现了"世界商店"的码头上悲惨的工人。8月9日，屈斯蒂纳出席了上议院，国王乔治四世在侍臣的簇拥下主持了议会的闭幕仪式，他幽默地将国王的华丽马车比作"与达戈贝尔特国王相称的移动的庞然大物"，作为一名高尚的自由派贵族，他补充道："制造滑稽的场面是为了获得尊重，通过使民众相信历史仍在延续，给予人们对未来的信心"。

屈斯蒂纳游览完伦敦后，在法国大使馆与夏多布里昂见面，然后坐在公共马车的顶层，飞速穿过乡村地区向牛津前进。他很喜欢大学城的学校、图书馆和塔楼，赞赏装饰着提香和鲁本斯画作的布伦海姆城堡，以及藏有范戴克画作的沃维克城堡。然而，如此多的美好景致却透露出"对礼节的注重，拘泥形式的冷漠和学究气……生活中乏味的循规蹈矩在大街上和沙龙中皆可感受到"，他总结道，"英国的高傲、居民、财富、偏见和仪式，无一不表明这里就是欧洲的日本。"

屈斯蒂纳继续北行，途经伯明翰、谢菲尔德和纽卡斯尔，在狄更斯之前，他就已对机器车间中使用的新发明产生兴趣。受到好奇心的驱使，他坐到挂着绳子的篓筐中，进入煤矿观察工作状态下的"阴郁民族"。

1822年8月18日，屈斯蒂纳穿过哈德良长城到达苏格兰。那里是"花园的尽头，乡村的起点"。在阴沉的天空下，他游历了组成爱丁堡大城区的三个城区：下爱丁堡、上爱丁堡和爱丁堡城堡，还造访了位于荷里路德的斯图亚特宫殿，这里曾是国王的住所。

　　他像老练的民族志学家一样观察人群，面对邋遢的红头发苏格兰人，他描述他们的服装是"野蛮的，而不是罗马式的"，"小短裙和露出来的膝盖使人们以为他们是欧洲人俘虏的野蛮人"。爱丁堡有着"北方雅典"之称，尽管屈斯蒂纳认为这里并没有灿烂的阳光。他宣称自己"比起宫殿更爱茅舍"，但也不得不参加一些社交活动，泰然接受"傲慢且奇装异服的"贵族女士的陪伴。他在剧院观看《李尔王》，为伟大的演员坚恩鼓掌，还造访了共济会。之后，屈斯蒂纳前往格拉斯哥，他发现在苏格兰的大型工作城市中，工厂已经使用蒸汽机车，却对大部分工人实行工业"奴隶制"。

　　穿越莪相和沃尔特·司各特曾经歌颂过的北苏格兰乡村，是此次旅行中最为精彩的部分，也是一场难忘的冒险。这里是艾凡赫和湖中妖女的故乡，疾风之中，大地上盛开着欧石楠，笼罩着薄雾。屈斯蒂纳沿着长发吟游诗人曾经的道路前进，乘坐一辆小马车，裹着苏格兰格子毛毯。他涉险游历赫布里底群岛——"引人注目的海难之地"，几个农民悲惨地生活在这些荒凉而神秘的岛屿上。9月2日，抵达因弗尼斯，这是麦克白谋杀国王邓肯的诅咒之地，"犹如文明的殖民地，遗落在北方的孤寂之中"。

　　他在遭遇飓风和谵妄性发热之后回到伦敦。随后，在利物浦参观汇集来自世界各地居民的大港口，在切尔滕纳姆休憩数日享受温泉。最后，乘坐双层马车抵达布赖顿，并于9月30日乘船前往迪耶普。"在离开英国之际，"他写道，"我很高兴能见识一个物质文明远超所有邻国的社会，通过观察英国今日的发展情况，我们在某种程度上可预见欧洲的未来。"

　　1824年，屈斯蒂纳作为丈夫和两岁男孩的父亲，继续着他的社交生活和文学生涯。该年，他在圣但尼和一位卫兵见面时遭到此人朋友们的暗算。

　　这起谜案公之于众后，屈斯蒂纳受到巴黎贵族阶层的孤立。他形单影只、脱离社会，躲在拉罗什富科街的旅馆和圣格拉蒂安的城堡之中。"这座带有英式家具的佛罗伦萨式城堡"位于蒙莫朗西森林附近，在这里，他与愿意和他来往的作家、艺术家朋友见面，包括雨果、司汤达、乔治桑、肖邦和柏辽兹。正是在这段隐居时光中，他写作了《记忆与旅行》，被司汤达誉为"出版读物中关于英国的最佳作品[328]"，还创作了首部自传体小说《阿洛伊斯或者圣伯纳德山的修士》。

　　1831 年，屈斯蒂纳作为梅里美和诺迪埃作品的忠实读者，出发去西班牙居住了 4 个月。他记录下自己的第三次旅行，写作了书信体作品《费尔南多七世时代的西班牙》，这一次写信的对象是虚构的名人。他马不停蹄地从巴约讷出发，花费 5 天时间到达马德里，再到安达卢西亚，最后来到丹吉尔。他观察发现这个"贫穷、天主教和非洲"的庞大帝国处于极端混乱之中，无能且专制的政府将国家变成闹剧。"这个世界上最具骑士精神的国度"有着戏剧和传奇色彩，它的首都是"一座在光天化日之下进行谋杀的城市"，美术学院的杰作琳琅满目。在这里，进行旅行、打探情况并不轻松，屈斯蒂纳把埃斯库里亚尔的惨淡旅行作为西班牙行程的终点，他形容这座城市为"基督教信仰和国王暴政的产物"。在返程途中，游记的出版使屈斯蒂纳更加坚定了写作的道路，这本游记也为数年之后前往西班牙的泰奥菲尔·戈蒂耶提供了指南，那里的床"散发异味、全是臭虫"，人们吃

328　出自司汤达《通信集第二卷》中，伽利玛出版社，1967 年。

着"满是大蒜和馊油的炖菜[329]"。

1839 年 5 月，日渐衰老的屈斯蒂纳写道"更换生活地点使人焕发青春"，计划追随夏多布里昂的足迹前往耶路撒冷。他在的里雅斯特乘坐奥地利巡洋舰前往士麦那，由于同一名水手产生纠葛，他被迫在雅典下船，失去了探索圣城的机会。在朝圣之旅失败后，屈斯蒂纳回到故乡，和爱德华一起生活，还爱上了一位波兰青年——马术高手伊格纳齐·古罗夫斯基伯爵。

在巴尔扎克的鼓励之下，屈斯蒂纳精心筹划赴俄罗斯的第四次旅行。

1839 年 6 月，他将伴侣们留在法国，和自己的意大利男仆一起离开巴黎，这次长途旅行后，他创作了代表作《俄罗斯来信》，1843 年在巴黎出版[330]。屈斯蒂纳再次使用书信体，这种形式令他更自由地表达。在书中，他以激进但令人信服的方式，描绘了沙皇尼古拉二世统治下的俄罗斯——一个专制独裁的"恐怖帝国"，激烈地揭露了法国人欣赏的俄国的真实面目。他写道："我去俄国寻找反对政府当局的理由，返回后却成了宪法的拥护者。[331]"

6 月 5 日，他拿着推荐信和卡拉姆津的巨作《俄罗斯国家史》，从巴特埃姆斯出发途经柏林前往圣彼得堡。他乘坐马车在特拉弗明德上船，但有些老旧的轮船进了水，在芬兰湾的喀琅施塔得靠岸。乘客们被迫换船，还需在通过海关时经受漫长等待。"所有外国人都在俄

329　详见《阿斯托尔夫·德·屈斯蒂纳：旅行者与哲学家》，弗朗辛-多米尼克·列支敦安著，荣誉冠军出版社，1990 年。

330　屈斯蒂纳前往俄罗斯旅行的原因尚不明确：可能是应巴尔扎克的要求，也可能是为了寻求沙皇的支持，帮助已经移民的古罗夫斯基回国获取财产。

331　《俄罗斯来信》，屈斯蒂纳著，书商俱乐部出版社，1960 年。

阿尔伯特·尼古拉耶维奇·贝努瓦，《涅瓦河上》

罗斯边境被当作犯人对待，"屈斯蒂纳之后回忆道，"这非常无聊，但是好奇心能战胜一切，这是旅行者的首要义务……" 7 月 10 日，这一积极的评价在圣彼得堡得到印证，出现在天空与海之间的城市宛如神奇的海市蜃楼。

屈斯蒂纳住在米歇尔宫附近的库隆宾馆，他在涅瓦河畔和桥上行走，这座"人造"城市的宫殿装饰着仿大理石圆柱。他造访了海军部和彼得保罗要塞，数次游览涅瓦大街，穿着精美制服的士兵在街上操练。在城市中闲逛几周后，他发觉俄罗斯帝国的双重性——既憧憬欧洲，又离不开亚洲，他开始深入探究俄罗斯的社会制度，这里实行农奴制，强大的军队只服务一个人，那就是大权在握的残暴的尼古拉一世。

然而，英俊的侯爵、杰出的骑士屈斯蒂纳很快被俄国首都上流社会的生活所吸引。他受邀参加女大公玛丽的婚礼，见到了站在教堂圣像屏前的身着华服的沙皇。日后，他根据这段记忆画了一幅栩栩如生的肖像画。婚礼当晚，屈斯蒂纳在晚餐前被引见给沙皇夫妇，他告诉他们自己来俄国是因为渴望探索俄国。

在米歇尔宫的舞会上，屈斯蒂纳"毫无告密者的恐惧"，他和沙皇进行了交谈，后者对他的莫斯科旅行计划表示赞赏，还别有用心地邀请他出席博罗季诺战役纪念碑的落成仪式[332]。

几日之后，在一名宪兵的带领下，他获准造访位于拉多加湖湖心岛上的什利谢利堡，这里曾是瑞典控制的要塞。他参观了涅瓦河流域的水闸，也借机探索了俄国乡村地区，目睹了贫穷的村庄和满身泥泞的农民。

8月3日，屈斯蒂纳乘坐马车，和一名说德语的利沃尼亚向导一起向莫斯科出发，这名向导看起来像是"乔装打扮的间谍"。他途经特维尔，沿着伏尔加河前行，在4天的疲惫旅程后抵达这座古老的都城，途中只能在"虫穴""垃圾堆"一般的旅店歇脚。"俄国的旅行是怎样的？"屈斯蒂纳自问，他也同时给出了答案——"浅薄的人沉浸在幻想中，但对于能睁开双眼，具有一点观察力和独立性的人之言，这是一项连续、持久的工作，关键在于要时刻努力辨别斗争着的两个国家。这两个国家，一个是真实的俄国，一个是人们希望展现给欧洲的俄国"，谎言可以"维护社会"，而"说出真相，就会颠覆国家"。

332　在亚历山大·索科洛夫执导的电影《俄罗斯方舟》中，屈斯蒂纳侯爵带领观众参观了埃尔米塔日博物馆。

在莫斯科，从尘土中显露出来的塔楼和教堂，以其数量之多震撼了屈斯蒂纳。他将独特的东方建筑圣瓦西里升天教堂比作"一罐果酱"。庄严的克里姆林宫俯临河流，给他带来奇特的感受。他写道："当现代俄罗斯帝国第一次展现在面前，我永远不会忘记那种恐惧的战栗，为了克里姆林宫，值得进行一次莫斯科旅行"，他将这座宫殿比作"堡垒中的勃朗峰"。不仅如此，"地窖般昏暗"的教堂如同"绘上颜色的监狱"，伊凡四世的记忆萦绕在怪诞的宫殿周围，使他感到新奇和钦佩。莫斯科是"世上独一无二的城市，既不是欧洲的，也不是亚洲的，她属于俄罗斯，是俄罗斯的心脏"。前往圣彼得堡之前，屈斯蒂纳沿着大金环线的中心游览了一番，参观了华丽的雅罗斯拉夫和弗拉基米尔修道院。

与此同时，他藏在马车里的游记表达了对俄国的失望和批判之情。 9月26日，屈斯蒂纳不留遗憾地离开了这个国家，他在蒂尔西特进入德国境内，给为期5月的旅程画下句点。

1845年，出乎友人们的意料，屈斯蒂纳在罗马郊区购买了一座别墅，用作写作的场所。此地靠近弗拉斯卡蒂，在这个阳光普照的僻静之地，他完成了小说《罗穆亚尔德或者感召》，这是一段"走向皈依的旅程"[333]。

1848年2月，巴黎发生革命，七月王朝覆灭。屈斯蒂纳回到罗马，在梵蒂冈受到新任教宗庇护九世的接见。他将自己的书赠予教宗，称之为"围绕一个人的一生展开的关于神学和哲学的论著"。这场难忘的见面过去一个月后，革命的火焰蔓延到意大利，揭竿而起的

---

333 引自安卡·穆尔斯坦著作《阿斯托尔夫·德·屈斯蒂纳：最后的侯爵》，格拉塞出版社，1996年。

罗马人驱逐了教宗，教宗到那不勒斯避难。自幼生活在革命阴影下的屈斯蒂纳在圣佩尔生活了 3 个月，路易-拿破仑王子[334]当选总统后他回到巴黎。

1853 年，屈斯蒂纳作为拿破仑三世的堂妹玛蒂尔德公主的邻居和朋友，受邀来到杜伊勒利官，然而他拒绝成为新朝廷的一员。热爱并维护自身表达和行动自由的屈斯蒂纳出发前往意大利，返回巴黎后，他发现了诗集《恶之花》，成为该书最早的推崇者之一。他指定爱德华·德·圣巴尔博，这位永远的朋友作为全部财产的继承人。 1857 年 9 月 25 日，"最后的侯爵"[335] 还未完全老去，却在位于圣格拉蒂安的城堡骤然离世，享年 67 岁。

阿斯托尔夫·德·屈斯蒂纳是才华横溢的小说家、见解独到的编年史作家和"政治旅行家"[336]，他的作品追求真理，激烈揭露了专制主义的暴行。

这位"恶劣的法国侯爵"[337] 从来不惧非议，因为他总在引发非议，知识分子的好奇心、开明的心态和批判的智慧伴随着他踏遍欧洲各地，走过塞维利亚和莫斯科，以及那不勒斯、爱丁堡、巴黎和罗马。

他是难以归类的旅行家，虽然对于时局和各地形势并不敏感，却对造访国家的社会、经济和政治生活充满兴趣，尤其是俄罗斯帝国。

他曾因情事和离经叛道的行为遭到社会的排挤，因此在写作时对私生活讳莫如深。

---

334 指拿破仑三世。——译注
335 引自安卡穆尔斯坦著作《阿斯托尔夫·德·屈斯蒂纳：最后的侯爵》，格拉塞出版社，1996 年。
336 引自弗朗辛-多米尼克·列支敦安，出处同上。
337 引自亨利·马西斯，出处同上。

对于这位"惊人的旅行家"而言，他的"旅行就是他的记忆"。他想法多变，有时互相矛盾。他是细心的"政治观察家"，也是健谈的民族志学家，值得获得更多的关注。从莫斯科返程路上，屈斯蒂纳曾写道："我希望找到答案，而问题已经提出。"

匆匆的旅人
奥诺雷·德·巴尔扎克

（图尔，1799—巴黎，1850）

　　巴尔扎克一生忙于写作《人间喜剧》和躲避债主。这位行色匆匆的旅人进行长途跋涉，为的是和情人们见面，或者赴汉斯卡夫人[338]的邀约。汉斯卡夫人定居在博多里，如果没有这位身处他乡的女士，巴尔扎克不会在晚年数次穿行于欧洲大陆。

　　巴尔扎克不喜欢旅行，但为了解决财务和感情问题他不得不旅行。这一切的开端是1832年，"异国女士"第一次寄信给他，自此改变了自己和收信人的生活[339]。出生在基辅省的埃韦利纳·赫兹乌斯卡，也就是汉斯卡

338　埃韦利纳·赫兹乌斯卡（1800？—1882）于1819年嫁给波兰伯爵瓦茨拉夫·汉斯基。与巴尔扎克结婚后，她居住在巴黎，并将财产给了女儿安娜，以换取终身年金。

339　"在我看来，你有着卓绝的才华，而我希望你的才华能永远不朽（……）。你是一颗光彩夺目的流星（……）。我钦佩你的天赋，我向你的灵魂致敬。"（引自汉斯卡夫人寄给巴尔扎克的第一封信。）巴尔扎克在回信中写道："我爱你，陌生人。"巴尔扎克写给汉斯卡夫人的414封信流传了下来，是了解巴尔扎克生平和作品的重要文本，然而汉斯卡夫人的信件已经遗失。

伯爵夫人，彼时并未预料到有朝一日会成为巴尔扎克的长期笔友、情人甚至妻子。

这位姿态高傲的美人棕发碧眼，前额宽阔，"优雅而性感，用意大利人的说法就是'一块好肉'[340]"。她受过良好教育，说流利的法语，具备那个时代一位贵族女士的所有品质。她征服了巴尔扎克，为他的生活带来天翻地覆的变化，促使他开始远行。

汉斯卡夫人出身自波兰两个显赫家族——赫兹乌斯卡家族和拉齐维乌家族。她于 1819 年嫁给 28 岁的汉斯卡伯爵，一位"带眼镜、穿皮衣的贵族[341]"。她拥有维什沃尼亚的广阔领地，此地靠近居住着犹太人和卢森尼亚人的俄国小城别尔基切夫，位于基辅西南 200 千米处。她有一群仆人侍奉，饱读诗书（她通过一位敖德萨书商从巴黎和法兰克福购买书籍），喜爱旅行，醉心于与人通信的快乐。

1833 年秋，巴尔扎克在好奇心的驱使下，前往瑞士与他的仰慕者见面。他们在普鲁士领地上的纳沙泰尔见面，汉斯卡夫人和丈夫、女儿以及瑞士女管家居住在此地的安德烈之家，位于弗松宾馆对面。两人的湖边初见是那段文学史上最为浪漫的相遇之一，他们为所发现的新事物而惊喜，也分享这段疯狂的冒险之旅，一段罗曼史自此开始。年末，巴尔扎克再次去往日内瓦与汉斯卡一家相聚。他在阿尔克旅馆居住了 6 周，写作《塞拉菲达》和《朗热公爵夫人》，并成为了"亲爱的夏娃"的情人。

6 个月之后，1835 年 5 月，巴尔扎克赴维也纳安抚汉斯卡夫人，她正为情人的见异思迁感到伤心，准备返回乌克兰。在哈布斯堡

340　引自《巴尔扎克的人生小说》，斯蒂芬·茨威格著，阿尔班·米歇尔出版社，1950 年。
341　引自《普罗米修斯或巴尔扎克的一生》，安德烈·莫洛亚著，阿歇特出版社，1965 年。

《汉斯卡夫人》，根据达芬格
1835 年微型画所作的版画

帝国的首都，巴尔扎克受到隆重欢迎，适逢法国作家阿斯托尔夫·德·屈斯蒂纳从多瑙河畔离开，屈斯蒂纳见此景象十分嫉妒。在这片瓦格拉姆战役的土地上，巴尔扎克受到梅特涅首相和施瓦岑贝格亲王的招待，暂时忘却了财务困扰和债务问题。此后，他回到巴黎继续工作，"北方的星星"——汉斯卡夫人也来了他的国度，并立即给他寄来信件。

　　第二年，《老姑娘》在《幻灭》《搅水女人》《于絮尔·弥罗埃》等作品之前出版。巴尔扎克赴意大利帮助迷人的莎拉·吉多伯尼-维斯孔蒂伯爵夫人处理丈夫的财产问题，他也希望以此躲避债主。巴尔扎克经由塞尼山前往都灵，陪同他的是一位名为马塞尔的"年轻男子"，实际上却是他乔装打扮的新情妇，这显然是在涉险。这对古怪的情侣甚至在不收留女性的查尔特勒修道院歇脚。他们的私情在都灵遭到人们的议论，巴尔扎克在处理完资助者的事务后便返回巴黎，途经日内瓦时，他又想起了那位美丽的波兰女人。

1837 年，埃米利奥·维斯孔蒂伯爵请他夫人的朋友——巴尔扎克赴米兰再次处理事务。米兰是伦巴第大区的首府，巴尔扎克在这里受到圣塞韦里诺伯爵夫人和贝尔吉奥乔索夫人的款待，在这些贵妇的相伴下，他心情愉悦，忘却了巴黎的种种烦忧。巴尔扎克的身影出现在斯卡拉大剧院，作家孟佐尼的住宅，米兰的所有沙龙以及奥地利官员的餐桌。

为了妥善处理伯爵的事务，他在威尼斯的皇家饭店（现名达涅利宾馆）居住了 9 天，这里是乔治桑和缪塞分别的地方。次年，在乔治·桑（《魔沼》的作者）位于诺昂的住所停留之后，巴尔扎克到马赛乘船前往撒丁岛，他希望在岛上购买银矿，有人曾向他夸赞这里丰富的矿藏。然而"堂吉诃德式"的荒谬行为的结果并不尽如人意，巴尔扎克回到了巴黎，3 个月的旅行使他精疲力竭，也没能进行任何写作。

1842 年，汉斯卡伯爵的死讯使巴尔扎克重新渴望接近那位"美丽的萨尔马提亚女人[342]"，他已 8 年未见汉斯卡夫人，希望能够娶她。得知汉斯卡夫人正在圣彼得堡处理遗产相关的诉讼，巴尔扎克期待能与她相见，在等待 18 个月后，他收到了犹豫的汉斯卡夫人的邀请。1843 年 7 月，巴尔扎克在俄罗斯首都与她相聚，他在这里待到

342　出自皮埃尔·德斯凯夫著作《巴尔扎克先生的一百天》，卡尔曼-列维出版社 1850 年出版。引自安德烈·莫洛亚的《普罗米修斯或巴尔扎克的一生》。

了 10 月份，和亲爱的伯爵夫人再次变得亲密无间使他充满喜悦，并写作《莫黛斯特·米尼翁》，将这部作品献给了"一个波兰女人"。在这段昭示着美好未来的相聚之后，巴尔扎克乘火车只身返回巴黎。

两年以后，尽管《人间喜剧》已经出版，巴尔扎克依然债务缠身。他与情人在德累斯顿相聚，并陪她去洪堡（普法尔茨）、康斯达特（符腾堡）和巴登泡温泉。在德国停留之后，这对情侣在巴黎度过几日，然后去都兰和斯特拉斯堡旅行，之后在马赛登船前往那不勒斯，最后巴尔扎克独自返回。

1846 年 3 月，巴尔扎克去罗马与他"亲爱的天使"汉斯卡夫人和她的女儿安娜见面，三人在罗马居住了一个月，拜访了许多古董商和艺术品商。信奉天主教的波兰伯爵夫人和随性的法国作家住在卡塔尼宫，为这座永恒之城而赞叹，还受到教宗格列高利十六世的私下接见。

意大利的春天几次出现在巴尔扎克的短篇小说中[343]。 10 月，巴尔扎克——汉斯卡家族的亲密朋友——去威斯巴登参加安娜·汉斯卡和波兰伯爵耶尔兹·姆尼斯泽奇的婚礼。作家的未来变得明朗："幸福、平静、无忧的新生活展现在眼前。巴尔扎克开始了最后的幻想，他愿意为这幻想而生，并在这幻想中死去[344]。"

1847 年，巴尔扎克再不愿离开"他的波兰家人"，决定去乌克兰与他们相聚。他将《贝姨》和《邦斯舅舅》交给出版社，把预付的酬金用作旅费，于 9 月 5 日离开了巴黎。他带着护照，"便于快速赶路

343　具体为《法基诺·加奈》《马西米拉·多尼（威尼斯）》《萨拉金（罗马）》。
344　引自斯蒂芬·茨威格，书名同上。

的轻便行李"和"小行李箱、旅行袋",装上手套和干净衣物[345],不带仆从孤身上路。他还携带一张罗斯柴尔德银行的信用证和几封推荐信用来通过边境。在尼古拉一世统治的俄国,伯爵夫人的求爱者"以各种方式跨越1 600古里去向她致以问候"。他花费10天时间到达别尔基切夫,乘坐火车沿着新建的北方铁路向科隆出发,中途在布鲁塞尔换乘时,两位波兰女士将他从"语言完全不通的处境"中解脱出来。然而,火车在威斯特法伦地区的哈姆市停了下来,巴尔扎克不得不乘坐"蜗牛车"(类似于世纪初的笨重马车)前往汉诺威。在经历短暂的迷路之后,终于到达了目的地。接着,他又马不停蹄地乘坐火车前往"乏味的首都"柏林并随即离开。在西里西亚,火车"以杉木为燃料且马力不足",巴尔扎克就这样来到了弗罗茨瓦夫和哈布斯堡帝国的边界,在这里为柏林购买的领带支付了税款。到了奥地利人占领的克拉科夫,巴尔扎克在等待前往伦贝格的同时,满怀心事地参观了波兰国王们曾经的都城,还到圣斯塔尼斯劳斯的墓碑前行礼[346]。

在乘坐了7天火车,跨越700古里之后,巴尔扎克到达东加利西亚的边境城市布罗德,此地居住着"信奉犹太教"、穿长袍大衣、戴皮帽的犹太人。他在豪泽内尔银行将拿破仑金币换成卢布,议价购买了一辆"俄式马车"——"木头和柳条制成的高速马车",然后连夜乘车穿越波多里亚地区。 1847年9月12日早晨,他终于到达别尔基切夫,当日傍晚抵达维什沃尼亚城堡,"永远的情人"正在那里等候他。

结束疲惫的旅程后,还未完全恢复精力的巴尔扎克在旅行日志中

345　巴尔扎克的文字全部出自其著作《俄罗斯快车》,尼古拉斯·绍敦出版社2010年出版。
346　1847年,克拉科夫及其周边地区是哈布斯堡王朝的领地。加利西亚的首府伦贝格曾被奥地利占领,该城也曾属于波兰,今属乌克兰,即利沃夫市。

草草写道："五点半，我被希伯莱人（他的马车夫）的喊叫声吵醒，他正向应许之地祷告。我看到了某种卢浮宫或是希腊神庙的景象，在阳光照耀的山谷旁，这是我到此地后第三次看到！"

不久之后，他给妹妹写信："我到达了目的地，没出任何意外，但极其疲劳，因为我走过了地球外径四分之一的路程，甚至八天不眠不休地赶路，如果我将行程翻倍的话，就能抵达喜马拉雅山了。"他第一次来到乌克兰，舒适地居住在城堡一侧为他布置的高雅公寓中，完成了《现代史内幕》第二部《内情人》。他像个孩子一样获得宠爱，一直待在伯爵夫人身边，直到次年2月。期间，他造访了基辅——"北方的罗马，拥有三百座教堂的异族人的城市"，然后经由利沃夫、弗罗茨瓦夫和法兰克福返回法国，身上穿着汉斯卡夫人送给他的狐皮大衣。汉斯卡夫人答应与他步入第二次婚姻。巴尔扎克对1848年2月、6月发生的革命事件以及7月君主制垮台后的选举感到失望，8个月后，他再次前往乌克兰，在那里与未婚妻相见。1850年3月14日早上7点，第二次乌克兰之行期间，他终于在别尔基切夫的圣巴尔博教堂迎娶了他的爱人，那时，"融雪成河，钟声齐响"。

两个月后，巴尔扎克夫妇出发前往巴黎。因为恶劣的道路和气候，横跨欧洲的行程持续了一个多月，给患有心脏和肺部疾病的作家造成极大痛苦。5月21日抵达巴黎后，没有尽头的噩梦般的旅程使他筋疲力尽，他因疾病变得虚弱，几乎失明，卧床不起，于8月18日离开了人世。经过17年的狂热而浪漫的交往，在共同生活3个月以及经历最后的惨烈旅行之后，作家与"倔强的情人"（茨威格语）汉斯卡夫人的婚姻就此结束。

巴尔扎克总是行色匆匆，他对达官显贵的聚会和旅途的偶遇都漠不关心。他横跨法国，从巴黎到萨谢，从诺昂到伊苏丹和安古兰，为的是进行写作并与老友们重聚。他看似对异国缺乏兴趣，实际上也对某些地方十分好奇，并将之用作小说故事的背景地。他对汉斯卡夫人的热情迫使他离开巴黎，离开睡衣、咖啡壶、笔和讨债人，多次穿越莱茵河、阿尔卑斯山、德国和意大利，三次游历东欧边境。尽管随着时间的推移，他越来越担忧财务和健康问题，却依然坐上了不舒服的四轮马车和邮车，或者飞速发展中的轮船和火车。关心新型交通方式、注重速度和成本的巴尔扎克如果生活在今天，或许会成为廉价航空的拥簇者。

旅行与写作的苦行僧
大仲马

（维莱科特雷，1802—迪耶普附近的皮耶，1870）

"旅行就是全力以赴地生活，就是要为了现在忘却过去和未来……"大仲马将这一信念贯彻一生。

大仲马由母亲抚养长大，他的母亲是一位遗孀，父亲生于安的列斯群岛，是一名参加过埃及战役的将军。大仲马没有受过多少教育，曾做过省公证处文员，这名未来的作家通过阅读名作和欣赏戏剧，得以逃离平庸的青年时代。来到巴黎后他结识了塔尔玛，风流的大仲马自学成才，很快登上了社会和文化的舞台。

大仲马与奥尔良公爵们很亲近，尽管他拥护共和政体。这名微胖的高个青年有着一头卷发和迷人的笑容，流浪生活成为了他特殊的命运。

1832 年 7 月 21 日，大仲马逃过了一场霍乱，他离开巴黎，"当所有医生不知道开什么药方时，他们会嘱咐来一场瑞士之旅"。他来到有着新鲜空气的国度，探索了诗人笔下的赫尔维蒂，并为旅行文学赋予了全新风格和笔调。他在旅馆的桌上或者破旧的床上匆忙写作，笔记本中记满了关于所到之地的历史或文献信息，供读者消遣、获取信息，并向他们发出"旅行邀请"。

大仲马先乘马车前往马孔，然后乘坐马拉船去里昂，最后到达日内瓦。在这座"新教徒的罗马城"，"两万居民中就有八十五个百万富翁"，这里的珠宝店"会让埃及艳后在墓中嫉妒地发抖"，大仲马游览了日内瓦湖畔和整座城市，这是"继那不勒斯之后，地理位置最佳的城市之一"。从日内瓦出发，他乘坐敞篷马车去费尔内参观伏尔泰故居，途经料佩返回时还路过了已经荒废的斯塔尔夫人的城堡。

几天后，一辆汽船将他带到洛桑，"从远处看，那些房子如同一群沐浴在阳光下的天鹅。"一位旅居此地的巴黎青年成为了他的向导，带他参观了一所监狱，囚犯们正准备开始新的生活。作为美食爱好者，他品尝了和白葡萄酒一起烹饪的日内瓦湖白鲑，却不喜欢金狮饭店口味浓重的酸菜。

在紧锣密鼓的第一段旅游结束后，旅行者踏上了通往莫拉的道路，这里是人胆查理[347]落败的地方。他乘坐一辆小型马车抵达伯尔尼，匆匆看了一眼熊苑——瑞士首都的标志性地点。

大仲马身强力壮，能够连日行走，他熟悉最为简陋的旅馆，深谙气候变化并适应交通工具。他背着沉重的背包，里面装着游记、推荐信和几枚金币，在山间穿行。他在图恩湖对岸请人随行为他翻译粗犷的"日耳曼语言"，帮他在每个驿站商议住宿和马匹的价格。他对这位向导很是满意，两人在暴风雨中横渡布里恩茨湖，到达格林德瓦冰川，在那里遇到了一对美国夫妇和他们的 7 个孩子。孩子们毫不惧怕

347　对抗法王路易十一中央集权的勃艮第公爵。——译注

冰川上常见的眩晕，然而大仲马却认为"顷刻的战栗便能令人晕头转向"。

离开白雪皑皑的山峰后，大仲马在布里格造访"巴黎式的古老街道和沙龙"，他与一位丹麦人相处甚欢，因为他"如同标牌一般守时，时钟一般活跃，八音节诗一般有条不紊"。丹麦人也正打算去看看可怕的魔鬼桥，于是成为了大仲马的旅伴。在哥达山，大仲马沉浸在《威廉·退尔》的故事之中，他想到了席勒和罗西尼[348]，也将这部著名戏剧的地点和人物写入日志之中。

大仲马并未在此停下脚步，接着他去了卢塞恩，遇到了居住在金鹰酒店的夏多布里昂。这位"名声堪比歌德和沃尔特·司各特的文学大师"请他共进晚餐。之后，年轻的剧作家和年迈的外交官一起到中箭石狮像前悼念，这座雕像是为了缅怀 1792 年 8 月 10 日在杜伊勒里宫被屠杀的瑞士卫兵。

几天后，大仲马造访了苏黎世，前往康斯坦茨附近的阿伦伯格城堡，向圣勒伯爵夫人，也就是曾经的奥坦丝王后致敬，她被称为"拿破仑王冠上的钻石"。大仲马还参加了一场音乐宴会，晚宴尾声，女主人在雷加米埃夫人的陪同下，向他展示了精心收藏的"皇家圣物箱"和格罗为拿破仑所作的洛迪桥上的画作。

尽管旅行已近结束，大仲马仍然去了沙夫豪森观赏莱茵瀑布，还在比尔湖中心的圣伯多禄岛稍作停留。他在岛上参观卢梭的避难居所，墙壁上满是访客的名字。回到日内瓦湖畔后，他像其他游客一样拜访了因拜伦而不朽的西庸城堡。

大仲马乘坐两轮马车继续沿罗讷河谷前行，他在马蒂尼停了下

348　席勒于 1804 年创作剧作《威廉·退尔》，罗西尼于 1829 年创作同名歌剧。

来。在旅店老板的餐桌上，他品尝了滋补的熊肉，为了尽兴他还接受邀约，带上钓钩和灯笼连夜去钓鳟鱼。第二天早上 5 点，他和向导一起步行出发，于当晚到达夏慕尼村。登上冰川后，向导雅克·巴尔马向他讲述了初次攀登勃朗峰的经历。虽然高海拔使大仲马感到眩晕，他仍继续旅途，乘坐 6 匹骡子拉的马车抵达了大圣伯纳德山口。然后，他到达普利孟特瑞修会的修道院，夜晚和美丽的巴黎女人们聊天，在拿破仑曾居住的房间入眠。他参观了墓地，修士们却十分傲慢。次日，大仲马经由尚贝里到达艾克斯，骑驴环游了布尔歇湖，然后他带着一背囊的故事，返回日内瓦[349]。

　　这场持续一年的远行在作家笔下动人的文学故事中得到延续，但在旅行结束时，他却有些神伤，坦言道："独自旅行是一件可悲的事。"

　　1834 年秋，大仲马在处理了感情纠葛和财务问题后，代表教育部开始一场环地中海的"艺术与科学探险"。罗马是第一站，他原计划从这里继续向东方前进，这位无可救药的唐璜、随心所欲的作家在得到教宗格列高利十六世的接见后，因为其思想过于主张自由而遭到驱逐。无法继续使命的大仲马无奈返回法国。

　　1838 年 8 月大仲马的母亲去世后，他得以重新上路。葬礼几日之后，他和会说德语的情人伊达一起去莱茵河谷旅行。沿莱茵河前行便是最佳路线，这条河流是日耳曼文化的象征。旅途始于布鲁塞尔——庇护流亡者的比利时首都，路易-菲利普的女婿利奥波德国王在莱肯城堡接见了大仲马。

　　短暂的滑铁卢朝圣之旅后，大仲马造访了鲁本斯的故乡安特卫

349　夏慕尼、尚贝里和艾克斯莱班都属于撒丁王国。

普，然后乘坐 5 小时的火车抵达根特，但是如果乘马车的话只需 3 小时！他写道："对于旅行推销员和衣帽架而言，火车或许是绝妙的发明，但这无疑建立在美景和诗歌的废墟之上。"几天后，他受比利时国王的邀请出席晚宴，这位《亨利三世和他的宫廷》的作者被引见给路易丝王后，"凡听到来自法国的声音，她便会心悦诚服"。

皇室之行后，大仲马继续东行，乘坐马车从列日到亚琛，最后抵达科隆。他住在大教堂边的简陋居所中。大仲马喃喃自语道："莱茵河就是力量，莱茵河就是独立，莱茵河就是自由"，在他看来，这条汹涌的河流像战役一样悲壮，也像国境一样坚不可摧。在波恩大学门口，大仲马观察学生，形容他们"用大烟斗，穿紧身的翻领大衣，戴不起眼的帽子"。随后他来到莱茵河谷，参观了葡萄园、堡垒和鲜花盛开的村庄，撰写了许许多多与莱茵河传说有关的文字，包括最著名的《罗蕾仙子》，又名《罗蕾莱》。

到达美因茨后，他乘火车前往法兰克福，去那里参观歌德故居，探索犹太街区，并造访罗斯柴尔德先生改造的医院。到达曼海姆后，他以调查记者的身份打探卡尔·路德维希·桑德的消息，此人刺杀了臭名昭著的剧作家及间谍科策布，大仲马和奈瓦尔根据这一事件合写了一部戏剧[350]。这趟富有成果的旅行在阿尔萨斯的萨尔茨巴赫村结束，在那里，人们向他展示了 1675 年战役中一枚撕碎蒂雷纳子爵胸膛的炮弹。

返回法国后，饱受折磨的大仲马毫不犹豫地变换了旅行的方式，他为画家阿德里安·道扎兹撰写在埃及和西奈半岛的旅行故事。大仲马借助这位东方风物画家的绘画和笔记，讲述了一个丰富多彩的故

350　《雷欧·巴卡尔》（1839 年）是奈瓦尔、大仲马一同创作的戏剧作品。

事，得益于他不受拘束的想象，故事的精巧胜过天然[351]。

1840 年 5 月，大仲马为了躲债，与画家路易斯·戈德弗洛伊·贾丁[352]进行了一次意大利之旅。两人从马赛乘公共马车前往"美妙的热那亚"，然后靠着给车夫赏钱，乘坐"肮脏的独轮车"抵达佛罗伦萨。初夏，在安静的托斯卡纳大公国首都，两个法国人比英语人更热衷观光，他们没遗漏百合花城的任何角落，参观了教堂、宫殿、博物馆和花园，并在笔记本上填满了这座城市的绘画和轶事。他们热衷于阿诺河岸边外国女士的身影，"法国女人有着朴素的优雅，英国女人的服饰满是羽毛，色彩华丽而花哨，俄国女人身上流淌着闪耀而碧绿的河流"，还有穿着装饰花边的华服的佛罗伦萨女人。歌剧院包厢中如此多"不戴冠冕的头颅"紧紧相挨，使他感慨道"托斯卡纳已经夺走了法国庇护落难国王的特权"。他还目睹贵族妇女在丈夫的随和目光中，享受着惊人的自由。

在罗马度过 3 个礼拜后，大仲马和贾丁前往那不勒斯，他们听人赞扬过那里的轻快、无序和活力。但是，斐迪南二世的大使拒绝在大仲马的护照上签字，怀疑他是共和派。两人只能推迟离开那不勒斯的时间。在得到美第奇别墅一名住宿者的通行证后，他们离开了教宗的国度。这一举动十分冒险。随后，两人登上前往巴勒莫的船只，这艘小船上有 9 个身材强壮的西西里水手，以及一名边做意大利面，边朗诵阿里奥斯托的《疯狂奥兰多》的厨师诗人。两人听着数不尽的水手和海难故事，在船上学习用渔叉捕鱼。他们在斯通波利火山岛附近遭

351　在《西奈十五天》（1839 年）中，大仲马讲述了东方主义画家阿德里安·道扎茨和泰勒男爵 1830 年的埃及之旅，泰勒男爵与埃及总督商议将方尖碑从卢克索运往巴黎。
352　路易斯·戈德弗洛伊·贾丁（1805—1882）：风景画家，擅长描绘狩猎场景，深受波德莱尔赞赏。

遇了暴风雨，之后来到歌剧《诺尔玛》赞颂的"海峡之王"墨西拿海峡。轮船在此地中途停靠，两人借机去了陶尔米纳和卡塔尼亚，拜访了温琴佐·贝利尼年迈的父亲。贝利尼是美声歌唱家，1835年在巴黎去世。

大仲马和贾丁带上几瓶朗姆酒，租了骡子，领着一队人去攀登埃透纳火山，这个故事无疑是大仲马《旅行印象》中的最美篇章。在锡拉丘兹再次上船后，两人起航前往潘泰莱里亚火山岛，之前法国游客从未踏足此地。

在"优美的阿格里真托"，大仲马和他的旅伴暂时抛下水手们，独立去描绘神殿之谷的美景。几天后，他们骑骡穿越西西里岛贫穷肮脏的乡村，终于到达"幸福的巴勒莫"，那里到处是英国人，极其颓败、富饶而雅致，为两个热爱历史和歌剧的法国人带来无限的灵感。

然而，返程时间已经到了，两个法国人启程前往第勒尼安海的岛屿，艰辛地攀登斯通波利火山岛。他们的疲倦和惊讶并未止于此，在卡拉布里亚下船后，像屈斯蒂纳在1812年见到的一样，他们目睹了刚遭遇地震的赤贫村庄。最后，在到达帕埃斯图姆和庞贝后，他们乘坐两匹瘦马拉的小型两座双轮马车进入那不勒斯，探索这座刚到意大利时匆匆一瞥的圣热内罗主教的城市。热情、友善、精明的当地人使两位旅客感到愉悦，也为他们的作品带来意大利即兴喜剧般的轻快和趣味。

接下来的几年中，大仲马分册出版了他的全部游记：《佛罗伦萨的一年》和"那不勒斯王国旅行印象三部曲"——《撞船》《阿雷纳船长》和《双轮马车》。在强烈创作欲的驱使下，他与搭档奥古斯特·马科共同创作了《三个火枪手》《基督山伯爵》和《玛戈王后》（1845年），这些历史小说取得了巨大成功，使他名利双收。大仲马为这一出乎意料的成功感到自豪，昔日公证处的小文员如今成为了百万富翁，他买下了一份不菲的地产，请人盖了一座新文艺复兴风格的城堡[353]，并刻上自己的座右铭：我爱爱我者。

到了 1846 年秋天，在《二十年以后》和《蒙梭罗夫人》相继出版之后，小说家感到了生活的乏味。他受命代表国家教育部赴阿尔及利亚考察，这趟行程途经马德里，为的是汇报路易-菲利普之子蒙特庞谢公爵和西班牙女王伊莎贝拉二世的妹妹的婚礼情况。这一次，大仲马和儿子小仲马[354]、画家路易·布朗热[355]、奥古斯特·马科[356]和一名通阿拉伯语的阿比西尼亚仆人一同上路，他们乘火车抵达巴约讷，然后坐邮车继续旅程。

天气仍然很热，夜间出行使他们的旅途格外艰难。但是马德里令他们感到快乐，给予他们欢庆时节的祝福。一行人向格拉纳达和塞维利亚方向前进，他们一路遇到流寇、茨冈人和迷人的安达卢西亚女人。到了加的斯，画家欧仁·吉罗[357]在一艘海军护卫舰上与他们相遇，军舰驶向摩洛哥和突尼斯，然后返航至阿尔及尔。从菲利普维尔到君士坦丁，大仲马穿行在阿尔及利亚这片殖民地上，途中问候了比若将军，写下了许多足以吸引法国人来此定居的文字。他带着羽毛饰品，满怀灵感地讲述狩猎狮子的经历，以及与美丽的当地女人共度的或梦中的炽热夜晚。 1847 年 1 月 4 日，一行人离开阿尔及尔前往土伦，旅程共持续了 3 个多月。大仲马从这趟远行中带回了两本动人的

353　基督山城堡由建筑师伊波利特·杜兰建于 1846 年，这座新哥特式豪华府邸位于花园之中，远望伊夫城堡，是大仲马的写作之地。1848 年，大仲马因负债出售了这座城堡。

354　小仲马（1824—1895）：成功的小说家、剧作家，作品有《茶花女》（1848 年）。

355　路易·布朗热（1806—1867）：画家、图书插画家，也是雨果和巴尔扎克的好友。

356　奥古斯特·马科（1813—1888）：小说家、剧作家，1838 年到 1851 年与大仲马共同撰写作品。

357　欧仁·吉罗（1806—1881）：东方主义画家、雕刻家。

路易·布朗热，《风景》， 1846 年

游记，分别名为《从巴黎到加的斯》和《丹吉尔、阿尔及尔和突尼斯》，他还生出了在自己的马尔利港城堡中建一个摩尔式客厅的荒谬想法。

在之后的十几年间，尽管取得了无数文学成就，大仲马在其作为负责人之一的历史剧院倒闭后，几乎陷入破产的境地。为了避债，他于 1850 年前往英国参加路易-菲利普的葬礼，并参观了利物浦集市。次年，由于面临审判，他卖掉了庄园，逃往布鲁塞尔。在那里他遇到了一群政治难民，他们像维克多·雨果一样，在路易-拿破仑·波拿巴发动政变后离开了巴黎。为了谋生，大仲马出售了自己的版权，回到法国后他再次从事新闻业。

欧仁·吉罗，《大仲马和朋友们从巴黎到加的斯》， 1846 年

　　1858 年 6 月，一对富裕的俄罗斯贵族夫妇邀请大仲马去圣彼得堡，这一提议正逢其时。大仲马和画家让-皮埃尔·摩奈[358]在波罗的海的什切青登船，画家为大仲马的游记画插画。他们到达了亚历山大二世的首都，计划居住 9 个月，大仲马的作品在那里也广为人知。孜孜不倦的历史作家和小说家大仲马深入研究了圣彼得堡的历史，写下了残暴的俄国沙皇的传奇故事。

　　在此期间，大仲马穿得像塔拉斯·布尔巴一样，随身带着普希金的作品，顺路到芬兰旅行和猎熊。随后，他和摩奈一起返回莫斯科，一场大火使他们想起了拿破仑在莫斯科河边的日子以及 1812 年的溃败。几日后，大仲马在伏尔加河的船上开始写作小说《武器大师》，讲述一个年轻的法国女人前往遥远的西伯利亚，和她流放的丈夫一起生活的故事。在下诺夫哥罗德和喀山，大仲马听了鞑靼人、吉尔吉斯人和卡尔梅克人的探险故事，想象力得到激发，这些故事在他的笔下化成了非凡的史诗。快到阿斯特拉罕和里海时，两个法国人得到图曼纳亲王的邀请，这位卡尔梅克人非常尊敬他们。经过 3 个多月的艰苦远行，精疲力尽的旅行者于 1858 年 11 月到达高加索山脚，他们越过盗匪流窜的山谷，抵达车臣。除波托茨基外，此前鲜有外国人敢来这里。

　　在下雪的冬日，到狂风大作的荒郊野外探险需要勇气和强健的体魄，这两样大仲马和摩奈都不缺。他们缓慢而顽强地前行，到达通往土耳其和波斯的门户城市巴库。政府官员接待了他们，自豪地向他们展示里海沿岸的广阔油田。然后，他们继续骑马穿越无边的草原，到

358　让-皮埃尔·摩奈（1819—1876），石版画家、海报画家、舞台布景师，他为大仲马发表在《世界之旅》杂志上的俄国游记配插画，也撰写了关于这次旅行的文章——《高加索》（1860 年）和《伏尔加河》（1867 年）。

达了美丽的南部城市第比利斯，亚历山大在那撰写了《俄罗斯之旅》
的第二部分，专门介绍高加索地区[359]。他们的远行到了尾声。在黑海
边上的波蒂，两人等了几天后，登船前往君士坦丁堡，船只中途在特
拉布宗停泊。 1859 年 3 月初，两个疲惫又快乐的旅人终于到达巴
黎。两年后，为了纪念这次非凡的冒险，大仲马写作了《从巴黎到阿
斯特拉罕》，这是他俄国游记的第一部，然后是两本关于高加索的小
说——《苏尔塔娜达》和《雪球》。

大仲马崇拜加里波第，并为意大利统一而抗争。该年年底，他改
变了旅行目的地，乘火车去了都灵。在战争前夕的皮埃蒙特首府，他
遇到了意大利民族起义的领袖，后者请他为自己写回忆录。第二年，
他受到"自由弥赛亚"运动进展的鼓励，为意大利反抗军提供了刚租
借的船只，并在巴勒莫加入了在驱逐弗朗西斯二世国王后准备攻占首
都的"红衫军"。

大仲马被起义者誉为英雄，他出资在法国购买了 1 000 支步枪和
550 支短枪，整个夏天都和起义者待在一起。之后，他去那不勒斯担
任博物馆和城市考古发掘的负责人，住在西亚塔莫纳宫的一间公寓
中，此时，这位"新国家之子"在意大利的短暂荣耀到达了顶峰。下
一年，加里波第前往北方后，失望落寞的作家辞去职务，离开了那不
勒斯。

1861 年，这位佛罗伦萨、布鲁塞尔和那不勒斯的流亡者回到法
国，他筹划去纽约旅行但未能如愿。流浪生活使他变得疲倦，很快
生了病，再次身无分文。他住进了儿子位于皮伊的乡间别墅。

---

359 详见斯蒂芬·贝尔古纽、吉恩-皮埃尔·德维利耶执导电影《重返高加索——沿着大仲
马的足迹》（2013 年）。

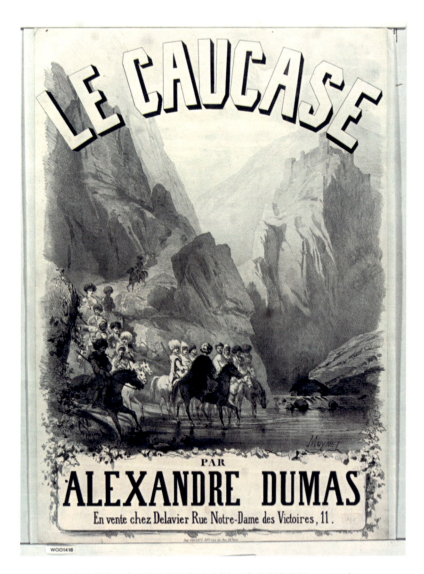

让-皮埃尔·摩奈为大仲马作品《高加索》绘制的海报， 1845 年

1870 年 12 月 5 日，色当战役惨败 3 个月之后，大仲马离开人世。他的遗体最初葬在维莱科特宙， 2002 年进入巴黎的先贤祠。 1872年，维克多·雨果为故友的儿子写下了这句美丽的悼词："大仲马的名字不只属于法国，更属于欧洲；不只属于欧洲，还属于世界[360]"。

　　大仲马是独特的旅者，他用恣意的想象力、渊博又有些杂乱的历史地理知识以及讲故事的天赋，进行了内容多样的写作。

　　他是不知疲倦的流浪者，憧憬他乡和新奇事物，他和旅伴们幸福地在欧洲大地上游历。

　　他是擅长写作的杰出作家，是熟练的记者，漫游在从加的斯到圣彼得堡，从西西里岛到高加索地区的大陆之上。

　　他热爱人与大地，美食与美酒，"创造了阅读的渴望[361]"，使赞叹不已的读者像爱远行一般爱上了足不出户的远游。他是走在写作以及美好旅程之路上的苦行僧。

360　出自雨果 1872 年 4 月 15 日写给小仲马的信，引自克劳德·绍普著作《大仲马——生活的天才》，法亚尔出版社，2002 年。
361　引自克劳德·绍普，书名同上。

柏辽兹的音乐之旅

（拉科特圣安德烈，1803—巴黎，1869）

1830 年 7 月，正值巴黎革命之际，柏辽兹凭借他的清唱剧《萨达纳帕勒斯的最后一夜》获得了罗马作曲大赛的头奖。当时，评委们并未想到这位自学音乐、5 次参加这项著名赛事的多菲内人，有朝一日会为法国音乐带来变革[362]。

1831 年 2 月 9 日，柏辽兹带着《幻想交响曲》的厚厚乐谱，出发前往意大利。他在马赛乘坐一艘撒丁岛的双桅船到达里窝那，然后乘坐摇摇晃晃的四轮马车抵达罗马。年轻的作曲家在美第奇别墅受到院长画家霍勒斯·韦尔内的接待，他在此结识了一些常驻艺术家，入住一间面朝公园的房间[363]。离开巴黎前，柏辽兹与美丽的钢琴家玛丽·普莱耶尔订了婚，但此时普莱耶尔却解

---

[362] 罗马作曲大赛奖首创于 1803 年。

[363] 历史画家霍勒斯·韦尔内（1789—1863）罗马美第奇别墅内的法兰西学院的院长，其父是卡尔勒·韦尔内（1758—1836），祖父是创作了《法国二十四个港口》的阿维尼翁画家克洛德·约瑟夫·韦尔内。

除了婚约。听到这个消息后，还没打开行李箱，遭到情人背叛的柏辽兹怒火中烧，决计悄悄返回法国惩罚罪魁祸首并自杀。出于对皮埃蒙特警察和法国海关的畏惧，柏辽兹在尼斯结束了这趟戏剧般的"壮烈又滑稽的远行"。反抗的艺术家得以"起死回生"，在确认院长不会透漏风声后，于6月2日回到罗马。他在美第奇别墅的生活自此正式开始[364]。

在回忆录中，柏辽兹讲述了美第奇别墅的生活，参加花车狂欢节，造访西班牙广场的咖啡馆，前往圣伯多禄市的经历。"如此伟大！如此崇高！如此美丽！如此庄严的沉静！"他在此"因崇敬而战栗[365]"。

此外，为了排解忧愁，他有时会裹上一件宽大的连帽皮袄，步行前往蒂沃利，或者去苏比亚科聆听圣贝诺的修道士诵经。孤独的漫步中，他远离西斯廷教堂的歌者和阿根廷剧院的女歌唱家，倾听农民哼唱的回旋曲以及牧羊人以曼陀林、双簧管伴奏的歌声，感受意大利民间音乐的质朴美感。柏辽兹从中汲取灵感，日后创作了《哈罗尔德在意大利》和歌剧《本韦努托·切利尼》中的合唱曲[366]。

柏辽兹总是有一种"离群索居"的倾向，那不勒斯之行使他重燃创作的渴望，他赞叹不已，写道："那不勒斯！明亮纯净的太空！假日的阳光！富饶的土地！"在这座梦一般的城市，柏辽兹经常造访圣卡洛剧院，还登上维苏威火山参观庞贝城。返程途中，他和两名瑞典

364　详见皮埃尔-让·雷米著作《柏辽兹———部浪漫主义小说》，阿尔班·米歇尔出版社，2002年。

365　柏辽兹的文字引自《柏辽兹传》，皮埃尔·西特昂著，弗拉马利翁出版社，1991年。

366　《哈罗尔德在意大利》是为帕格尼尼创作的小提琴交响组曲，各个乐章（《山中的哈罗尔德》《朝圣者的进行曲》《登山者的小夜曲》和《强盗的纵酒狂欢》）明显体现出音乐家的旅行记忆。

查尔·哈姆雷画作《柏辽兹》，根据让-皮埃尔·丹坦创作的半身雕像绘制

军官一起前往蒙特卡西诺修道院，这两人是出色的徒步者，他们在旅馆下榻，在罗马城堡跳萨尔塔列罗舞，最终安全到达目的地。

建在苹丘上的美第奇别墅是"法兰西学院的营地"，柏辽兹在此度过了一日又一日。某天，他卖掉了步枪，毁掉了吉他，殴打了同仁，并向韦尔内先生道别。他在米尔维奥桥上和朋友们拥抱，而后"登上一辆简陋的小车"去了米兰，然后经过都灵、塞尼山两地抵达多菲内。 1832 年 5 月 31 日，音乐家结束了在意大利 5 个月的旅居，此后再未回去过。

1833 年，柏辽兹与英国女演员哈丽艾特·史密森步入婚姻殿堂。此后，他卷入了巴黎音乐界的勾心斗角，还受到财务问题的困扰，内心郁郁寡欢。在荣军院首演的《安魂曲》并不尽如人意， 1838 年搬上舞台的意大利歌剧《本韦努托·切利尼》又遭遇失败，此外，柏辽兹还面临着同行的不理解。心灰意冷的柏辽兹转而寄希望于邻国，他的音乐在那里却受人瞩目。在这样的心境下，他于 1842 年至 1843 年首次开展了比利时和德国的音乐巡演，并撰写专栏文章，为音乐之旅拉开序幕。他在美因茨和法兰克福收获掌声，指挥斯图加特交响乐团为符腾堡国王演奏音乐，并在黑兴根城堡拜见了霍亨索伦亲王。

正是到了魏玛，这个李斯特音乐主导的地方，柏辽兹的作品大获成功。这里是歌德和席勒的故乡，也是欧洲音乐的圣地之一，柏辽兹——指挥家以及创作《浮士德的八个场景》的作曲家——受到了李斯特的盛情款待，王公贵族纷纷前来观看演出并对他赞不绝口。

到了巴赫的故乡莱比锡，作曲家与在罗马结识的好友费利克斯·门德尔松重逢，门德尔松是格万多豪斯交响乐团的指挥，而柏辽兹当时正在筹备《罗密欧与朱丽叶》的合唱部分。在德累斯顿，年轻的理查德·瓦格纳此时正任第二指挥，他陪同柏辽兹一同造访韦伯曾经演奏《魔弹射手》的剧院。巡演在德国隆重开场，在汉堡和柏林接连举行，成为此次音乐之行的高潮。

柏辽兹在普鲁士首都感到十分惬意。第一次听到巴赫的作品《马太受难曲》，他出发感慨："巴赫即是巴赫，就像上帝即是上帝[367]"。腓特烈·威廉四世在夏洛滕堡宫接见了他。他写道："音乐就在空中，你呼吸着音乐，音乐便进入你体内。在剧院、教堂、音乐会、街道、公园中到处都是音乐。音乐是美丽的天使，总是高大骄傲，坚定敏捷，青春与盛装使之光彩熠熠。她有着高贵肃穆的神情，有时屈尊落入凡间，颤动的翅膀却随时准备飞向天空"。柏辽兹很喜爱德国，因为他的才华在这里得到认可。最终，他在汉诺威和达姆施塔特两地结束了巡演。

1845 年夏天，柏辽兹前往波恩出席贝多芬雕像的揭幕仪式。这场音乐和社交盛事得到李斯特的支持，柏辽兹借机游览了罗伯特·舒曼深爱的莱茵河谷，然后前往奥地利参加巡回演出。他途经南希、奥格斯堡和雷根斯堡，"乘坐独轮车笨拙地沿着多瑙河驶向林茨"。到了维也纳后，他造访帝国歌剧院以及曼格和雷德堡音乐厅，聆听风靡整个城市的约翰·施特劳斯的华尔兹舞曲。奥地利首相梅涅特亲王接见他，音乐家们赠予他一根镀金的"量尺"，斐迪南一世的礼物使他获得荣光，而后功成名就的作曲家抵达了佩斯特——"位于匈牙利的奥地利大都市[368]"。

多瑙河上浓雾密布，柏辽兹不得不走陆路，又因河水上涨耽误了

---

367 出自柏辽兹写给巴黎歌剧院独奏大提琴手德斯玛兰夫人的信。
368 "梅特涅亲王曾经在维也纳问我：'先生，您是为五百位音乐家谱曲的那个人吗?'我回答道："不总是，大人，有时只有四百五十人。"（摘自《柏辽兹回忆录》后记。)

行程。 1846 年 2 月 7 日，他抵达布达，当晚创作了著名的《拉科奇进行曲》，又名《匈牙利进行曲》[369]，取得了"惊人的"成功。他受到匈牙利人民的欢迎，故而延长了在这个好客国度的停留时间。在此，他熟悉了吉普赛人的音乐，还观看了玛祖卡舞和恰尔达什舞的表演。乘船返回维也纳后，柏辽兹在哈布斯堡帝国的第三首都布拉格再次进行演出，然后在西里西亚大学的礼堂指挥了布雷斯劳（弗罗茨瓦夫）交响乐团。

回到法国后，《浮士德的天谴》的失败使柏辽兹感到失意，他不仅遭到同行的孤立，又再次陷入财务危机。柏辽兹决定去俄罗斯碰碰运气。 1847 年 2 月 14 日，他顶着严寒乘火车前往圣彼得堡，中途遭遇暴风雪，在柏林稍作停留，普鲁士国王为他提供了一封给俄罗斯皇后的介绍信。柏辽兹继续上路，在狂风中穿越东部平原。到了提尔西特的德俄边境哨所，边境官员提前收到巴尔扎克的来信，得知他的朋友要过境，因此并未检查柏辽兹的行李箱，还请他喝了"几杯上好的柑香酒[370]"。柏辽兹为这个小插曲感到愉快，他继续在好像"被一张铁网包围"的公路上前行了 4 天。"终于，一个星期天的晚上（1847年 2 月 28 日），出发后的第十五天，在寒冷中瑟瑟发抖的柏辽兹抵达了骄傲的北国首都。"

尽管还没从舟车劳顿中完全恢复，柏辽兹依然坚持自己的习惯，与优秀的音乐家进行了彩排。他在召开贵族会议的宫殿举办第一场音乐会，演出到了尾声，他"满脸通红，满头大汗，喘着粗气，歪着领

369　这一进行曲是《浮士德的天谴》第一部分的终章，创作灵感来自匈牙利贵族拉科奇反对奥地利的斗争（1707—1708）。

370　几周前，巴尔扎克从俄国方向入境，他告诉海关他的朋友柏辽兹即将过境，巴尔扎克可能还将皮大衣借给了柏辽兹。

带，穿着音乐的作战服[371]"。费奥多罗夫娜皇后[372]和卡罗琳·德·塞恩-维根斯坦公主接见了柏辽兹，这位公主日后成为李斯特的缪斯。柏辽兹满意于丰厚的演出酬劳，他鼓起勇气前往"亚洲"的莫斯科，在那里举办了几场音乐会。音乐会中加入了合唱团，令人讶异的是，这些合唱团总能游刃有余地即兴演唱最难的乐谱。

返程途中，柏辽兹在里加进行了停留，然后再一次来到柏林指挥《浮士德的天谴》，这部歌剧的歌词对歌德的作品进行了大胆的改编，使德国公众感到难以理解。尽管遭到失败，国王仍委派梅耶贝尔授予他红鹰十字勋章，并邀请他到无忧城堡赴宴。几天后，作曲家在回巴黎的火车上断言，欧洲只有三位君王是真正的音乐爱好者——普鲁士国王、魏玛大公和年轻的汉诺威君主。

当年11月，柏辽兹前往伦敦，在那住了7个月。他是莎士比亚的崇拜者，也是曾出演奥菲莉娅一角的英国女演员的前夫，因此他的首次英国之行是一起重要事件。在给父亲的信中，他写道："海上之行很愉快，大海很平静，轮船就像航行在湖面上一般。"他受到德鲁里巷皇家歌剧院的邀请，这家剧院面临资金难题，故而他在英国首都的工作并不轻松。"我在这里就像磨坊的马一样，每天都从中午工作到下午四点，又从晚上七点到十点。"在伦敦之行的尾声，柏辽兹在白金汉宫为维多利亚女王和阿尔伯特亲王演奏了《葬礼与凯旋交响曲》，两人都非常欣赏他的音乐。 1848 年，柏辽兹因巴黎的政治事件返回英国，他开始写回忆录，开头是一个名句："我出生在拉科特

371　柏辽兹语，引自皮埃尔-让·雷米，书名同上。
372　亚历山德拉·费奥多罗夫娜（1798—1860）：普鲁士国王腓特烈·威廉四世的妹妹，沙皇尼古拉一世的皇后。

圣安德烈，这是法国的一座小城市，位于伊泽尔省，在维恩、格勒诺布尔和里昂之间……"

1851年，喜爱英国的法国指挥家再次前往伦敦。他参观了世界博览会，水晶宫的穹顶下陈列着新的乐器，有阿道夫·萨克斯的萨克斯管以及上流社会年轻女孩争相购买的手风琴。

次年，在莱茵河畔享有盛名的柏辽兹再次抵达魏玛，正值李斯特指挥《本韦努托·切利尼》，卡尔·亚历山大大公夫妇出席了这场演出。此后，他又去了汉诺威，拜访了失明却热爱音乐的格奥尔格五世，然后前往德累斯顿，萨克森政府请他担任乐团指挥，但他谢绝了这一职位。除了这些成功经历外，他还在1853年受邀到巴登举办了几场音乐会。

柏辽兹在巴登的音乐周取得了巨大成功，1856年至1861年期间，他每年夏天都到温泉之城演出。1857年的音乐节上，柏辽兹指挥了歌剧《贝阿特丽丝和贝内迪克》[373]的首演，观众席中有当地民众、普鲁士王后奥古斯塔、女歌唱家波琳娜·维亚尔多和作曲家夏尔·古诺。

1863年，歌剧《特洛伊人》在巴黎歌剧院的演出反响不佳。1867年6月，柏辽兹的儿子路易在古巴去世。他将第二次俄罗斯之行看作最后的挑战。大公夫人埃琳娜[374]邀请柏辽兹到米歇尔官做客，于是他在11月再次登上火车，随身带着装乐谱的行李箱，抵达了雪中的圣彼得堡。经历了漫长的旅程，65岁的柏辽兹很是疲惫，因病卧床休养了几天才赴约，之后他前往莫斯科，年轻的柴可夫斯基在此敬

373　《贝阿特丽丝和贝内迪克》是改编自莎士比亚作品《无事生非》的幽默歌剧。
374　埃琳娜·巴甫洛夫纳（1806—1873）是符腾堡公主，尼古拉一世的兄弟米哈伊尔大公的遗孀，亚历山大二世是她的侄子。

候。他在马涅什宫指挥了《安魂曲》和《罗密欧与朱丽叶》的选段。
1868 年 2 月 13 日，劳累却也心满意足的柏辽兹离开了俄罗斯。他的
旅行和指挥生涯一并结束了。"生活只是一片掠过的阴影……"这是
他喜爱的莎士比亚的名句[375]。 1869 年 3 月 8 日，疲倦的柏辽兹在巴黎
与世长辞。

从罗马到圣彼得堡，从伦敦到布达佩斯，途经柏林和维也纳，
19 世纪"第一位真正的欧洲作曲家[376]"的旅途赋予他无尽的创作灵
感。的确，《哈罗尔德在意大利》《罗马狂欢节》《本韦努托·切利
尼》《特洛伊人》和意大利的经历是分不开的，《罗密欧与朱丽叶》
《李尔王》《贝阿特丽丝和贝内迪克》与莎士比亚的国度紧密相连。至
于《浮士德的天谴》《拉科奇进行曲》，这些乐曲又带有德国和奥匈
帝国民间音乐的记忆。

柏辽兹是观察入微的回忆录作家，文风犀利的优秀书信作家，也
是一位不懈斗争的作家，他用思想和学识使自己的回忆录呈现非凡的
历史、文学和音乐趣味。

如今，《幻想交响曲》的作曲家通过音乐唱片，如明星般环游世
界。人们并未预料到，今天他仍受到世界各地音乐大师的欢迎和赞
美，正如当年在法国之外的欧洲各地。

375　"生活只是一片掠过的阴影……"出自莎士比亚的《麦克白》，柏辽兹在回忆录结尾引用
　　了这句话。
376　引自皮埃尔-让·雷米，书名同上。

爱之旅
乔治·桑

（巴黎，1804—诺昂，1876）

　　"在并非迫不得已时，我们为何要去旅行？与其说这是旅行，不如说是出发[377]。"当乔治·桑为出国整理行装时，她追寻的是什么？她可能时常从巴黎前往诺昂——她所钟爱的贝里地区，或是带着两个孩子索朗日和莫里斯从诺昂返回。但是，去遥远的国家旅行，接受诚实或狡猾的马车夫的服务，在不怎么可靠的旅馆下榻，并在恶劣的天气下翻山越岭，都属于一个全然不同的范畴。为了迎接这样的困难，作家必须沉浸在恋爱之中，目的地也得是浪漫或诗意的灵感来源。这正是1833年12月12日的情况，当时她与《反复无常的玛丽安娜》的作者阿尔弗雷德·德·缪塞从巴黎前往威尼斯，她在几个月前成为了缪塞的情人。我们很少见到如此不同的情侣，不提他们的年龄差异，两人的行为和态度对比便足以突显出女士略显严肃的一面，"棕发，脸色苍

377　出自乔治·桑作品《马略卡的冬天》，收录于《自传作品集》。

白，肤色偏黄泛着古铜色的光，一双眼睛大得像印度女人[378]”，她的年轻伴侣却有着梦幻优雅的风度。出行前，乔治·桑精心收拾了行李，两人首先乘坐邮车驶向里昂。

3 天后，两位游人因恶劣天气感到扫兴，他们乘汽船行驶在罗讷河上，在船上遇到了“当时最杰出的作家之一”司汤达。彼时，司汤达在奇维塔韦基亚担任领事，他穿着厚重的皮大衣和毛茸茸的靴子，和两位巴黎朋友一起饮酒度过一夜。 12 月 20 日，两人与沿陆路前往教宗国的司汤达分别，乘船抵达热那亚，然后乘邮车途经里窝那、比萨、佛罗伦萨和博洛尼亚到达维也纳。

1834 年元旦，乔治·桑和缪塞抵达总督之城——威尼斯，他们梦中的大运河，加纳莱托和瓜尔迪画笔下的圣马可大教堂和广场呈现在眼前，犹如幸福的征兆。

乔治·桑在《旅行者信札》第三章中，详细讲述了她在威尼斯的时光，他们住在“达涅利先生建在埃斯克拉文斯码头边上的皇家旅馆”一层的套房。在这座豪华的建筑中，乔治·桑病倒了，她几乎一直住在 10 号房，卧病休养了近两周。与此同时，彼得·帕奇罗医生还为 2 月患上伤寒的缪塞诊治。在紧闭的房门内，人们可以看到雾蒙蒙的湖面。深感嫉妒的缪塞“怀着一颗破碎的心”，于 3 月 29 日返回巴黎，将乔治·桑留在了她的新情人怀中。这是一位头发黑亮，抽土耳其烟的牡蛎饭爱好者。

乔治·桑在意大利待了 6 个月，“亲爱的医生”陪伴着她并使她爱上了威尼斯和泻湖岛。她写下许多描绘“亚得里亚海珍珠”的美丽

378　阿尔弗雷德·德·缪塞语。

阿尔弗雷德·德·缪塞,《乔治·桑画像》, 1833 年

文字。"天空呈现出奇妙的色彩渐变,从樱桃红到浅蓝色,平静而清澈的水如同冰面,正好反射出盛大的虹彩。在城市上方,似乎有一面巨大的红色铜镜。我从未见过如此美丽的、仙境般的威尼斯。"春季,她与帕奇罗去威尼托进行了一次探险,攀登布伦塔山,在阿索洛停留并抵达特伦蒂诺的阿尔卑斯山,然后他们返回里亚托,那里总是有非常多外国人。 8 月,这对新情侣前往法国,在加尔达湖边停留参观米兰,然后在辛普隆越过阿尔卑斯山到达巴黎,医生一人游览巴

黎，乔治·桑则去诺昂与孩子们重聚。

　　1835 年夏末，乔治·桑与丈夫卡西米尔·杜德万特正式分开，她的行动更加自由，和两个孩子一起前往瑞士拜访她的朋友李斯特和玛丽·达古尔。他们先后游览日内瓦湖畔和夏慕尼，住在联合旅馆，乔治·桑以观察游客为乐。英国人似乎总能很好地应付天气变化，而且愉悦地攀登冰川，她幽默地写道："阿尔比恩的岛民随身携带一种特殊的气体，我称之为英国气体，他们在其中旅行，如同气泵中的老鼠一般，无法融入当地人的氛围中。"她继续写道："最好的旅行者是德国人，他们也是噪音最小的旅行者和优秀的徒步者，顽固地抽着烟，多少都懂一些音乐或植物学知识。"她总结说："至于我们法国人，必须承认，我们对旅行的了解比任何欧洲人都要少。烦躁的心情吞噬了我们，赞美之情又使我们十分激动。我们的思想如此活跃，但一遇到最小的失败就灰心丧气。[379]"

　　一行人由马蒂尼返回瑞士，再次游览了弗里堡。在那里，李斯特在圣尼古拉教堂的风琴上进行了演奏。然后他们返回日内瓦。

　　回到法国后，乔治·桑常年往返于诺昂和巴黎之间。 1838 年春，她在达古尔伯爵夫人家中结识了李斯特的朋友弗雷德里克·肖邦，她很钦佩肖邦的音乐才华，从他的眼眸中，她仿佛看到了波兰遭遇的所有不幸。到了夏天，肖邦成为了她的情人。这对新恋人开始了新的旅程，他们渴望宁静，期盼南方的阳光能治愈肖邦的咳症和小莫里斯的贫血。

　　西班牙朋友建议他们前往巴利阿里群岛度假，于是， 1838 年 10月 18 日，乔治·桑、索朗日和莫里斯上路前往佩皮尼昂，波兰音乐家正在此地等候他们。 11 月 1 日，他们一起在文德港登船出发去巴

379　出自乔治·桑《旅行者信札》第一篇和第十篇。

塞罗那，却没有料想到季节交替后，加泰罗尼亚的冬天变得十分寒冷。他们仓促地游览了这座城市，然后穿过马略卡岛， 8 天后抵达帕尔马。他们满身疲惫，患上了严重的感冒。在《马略卡的冬天》一书中，乔治桑详细讲述了他们如何艰难地在家徒四壁的房屋中安身，岛上居民如何不信任他们甚至抱有敌意，以及他们如何搬到山上的巴尔德莫萨修道院住进 3 个潮湿的单人间。接着，他们在巴黎的普莱耶尔那订购了钢琴，并辛苦地将它运到山上。这里远离尘世，大自然中草木繁茂，寒冷多雨的冬天将四周笼罩上阴霾。他们在此工作，乔治桑边照顾孩子，边完成了《蕾莉亚》和小说《斯匹里底翁》的写作，肖邦的病痛愈加严重，他创作了一首前奏曲、一首叙事曲、一首谐谑曲和两首波兰舞曲，曲调反映出此地忧郁愁苦的气氛。虽然乔治·桑认为这里不乏诗意，但在肖邦看来，却更像是"一个大棺材"。 1839年 2 月 11 日，他们结束了在巴尔德莫萨修道院的生活。疲倦的情侣批判着西班牙人，满心失望地乘坐载着许多头猪的商船前往巴塞罗那。她在返回后写道："在巴尔德莫萨修道院的日子对他而言十分痛苦，对我也是一种折磨。"

他们在历经困难后抵达马赛，停留 4 个月后前往热那亚欣赏画作和宫殿，然后于 6 月 1 日回到诺昂。 3 年之后，乔治·桑在《两个世界杂志》中刊登了《欧洲南部的冬天》，讲述了这段独特的旅程。之后又据此写作了《马略卡的冬天》，还在自传《我毕生的故事》（1854）中复述了一些情节。

此后，乔治桑投身于文学创作和社会政治活动中。若干年后，在女儿和女婿——雕塑家奥古斯特·克莱桑热的争夺中，乔治·桑离开了 6 岁的外孙女。为了抚平忧伤，被称为"诺昂女士"的乔治·桑于1855 年 2 月 28 日出发前往意大利，与她一道的是莫里斯和她的新任

巴尔德莫萨修道院，安德烈·尼多·波拉斯摄

骑士——版画家亚历山大·蒙梭。

　　他们在罗马入住司汤达经常光顾的米奈瓦宾馆，在城中游览半个月后前往罗马城堡和位于弗拉斯卡蒂的兰塞洛蒂别墅，莫里斯曾为这座别墅作画。1857年，乔治桑写作《达尼拉》时，她回忆起这段经历，批判性地讲述了"永恒之城"的生活故事。她在前言中写道："一部小说就等于一场旅行，我们要么在小说中旅行，要么在旅行期间创作小说。"返程途中，三位旅人经过托斯卡纳、马赛两地并在诺昂结束旅程，每个人都再次回到自己的快乐和烦恼之中。"在并非迫不得已时，我们为何要旅行？"乔治桑在《我毕生的故事》中承认："我最美和最痛苦的旅行，都在我的火炉边。"

　　1859 年之后，乔治桑只在法国境内旅行，为了疯狂的爱情而远行的时期已经结束。她继续创作[380]，在乡间城堡接待朋友——维亚多、大仲马、福楼拜和屠格涅夫，并且照顾她的孙女们。 1876 年 5 月 28 日，她在乡下去世，留下了大量的作品，世人为之悼念。

　　对于身为母亲、情人和作家的乔治桑而言，远行是一种与自身居家的天性所作的抗争。她是短途旅行者，赋予了威尼斯和马略卡短暂的激情。

　　比起周遭环境，她对自我的观察更为深入，"虚构式自传"的创作方法体现了惊人的现代性。诺昂是她内心旅程的中心，而国外旅行则是文学灵感的源泉。

　　她书写了意大利的热烈故事，描绘了瑞士的如画美景，解析了西班牙的落后守旧，直到今日依然吸引着读者。在《旅行者信札》第十篇中，她写道："人们常说旅行是人生的缩影，旅行的方式可成为我们认识民族和个人的依据，旅行的艺术几乎就是人生的学问"，毫无疑问，她说的没错。

380　《她与他》发表于 1859 年，讲述作家与缪塞的故事，包括这部作品在内，她的许多作品与威尼斯有关，例如《利昂·里奥尼与马塔》（1835）《镶嵌画大师》（关于圣马可大教堂）和《康苏埃洛》（1842）。

旅行大师
泰奥菲尔·戈蒂耶

（塔布，1811—塞纳河畔纳伊，1872）

　　作为诗人、记者、小说家、歌剧剧本作家（人们对这一身份知之甚少），泰奥菲尔·戈蒂耶在《浪漫主义故事》[381] 中讲述了他作为"头发蓬乱的反抗者"的叛逆青春。他出生于比利牛斯地区，在巴黎接受传统教育时培养了写作的兴趣。几年后，他加入"激昂""邪恶"的青年中，反抗路易-菲利普新政权施加的言论控制。年轻的戈蒂耶穿着红色背心，长发披散在宽阔的肩膀上，投身著名的1830年欧那尼战役。

　　"泰奥"在巴黎与风流放纵的艺术家时常来往，很快立足于最引人注目的文学圈中。年轻的"狮子"（这个绰号来自他的浓密长发和适度的野蛮气质）在《媒体报》《箴言报》和《官方杂志》开始了戏剧评论家的职业生涯，并一生从事这项工作。

　　此后，戈蒂耶发表小说《莫班小姐》和评论集《奇

381　引自《泰奥菲尔·戈蒂耶》，斯蒂芬·盖甘著，伽利玛出版社，2011年。

异集》，介绍被遗忘的 17 世纪作家，由此进入文学领域。 1836 年夏，他第一次离开法国，和朋友奈瓦尔一起前往比利时为报刊杂志"写专栏文章"。在这趟去往比利时、根特、奥斯坦德和荷兰的旅程中，眼睛是他作为记者的记录工具。他写道："我的游记只记载我亲眼看到的东西，换言之用眼镜或望远镜看到的东西，因为我担心我的眼睛有时会说谎[382]。"他从布鲁塞尔大广场来到可以欣赏鲁本斯画作的安特卫普大教堂，这位"花花公子留着墨洛温人的及腰长发[383]"，使人误以为他是一个蓄着东正教神父胡须的俄国人，又或者因为他十分喜爱饮酒，而认为他是一个意大利人。8 月底，戈蒂耶回到巴黎。

泰奥菲尔·戈蒂耶，
纳达尔摄， 1855 年

382　出自《比利时与荷兰之旅》，引自斯蒂芬·盖甘。
383　欧内斯特·费多语，引自斯蒂芬·盖甘。

　　七月王朝初期，西班牙风格风靡于巴黎，随着路易·菲利普国王
为国家博物馆买下一批出色的西班牙画作，这一热潮愈演愈烈。在这
种背景下，戈蒂耶在欧仁·皮奥特——富有的艺术爱好者和摄影
师——的陪伴下前往"熙德"的国度，还在埃米尔·德·吉拉尔丁的
杂志《媒体报》上刊登了旅行的文章[384]。

　　1840 年春，两人离开巴黎前往巴约讷，然后乘骡车驶向旧卡斯蒂
利亚，驾车的是一位衣着鲜艳的牧人，"戴着装饰天鹅绒和丝绸流苏
的尖顶帽子，穿着绣彩色装饰物的棕色外套，戴着绑腿和一条红色腰
带"，两位火枪手坐在车顶上加以保护[385]。他们经过维多西亚，参观
布尔戈斯欣赏大教堂，"这是哥特艺术的全盛期，比巴西的原始森林
更为繁盛和丰富"。皮奥特的达格雷相机引发了轰动，省长像对待
"北极熊"一般殷勤地陪同他们游览，两位游人却"对观光心生厌
倦"。他们坐上一辆火车牵引的摇摇晃晃的四轮马车，马车好比"一
口系在老虎尾巴上的锅"，最终在途中掉到了沟里。泰奥和朋友又乘
坐一辆铺着简易床垫的推车到达了巴利亚多利德，他们累垮了，在旅
馆里躺了 3 天，其中一晚，他们观看了雨果的戏剧《欧那尼》。

　　5 月 22 日，两人穿过卡斯蒂利亚荒漠，南下抵达马德里的友谊旅
馆，在此生活了一个月。期间，泰奥学习了斗牛，进行了相关的练
习。他用丰富动人的语言描述了斗兽场的生动场景，斗牛助手、短枪
手和矛手穿着火红色制服，剑手风度翩翩，观众得意于拥有"一个斗
兽场包厢，就如同在巴黎，拥有一个意大利剧场的包厢"。

　　在首都逗留期间，戈蒂耶观察戴头纱的优雅女士，她们摇着扇

384　戈蒂耶在玛丽亚-克里斯蒂娜摄政期间去西班牙旅行，正值卡洛斯战争，这是王位继承
　　　人伊莎贝拉二世与她的叔叔卡洛斯的支持者之间爆发的冲突。
385　引自戈蒂耶《1840 年西班牙旅行》，法国书商俱乐部出版社，1954 年。

子，如同"寻找栖所的蝴蝶"；他欣赏鲁本斯和委拉斯开兹的画作，称戈雅为最伟大的西班牙画家。他为马德里所吸引，但对埃斯库里亚尔却没有那么大的热情。这座市镇是腓力二世最后的居住地。戈蒂耶租了一辆车，由 4 头装扮得五彩缤纷的骡子拉着前行。这里被誉为"建筑界的利维坦"，虽称不上世界第八大奇迹，却是"地球上最大的花岗岩建筑"，然而戈蒂耶却一路无精打采，直到回程后才有了活力。

这次旅行结束不久后，两人又沿着坑坑洼洼的道路出发前往托莱多。即将到达时，他们享用了一顿丰盛的菜肴，还喝了"温热的甜葡萄酒，闻着宜人的清淡麝香味"。他们参观了教堂和塞维利亚王宫，穿过伫立在塔霍河之上的阿尔坎塔拉桥，探访了犹太社区的遗迹，欣赏了格雷考的巨作。最后，为了躲避毒辣的阳光，他们坐上了一辆咔嚓作响的推车，脚夫打着灯笼、光着膀子在车行道上行进，就这样在夜间返回了马德里。

为使"炙烤人的石灰窑般的高温"容易忍受一些，两人租了一辆通风良好的马车向着格拉纳达出发，而后乘坐一辆由 4 名全副武装的骑士护送的"皇家邮车"，然而 4 名骑士"比起宪兵更像强盗"。他们穿越堂吉诃德故乡荒芜而惨淡的高原，越过莫雷纳山脉，入住简陋的旅馆。旅馆中的夹竹桃"犹如光芒般耀眼，爱情般绚烂"。最终，6 月 28 日凌晨 2 点，他们到达格拉纳达。如同在梦境之中，阿尔罕布拉宫的剪影映在洒满星光的天空上。几日后，他们住进了一幢有着庭院和喷泉的美丽别墅。在安达卢西亚，两人装扮得如同西班牙歌剧的男高音， 40 天的旅程中，他们徘徊在摩尔人旧都绿树成荫的街道上，观察阳台上的遮光帘，想象帘后掩藏的美人。喧闹声和音乐声充斥着迷人的城市，戈蒂耶对阿尔罕布拉宫抱有无比的热情，他甚至在狮庭的大理石柱之间度过 4 个夜晚，他的旅伴用达格雷相机永远记录下了这一幸运的时刻。

然而，两个旅人远离尘世，失去与他人的联络，为城市中逐渐发展的起义氛围而感到担忧，他们动身前往马拉加，乘坐骡车日夜不停地穿越积雪覆盖的内华达山，到达了海边。戈蒂耶写道，"在马车上，我们不再是一个人，而只是一个毫无生气的物品，一个包裹，你和你的行李箱没有多大区别"，他为旅行者在偷窃和绑架威胁下的人身安全感到担忧。

马拉加的街头回响着喧闹的吉他声和凡丹戈舞曲声，两位住在三王旅馆的旅人，为美酒和佳人而陶醉，并买票观看斗牛表演。和在马德里时一样，雄伟的斗牛场、美丽的女子和技艺精湛的斗牛士使他们感到沉醉。"强烈的情感使人迷醉、兴奋甚至难以承受"。他们从激动之情和"四十万个地狱的酷热"中平息下来，在深夜观看了一场歌舞演出。

8 月 20 日，他们在盛夏前往科尔多瓦，由于乘坐的四轮马车开错了道路，不得不和一个西班牙家庭一起露宿，还有一个"面貌怪异的曾做过强盗的恶棍"。为了保持镇定，戈蒂耶不断安慰自己"旅行的乐趣是前往而不是到达"。面对哈里发古城的高墙和久负盛名的清真寺，他们觉得已通过魔法进入幸福的阿拉伯世界的中心。在经历了 5 天的酷暑之后，旅人乘坐四轮马车抵达塞维利亚，途中还更换了一辆更快的马车。

在这座美丽的不夜城，女士们穿着缎面鞋，戴着高梳面纱，大胆地向外国人送去秋波。戈蒂耶和欧仁在教堂的穹顶下休息，"翻山越岭"到达教堂的砖石尖顶。节日气氛吸引着他们，使他们在离开时依依不舍。之后，他们乘船沿着瓜达尔基维尔河抵达加的斯。这是一座拜伦赞颂过的蓝白色城市，他们举起雪利酒向这座城市致敬。

　　经历了 6 个月的旅程，两个法国人到了考虑归途的时候。他们前往直布罗陀，那里有"巨大的花岗岩狮身人面像"，然后从阿利坎特到瓦伦西亚，再乘船到达马赛。"梦想实现了"，作家继续写作，讲述这次旅途的文章收录在《西班牙之旅》一书中出版。

　　戈蒂耶与巴黎的艺术家、文学家和评论家频繁来往，成为当时最受赏识的作家之一。他时常参加德尔菲娜·代·吉拉尔丹和玛丽·达古尔举办的沙龙，还酷爱舞蹈和歌剧。 1842 至 1843 年，他在伦敦和格里西姐妹在一起——卡洛塔·格里西是著名的舞蹈演员，其大获成功的舞剧《吉赛尔》正是由戈蒂耶创作剧本；埃内斯蒂娜·格里西当时正开启歌唱家生涯，戈蒂耶与她一同度过了 20 多年的岁月[386]。

　　1845 年，戈蒂耶从一场东方主义绘画的沙龙中发现了霍勒斯·韦尔内的画作《奥马勒公爵骑兵攻克斯马拉》，并将之奉为经典，他畅想着还未曾了解的东方，强烈渴望前往他乡，开始准备黎凡特之旅。由于时局的影响，他只能前往阿尔及利亚，在马赛乘坐法拉蒙德号，并肩负一项外交兼文学性质的任务。徜徉在费利西安·戴维的音乐之中，他部分实现了自己的东方梦，但很快就不得不直面这个国家与他的幻想天差地别的艰苦现实[387]。

　　在阿尔及尔，戈蒂耶入住政府宾馆，这间宾馆的意大利式露台朝向大海。作为殖民政府的宾客，40 天内，他受到了参谋官一般的接待，受邀和比若将军前往卡比利亚探险。和当地军队的接触迫使他接

386　卡洛塔·格里西（1819—1899）1841 年结识戈蒂耶，曾出演阿道夫·亚当作曲的舞剧《吉赛尔》的女主角。埃内斯蒂娜·格里西（1816—1895）是歌剧院首席歌手，她是朱迪特·戈蒂耶的母亲，朱迪特嫁给了作家卡蒂尔·孟戴斯。

387　作曲家费利西安·大卫（1810—1876）于 1835 年造访君士坦丁堡、埃及和巴勒斯坦。他受黎凡特之旅的启发创作了作品《沙漠》（1844 年），在东方学界取得巨大成功。

受审查，他的任务也受到限制。尽管如此，热爱探索的他骑马前往卜利达——这是"东方要塞，带着意大利的散漫，呈现天青色和普鲁士蓝，令人心醉神迷"，然后乘船前往奥兰、穆斯塔加奈姆和布吉，最后在君士坦丁结束了漫长的阿尔及利亚之旅——这是"旅行的巅峰"，在那里，"鹳将蛇丢在屋顶上"，他甚至还跳起了神灵的舞蹈。这个国家质朴而天然的美吸引了他，在给父母的信中他写道："阿尔及利亚是一个很棒的国家，就是法国人太多了。"

9 月 7 日，他穿得像一位徒有其表的显贵，牵着一头幼狮回到了巴黎。这位纨绔公子在旅行的启发下创作了两首诗——《阿特拉斯的狮子》《海上的贝都因人》。1846 年至 1865 年，他还出版了多个版本的《阿尔及利亚的美好旅行》，除了书中的未尽之意和文学幻想外，这还是一个描写阿尔及利亚殖民初期历史的独特文本[388]。

在首都，戈蒂耶重新参与时事。1846 年 6 月，他受邀参加巴黎——里尔铁路线的落成典礼，以及希托夫建造的巴黎北站的正式启用仪式，他与柏辽兹一同庆祝速度的奇迹。他在《媒体报》写道："本世纪的宗教就是铁路的宗教"，并赞扬技术的创新。在这些新的经历之后，他先后使用驿车、火车和轮船作为交通工具，前往布鲁塞尔、科隆和阿姆斯特丹。旅行中，他在安特卫普观看戏剧《玛丽·斯图亚特》，为伟大的蕾切尔鼓掌，在鹿特丹为《伦巴第人》中的埃内斯蒂娜·格里西喝彩。

戈蒂耶时刻准备着继续上路，9 月，他以记者身份回到马德里，报导蒙特庞谢公爵和西班牙女王的妹妹的婚礼，这位公爵正是法国国

388　从阿尔及利亚回来后，戈蒂埃和他的朋友帕费特写了一部名为《君士坦丁的犹太女人》的情节剧，于 1846 年在巴黎上演。

土路易·菲利普最小的儿子。他用时兴的方式记录了这场典礼，也借由这段时间在马德里观赏了马约尔广场的斗牛表演。

　　然而， 1848 年 2 月、6 月相继发生革命，第二共和国成立，路易-拿破仑·波拿巴当选总统，这一切都令戈蒂耶困惑。因接连发生的政治事件感到错愕，又面临着财务问题，他于是再次转向诗歌创作，出版了诗集《珐琅与玉雕》。 1849 年，他去伦敦看了一场中国风格的展览，参观了位于科文特花园的皇家歌剧院和雅士谷赛马场，还结识了有德国、科西嘉血统的美丽冒险家玛丽·马特伊，并爱上了这位特别的女骑士。

　　次年，他在报社的工作被奈瓦尔取代，于是决定拜访还未曾抵达的俄罗斯和意大利。在旧友路易·德·科尔默南的陪伴下，他沿着司汤达的步伐，途经辛普龙山和米兰，抵达威尼斯，参观了学院美术馆中的杰作，但是他并未感到激动，这座威尼斯总督的城市被奥地利军队占领后晦暗破败的面貌使人沮丧。

　　戈蒂耶继续着自己的"壮游"， 9 月 15 日他乘火车前往帕多瓦，中途在费拉拉停留下来，然后在佛罗伦萨他欣喜地和之前的旅伴欧仁·皮奥特重逢。意大利北部处在政治动荡的局势下，他在法国军队占领的罗马停留，遇到了热衷于古罗马希腊历史和东方主义的画家杰洛姆。最后，他绕道那不勒斯王国进行了短暂逗留， 11 月在奇维塔韦基亚乘船返回法国。

　　1853 年，戈蒂耶到伦敦为水晶宫的开幕典礼写专栏文章，然后在《媒体报》的资助下前往土耳其。他在海上航行中患上了"蓝色病"，"体形稍厚的文人苦役犯"在莱昂尼达斯号上度过了 11 天，中途在马耳他停留后到达了斯麦那，准备"成为土耳其人"，在奥斯曼朴特前他眼中的偏见得以消除。他在抵达君士坦丁堡时写道："我在旅途中的习惯是独自穿越完全陌生的城镇，就像库克船长踏上他的探索之旅[389]。"他在土耳其停留了两个月，然后和在歌剧院演唱的埃内斯蒂娜重聚。他们一起经过古老的伊斯坦布尔、集市、墓地和清真寺，抵达伊斯坦布尔海峡的海岸。戈蒂耶经常独自光顾咖啡馆，抽水烟，体验土耳其人的午间休息，参加苦行僧的仪式，还在亚美尼亚建筑师阿米哈·巴尔安的陪同下参观了多尔玛巴赫切宫，这是苏丹阿卜杜勒的新住所。

1852 年 8 月，戈蒂耶思念着他所熟知的强大又脆弱的奥斯曼帝国，登上一艘奥地利轮船前往雅典，在雅典逗留之后继续探访克基拉岛、的里雅斯特两地，他在 9 月 14 日回到威尼斯。这段美好的旅程过后，《从巴黎到君士坦丁堡》《夏日漫步》《希腊之旅》相继发表在10 月的《媒体报》上。

两年后，受到巴伐利亚皇家剧院的邀请，戈蒂耶与其他记者一起乘火车前往慕尼黑，进行为期 4 天的旅行。在 7 月 18 日的专栏文章中，他写道："感谢蒸汽让空间不复存在，时间的车轮得以摆脱困境"，但是，他补充道："如同生活一样，旅行是永恒的牺牲。"

在重新踏上旅途之前，戈蒂耶和埃内斯蒂娜、女儿们一起定居在讷伊。朋友奈瓦尔悲剧性的死亡令他非常伤心，他开始专心写作小说《木乃伊传奇》，这本书讲述关于他还未曾前往的埃及的故事。戈蒂耶是青年诗人波德莱尔的朋友，波德莱尔曾赠予他亲笔题词的《恶之花》，称赞他是"法国文学的完美魔术师"。他还是一位音乐迷，是瓦格纳的崇拜者， 1857 年他去威斯巴登观看歌剧《唐怀瑟》。他的女儿朱迪特在这次旅行后前往拜罗伊特继续瓦格纳音乐的朝圣之旅。

---

389 出自戈蒂耶《媒体报》专栏文章，1852 年写于君士坦丁堡。

第二年，他的身影在巴登徘徊，这是个"美丽世界的夏日圣地[390]"，他在这里享受水浴。

在探访了几次德国之后，戈蒂耶受邀前往圣彼得堡写作一本关于俄罗斯艺术的书，他成了艺术史学家。 1858 年 10 月 7 日，他在波罗的海的吕贝克和摄影师皮埃尔-安布鲁瓦兹一起登船。雪中的帝国首都并未获得戈蒂耶的青睐，他给巴黎寄去 10 篇文章，批评这里的建筑充斥着"伪造"、呆板的视线和无尽的柱廊。另一方面，他对古老的莫斯科满怀热情，认为她象征着神圣的俄罗斯以及动荡的斯拉夫。在 1859 年 2 月的一封信中，他写道："这里古怪、辉煌、奇异、虚幻，我认为莫斯科可以同君士坦丁堡、威尼斯和格拉纳达相提并论。"

戈蒂耶身穿毛皮大衣，留着鞑靼人的胡子，活像一个哥萨克人。他回到巴黎后，又在 1861 年秋天和儿子一同再次前往圣彼得堡，以完成艺术书籍的写作。第二次旅行返程时，他在日内瓦停留，为仍在跳舞的卡洛塔·格里西献上掌声。第二年，他身体力行地支持铁路的建设，回到阿尔及利亚参加阿尔及尔-布莱达铁路线的落成典礼，然后在西班牙庆祝从马德里到伊伦的铁路线的开通。

戈蒂耶是玛蒂尔德公主的沙龙的常客， 1869 年 11 月，他受邀去埃及参加埃及总督伊斯梅尔主持的苏伊士运河开通典礼，到场的还有欧仁妮皇后和几位皇室成员。继他的朋友奈瓦尔、福楼拜和杜刚之后，戈蒂耶终于得以探索这片梦寐以求的法老的土地。他乘坐加龙湖号轮船，在马赛与法国代表团的成员会合，包括画家欧仁·弗罗芒

390　引自斯蒂芬·盖甘。

坦、画家让-里奥·杰洛姆、记者露易丝·科利特、化学家马塞兰·贝特洛和医生保罗·布罗卡。

　　法国代表团一行于 10 月 8 日到达亚历山大，晚上在英格兰酒店下榻，次日乘火车前往开罗。他们观赏了尼罗河三角洲的绿色风景和吉萨金字塔的宏伟轮廓，穿着"奇装异服"，留着古怪的发型，撑着遮阳伞，还戴着蓝色眼镜。作为埃及总督的宾客，他们体验了"英国制造"的车厢的通风功能，其中还有为女士设计的宽敞隔间。不幸的是，戈蒂耶在船上摔伤了左臂，不得不减少旅行的项目。他没能去塞得港旅行，但还是在伊斯梅利亚参加了一部分活动。回到开罗后，他像一位达官显贵般住在沙比尔德酒店，还配备上手持眼镜和双筒望远镜，"袖子空荡荡的，像一位在滑铁卢战役中失去了手臂的老人[391]"。面对埃及及其人民，行动不便的作家只能匆匆一瞥。不过在典雅的开罗总督歌剧院，他观看了芭蕾舞剧《吉赛尔》，还被引见给埃及总督和欧仁妮皇后。两年后威尔第的歌剧《阿依达》也在这里首演。《官方日报》发表的专栏文章《埃及之行》成了戈蒂耶的遗作。

　　1870 年普法战争爆发之际，疲惫而英勇的戈蒂耶前往瑞士避难。巴黎公社起义期间，他在布鲁塞尔寻求庇护。两年之后，他去日内瓦最后一次与卡洛塔见面，此时的卡洛塔已告别舞坛，成为皇室成员。10 月 23 日，戈蒂耶因心脏病在纳伊离世，被葬在蒙马特公墓。

　　波德莱尔评价戈蒂埃是"现代的"，他是那个时代的代表作家，也是不知疲倦的欧洲游客，地中海的朝圣者。他总是热情洋溢地穿过大陆，跨越大海，去描绘呈现他想象中的世界，"想象表达了真实，

391　出自戈蒂耶《埃及之行》，文档箱出版社，1991 年。

使人陶醉于缪斯的魔法所创造的第二种真相[392]"。

作为专栏作家，他"有着灵动绚烂的文风，使文字如虎添翼，可编制幻梦……，他是一名伟大的作家[393]"，以独特的视角赋予文章无与伦比的诗意风格，文字焕发的魅力深深吸引着读者。

他在不为人知的西班牙展开了不凡的旅行，描绘了当时不为人知的阿尔及利亚，呈现了君士坦丁堡和莫斯科美丽而真实的景象。对他而言，旅行意味着用眼睛去服务真理，去凝视、表达第二帝国时期的新旧交替。

392　出自波德莱尔 1859 年 11 月 13 日文章《文学评论家泰奥菲尔·戈蒂耶》，伽利玛出版社。
393　同上。

法兰西院士的斯堪的纳维亚之旅
萨维耶·马尔米耶

（蓬塔利耶，1808—巴黎，1892）

在北极圈之外，挪威斯瓦尔巴群岛上狂风呼啸，岛上的一座冰山被芬兰探险家阿道夫·埃里克·诺登斯基命名为"萨维耶·马尔米耶山[394]"。法兰西院士的名字镌刻在巨怪和神话的国度，足以引发人们的好奇，尽管今日这名院士已是寂寂无名。

位于杜省山区的弗朗什-孔泰气候寒冷，马尔米耶在那里度过了快乐的乡村童年。他出身于一个农民、天主教和保皇派家庭，接受的是宗教学校的教育。12 岁时第一次旅行，他来到蓬塔利耶山脚下的贝桑松，全程 70 千米。拥有诗歌天赋的年轻人渴望空间和自由。1828 年，他离开家乡前往巴黎，在法国诗人夏尔·诺迪埃的建议下，开始从事新闻工作。

马尔米耶希望继续开阔眼界，于是在 1832 年前往萨克森。他在莱比锡学习了 3 年德语和文学，为能够

---

394   马尔米耶山位于斯瓦尔巴群岛西部，1920 年后该群岛属于挪威。

萨维耶·马尔米耶，
让-尼古拉·特吕施吕摄，
1882 年

追随斯塔尔夫人的道路而感到自豪。他在德累斯顿结识了年迈的浪漫
主义诗人路德维希·蒂克，去哥廷根看望格林兄弟，并在柏林遇见了
德国诗人沙米索。几年之后，在《如画的旅途》和《旅行者的回忆》
中，马尔米耶讲述了在德国的经历，拜访黑格尔、洪堡兄弟和"放纵
的"霍夫曼的故事。他十分崇拜歌德，对他进行了研究[395]，他还喜爱
席勒，并翻译了他的剧作。这位年轻的德国专家热爱着德国文学大
师，曾与他见面的西里西亚诗人霍尔泰称之为"来自法国的远足鸟，
受人喜爱的马尔米耶[396]"。

---

395   马尔米耶曾翻译歌德的几首诗歌，其中《迷娘曲》和《魔王》发表在《文学》和《两个
      世界》杂志。他还写作了《霍夫曼的奇幻故事》。

396   温迪·S. 默瑟在《萨维耶·马尔米耶的生活和旅行》写道："来自法国的游人，亲爱的马
      尔米耶"，牛津大学出版社 2007 年出版了这部传记。马尔米耶的日记内容也摘自该书。

1836 年返回巴黎后，马尔米耶受到海军部的邀请参加一项前往冰岛寻找失踪炮艇的任务。他读过斯塔尔夫人的瑞典游记和雨果的小说《冰岛凶汉》，接受了这个恰合时宜的提议，于 5 月 11 日在瑟堡乘坐护卫舰"寻找号"出发。在波涛汹涌的大海中航行了 9 天之后，旅行新手马尔米耶透过薄雾看到了灰黑色的山脉和雷克雅未克的小港口。

这个丹麦人的岛屿对法国人而言是陌生的，马尔米耶抵达后，并未和船队继续前往格陵兰岛，而是开始学习鳕鱼捕捞者和海豹猎人的语言。他在总督府饮茶，结识了说拉丁语和英语的主教。之后，他给朋友圣伯大的信中写道："我说了丹麦语！……我能听懂别人说的，别人也能听懂我说的。"马尔米耶对冰岛居民的贫困感到吃惊，简陋的房子上覆盖着泥土和苔藓。他继续观光，骑着小马漫步了几次，发现了熔岩中喷出间歇泉的惊人景象。不久后他又学会了冰岛语，尽管这门语言并不简单，这位语言史学家记载下岛上的历史，开始编撰一本比较北欧语言的字典。回到巴黎后，他完成了《冰岛信件》，使法国人得以更好地认识这个国家，以及她的文学、北欧字母、民间传说和神话故事集《埃达》。

1837 年 3 月，萨维耶·马尔米耶在公共教育部部长弗朗索瓦·基佐的邀请下，前去丹麦、瑞典和芬兰[397]考察当地的教育系统。他在基尔上船， 5 月至 9 月居住在哥本哈根。在弗雷德里克六世的王国，已经掌握了当地语言的马尔米耶自如地与当地文人开展频繁交流，他结识了剧作家奥伦施拉格并翻译了他的剧作， 放弃了与热恋的女子结为夫妇。此外，他还和安徒生成为了朋友， "一个又高又瘦的年轻人，非常亲切"。安徒生也是一位作家兼旅行家，和马尔米耶一样出

397　1837 年，挪威属于瑞典王国。1809 年，芬兰大公国成为了俄罗斯的领地。

奥古斯特·麦耶,《熊岛附近的法国护卫舰"寻找号"》, 1838 年

生低微,曾创作童话故事《小美人鱼》和《卖火柴的小女孩》。1843 年,马尔米耶在巴黎接待安徒生,并将他介绍给雨果和拉马丁。

这个平民的国度使马尔米耶感到十分自在。他曾三次回到丹麦,向克里斯蒂安八世献上《丹麦文学史》,继续考察学校,并将几个民间故事翻译成法文,形成了作品《新丹麦人》,收录在 1840 年出版的《北欧信件》中。首次丹麦之行期间,他在瑞典的极夜中度过了夏日,还参观了斯德哥尔摩——"北欧最美的城市,女人们漂亮又轻佻!",但他很快厌倦了这里。年老的国王卡尔十四世·约翰,也就是从前的贝尔纳多特元帅邀请了他,他很高兴与这位年轻的法国人交谈,并向他授予了奖章。

1838 年 1 月,马尔米耶再次来到白雪覆盖的瑞典南部,他乘坐一辆颠簸的马车，舟车劳顿后到达克里斯蒂安娜（奥斯陆），在那里等待春天的来临，以便沿着挪威海岸的峡湾出发前往特隆赫姆。在北极圈外的哈默菲斯特，他遇见了向着斯匹次卑尔根群岛航行的瑞典和法国学者。马尔米耶则借着北极夏季的阳光和相对温和的气候，出发前往北角，开始学习极度贫困的萨米人（拉普人）的语言。8 月底，他离开了瑞典，前往俄国人占领的芬兰，他经过芬马克到达卡图基诺，在村里的神甫住宅下榻。这个村庄正是法国未来的国王——奥尔良的路易-菲利普——1795 年在斯堪的那维亚旅行时停留的地方。秋天，旅行者回到了斯德哥尔摩，瑞典国王向他授予了北星勋章。

1839 年 11 月，在巴黎出版了《北欧民歌》后，马尔米耶受邀去杜伊勒里宫参加晚宴，他与国王路易-菲利普用丹麦语交谈了几句，令皇后玛丽-埃梅丽和她的孩子们感到吃惊。

但是，还有更多的旅程要走。1840 年 6 月，马尔米耶在雷恩大学完成斯堪的纳维亚文学课程后，再次响应北方的呼吁。他接受了一项新的任务，前往丹麦的法罗群岛，那里的贫穷比拉普兰更甚。在观看了海豚、鲸鱼和"在海浪中反射出清澈的蓝色"的冰山之后，他继续向北艰难地航行。几天后，一幅值得加斯帕尔·大卫·弗里德里希去描绘的"混沌景象"出现在眼前，那是斯匹次卑尔根群岛的一个岛屿，上面有着峰顶错落的山峦，其中一个即将被命名。岛上还有渔民的小屋，几只绵羊和一个阴森的海洋公墓。

两年后，马尔米耶离开了他的朋友米什莱和圣伯夫，前往俄国占领的芬兰，这是他还不曾了解的国度。他乘坐一艘货船在斯德哥尔摩和前首都图尔库之间穿行，然后到达赫尔辛基，在那里，俄国总督将他引见给尼古拉一世的儿子皇太子亚历山大。在这个大陆边缘地区，政府工作人员说瑞典语，官员说俄语，人民说芬兰语，富裕的财主说法语。马尔米耶对伟大的芬兰史诗《卡勒瓦拉》产生了兴趣，他翻译了其中几节，然后沿着一条满是海关检查站的道路前往圣彼得堡，在屈斯蒂纳旅行的 3 年后，马尔米耶也造访了俄罗斯帝国的首都，"一个非常年轻的城市，带着年轻人的热情，以巨人的步伐向前发展"，这里生活成本高昂，警察无处不在，人民的教育水平很低。几天后，莫斯科向旅行者展示了真实的面貌——帝国主义专制制度的中心，农奴和囚犯的队伍向着西伯利亚出发，还有粗野的牧师和"极其邋遢的修道士"。尽管俄国悲惨的经济和社会状况使他感到不自在，但并未阻止他频繁地和莫斯科的上流社会来往。他结识了伯爵大人罗斯托克纳、果戈里和赫尔岑，翻译了普希金、莱蒙托夫和屠格涅夫的短篇小说，并于 1858 年收录在《涅瓦河沿岸》和《俄罗斯生活场景》中出版。 10 月，马尔米耶经由立陶宛和波兰回到法国，俄国的入侵在他看来"像是现代历史的污点"。他的《俄罗斯、芬兰和波兰的信件》由于批评沙皇政府，被禁止在俄国出版。

　　醉心研究和旅行的马尔米耶最终于 1843 年结婚。他的妻子是一位非常年轻的弗朗什-孔泰人，在第二年死于分娩。然而，残酷和悲伤的离别却使他重新获得了自由。为了排解痛苦，他前往旅行者的圣地，并解释道："出发的欲望，观看的欲望，这模糊而又不可消灭的欲望，这随着人们沉浸其中而愈加增长的欲望，就是我旅行的首要动力。"这次长途旅行发生在 1845 年，马尔米耶穿越瑞士到达奥地利的林茨，然后乘船前往维也纳。随后，他在匈牙利停留，在埃斯泰尔戈姆新的大教堂中沉思，他向说法语的亲王致以问候，然后前往浴场之城布达佩斯。在奥斯曼帝国塞尔维亚省的首府贝尔格莱德，人民的贫困给他留下了深刻印象。热衷于地理学的土耳其官员接待了他，对他的北欧之行进行了详尽的询问。

朝圣者继续沿着多瑙河到黑海的路线前进，他在伊斯坦布尔稍作停留，然后乘坐土耳其轮船抵达塞浦路斯，船上有大约 40 位女眷，由"一群黑人宦官和白人宦官"护送。

马尔米耶是一个忠于信仰和传统的人，他对耶路撒冷感到失望，宁愿前往开罗，向年迈的总督迈赫梅特·阿里介绍自己的文明，总督威严的气度和敏锐的目光使他印象深刻。总体而言，这次旅行是枯燥的。他写道："出于无知，我除了看和做梦之外什么也没做。"

1846 年 6 月，马尔米耶改变了旅行目的地，陪同公共教育部长一起前往比若元帅铁腕统治下的阿尔及利亚，想在此施行一项特殊的教育政策。他经由丹吉尔、加的斯返回法国，照例出版了旅行笔记。次年，他被任命为圣日内维耶图书馆馆长。作为奥尔良王朝的支持者，他对 1848 年革命和第二共和国的宣言感到震惊，对国王被迫逃亡的局面感到愤怒，重新开展语言学家和民族志学家的工作。为了改变一成不变的生活，他前往美洲旅行，从纽约来到蒙特利尔，他在此宣称赞成建立独立的加拿大，然后乘坐汽船沿着密西西比河南下，南方种植园中前途未卜的奴隶引发了他的深思。第二年，马尔米耶在古巴度过圣诞节，西班牙在此实行殖民统治。经过长达两个多月的航行，他到达了蒙得维的亚，然后是布宜诺斯艾利斯，那里是"底层暴君"的所在地。马尔米耶远离他所眷恋的国家和他所讲的语言，在夏末心灰意冷地回到了罗什福尔。他的《美洲信件》虽然是老生常谈，却为他带来了西班牙国王卡洛斯三世勋章。

1852 年 9 月，我们的背包客再次踏上旅程，前往黑山和阿尔巴尼亚——被邻国觊觎的巴尔干国家。这两个多山的国度吸引着那些大胆的旅行者，他们效仿拜伦，想象着与亡命之徒狭路相逢的场面。马尔米耶沿着伊利里亚和和达尔马提亚碧绿的海岸航行，乘坐扎达尔的汽船抵达拉古萨（杜布罗夫尼克），然后在暴雨中前往黑山的歌剧之都采蒂涅，统治者达尼洛的兄弟劝说他放弃去阿尔巴尼亚的计划，因为这个国家对外国人而言过于危险。在马尔米耶的《亚得里亚的信件》中，他总结道："这是文明浪潮中的野蛮岛屿（……），是游击队的前哨基地，沙皇的手中握着这颗炸弹的引线。"显然，此时并不是马尔米耶探索巴尔干地区的好时机。

1855 年，他再次出发旅行，到波罗的海的普鲁士和波美拉尼亚海岸航行，第一次乘坐柏林和丹兹之间"可怕的火车"，认为它"将旅行的诗意和乐趣化为乌有"。在这次夏日之旅中，他攀登了吕根岛的白色悬崖，去黑尔戈兰岛待了几天，后者是北海上的偏远岛屿，曾先后被丹麦人、英语人和德国人占领，马尔米耶在此收集了许多古老的北欧传说。

3 年后，马尔米耶完成了他的第一部长篇小说《斯匹次卑尔根岛的未婚夫妇》，这是一个自传式的"半真实半虚构的故事"，他在小说中讲述了荒凉寒冷的土地上的传奇和秘密。这本书取得成功后，他还出版了《加兹达》，这是一本书信体小说，故事发生在加拿大多雪的地区。 1870 年 5 月，马尔米耶当选为法兰西学术院院士，他习惯了城市的晚宴，普法战争期间依然居住在巴黎，巴黎公社起义时期，他在圣多玛斯·阿奎那街的公寓中闭门不出，度过了这段动荡的日子。他在《日记》中写道："不再有拜访……，不再需要写信，既没有舞会也没有聚会。我的书中是彻底的沉默和平静的孤独。"恢复和平后，这位梯也尔和马克西姆·杜刚的朋友在 1877 年蓬塔利耶的众议员竞选中失败。年迈的马尔米耶疾病缠身，心怀愤懑，他拒绝共和国政府的提议，不愿担任圣日内维耶图书馆管理员。 1892 年 10 月 11 日，马尔米耶去世，并以基督教徒的方式入葬。

"也许在死后！我想跨越空间，在明亮和黑暗交替的云层中漫步。"目睹过极光的马尔米耶曾写下这样的句子。

他是历史上第一位比较文学研究者，发现了那个时代的法国人极少了解的文化世界，他也是掌握稀有语言的翻译家和伟大的记者。马尔米耶将他众多的旅行经历用于探索文学、艺术和人文科学，今天依然产生着影响。

他是地理学家、气候学家、民俗学家，是不知疲倦的讲故事的人，他还是斯堪的纳维亚文化史的奠基者之一，而当时的法国作家对此却鲜有关注。

他通晓多种语言，喜爱阅读和交友，创作了很多，甚至太多作品。今天，无论是德法公共电视台的系列纪录影片，还是巴黎政治学院的课程，无一不展现了马尔米耶对世界的好奇之心。

热爱斯拉夫文化的瑞士美学家之旅
威廉·李特尔

（纳沙泰尔，1867—梅利德，1955）

　　瑞士法语区作家威廉·李特尔是 19 世纪最后的旅行家，他曾与皮埃尔·洛蒂一起旅行。他将一生的大部分时间用于探索、描绘中欧和巴尔干地区，并因此成名。然而在同时代的西方人眼中，这些地区却意味着遥远而危险的异域。

　　李特尔是纳沙泰尔人，此地因卢梭和巴尔扎克的文学作品而为人所知，巴尔扎克在那里第一次遇见汉斯卡夫人——美丽的"外国女人"。他在湖边的葡萄园和蒙鲁兹区的家族住宅中长大，有着众多兄弟姐妹和一位来自阿尔萨斯的建筑师父亲。年轻的威廉在州首府的大学学习古典文学，练习德语，并且研究绘画和音乐。

　　成为记者、专栏作家和艺术评论家后，李特尔在地方和国家的杂志、日报上撰写许多文化时事文章。

　　1887 年，不到 20 岁时，他出于对音乐的热爱参加了拜罗伊特音乐节，并对瓦格纳的歌剧产生了浓厚的兴趣。同年他前往巴黎，在那里，象征主义诗歌、东方主义绘画和神秘主义所呈现的"世纪末"美学吸引着他。

　　1888年之后的几年间，他受到多瑙河流域的吸引（他能说流利的德语，初步学习了好几门斯拉夫语言和罗马尼亚语），参观了奥匈帝国境内的捷克诸省，尤其是波西米亚和摩拉维亚两地。然后他前往维也纳，这是两个君主国的首都，也是一个汇聚多元文化的国际大都市。得益于马勒、克林姆、史尼兹勒和霍夫曼史塔，现代艺术和文学在此蓬勃发展。他写道："我是一个野蛮、暴躁、粗鲁和厌世的人，我离开巴黎来到维也纳，是为了在这里工作，不必见任何人，是为了与亲爱的罗马尼亚人和南斯拉夫人更近一些。"[398]

瑞士斯泰尔维奥山口的驿车，1881年

398　出自威廉·李特尔1896年写给祖卡里的信，引自泽维尔·加尔米什。

在热爱绘画的纳沙泰尔青年马塞尔·蒙丹顿[399]的陪伴下，身兼记者、作家、画家和摄影师多重身份的李特尔逃离因循守旧的瑞士社会，造访弗朗茨·约瑟夫一世和茜茜公主的国度的东部边境。在奥地利统治下的克拉科夫，他和新波兰学派的画家们频繁来往，包括斯坦尼斯拉夫·维斯皮安斯基和约瑟夫·梅霍夫[400]。之后，他经由匈牙利统治的特兰西瓦尼亚，抵达布加勒斯特——"巴尔干半岛的小巴黎"，罗马尼亚国王卡罗尔一世的妻子伊丽莎白王后在这里接见了他。伊丽莎白以卡门·席尔瓦的化名写作小说和诗歌。在布加勒斯特，他还遇见了计划前往君士坦丁堡的皮埃尔·洛蒂。

他并非军人或外交官，却十分喜爱巴尔干国家，这在当时很少见。李特尔和蒙丹顿在塞尔维亚贵族波吉达·卡拉格维格维奇[401]的带领下，像一个世纪前的拜伦那般，骑马穿越黑山和阿尔巴尼亚的山区。他们避开野蛮的盗匪，毫发无损地到达斯库台湖，然后前往爱琴海畔的奥斯曼帝国大都市萨罗尼加。

返回瑞士后，李特尔出版了他在巴尔干半岛的游记，继续从事艺术评论记者的工作，还写了两本自传体小说[402]。单身而敏感的李特尔留着尼米式的小胡子，根据不同季节，他戴系丝带的平顶帽或者宽檐黑毡帽。他的矛盾性显而易见，既是坚定的天主教徒，也是公开反对

---

399   马塞尔·蒙丹顿是与勒·柯布西耶关系密切的画家，曾写作关于塞冈蒂尼等画家的专著。

400   斯坦尼斯拉夫·维斯皮安斯基（1869—1907）：克拉科夫人，新艺术运动流派剧作家及画家；约瑟夫·梅霍夫（1869—1946）：波兰画家，"青年波兰"组织成员。位于瑞士弗里堡的哥特式教堂——圣尼古拉大教堂的彩色玻璃便是他的作品。

401   波吉达·卡拉格维格维奇（1862—1908）：塞尔维亚王室成员、艺术家、艺术评论家，曾到亚洲各国旅行，在巴黎旅居期间参与俄罗斯芭蕾舞团的相关工作。他是玛丽·巴什基尔采夫和皮埃尔·洛蒂的朋友。

402   分别是《埃及人》（1892）和《白色灵魂》（1893）。

犹太人的同性恋。 1904 年，思想守旧的瑞士"骑士"在斯洛伐克结识了扬科·卡德拉（1882—1927 年），这位头发茂密的新手作家成为了李特尔二十多岁的伴侣。瑞士雕塑家莱昂·佩隆曾为卡德拉制作独特的半身雕刻像。李特尔与这位"漂亮朋友"一起游历帝国边境地区，很多匈牙利人定居此地。瑞士的传统保守成为他沉重的枷锁，因此李特尔离开祖国搬去慕尼黑居住。他曾写道："这个城市……有着新教的诚实，教学家的学究气，普鲁士的傲慢，荷兰的整洁，地下墓地的平和以及田园生活的琐碎……[403]"。

李特尔在巴伐利亚州定居到 1914 年，他以此为起点继续探索中欧。他精通音乐，曾在维也纳上过布鲁克纳的课程，喜爱创作著名歌曲《伏尔塔瓦河》的作曲家贝德里希·斯美塔那，以及他的同辈人古斯塔夫·马勒。李特尔给马勒写了许多封信，还专门研究了他的音乐，评价他的交响乐融入了摩拉维亚人、犹太人、吉普赛人的音乐以及军事音乐，这是一种作家罗伯特·穆西尔称之为"卡卡尼"的复调音乐。到了世纪之交，李特尔继续同捷克和罗马尼亚艺术家开展来往，并结下了深厚友谊，包括乔扎·乌普卡、维克多·斯特雷蒂和尼古拉·格里戈雷斯库[404]，他们也是法国后印象派或象征主义运动的继承人。但他对新的作家却很少关注。

第一次世界大战期间，李特尔到纳沙泰尔市的汝拉山避难，继续撰写专栏文章。尽管对融合各种艺术的先锋派风格缺乏兴致，但他在拉绍德封结识了年轻的建筑师查尔斯·爱德华·让纳雷特（勒·柯布

403　引自泽维尔·加尔米什文章《未知国度的腹地》，收录于《法国文学中的波西米亚形象》，索邦大学出版社，2004 年。

404　维克多·斯特雷蒂（1878—1957）：画家、雕刻家，出身自捷克波西米亚地区；乔扎·乌普卡（1861—1940）：斯洛伐克印象派画家，求学于巴黎和慕尼黑；尼古拉·格里戈雷斯库（1838—1907）：罗马尼亚画家，曾在巴黎和巴比松学习。

西耶），当时他正从东方旅行归来，李特尔此后与他保持着通信联络。

20 世纪 30 年代初，作家再次前往捷克斯洛伐克，并在布尔诺和科希策驻足。他写道："斯洛伐克人的国度是我童年时美丽而遥远的梦。"他以此解释数次中欧之行的原因，这些旅行将他的童年回忆与他对遗失的纯真的追求联系在一起[405]。

1927 年，李特尔失去了他的伴侣。他在卢加诺湖畔的新艺术风格的别墅中度过生命的最后几年，88 岁离世时，陪伴他的是一位来自斯洛伐克山区的养子。

他是一位探索者，发现了一个不被了解的邻国，一个想象与真实交织的地方。他和洛蒂将旅游视为审美性的私密的心灵冒险，他们也是这一观念最后的践行者。他是博学的专栏作家，资深的音乐爱好者，也是一位调解者，正是因为他的远行和经历，才使瑞士和法国人超越偏见，更好地了解中欧和巴尔干地区的文化财富，促使中欧与西欧的作家和艺术家开展频繁的交流。

他性格复杂，具有惊人的现代性，他并不惧怕敏感性格和漂泊生活带来的困难。他是一位思想保守的游客，过着脱离社会的生活；他虽然排斥犹太人，却是古斯塔夫·马勒的朋友；他具有国际视野，又喜爱小资产阶级的"赫尔维蒂共和国"[406]。"远方的乡愁"、波西米业森林和喀尔巴阡山脉见证了他献给写作与美的一生。

405　本章的写作参考了拉绍德封线上图书馆的相关资料以及泽维尔·加尔米什关于李特尔、布拉格和波西米亚地区的作品。
406　赫尔维蒂共和国是瑞士 1798 年至 1803 年间建立的一个共和国。此处指瑞士。——译注

亨德里克·赫克托·希米拉德斯基，《花园里种着冬青的房屋》， 1880—1890 年

" 旅行激发了想象，"

只可惜旅行中的一切都逊色于我们的想象。

—— 尤利乌什·斯沃瓦茨基

1772、1793 和 1795 年，波兰被三个强大的邻国——俄罗斯、普鲁士和奥地利三度瓜分。19 世纪上半叶的波兰作家是争取民族独立的抗争者。

当时的文人和艺术家通常会说法语，他们效仿曾游历法国、西班牙和高加索的启蒙运动时代的文学家扬·波托茨基，在祖国沦陷后纷纷离开故土。

1807 年，拿破仑在从普鲁士和俄罗斯掠夺的省份的基础上，创立了华沙公国，波兰人一度看到了建立独立国家的希望。波兰军队参加了西班牙（1808 年）和俄罗斯（1812 年）的惨烈战役，然而拿破仑帝国的陷落使他们希望破灭。1815 年，在维也纳成立了波兰会议王国，将波兰置于俄国的监管之下，引发了一场大规模的全国抗议活动，这场活动中，作家和艺术家紧密团结在一起。

1830 年，华沙起义遭到残酷镇压之后，诗人尤利乌什·斯沃瓦茨基、亚当·密茨凯维奇、齐格蒙特·克拉辛斯基和塞浦路斯·诺尔维特以及作曲家弗雷德里克·肖邦，画家皮奥特·米夏洛夫斯基不得不流亡巴黎、日内瓦和罗马各地，一些人之后前往君士坦丁堡和圣地。

1863 年，第二次起义失败进一步加剧了波兰的俄国化，亨利克·西恩凯维奇和约瑟夫·康拉德等作家出于对世界的好奇，前往美国和非洲旅游，他们成为 20 世纪杰出作家、记者雷沙德·卡普钦斯基和安德烈·斯塔西克的先驱。

波兰启蒙运动时期的贵族之旅
扬·波托茨基

（波兰皮科夫，1761 年—俄罗斯乌拉杜夫卡，1815 年）

在距今天的乌克兰不远的加利西亚的万楚特，一座巴洛克式城堡里悬挂着一幅肖像画，画上是伟大的旅行家、怀才不遇的作家扬·波托茨基伯爵，他的生活与波兰的历史、法语的历史紧密相连。 1804 年左右，约翰·巴蒂斯特·冯·兰皮[407]在维也纳绘制了这幅画作，画上的大人物手持一份写有他曾经研究的象形文字的手稿。这位学者兼旅行家沉思着， 坐在奇特的埃及风景和刻有希腊铭文的雕像前，身着猩红色的斗篷和一件黑色外套，上方悬挂波兰和俄罗斯的白鹰和圣弗拉基米尔徽章，体现了他具有斯拉夫血统和贵族血统的双重身份。

10 年前，戈雅绘于马德里的纸板水粉画描绘了伯爵悲伤而消沉的脸庞，与他蓝色的大眼睛、 粉色的颧颊

407　约翰·巴蒂斯特·冯·兰皮（1751—1830）：服务于奥地利、波兰、俄罗斯宫廷的历史画家及肖像画家。

安东·格拉夫，
《扬·波托茨基画像》，
1785 年

和瘦鼻子形成鲜明对比。扬·波托茨基穿着白色上衣，套一件红色的萨尔玛风格的无袖外套，戴着橘黄色的奥斯曼式真丝围巾，他的服装体现了对两个民族的共和国的归属感，也就是 18 世纪末斯坦尼斯瓦夫·奥古斯特统治的波兰立陶宛联邦[408]，而奥古斯特曾是叶卡捷琳娜二世的情人。

　　波托茨基来自最负盛名的家族之一，与他的兄弟塞韦林共同继承了乌克兰南部省份波多利亚的数千居民、几个村庄和巨大的地产。波多利亚位于基辅以南，紧邻奥斯曼帝国和扎波罗热哥萨克人的领地的交界处。

408　在三次瓜分波兰（1772、1793 和 1795 年）之前，波兰共和国曾与立陶宛大公国合并为两个民族的共和国，波兰立陶宛联邦采取联邦制，由贵族统治，贵族选举产生国王。

　　两位年轻的波兰伯爵在图尔钦[409]的城堡度过童年，他们的父母读过卢梭的作品，给予他们《爱弥儿》作者所倡导的教育。他们最初在华沙接受一位来自沃州的家庭教师的教育，之后到瑞士法语区的伊夫登就学，在一位新教牧师那完成了学业，然后前往法国。

　　他们的母亲是美丽的伯爵夫人安妮·泰勒斯·波托卡，维杰-勒布伦夫人曾为她绘制肖像画，她还是教育家德格利斯夫人的朋友。在母亲的影响下，波托茨基两兄弟来到巴黎，他们为巴黎皇宫感到震撼。然后，他们经由维也纳和布雷斯劳停留返回华沙。 1778 年，波托茨基加入了奥地利军队。

　　在巴伐利亚参加了"马铃薯大战"后，这位年轻的少尉想要探索世界，转而成为了耶路撒冷圣约翰医院的医护人员，并于 1779 年前往马耳他加入了骑兵团。为了享受在拉瓦莱塔的时光，他借助贵族地位所获得的便利，启程前往突尼和杰尔巴。在等待延误的轮船时，他造访了岛上的犹太人聚居地，并对柏柏尔人的历史产生了兴趣。

　　回到华沙后，出于对斯拉夫民族起源的兴趣，波托茨基开始研究他们的语言和习俗。他在边境地区长大，自小就希望加深对斯基泰人和可萨人的了解。 1784 年 4 月，波托茨基离开城堡，离开了家人和仆从，在黑海沿岸的赫尔松乘船去往君士坦丁堡，他在经历颠簸的航行和难忘的博斯普鲁斯海峡之旅后，到达了目的地。他对阿卜杜勒哈米德一世统治的奥斯曼帝国首都赞叹不已，在笔记本上写道："在这里，我放弃了笔，因为这种视觉是无法描述的。不论如何想象、夸张，如何诉诸他人，都无法与现实相提并论。"在法国外交官兼军人

409　曾属波兰的图尔钦市在 1793 年被俄国占领，今属乌克兰。波托茨基家族的新古典主义式城堡正位于这座城市，在法国大革命期间，城堡收留了许多法国流亡者。

查尔斯·佩特里西[410]之前，波托茨基伯爵就已详细介绍了他在伊斯坦布尔的行程，在此期间，他在政府机构见到了威尼斯、法国和俄罗斯的大使。

然后，在土耳其仆人的陪伴下，波托茨基乘坐法国巡洋舰前往亚历山大港，巡洋舰在小亚细亚沿海进行了航行，穿过"白海[411]"，到达了埃及的港口，那里正爆发霍乱。8月22日，抵达尼罗河三角洲后，他乘坐三桅小帆船前往开罗，并在一位威尼斯商人家中住下。在拿破仑执政4年后，首都肆虐的饥荒引发了旅行者的愤慨。但是，对埃及人生活境遇的忧虑并未阻止他攀登胡夫金字塔，并在一块石头上刻上了雅克·德尔利的一句诗，以纪念他的来访："他们坚不可摧的群众已经耗尽了时间"。他在11月回到威尼斯，开始研究埃及学这门新科学。

回到波兰几个月后，这位有些古怪的学者在华沙附近的华丽宫殿中迎娶朱莉·卢波密尔斯卡，这所宫殿成为了他们的住所。还未完全安顿下来，伯爵和伯爵夫人就启程前往罗马，他们途经巴黎时，见到了瑞典大使的夫人斯塔尔夫人以及众多学者、作家和艺术家，包括布冯、维万、博马舍、大卫和于贝尔·罗伯特，两位波兰人很欣赏他们的才华。1787年，两人在斯帕享受水疗之后，在荷兰目睹了"内战[412]的场面"。在伦敦，他们与霍勒斯·沃波尔和首相威廉·皮特会面，最后在巴黎结束旅程。第二次来到巴黎，他们去欧特伊街参加赫尔维提斯夫人的沙龙，那里汇聚了孔多塞、尚福尔和卡巴尼斯等新思

410　查尔斯·佩特里西（1779—1836）：作家、研究奥斯曼帝国的历史学家，1812年曾任法国大使馆军官，1815年出版著作《君士坦丁堡漫步》。
411　位于土耳其，属于地中海的一部分。
412　爱国者起义，荷兰人民反抗荷兰执政官的统治，起义遭到普鲁士军队的镇压。

想的拥护者。

在随后的几年中，波兰受到强大邻国的威胁，波托茨基心系祖国的命运。在外交和政治局势十分紧张的时期，他决定参加政治活动，成为国会议员。同时，他继续用法语撰写第一版《萨拉戈萨手稿》——"欧洲启蒙运动最后一部伟大小说[413]"。这部原创作品耗时20余年，波托茨基因此书成为杰出作家。

波托茨基居住在贝洛托画笔下的波兰首都，展现出对科学和新发明的兴趣。他推崇启蒙运动，资助义艺活动，创建免费印刷厂和公共阅览室，出版《饮食周刊》和宪报《北方期刊》。此外，他还帮助法国人让·皮埃尔·布兰查德实现了首次热气球飞行，人们为这趟"云端之旅"深深震撼。 1789年底，普鲁士边境不断发生冲突事件，但是波托茨基依然前往柏林，腓特烈·威廉二世国王想要与这位兴趣广泛的旅行者见面，因此接见了他。

次年，波托茨基在发表了几篇政治文章后，出发前往莱比锡和美因茨，然后抵达巴黎，正逢议会通过《人权宣言》。在那里，他与王室的朋友和斯塔尔夫人再次重逢，斯塔尔夫人很高兴再次见到她口中的"神秘美男"。波托茨基兼具伯爵和公民的双重身份，他与朋友们分享自由主义思想，与拉法耶特侯爵共进午餐，出席国民议会会议并与米拉波见面。然而，他再次被旅行这一"合法的恶行"所蛊惑，前往巴约讷与波兰大使塔德乌斯·莫斯基的队伍一道出发，计划向西班牙国王递交国书。

来自波兰的小型代表团于1791年3月抵达马德里，他们满载着礼

413　弗朗索瓦·罗赛特、多米尼克·特里埃尔著作《扬·波托茨基》，弗拉马利翁出版社，2004年。

《从王家城堡露台鸟瞰华沙城》，贝洛托， 1773 年

物、香槟和匈牙利红酒，惊讶地发现这里十分贫穷，马德里遍地荒芜。代表团在阿兰胡埃斯王宫递交国书，波托茨基打扮地像一位优雅的东方贵族，他参见了卡洛斯四世、玛丽亚·路易莎王后和权臣曼努埃尔·戈多伊。回到马德里，波托茨基仍在结交朋友，他可能见到了戈雅，并与摩洛哥全权代表西迪·穆罕默德·本·奥特曼相识，后者邀请他造访摩洛哥王国。

　　几周后，他头顶烈日穿越安达卢西亚，"来自莫斯科附近的遥远国度"的旅行者接受了他的阿拉伯朋友的提议，前往得土安和丹吉尔。在前往拉巴特的途中，他加入了瑞典外交代表团的队伍。

　　新任苏丹穆莱·阿齐兹在萨莱接待了他，波托茨基如同一位使节，向苏丹呈上呢绒和丝绸。他由一位犹太翻译陪同，在这趟意外的旅行中充分了解他所造访的地区，并以客观的态度撰写《摩洛哥帝国之旅》，书中体现出他对穆斯林文明的好奇心。

他谴责人们的偏见，写道："唉！旅行者通常只是带着本国的有色眼镜去观察，完全忘记在新的国度应当擦拭他们的眼镜。因此他们只得出糟糕的观察结论。[414]"

在摩洛哥停留两个月后，波托茨基离开了西班牙人炮火下的丹吉尔，满载着古董和奇珍异宝，经由加的斯、里斯本和伦敦返回巴黎。1791 年 12 月，大革命所建立的政府即将迎来战争，他察觉到法国首都的生活充满危险，于是途经斯特拉斯堡和德累斯顿重返祖国，途中他的马车在一条结冰的道路上翻车。分别几月后，旅人和家人得以重逢，他在平静的波兰首都整理笔记，从新的探险经历中汲取灵感，继续撰写小说。

俄罗斯军队占领华沙后，他的妻儿逃到克拉科夫避难。 1796 年夏天，波托茨基在汉堡拜访一位出版商时得知了妻子的死讯，紧接着这一噩耗而来的是波兰领土第三次遭到瓜分以及奥古斯特国王[415]退位的消息。俄罗斯吞并了波兰南部各省，波托茨基家族成为了俄国的臣民。波托茨基很快接受了新身份，他的生活也因此有了新方向。1796 年 11 月，叶卡捷琳娜二世去世后，他被任命为贵族代表，去莫斯科的克里姆林宫参加新皇保罗一世的加冕典礼。俄罗斯将波兰贵族纳入了势力范围之中。

一个月后，这位亲俄罗斯的学者希望完成对斯基泰人的国度的研究，他开启了在高加索的漫长旅程。在给亲友的信中，他写道："我只向读者保证一件事，那就是不闭上双眼，我会讲述我所看到的一

414　扬·波托茨基，《摩洛哥帝国之旅》，法亚尔出版社，1980 年。
415　指弗里德里希·奥古斯特一世。——译注

切。"在这趟旅程中，他见到了鞑靼人和他们的可汗。

　　波托茨基在土耳其管家和一位秘书的陪同下，乘坐两辆载有食物、帐篷、武器和书籍的马车离开了图尔钦，这次"前往亚洲之门"的探险无疑是漫长而危险的[416]。

　　7 月底，波托茨基和同行者越过哥萨克人占领的"荒野"，躲开强盗，绕过伏尔加河，到达了里海边缘的阿斯特拉罕。他们向南前进，卡尔梅克人的游牧部落邀请他们猎鹰，与他们分享烤猫头鹰大餐。几周后，波兰人进入偏远的山谷，这里是车臣人、奥塞梯人、切尔克斯人和印古什人的领地，古代地理学家斯特拉波和希罗多德可能考察过此地。然后，他们攀登大雪覆盖的厄尔布鲁士山，向普罗米修斯传说中的岩石致敬。 1798 年 3 月，经过 8 个月的艰苦旅行后，他们抵达格鲁吉亚。他们接着向西出发，神秘的高加索地区居住着穆斯林和基督教徒，波托茨基在这次探险中收集他们的习俗和语言，作为重要的写作素材。他还将他们与众不同的服饰绘制下来。无穷的好奇心以及作为观察者和作家的才能，使波托茨基在不经意间已经提出了现代民族志研究法的原理。

　　回到波多利亚后，不知疲倦的年迈学者与自己年轻富有的堂妹康斯坦斯再婚，他在自己的领地度过了将近 3 年，一边进行领地管理，一边缓慢地撰写小说。在这段孤独的创作时光中，他还曾于 1803 年去托斯卡纳进行短期旅行。

　　当时，在圣彼得堡发现了第一份法文版的萨拉戈萨手稿，波托茨基是公认的俄罗斯帝国边境地区的专家，被推荐到外交部亚洲事务司工作，担任一项研究任务的负责人并跟随使团前往北京。波托茨基为

416　扬·波托茨基，《高加索及中国之旅》，法亚尔出版社，1980 年。

这一职务感到自豪，他放弃了丰坦卡河畔贵族府邸里的奢华生活，在
1805 年 6 月出发前往西伯利亚，正是拿破仑军队入侵中欧的时期。
200 多人的俄罗斯使团先经喀山到达托木斯克，3 个月后抵达贝加尔
湖边的伊尔库茨克。然而到了次年 1 月，戈洛夫金大使拒绝了清政府
要求的外交礼节，未被允许进入中国。

　　戈洛夫金在乌兰巴托[417]停留了几周，蒙古村庄飘着白雪，他睡在
蒙古包里，为历史上"第一次中俄边境事件[418]"心怀不满。他不得不
返程前往圣彼得堡，随行的波托茨基和其他学者感到十分失望。

　　1809 年，波托茨基计划建立一所东方学院，他习惯了远离妻儿的
生活，妻子不久后与他离婚。他回到别尔吉耶夫——犹太教的城
市——附近的乌瓦杜夫卡城堡，远离拿破仑战胜后建立的华沙大公国
的首都和准备反击战的圣彼得堡，写作《关于亚洲的俄罗斯的评
论》，该书成为俄罗斯在远东扩张的"圣经"。此外，他还写作《萨
拉戈萨手稿》第三版，普希金后来阅读了此书并加以赞叹。 1815 年
12 月 23 日，远离外交事务后，郁郁寡欢、身心俱疲的波托茨基在孤
独和绝望中饮弹自尽，享年 52 岁，留下了他的笔记、日记和精彩画
作。波兰的法语圈失去了一位作家，沙皇俄国失去了研究东部边境的
学者。

　　波托茨基是见多识广的旅行者，是学识渊博的研究者，他将其丰
厚的财产用于旅行和观察之中。他多次穿越欧洲，笔耕不辍地用法语
记下所见所闻，严谨精确的风格使他比起文学家和心理学家更像军事
家和民族学家。一年四季走过的各个地方成为他笔下历史、政治文章

417　蒙古国首都。
418　引自丹尼埃尔·布瓦尔为《旅行第二卷》所作的序言，法亚尔出版社，1980 年。

的源泉，也使得他创作出那部伟大的小说，成为法语文学中最具独创性的作品之一。

波托茨基是博学的波兰贵族，通晓多门语言的亲俄派，他跨越欧洲各国边境，从华沙到拉巴特，从圣彼得堡到巴黎，从突尼斯到高加索，还曾抵达过埃及和西伯利亚。他是学者、智者、语言学家、民族学家、伟大的小说家和目光长远的外交官，作为"世界公民"，他的作品向人们诠释了现代俄罗斯及其东部边境地区的复杂性。

特奥菲尔·克维亚特科夫斯基
《肖邦的波兰舞曲——兰伯特酒店的舞会》，1859 年

波兰人在巴黎
兰伯特府邸与流亡者

　　1830 年底，一群来自东欧的新型旅行者抵达巴黎，他们是第一批波兰移民。 1815 年，沙皇俄国占领波兰，一大批贵族、作家和艺术家因反抗其统治遭到驱逐，他们为躲避死刑或流放，踏上了流亡之路。这些人大多会说法语，他们或是家财万贯，或是身无分文，来到法国这片启蒙运动和拿破仑的土地寻求慰藉。拉法耶特侯爵曾宣称："整个法国都是波兰人的！"曾在几年前支持希腊独立的法国现在对波兰展现出同情，波兰曾出过一位法国王后——玛丽·莱什琴斯卡和一位洛林公爵——斯坦尼斯瓦夫，他麾下的军队英勇善战，参加过法国大革命战争和拿破仑战争。

　　1830 年 11 月发生起义后，俄国的残酷镇压导致数千人离开波兰。法国外交部长，即之后的塞巴斯蒂亚尼元帅曾有一句名言："华沙建立了秩序！"

　　这一惊人的移民潮以恰尔托雷斯基亲王（1770—1861）为首，他来自波兰立陶宛联邦（波兰王国和立陶宛大公国）最显赫的家族之一，曾在沙皇亚历山大一世时期担任大使和外交部长，因支持波兰同胞起义，被判处死刑，后又改为流放。作为"大移民"浪潮的政治、精神和文化领袖， 1842 年到 1861 年间，他在巴黎的府邸成为了两国政治家、作家和艺术家会面交流的绝佳场所[419]。

1640 年，建筑师勒沃为路易十三的大臣之一在圣路易岛建造了一座豪华住宅。曾代表沙皇出席维也纳会议的恰尔托雷斯基亲王用法文写作并用笔名出版了《外交随笔》[420]，文中蕴含的智慧历久弥新，激励了一代又一代外交官。"国家如同个人，需要履行面向自身的义务，但这并不意味着他们不需对其他国家承担责任。"

在勒布伦绘于赫拉克勒斯长廊的画作之下，或是在府邸的庭院之中，恰尔托雷斯基亲王和妻子安娜·索菲亚为波兰同胞频繁组织文化活动、慈善拍卖、音乐会和舞会。近 20 年间，他们接待了众多的巴黎知识分子和艺术人士。兰伯特府邸俨然成为了活跃的政治团体的据点，向波兰贵族移民中的自由派敞开了大门，府内还建立了学会和一个大型图书馆。

在这个多国文化的高地，亲王接待流亡的作家、艺术家和法国朋友。诗人亚当·密茨凯维奇、剧作家齐格蒙特·克拉辛斯基和他的缪斯女神波托卡伯爵夫人[421]以及青年诗人朱利叶斯·斯沃瓦茨基

419　1795 年第三次瓜分波兰后，俄国政府任命亚当·恰尔托雷斯基亲王为王储的副官、俄罗斯驻撒丁岛王国大使以及亚历山大一世的外交部长。由于支持波兰民族事业，于 1805 年失去官职，回到普瓦维（波兰南部）生活。1830 年华沙起义期间，重返政治舞台并逃亡到巴黎，直至在巴黎去世。

420　《外交随笔》，黑白出版社 2011 年再版。

421　德尔菲娜·波托卡（1807—1877）：剧作家齐格蒙特·克拉辛斯基的缪斯女神，肖邦的学生，曾在青年时代与肖邦通信。流亡巴黎后，她因优越的外貌成为了画家艾瑞·谢弗、保罗·德拉罗什的模特。

兰伯特府邸的赫拉克勒斯长廊
伯纳德·皮卡尔版画

在此相逢，还有艾瑞·谢弗[422]和霍勒斯·维尔内，他们颂扬波兰烈士的画作引发了轰动。此外，收到邀请的还包括米什莱、基内、乔治桑、拉马丁、巴尔扎克以及法国画家德拉克洛瓦和德拉罗什，两位画家在此结识了波兰画家米查洛斯基[423]、诺尔维特[424]，米查洛斯基曾描绘拿破仑战役的场面，诺尔维特同时精通作画和写诗。

　　肖邦于 1831 年 11 月抵达巴黎，适逢大起义发生的前几周。若论

422　艾瑞·谢弗（1795—1858）：荷兰裔画家，支持波兰独立，代表作《波兰》表现了 1830
　　年波兰起义失败这一历史事件。
423　彼得·米查洛斯基（1800—1855）：曾在巴黎求学，他的画作笔法独特，往往以拿破仑的
　　传奇故事为主题，例如《索莫西拉战役》《博罗季诺战役》和《骑马的拿破仑》。
424　塞浦路斯·诺尔维特（1821—1883）：波兰画家、雕塑家、诗人、哲学家，受肖邦影响很
　　大，逝世于巴黎。

为这些聚会赋予最大影响力和意义的人物，则非他莫属，这是因为他的钢琴作品，诸如《革命练习曲》《大波兰舞曲》和《玛祖卡舞曲》等，既有波兰特色，又具全球影响力，这些贴合时事的、辉煌的、史诗般的、思乡的乐曲深受柏辽兹和李斯特的赞赏。

波兹南美术馆内藏有一幅由科维亚特科夫斯基[425]创作的大型水彩画，名为《肖邦的波兰舞曲——兰伯特府邸的舞会》。这幅创作于1859 年的画作以庄严的风格描绘了一个想象中的波兰，那个恰尔托雷斯基家族鼎盛时代的辉煌的波兰。画作还使人联想到天才的肖邦，为受压迫者发声的乔治·桑曾在诺昂的城堡中与之相伴，还令人想到波兰流亡者的精神领袖密茨凯维奇。这幅画象征了波兰和法国历史上的重要时刻，也隐喻了兰伯特府邸所蕴含的精神。

20 年间，典雅的兰伯特府邸用金碧辉煌的屋舍迎接流亡的波兰灵魂，以及大批穿越欧洲到达自由的法国的波兰知识分子。恰尔托雷斯基亲王作为知识分子和政治家的非凡气度，其政治思想所产生的影响以及他对文学和艺术创作的兴趣，在波兰、法国两国关系上留下了深刻痕迹，并使得在塞纳河畔重逢的流亡旅人重新看到建立自由、统一的波兰的希望[426]。

425　特奥菲尔·科维亚特科夫斯基（1809—1891）：波兰艺术家，肖邦的好友，流亡巴黎期间曾为肖邦绘制多幅肖像画。

426　波兰直到 1919 年才获得独立。1861 年和 1863 年起义遭到俄国暴力镇压后，大批平民移民到美国和巴西。

自由的旅人
亚当·密茨凯维奇

（扎沃斯，原属立陶宛，后属俄国，1798—君士坦丁堡，1855）

　　1934 年，波兰作家亚当·密茨凯维奇在巴黎创作了诗歌小说《塔杜施先生》，纪念 1812 年拿破仑大军经过立陶宛村庄。他曾兴致高昂地见证了这一事件，记忆永远铭刻在了他诗意的想象和对自由与希望的热爱中。

> 我的国度的春天！那些日子多么美好！
> 难以忘怀的春天！华丽军装、小麦和绿茵
> 那耀眼的光芒，
> 哦！慷慨的春天，战士，纯洁的形象，
> 梦想永存！充满希望的春天，
> 如此盛况！我曾见过
> 这样的季节，我，被暴政
> 束缚了整个童年。[427]

427　《塔杜施先生或立陶宛的最后一次出征（1812 和 1813 年的贵族生活场景）》是一部诗歌体小说，全诗共 12 卷。

　　1795 年第三次瓜分波兰后，俄罗斯占领了尼曼河附近的波兰领土，年轻的密茨凯维奇从小崇拜拿破仑的功绩，痛恨沙皇政权。在新格鲁多克[428]的修士学院刻苦学习后，他于 1815 年被维尔诺大学录取，攻读人文学科。在这个"汇聚各种思想流派的巴比伦[429]"，不同文化在此交织，密茨凯维奇和他的 5 个朋友以爱国思想和对启蒙哲学的崇敬而闻名，他们成立了一个秘密团体"爱国社"。很快，他们被怀疑进行革命活动，于 1824 年 8 月遭沙俄警方逮捕，密茨凯维奇虽免于流放到西伯利亚矿场，但被官方"判处赴远离波兰的省份服役[430]"。

瓦伦蒂·温科维奇，
《亚当·密茨凯维奇肖像》，
1828 年

428　新格鲁多克位于白俄罗斯。

429　莱昂·科沃齐耶著作《密茨凯维奇》，赛格斯出版社，1970 年。

430　瓦迪斯瓦夫·密茨凯维奇著作《亚当·密茨凯维奇的生活和作品》，阿歇特出版社，1888 年。

年轻的密茨凯维奇先是在圣彼得堡软禁，然后乘坐雪橇和驿马前往敖德萨。他申请了黎塞留高中的教职，并经常光顾这座国际化城市中的波兰富人家庭。在前往克里米亚之前，他还趁着这一出人意料的人生插曲，向一位漂亮的伯爵夫人求爱。克里米亚曾是奥斯曼帝国的土地，1783 年被俄国占领，这个地区成为了密茨凯维奇诗歌灵感的来源地之一。

那里有神秘的黑海海岸和克里米亚的独特风光，阿耳戈英雄和金帐汗国的鞑靼人也曾经过该地，密茨凯维奇热衷于"亚洲"山脉，他在著名的《克里米亚十四行诗》对之加以赞颂，这 18 首组诗是欧洲浪漫主义诗歌的杰作之一。

作家的朋友瓦伦蒂·温科维奇为他绘制了美丽的肖像画，使这一文采激扬的时刻永远不朽。这幅画作收藏在华沙国家博物馆中，画家描绘了诗人的侧影和在风中飘动的头发，诗人倚靠在一块朝向大海的岩石上，裹着切尔克斯式的长外套，在艾达山前摆出"时代英雄"的姿势，沐浴在落日的玫瑰色光芒中。

> 我热爱观看，倚靠高傲的艾达山，
> 　汹涌的波浪时而紧紧排成晦暗的一排
> 向前奔流——时而如雪一般晶莹闪亮
> 在千万道彩虹中，向远处散开。[431]

在体验了独特诗意和地理风光之后，仍然受到沙俄警察监视的密茨凯维奇不得不前往莫斯科。莫斯科总督加利齐纳亲王欣赏他作为作

431　密茨凯维奇诗歌《艾达山》第一段，收录于《克里米亚十四行诗》。

家的才华，将他引见给塞奈达·沃尔康斯基。沃尔康斯基夫人时常与具有新思想的艺术家和文人见面，在她的府邸，密茨凯维奇结识了普希金以及《克里米亚十四行诗》的俄文译者维亚泽姆斯基。出于对诗歌出版后果的担忧，密茨凯维奇在莫斯科朋友的帮助下成功获得了护照，得以永远离开俄罗斯，踏上了通往自由的道路。1829年5月，他开始了流浪的"壮游"生活。

乘坐英国轮船抵达吕贝克后，密茨凯维奇乘坐邮车前往柏林。在普鲁士的首都，他在洪堡大学上了几个月的黑格尔哲学课程。随后，他造访了德累斯顿、卡尔斯巴德和布拉格，并前往魏玛，在波兰诗人安东尼·奥迪涅克[432]的陪同下，向恰逢80岁生日的歌德祝寿，主人热情招待他们，赠予他们一根羽毛笔和一张签名，并多次邀请他们去他位于弗劳恩普兰的豪宅共进晚餐。在那里，两人被引见给一位迷人的年轻女士——"我们席勒的孙女"。正是在此处逗留期间，"来自维尔纽斯的流亡者"在大象旅馆结识了雕塑家大卫·德昂热，后者正在创作歌德的半身像，他为这位波兰新朋友制作了一枚属于他的圆形青铜浮雕[433]。

两位诗人继续他们的旅程，他们穿越德国各州，在法兰克福停留并在波恩与年老自负的威廉·施莱格尔见面，后者向他们讲述了年轻时与斯塔尔夫人一起的旅行。然后，他们前往斯特拉斯堡，穿越瑞士，访问威尼斯和佛罗伦萨，密茨凯维奇在那里完成了长诗《康拉德·瓦伦罗德》，这部作品开始创作于莫斯科，以条顿骑士团的悲惨事件为灵感。奥迪涅克回忆起他和同伴的旅行，写道："亚当站立着，

432　安东尼·奥迪涅克（1804—1885）：波兰诗人，秘密社团"美德之友"的成员，曾翻译沃尔特·司各特、席勒、拜伦和普希金的作品，作品有《旅行信笺》。
433　大卫·德昂热（1788—1856）制作的这枚圆形青铜浮雕收藏于法国昂热的德昂热博物馆。

密茨凯维奇青铜浮雕

靠在树上。我看到了他的脸，他严肃地思考着……你觉得谁和我们在一起？……他告诉我的话我永远不会忘记，但很遗憾我没法全部复述。他说那是拜伦和拿破仑，'我们时代的两位伟人[434]'。"

　　抵达罗马后，密茨凯维奇居住在距离卡斯罗不远的一栋简陋房子里[435]。阅读了德拉梅内的作品后，他重拾了童年的信仰，在罗马城的松树下创作了《晚间谈话》《理智与信仰》两首诗歌，体现了他信仰的转变。

　　教宗城吸引着密茨凯维奇，"除了新格鲁多克和维尔诺之外，这是唯一一个比起巴黎更为熟悉的城市[436]"。出于对艺术的热爱，诗人经常拜访丹麦雕塑家贝特尔·托瓦尔森、法国画家霍勒斯·韦尔内以及拿

434　引自瓦迪斯瓦夫·密茨凯维奇，书名同上。

435　波泽托大街 115 号的大理石牌匾上刻着如下文字："1848 年，著名诗人亚当密茨凯维奇呼吁勇敢的波兰人参加意大利独立战争。"

436　出自密茨凯维奇的信件，其子瓦迪斯瓦夫·密茨凯维奇将之公布，具体见《亚当·密茨凯维奇的生活和作品》。

撒勒画派的艺术家，还写作了一篇名为《德国现代宗教绘画》的赞美文章。流亡罗马的奥坦丝王后在兰斯洛蒂官接待了沃尔康斯基夫人在莫斯科的旧友密茨凯维奇，诗人在旅居异乡的文人圈子中受到赏识。之后，热爱旅行的他再次出发前往那不勒斯、庞贝城和西西里岛。

1830 年夏天，他在日内瓦得知法国七月革命和华沙十一月起义的消息，这场起义使华沙生灵涂地，迫使许多重要人物移居法国。在这悲剧性的历史时刻，密茨凯维奇懊悔于远离同胞，他试图返回家乡，但他的旅程不得不在普鲁士城市波森结束，他在那里被禁止穿越俄波边境，只好到德累斯顿避难，并接受了"移民群体的圣人"克劳丁·波托卡伯爵夫人的帮助。

两年后，七月王朝时期，诗人抵达了他热爱的法国，他将此地视为第二故乡。旅居巴黎这段时光成为他文学创作的高峰时期。在塞纳河畔，他完成了备受乔治·桑推崇的杰作《先人祭》的第三部分，创作了史诗《塔杜施先生》，唤醒了他对于失去的故乡的童年回忆，并出版了用法语写成的历史剧《巴尔同盟者》。

1834 年，他与年轻的波兰同胞塞琳娜·西曼诺夫斯卡[437]结婚。此后，密茨凯维奇将精力用于支持失去主权的故国。他创办了《波兰巡礼者》，这是一份发放给波兰侨民的报刊，但报刊很快夭折了。随后，他又出版了《波兰民族和朝圣者之书》，创作灵感来自《圣经》，是"关于信仰和自由的表达"，该书被蒙塔朗贝尔伯爵[438]翻译成法语。密茨凯维奇与激进的共和党人和自由派天主教徒来往密切，他

437　塞琳娜·西曼诺夫斯卡（1812—1855）：欧洲知名女画家玛丽亚·阿加特·西曼诺夫斯卡的女儿。

438　查理·蒙塔朗贝尔伯爵（1810—1870）：天主教自由主义思想家，曾撰写关于教宗和波兰的作品。

经常拜访拉法耶特侯爵、夏多布里昂以及经由肖邦结识的乔治·桑，还有流亡归来的热罗姆·波拿巴国王和前皇室成员。

1839 年 6 月，为了提高家庭收入，"亚当博士"前往洛桑大学教授拉丁语，次年他返回巴黎，法兰西学院给予他第一个斯拉夫语言和文学教授的席位。

然而，能言善辩的密茨凯维奇很快受到质疑，波兰人批评他狂热的斯拉夫主义，法国人指责他对拿破仑模糊不清的崇拜以及对安德热·托维扬斯基[439]的弥赛业教派的赞同。密茨凯维奇——民族自由和波兰独立的歌颂者，作品被译为多种语言的作家，知名教师，勒南口中"固执的理想主义者，遭受挫败却永远乐观的人"——于 1844 年 5 月 28 日被停课[440]。

1848 年，欧洲爆发了多次民众起义，在自由派的支持下展开了"人民之春"革命运动。密茨凯维奇前往意大利，在那里，包括教宗所在地的各地政权都在革命浪潮中风雨飘摇。他在罗马受到庇护九世的接见，但教宗并不欣赏他对民族独立的呼吁。在伟大的意大利爱国者朱塞佩·马志尼的支持下，密茨凯维奇将理论付诸实践，计划组织一支波兰军队，帮助米兰人和威尼斯人摆脱奥地利元帅拉德茨基的控制。密茨凯维奇在圣安德肋圣殿的波兰国旗周围召集了一小群"自由朝圣者"，军队离开罗马向北方前进，但是"波兰军队的指挥者"的冒险之行在波河平原落下帷幕，因为皮埃蒙特当地政府并不信任他们，教宗也对他们加以警告，密茨凯维奇不得不离开意大利。

439　安德热·托维扬斯基（1799—1878）：波兰哲学家，信仰宗教和神秘主义，后移居巴黎，创建了"神的事业"组织。

440　法兰西学院曾制作奖章向密茨凯维奇、奎内和米什莱致敬。在这枚奖章上，他们的头像镌刻在圣保禄的名言下：愿他们合而为一。

　　1848 年 7 月 11 日，密茨凯维奇回到巴黎，巴黎刚经历了二月革命，推翻君主制的七月王朝，成立了第二共和国。密茨凯维奇创建了法文报刊《人民论坛报》，呼吁建立全面团结，并宣扬共和派的思想。 4 年后，他的报刊遭遇失败，这位政治难民出人意料地在玛蒂尔德公主的要求下被任命为阿森纳图书馆馆长，他声称自己将"在积满尘土的尸体中腐烂"。此外，这位活跃的自由派作家还支持意大利烧炭党的行动，他在得到波兰侨民团体的领袖恰尔托雷斯基亲王和拿破仑三世的外交部长瓦莱夫斯基伯爵的批准后，前去支援巴尔干边境的波兰军团。

　　1855 年 9 月 11 日，巴黎兰伯特府邸的告别晚宴到了尾声， 58 岁的密茨凯维奇带上行装，在法国教育部官方任务的掩护下，从马赛登船前往君士坦丁堡，踏上苏丹阿卜杜勒-迈吉德一世统治的土地。 11 天后，即将到达这个"两大洲之间的集市[441]"之前，密茨凯维奇和他的同伴来到了黑海沿岸的布尔加斯，在那里，马赫默德·萨迪克·帕夏（又名米歇尔·恰科夫斯基）正在等待他们。他是皈依伊斯兰教的波兰人，也是奥斯曼帝国哥萨克军团的上校，指挥一支由波兰移民和保加利亚人组成的小军队，他们在塞瓦斯托波尔战役后与土耳其雇佣军以及法国和英国士兵一起训练，希望有朝一日能够从占领者手中解放波兰。

　　密茨凯维奇身穿一件陈旧的有肋形胸饰的奥地利紧身外衣，头戴波兰老兵的方帽，留着两鬓与下巴相连的胡须。他并没有时间组织这个新军队，因为在帐篷中住了几晚后他就患病了，只好紧急返回君士

441　出自密茨凯维奇土耳其之旅的同伴阿尔曼德·列维 11 月 8 日的信件，引自瓦迪斯瓦夫·密茨凯维奇，书名同上。

坦丁堡。 11 月 26 日，他安详地死去，病因是致命的霍乱。他被临时安葬在贝伊奥卢区的一所房子里，此地现已成为一个小型博物馆。之后，他的遗体被运往巴黎，葬在蒙莫朗西移民墓地， 1890 年被移葬到克拉科夫，安息在瓦维尔大教堂的土地下。

在这曾经的王国都城，从未到过此地的波兰民族英雄获得了所有荣誉。他的葬礼举办了不下 4 次。

他是浪漫派诗歌的偶像，热爱勇气和自由，是为波兰而殉道的弥赛亚式人物，他跨越国界，为民族独立而奋斗。

这位"北方的拜伦[442]"像一位萨尔马提亚人一样顽强，他是自由的旅行者，执笔在大陆上穿行，用他的文学才华实现自己的信仰。

他是诗人、历史学家、地理学家、哲学家和教授，是"波兰人、立陶宛人和欧洲公民"，罗马人、巴黎人和土耳其人钦佩他的慷慨气度，他对时局的参与和他的渊博知识。维克多·雨果准确地称他为"自由的使徒"和"解放的先驱"。

---

442 洛特雷阿蒙伯爵语。

两位浪漫主义作家的流亡之旅
尤利乌什·斯沃瓦茨基
齐格蒙特·克拉辛斯基

　　尤利乌什·斯沃瓦茨基和齐格蒙特·克拉辛斯基是文学上的朋友，两人有着许多相似之处，皆在巴黎英年早逝。他们不仅是旅行者，还用黑色的光芒照亮了波兰浪漫主义文学，启发了波德莱尔。 1830 年波兰起义失败后，他们开始了流亡生活，在欧洲的漂泊之旅成为了他们创作作品的契机。

尤利乌什·斯沃瓦茨基
（克列缅涅茨，先属波兰，后属俄国，1809—巴黎，1849）

　　1831 年 7 月，年轻的斯沃瓦茨基携带波兰临时政府的外交信件抵达巴黎，这是他第一次出国，彼时他还未意识到这是一趟有去无回的旅行。

　　"小尤利"在沃里尼亚的豪宅中与母亲和同父异母的姐姐们一起度过童年。他在维尔诺（维尔纽斯）帝国高中学习时成绩优异，之后就读于其父亲曾任教的知名学府维尔诺大学。1829 年，斯沃瓦茨基完成了法律专业的学业，前往华沙，那里正酝酿着反抗沙俄统治的起义[443]。1830 年 11 月起义爆发时，斯沃瓦茨基写下了激昂的爱国诗歌。次年，他在法国为反对派担任信使时，得知十月起义失败，他被迫开始流亡，离开了心爱的母亲，自此开始了流亡作家的生活。

　　斯沃瓦茨基"迷失在了梦想之地"，他先游历伦敦，然后在巴黎定居。但是他难以忍受波兰流亡群体的抱怨，也抗拒密茨凯维奇对其诗歌的严厉批评，于是决定离开法国前往瑞士，在那里度过了 3 年多的时光。

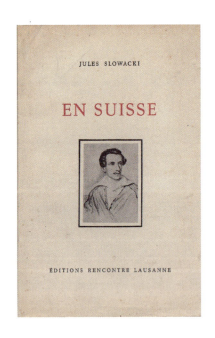

443　波兰王国又称波兰会议王国，俄帝国于 1815 年设立，由沙皇亚历山大一世、尼古拉一世的兄弟康斯坦丁大公治理。

在日内瓦，这个向许多流亡者敞开怀抱的开放城市，斯沃瓦茨基在 一套公寓里租了一个房间，那里的房客还有来自英国和俄罗斯的女士，她们已有些衰老。在这个古板守旧的环境中，他写下了优美的诗篇，完成了以政治暗杀为主题的戏剧佳作《科尔甸》。勤勉而孤独地生活了几个月后，斯洛瓦茨基结识了富有的沃津斯基家族——居住在日内瓦湖岸边的波兰人——并爱上了他们的女儿玛丽，她是一名 16 岁的钢琴家，是肖邦在华沙的第一个学生。斯沃瓦茨基和新朋友们一道，前往瓦莱州和伯尔尼高原旅行。这位年轻的诗人"有点可笑"，他装扮成牧羊人，笨拙地向美丽的玛丽表白，而后者对他不屑一顾。斯沃瓦茨基以这段昙花一现的浪漫故事为灵感，创作了一首由 21 组诗歌组成的长抒情诗，成为了波兰浪漫主义诗歌的伟大作品。

> 一起登上雪峰吧！
>
> 一起登上松树林，
>
> 一起登上铃声响彻的高处，
>
> 那里，彩虹的七种颜色，
>
> 是少女峰的衣装，俯瞰向阳的山坡；
>
> 那里，敏捷的鹿在雾中跳跃，
>
> 那里，鹰飞向掠过的乌云，
>
> 痛苦中伸展的翅膀留下一片阴影，
>
> 哦，亲爱的，我们将一起去攀登……[444]

斯沃瓦茨基身体虚弱，讲究地穿着白色裤子和花纹开衫，与留在

444　出自诗集《在瑞士》。

波兰的母亲保持着联络，18 年间，母亲一直是他的"守护天使"，他的密友，他的启蒙者和慷慨大方的笔友，他也曾给母亲寄去数百封信件。

1836 年，斯洛瓦茨基完成了一部以东方的"麦克白"为主角的历史剧《巴拉迪纳》，之后前往意大利。他在罗马结识了作家齐格蒙特·克拉辛斯基，与密茨凯维奇不同的是，克拉辛斯基喜爱他的诗歌并赞赏他的才华。然后，斯洛瓦茨基继续他的旅程，他只身一人，愉悦地造访了那不勒斯、庞贝和索伦托。

在远离祖国和母亲的情况下，熟读《圣经》的斯洛瓦茨基前往东方旅行，和他同行的是一位计划去埃及购买阿拉伯马的俄罗斯富商。1836 年 8 月，他们一起乘船去雅典，再到亚历山大，然后骑骆驼抵达开罗。

之后，斯洛瓦茨基一个人继续旅程，他去了耶路撒冷、贝鲁特和巴勒贝克，"不知如何用眼睛将一切事物记录下来"。他在黎巴嫩山的马龙派修道院度过圣周，创作了动人的散文诗《安赫利》，使人回忆起波兰人被流放到西伯利亚的遭遇。1837 年 6 月，斯洛瓦茨基回到巴黎，将东方之旅的记忆写成文章：《从那不勒斯到圣地的旅行》《阿伽门农墓》《金字塔访问》与《来自埃及的诗歌信》。

回到巴黎后，斯洛瓦茨基继续创作诗歌，但他的波兰同胞们并不怎么欣赏他的作品。他批判波兰流亡者所追求的波兰梦——饱受摧残的波兰像凤凰一样涅槃重生，创作了戏剧《马捷帕》，将他的民族情怀寄托在拜伦笔下的救世英雄身上。1843 年和 1844 年两年，他在布列塔尼的波尔尼克度过夏天，写作了以弥赛亚为灵感的诗集《圣灵的创世记》。

他写信给母亲："我时常感到悲伤，因为我成了世界公民。我不再像童年时那样，我与我居住的地方、一起居住的人不再有那么紧密的联系。我的心变得漂泊不定。"

　　1848 年革命期间，斯沃瓦茨基实践着他的革命理想，他计划前往波兰，此时他已离开波兰 18 年。他抵达了普鲁士占领的波森，希望推动当地开展一场民族起义，警方得知他的行迹后立即将他驱逐出境。返程途中，他在布雷斯劳与分别 20 年的母亲重聚。对于这对频繁通信的母子而言，这是一个难忘的时刻。消瘦而疲倦的斯沃瓦茨基感谢母亲数次慷慨解囊，但却隐瞒了自己患上肺结核的噩耗，疾病正威胁着他的生命。

　　次年 4 月 4 日，斯沃瓦茨基在位于蓬蒂厄街的公寓内去世。约 30 人参加了他在蒙马特公墓举行的葬礼，他的朋友克拉辛斯基也在场。1927年，他的骨灰被庄严地安放在克拉科夫瓦维尔大教堂的诗人墓地中。

　　1830 年华沙起义失败被迫流亡之后，忧郁而孤独的尤利乌什·斯沃瓦茨基曾从维尔诺移居日内瓦，又从巴黎前往耶路撒冷。

　　他是浪漫的流亡英雄，波兰民族起义的间接受害者，他与祖国和母亲长久分离，他的足迹虽然遍及欧洲，但内心深处满怀对未来的担忧和不安。

　　他是幻灭世界中的先知，他的旅行是对自身存在加以探索的诗意隐喻。

齐格蒙特·克拉辛斯基

（巴黎，1812—巴黎，1859）

　　齐格蒙特·克拉辛斯基来自亲法的波兰贵族家庭，他生在巴黎，其父温森蒂·科尔文·克拉辛斯基伯爵是帝国元帅，曾随拿破仑大军向俄国进军，法国画家杰利柯为他绘制过精美的马上肖像画。

克拉辛斯基在马佐维亚长大，于 1829 年进入华沙大学学习，一场激烈的反俄抗议活动正在那里酝酿[445]。到了第二年，父亲下令要求他远离学生抗议活动，他只好远赴日内瓦继续学业，但自觉这一行为是对同学的背叛。在日内瓦的法学院，克拉辛斯基结识了自由主义者、会讲法语的英国人亨利·里夫，他们频繁来往[446]，同时来往的还有好友亚当·密茨凯维奇和安东尼·奥迪涅克，两人在波兰起义失败后流亡瑞士。在这些人的帮助下，克拉辛斯基不再郁郁寡欢，他成为作家的意愿也被激发了出来。

克拉辛斯基博览群书，阅读了莎士比亚、拜伦、米什莱和托克维尔的作品以及乔治·桑的小说。

这位优雅的男人通常穿黑色服装，有着精致的鼻子和长鬓角，我们可在艾瑞·谢弗为他绘制的肖像画中一睹风采。他造访瑞士的风景名胜，参观费内和西庸城堡。1830 年 11 月，克拉辛斯基越过阿尔卑斯山前往佛罗伦萨，然后在教宗庇护八世逝世前一天抵达罗马。他在罗马遇到了密茨凯维奇，对之颇为同情，在他眼中，密茨凯维奇"悲伤而瘦弱，痛苦深深地刻在脸上[447]"。

1832 年秋天，克拉辛斯基完成旅行后，再次到日内瓦和米兰小住了几个月，然后前往圣彼得堡。他的父亲与沙皇尼古拉一世关系密切，想把他引荐给自己的朋友们。

1834 年，克拉辛斯基拒绝了沙俄帝国的要求，他回到罗马。当时，他的同胞、诗人、哲学家和画家塞浦路斯·诺尔维特也居住在这

445　1815 年维也纳会议将拿破仑创建的华沙公国划分给俄罗斯，波兰会议王国自此成立。

446　克拉辛斯基与亨利·里夫保持长期通信。

447　出自密茨凯维奇 1830 年 12 月 5 日写给父亲的信。

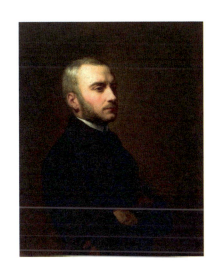

艾瑞·谢弗，
《齐格蒙特·克拉辛斯基肖像》，1850 年

里，在其帮助下，克拉辛斯基参观了许多博物馆。之后的两年里，克拉辛斯基接连创作两部重要的戏剧作品，一部关于后革命社会的寓言剧《不神圣的喜剧》以及一部以正义和暴政为主题的古典悲剧《伊里迪翁》，这两部作品直到他去世后才被搬上舞台。

　　1838 年底，克拉辛斯基前往那不勒斯，开始了新的旅程，遇到了德尔菲娜·波托卡伯爵夫人。伯爵夫人聪明而有教养，曾嫁到乌克兰南部一个富有的波兰家庭，之后与丈夫离婚。她成为克拉辛斯基的朋友，也是他多部作品的缪斯，例如《凯撒的梦》和《黎明出生》。作家在散文诗中倾诉了对缪斯女神的情感："啊！我曾长久地，长久地生活在深渊中，沉没在无边的绝望中！死亡对我而言不过是第二次；和但丁一样，我一生都经历着地狱！一位慰藉者来到我身边，她的目光让黑魂消散；天使将我从深渊中拯救，我也有了我的贝亚特丽克斯！"

尽管克拉辛斯基深爱着这位优秀的女性，却在 1843 年与另一位女继承人伊丽莎·布兰妮卡伯爵夫人结婚。几年后，最受欧洲宫廷喜爱的画家弗朗茨·泽维尔·温特哈尔特为这位美丽的波兰女人和她的三个孩子创作了一幅优雅的椭圆形集体肖像画，作画地点很可能是巴黎。

婚姻并未阻止克拉辛斯基在巴黎继续与他的缪斯见面。德尔菲娜·波托卡伯爵夫人经常光顾画家艾瑞·谢弗、德拉罗什和德拉克罗瓦在这座城市的工作室，他们为她绘制肖像，她还常去肖邦的音乐室，因为 1830 年她曾在维也纳跟随肖邦学习。

克拉辛斯基一生游历意大利、德国、法国和波兰，对研究国际关系和波兰被盟国抛弃的困境兴趣浓厚。他是一位不知疲倦的通信人，与拿破仑纪念协会的成员有诸多书信往来，特别是巴登大公夫人斯蒂芬妮·德·博阿尔奈，他鼓励她参加保卫受压迫的波兰人民的运动。他信仰天主教，曾在罗马居住十余次，也去过那不勒斯 6 次，还常去尼斯与波托卡夫人见面，夫人听从克拉辛斯基的建议，在尼斯的西米埃兹高地购买了一座托斯卡纳风格的美丽别墅[448]。从 1843 年开始，克拉辛斯基每个夏天都在波兰马佐维亚的乡村住宅中度过，他将这座新哥特式的建筑称为"一颗真正的宝石"。住宅由建筑师亨利克·马可尼设计，建在拿破仑赏赐给克拉辛斯基父亲的土地上，因为他的军队曾为法国军队服务。这座微型城堡配有八角形塔楼和尖塔，正门的屋脊装饰精巧，窗户呈拱形，现已成为波兰浪漫主义博物馆的一部分。疲惫的克拉辛斯基曾在此进行诗歌创作。

之后，克拉辛斯基前往库洛尔特的温泉小镇、巴登、艾克斯莱

448　今天已成为一所学校。

班、斯巴登和普隆比耶尔等地，试图治疗他的眼睛。他在家乡巴黎去世时几近失明，享年 47 岁，遗体被运回波兰并安葬在奥皮诺戈拉戈纳教堂的家庭墓地中。

齐格蒙特·克拉辛斯基是波兰最为保守又最为敏锐的浪漫主义作家，然而他常被外国翻译家和导演忽视，在西方仍然不为人知。

悲观的世界观和有时过于晦涩的思想削弱了他的知名度。克拉辛斯基堪称波兰的哈姆雷特，不断前行的旅行家。今天，我们应当在欧洲伟大剧作家和诗人的力神殿中为他找到一席之地。

旅行的一生
亨利克·显克维支

（沃拉-奥克泽斯卡，原属波兰，后属俄罗斯，1846—瑞士沃韦，1916）

　　1830年起义后，华沙久久不得平静。然而，亨利克·显克维支生活在远离华沙的乡下，在波兰乡村和白桦林的庇护下，度过了快乐的童年。他是一个大家庭的长子，母亲在他很小时就对他进行了诗歌的启蒙。自小热爱文学的显克维支后来跟随父母来到华沙生活，在这里他断断续续地上学，还当过几年家庭教师，然后，他成为了记者并发表了早期的几篇短篇小说。

　　成为《波兰报》的专栏作家后，显克维支于1873年首次出国旅行，探索了新思想盛行的维也纳。第二年夏天他又去了巴黎。从巴黎回来后，他将维克多·雨果最后一部小说《九三年》翻译成波兰语。这些短途旅行让这个年轻人爱上了远方，促使他在1876年2月跟随几个放荡不羁的朋友前往美国，其中包括海伦娜·莫德泽耶夫斯卡[449]，一位美丽的女演员，她将在新世界发展事业。

　　在这段漫长的旅途中，显克维支首先途经柏林、科隆和加来到达伦敦，然后到达利物浦，乘坐一艘载有来自中欧各地移民的轮船前往纽约。 3 月中旬，显克维支抵达木屋之城旧金山，他为所见到的一切感到震撼，西部无边无际的沙漠、落基山脉的壮丽景观和加利福尼亚的明亮海景映入眼帘，他在《波兰报》上发表的《旅美书简》的最初几篇文章立即在读者中获得巨大成功。这群波兰人为新生活感到惊讶，他们决定在洛杉矶以南的农场[450]定居，创建一个能使他们过上简单集体生活的理想社区。

　　在加州居住的一年期间，显克维支经常旅行。他在优胜美地附近的峡谷多次出游去追捕灰熊，在一个真正的印第安人村庄居住了几天，为他的作品获取灵感，然后乘船向旧金山出发。在这次游历美国西北部的旅程中，他去了怀俄明州，在那里参与了一场壮观的野牛狩猎活动。返程途中，他参观了内华达山脚下弗吉尼亚市的银矿。 不过 1878 年 1 月，波兰人在加利福尼亚的乌托邦式冒险结束了，海伦娜在纽约和波士顿的剧院开始了新的职业生涯，这位"临时牛仔"跟随她启程前往东海岸。两个月后，显克维支提着装满笔记的行李箱回到了欧洲。但他的旅程并没有结束，在伦敦停留后，他在巴黎居住了近一年，经常与波兰同胞、作家和艺术家会面，他们参观世博会，造访新建的特罗卡德罗宫并在法兰西喜剧院附近的摄政咖啡馆聚会。

449　海伦娜·莫德泽耶夫斯卡（1840—1909）：出生于克拉科夫，后移民美国，以海伦娜·莫德杰斯卡的艺名从事戏剧演员工作，曾出演莎士比亚和斯洛瓦奇作品的女主角。她热爱祖国，是美国波兰移民的代表人物。

450　锡尔比奇波兰庄园位于加利福尼亚州橙县的安纳海姆，如今已成为博物馆，毗邻迪士尼乐园。

卡齐米日·波赫瓦尔斯基，
《亨利克·显克维支肖像》，
1890 年

　　回到波兰后，这位面色忧郁、神情严肃、留着金色山羊胡子的作家兼记者只想再次出发旅行。因此到了 1879 年，他又出发去了当时属于奥地利的加利西亚和布科维纳，那里的人民说波兰语；他还造访了东欧城市利沃夫和捷尔诺波尔[451]，然后乘火车前往意大利，这个国家将成为他的第二故乡。

　　显克维支在威尼斯遇到了一位波兰小姐玛丽亚·塞特凯维奇，两年后他们结婚，并生育了两个孩子。显克维支继续他的"壮游"，他穿越托斯卡纳，与两个同样热爱古罗马文化的旅伴——画家亨利克·西米拉兹基和雕塑家皮乌·维罗斯基[452]一起探索这座永恒之城。

451　这些城市现位于乌克兰。

452　亨利克·西米拉兹基（1843—1902）：历史画家，擅长罗马帝国和宗教题材；皮乌·维罗斯基（1849—1931）以其角斗士雕像作品闻名，曾在罗马和巴黎工作。

　　婚后，显克维支用了 4 年时间创作了浪漫三部曲[453]，讲述 17 世纪波兰英雄辈出的时代，因此获得声望和财富。第二年春天，他的妻子患了病，去尼斯和利古里亚海岸的圣雷莫治疗，显克维支与她同行。为了享受海风，这对夫妇在阿尔卡雄待了 4 个星期，返回波兰后他们立即前往上巴伐利亚的温泉小镇巴特赖兴哈尔，他们很享受那里的平静生活。1885 年 10 月，显克维支夫妇从多洛米蒂山和芒通旅行回来途中，不得不在法兰克福停下脚步，玛丽亚卧床不起，死于肺结核，亨利克陷入绝望之中。

　　第二年，结束哀悼的孤独作家重新收拾行李，前往布加勒斯特——巴尔干半岛的小巴黎，中途经过草木茂盛的特兰西瓦尼亚。在保加利亚的瓦尔纳，他乘船前往君士坦丁堡，波兰领事在伊斯坦布尔海峡沿岸的巴贝克郊区接待了他。君士坦丁堡之行结束后，亨利克乘船前往雅典，正在建设中的希腊首都为他的一部短篇小说[454]提供了灵感。他与画家朋友波赫瓦尔斯基[455]一同启程前往布林迪西，在那不勒斯的哈斯勒酒店住了一个星期，然后到达罗马、佛罗伦萨，最后到达克拉科夫，在那里度过了圣诞节。

　　颂扬波兰英雄时代的三部曲出版后，显克维支名声大噪，这使他对豪华旅馆和时兴的场所并不陌生。1887 年，显克维支多次航行往返于奥地利的奥帕蒂亚和波兰的索波特和格但斯克港口。1888 年 9 月，渴望旅行的显克维支乘火车去了西班牙，在那里进行了 40 天的旅行，他经由马德里、科尔多瓦和格拉纳达到达塞维利亚，在此期间他

453　《火与剑》(1884)《洪流》(1886) 和《伏沃迪约夫斯基先生》(1888)。

454　《雅典之行》(1889)。

455　卡齐米日·波赫瓦尔斯基（1855—1940）：维亚纳宫廷作画的波兰肖像画家，曾在慕尼黑和巴黎学习，为显克维支画过一幅美丽的肖像画。

观看了斗牛，并受此启发写出美丽的篇章。显克维支购买了火车票继续他的欧洲行，他通晓多种语言，随时准备更换酒店和目的地，他在塔特拉山的度假胜地扎科帕内过冬，然后前往比亚里茨和维也纳，最后到达罗马，入住位于万神殿后方的密涅瓦旅馆，并开始创作一部关于意大利的小说[456]。最后，他到达那不勒斯，在平安夜乘船前往埃及，并于 1891 年元旦经由伊斯梅利亚和苏伊士运河到达开罗。

他在埃及首都待了几天，前往法尤姆捕捉鸡冠鸟，并准备他的黑非洲之旅。他乘坐火车从开罗出发到达苏伊士，在那里登上了一艘前往桑给巴尔群岛的德国轮船，中途在亚丁停靠。在受英国王室保护的小国桑给巴尔，显克维支住在一个波兰冒险家经营的简陋旅馆中。为了探索非洲大陆并深入丛林，他离开了产香料的岛屿，到德军占领的坦噶尼喀海岸上岸。然而，患病的显克维支不得不返回桑给巴尔接受治疗。病愈后，他前往亚历山大港并在布林迪西完成了他的航海历险记。回到克拉科夫后，显克维支写作了《非洲书简》，几年后又专门为年轻人创作了《在荒野中》，灵感都来自他的非洲之行。

1893 年，显克维支再婚。然而在意大利度蜜月期间，他的婚姻突然破裂。他独自一人留在意大利，开始研究尼禄时期罗马基督徒的生活。他参观罗马斗兽场的废墟和卡拉卡拉浴场，为写作历史小说《你往何处去》做准备，随后，在卡尔滕洛伊特格本、扎科帕内和尼斯三地完成了这部小说。小说立即取得了巨大的成功，其主题之一可以解读为对俄罗斯人压迫下的波兰人的隐喻，兼具历史、戏剧和文学价值，为作者带来了国际声誉和财富。从奥匈帝国旅行回来后，显克维支在出版商的鼓励下，开始创作一个新的虚构传奇故事，讲述波兰人

456　即《毫无准则》，其 1894 年写作的《波瓦涅茨基一家》的一部分故事也发生在罗马。

与条顿骑士团的斗争[457]。

欧洲文学界的伟大人物，花甲之年的显克维支前往瑞士的里维埃拉，并与他的侄女玛丽亚·巴布斯卡一起再次去意大利旅行，后者成为他的第三任妻子。在罗马博卡迪莱街英国酒店的正面，西班牙阶梯附近，这座城市最繁华地带的中心，行人可以在大理石牌匾上看到如下文字："亨利克·显克维支，波兰爱国作家/描绘波兰英雄时代的历史小说家/小说《你往何处去》的作者/诺贝尔文学奖得主/曾住在这家酒店。[458]"同样，在多米尼小教堂，也就是今天的帕尔米斯圣玛利亚教堂，传说彼得见到耶稣的场所，伫立着这位文学大师的半身像，提醒人们不要忘却罗马在他的作品中的独特位置，在博尔盖塞公园还有一座他的雕像，裹着一件大斗篷，头戴月桂花环。

波兰希望将其伟大的作家留在国内，曾向他提供了一座位于奥布勒戈雷克的庄园[459]，建筑装饰有塔楼和雕花山墙，围绕着高大的树木。但是这份奢侈的礼物并未能留住他，第一次世界大战的爆发和俄罗斯军队的行动迫使他到克拉科夫、维也纳和瑞士避难。在沃韦，他与伊格纳西·帕德雷夫斯基一起帮助波兰的战争难民。 1916 年 11 月 15 日，他在湖泊宾馆去世，未能见证他为之奋斗的国家的独立[460]。

显克维支是高贵的流浪者，波兰历史的专家，是描绘古罗马时期的伟大小说家。

虽然常年在外，但他用文字歌颂了波兰人抗击哥萨克人、鞑靼

457　《条顿骑士团》（1897）。

458　1905 年 12 月 10 日，显克维支获得诺贝尔文学奖，他前往斯德哥尔摩领奖，并用法语致辞。

459　庄园位于克拉科夫以北，凯尔采市附近，现已变成一座纪念馆。

460　显克维支的遗体安葬在华沙圣扬大教堂的地下室。波兰于 1919 年 6 月宣布独立。显克维支的朋友、爱国钢琴家伊格纳奇·扬·帕德雷夫斯基出任第一任总理。

人、瑞典人和条顿骑士团的英勇事迹。

　　显克维支是一位旅行家，他的足迹遍及欧洲，曾与家人一起出发，前往各地的温泉小镇，其作品在国际上取得了成功，传递了他对祖国的热爱并重现了历史。

　　这位无国界的旅行者，将波兰和罗马铸成一枚英雄勋章的两面。

康斯坦丁·萨维茨基,《奥弗涅的旅行者》, 1876 年

俄罗斯作家、艺术家之旅

" 每当长时间待在同一个地方，
我就变得像镜子上的跳蚤一般。 "

—— 瓦西里·舒克申

　　18 世纪初，除了外交官、部分军官和一些微服出行、投宿朋友家中的贵族之外，很少有俄罗斯人前往西方。路途艰险，住房难寻，恶劣天气下乘坐马车进行长途旅行费用昂贵，这一切都阻碍了文人和艺术家的出行。此外，法国大革命和拿破仑战争使欧洲大陆饱受战火洗礼，也中止了俄国人前往欧洲中心的旅程。

　　1814 年，沙皇亚历山大一世和他的哥萨克骑兵进入巴黎，庆祝反法联军战胜拿破仑军队，这一事件促使俄国贵族女性重新踏上前往欧洲的道路。通晓多种语言的书简作家、外交官的妻女，如克鲁登夫人、沃尔康斯基夫人和迪诺公爵夫人等，与战胜者一起穿越欧洲大陆，在巴黎、罗马和柏林开设文学和政治沙龙。

　　1815 年的维也纳会议重组了欧洲政治版图，在神圣联盟的控制下重建了君主制。此后，持有护照、信用证和推荐信的作家和艺术家得以安全地跨越国界。历史学家和哲学家访问柯尼斯堡大学、柏林大学和耶拿大学，前往魏玛与歌德见面，或者在波西米亚地区的温泉小镇逗留。画家和雕塑家一起前往赫尔维蒂，越过阿尔卑斯山，在意大利实现"壮游"，为他们的艺术创作汲取灵感。

　　1840 年开始，为了逃离尼古拉一世对知识分子的政治审查和镇压，赫尔岑和巴枯宁等热爱正义和自由的作家前往英国和瑞士避难，以躲避沙皇警方的抓捕和流放西伯利亚的判决。十余年后，果戈理、陀思妥耶夫斯基、托尔斯泰和屠格涅夫等希望获得写作灵感的小说家，以及柴可夫斯基等崇尚欧洲精神的音乐家，前往欧洲各地，造访拜罗伊特、巴黎、日内瓦、罗马、佛罗伦萨和那不勒斯等城市，并且在这些地方长期居住。

　　然而，1853 年的克里米亚战争在俄国军队与英法同盟之间爆发，又一次阻碍了彼得堡知识分子前往欧洲的步伐。1870 年普法战争期间，陀思妥耶夫斯基不得不匆忙离开德国，而屠格涅夫在抵达英国之前滞留巴登。

19 世纪中叶，"解放者"亚历山大二世（1855—1881）统治时期，连接圣彼得堡和欧洲各大首都的铁路得以修建，波罗的海上则出现了汽船，这些交通工具使俄国游客更加便捷地前往他们喜爱的西方各地，诸如苏黎世、卢塞恩、威斯巴登和巴登等地，而这些城市也为来自东方的游客建造了豪华酒店、赌场和美丽的金色圆顶教堂。

之后几年，更多的文人和艺术家造访柏林、达姆施塔特和巴黎等地，促进了俄罗斯与欧洲国家之间的文化交流。到了世纪末，作家、音乐家和舞蹈家继续着他们的欧洲之行，然后向美洲出发。

来自北方的旅人
克鲁登夫人、沃尔康斯基夫人
和迪诺公爵夫人

　　她们是俄罗斯、波罗的海和波兰的贵族女性，她们美丽迷人、掌握权势，是名人政要的家眷，通晓多种语言；她们亦是受到浪漫神秘主义吸引的文学女性，在欧洲的旅途中，在与杰出人士会面时，找到了自己的政治、文学和宗教灵感。

克鲁登夫人

（1764，里加，俄罗斯—1824，卡拉森巴扎，俄罗斯）

　　长期以来，波兰的贵族女性在欧洲绅士的想象中总是呈现出优雅温柔的面貌，而波罗的海的伯爵夫人们又为这一想象增添了一份神秘感。在新古典主义时期，利沃尼亚和库尔兰都是受到旅行者和作家青睐的神秘国度。

　　朱莉安·冯·维廷霍夫生在汉萨同盟的港口城市里加（今拉脱维亚首都）。她出身一个尊崇路德理念和共济会、理性主义的新思想的古老的德国贵族家族。她是富有的里加市长的女儿，沙皇的臣民，自幼学习法语和德语，与格里姆兄弟、布冯、狄德罗和乌敦保持着书信往来。与父母第一次去巴黎之后，她在17 岁那年嫁给了一位将近 50 岁的俄罗斯外交官布尔克哈德·冯·克鲁登爵士（1744—1802），后者被派驻在巴黎，是卢梭的朋友。他们生了一个儿子，由沙皇之子保罗担任教父，两人多次到威尼斯、慕尼黑和哥本哈根旅行，女儿就出生在哥本哈根，但这段婚姻最终走向失败。

1784 年，克鲁登夫人和丈夫在罗马参观了声名鹊起的瑞士画家安吉莉卡·考夫曼的画室。画家为美丽的克鲁登夫人创作了一幅英式风格的肖像画[461]。画中的克鲁登夫人漫不经心地坐在树下，左手握着两支飞镖，右手抱着正在玩弓的儿子。两人的表情呈现出祥和的氛围，孩子笑意盈盈，母亲若有所思。画中人金褐色的头发、白皙的肤色、轻盈的白衣与树枝的纹路、浓雾笼罩的远方形成鲜明对比。

1787 年，克鲁登夫人离婚后，怀揣着强烈的旅行愿望来到巴黎，在那里，她遇见了贝尔纳丁·德·圣伯多禄。动荡的革命时期，她跟随几位男士前往蒙彼利埃和比利牛斯山脉。回到里加后，她开始写作日记并继续撰写箴言集，在一次去萨克森的旅行中，她与德国诗人让-保罗·里希特在霍夫见面，两人开始通信，希望借此排解战乱年代的烦闷之情。1799 年，她在柏林与法国侨民里瓦罗尔等人来往，还阅读了夏多布里昂最新出版的作品《阿塔拉》。

两年后，克鲁登夫人在科佩特拜访了斯塔尔夫人，并结识了本杰明·康斯坦和圣西门伯爵，后者描述她"娇小而白皙，有着金褐色的

461　该画作现收藏于卢浮宫。

安吉莉卡·考夫曼，《克鲁登夫人肖像》，1786 年

头发和深蓝色的眼睛，说话轻声细语、婉转动听，体现出利沃尼亚女性的魅力[462]"。她爱上了文学，撰写了《一位外国女性的反思》，夏多布里昂在《风雅信使》杂志上刊登了这部作品的多个选段[463]。1804 年出版的作品《瓦莱丽》是克鲁登夫人的成名作。这是一部用法语书写的书信体自传小说，塑造了一个内心痛苦的遭丈夫抛弃、被丈夫的年轻秘书追求的女性，该作大获成功，在欧洲文坛中取得了和《少年维特的烦恼》《勒内》一样的地位，使斯塔尔夫人倍感意外。

1806 年，普鲁士军队在耶拿战败。克鲁登夫人在前往柏林的途中目睹了拿破仑战争和埃劳战役的残酷场面，唤醒了她对神秘主义作家和法国虔诚主义作家芬乃伦、盖伦夫人等人的兴趣。

第二年，克鲁登夫人从威斯巴登治疗回来后，经历了深刻的思想转变。她在卡尔斯鲁厄和瑞士阅读了投身神学领域的瑞典学者斯威登堡的作品，还加入了莫拉维亚弟兄会[464]，与在巴登大公国和阿尔萨斯宣扬"纯粹的爱"的牧师们来往，牧师则向她展现了预言和神迹的力量。她反对拿破仑，将他比作《启示录》中的假基督徒，她与宗教人士多有联络，开展救济贫民的活动。当地政府将她的善行视为非法行为，把她驱逐出符腾堡，禁止她前往瑞士的几个地区。

克鲁登夫人在德国南部成为了"不受欢迎之人"，只好前往圣彼得堡。伊丽莎白皇后的亲随鼓励克鲁登夫人去向沙皇宣传她的新思想，因为沙皇的神秘主义倾向众所周知。1815 年 6 月 4 日，"虔诚的

462　出自《女性肖像》，杰拉尔德·安托万编，弗朗西斯·雷在其作品《克鲁登夫人、浪漫主义与神圣联盟》（荣誉冠军出版社，1994 年）引用了这段话。

463　1802 年 10 月 2 日，夏多布里昂在《风雅信使》上写道："这些文字来自一位外国女士的手稿，她允许我们在期刊上发表。当一个人以如此细腻的方式思考，她完全有理由选择用塞维涅夫人和拉法耶特侯爵的语言来加以表达。"引自弗朗西斯·雷。

464　莫拉维亚弟兄会继承了基督教胡斯派的思想，隶属于一个诞生于 18 世纪的虔诚主义教会——兄弟团结会。

俄罗斯女人[465]"与俄罗斯人民的"天使"在德国海尔布隆进行了会面。

克鲁登夫人进入了亚历山大一世的智囊团，成为了君王的"先知"，她将沙皇视作"上帝选民"的转世，认为他创造了新的"教派"。她跟随沙皇前往巴黎，这是滑铁卢战役后亚历山大第二次进入巴黎。在位于圣奥诺雷郊区的别墅中，克鲁登夫人邀请本杰明·康斯坦来参加以文学和虔诚主义为主题的聚会。然而，夏多布里昂拒绝参与这些"巫术活动""以激动的祷告收尾的政治和宗教谈话"。在回忆录中，他写道克鲁登夫人"从小说创作转向神秘主义，对沙皇的思想产生了重大影响"，并且"她成了天使，也试图将身边人变为天使[466]"。

1821 年，克鲁登夫人对沙皇的影响逐渐减弱，她被逐出俄国，前往阿尔萨斯向穷人传教。但她脱离现实的思想和热忱的传教行为遭到了误解，只好去里加避难，后又逃亡到克里米亚。1824 年，她以修女的身份在克里米亚去世，围绕在她身边的是她的女儿，还有一群她曾施以援手的瑞士和德国的贫穷基督教徒。

克鲁登夫人狂热、热衷幻想而又无比虔诚，她的神秘主义信仰、"灵魂治疗"法可能是精神分析法的基础。一方面，作为沙皇、奥坦丝王后[467]和本杰明·康斯坦的私人顾问和精神导师，对她的行为评价褒贬不一，有时甚至为人诟病，但另一方面，她唤醒了贫苦农民对自身尊严的追求。

在克鲁登夫人看来，旅行不是为了观赏风景，而是实现其政治和

465　出自克鲁登夫人女儿朱丽叶特·德·克鲁登的日记，引自弗朗西斯·雷。

466　出自夏多布里昂《墓中回忆录》第十七卷第二章及第二十九卷第二十一章。

467　奥坦丝·德·博阿尔内（1783—1837）：路易·波拿巴之妻，1806 至 1810 年间为荷兰王后，后与丈夫分开。波旁王朝第一次复辟期间，她在巴黎举办沙龙。她被路易十八封为圣列伊女公爵，从 1817 年起居住在瑞士，是拿破仑三世的母亲。

宗教目标的途经。她在里加、巴黎、哥本哈根、罗马和日内瓦之间穿行，还深入孚日和瑞士德语区的村庄传教并照顾她的"病人"。她的身上有医生的品质、基督徒的信仰以及"重生者"的信念。她在动荡的欧洲不断跨越国界，展现了高尚的品性和值得尊敬的文学才华。

塞奈达·沃尔康斯基

（德累斯顿，1789—罗马，1862）

沃尔康斯基夫人的朋友们称她为"北方的高丽娜"，这一绰号来自斯塔尔夫人 1807 年创作的小说。当沙俄帝国车队从圣彼得堡出发，经瑞士和意大利抵达巴黎时，沃尔康斯基夫人也多次穿越欧洲大陆。

塞奈达在俄国贵族亚历山大·别洛塞尔斯基的三个女儿中排行第二，出生在德累斯顿，当时他的父亲作为叶卡捷琳娜二世的大使派驻在此地。这位外交官父亲是启蒙运动的参与者，与伏尔泰和卢梭有书信往来，他随后被派往都灵，在那里，塞奈达失去了母亲，之后她回到了自己的国家。

塞奈达由法国女管家们抚养长大，童年生活在俄罗斯首都，后在莫斯科的科齐茨基宫长大。若干年后，她在此举办了第一次文学沙龙，普希金称她为"灵感与美的女王"。

美丽的塞奈达有着拜占庭式的名字，她的智慧和独立精神吸引了众多仰慕者。她用法语写诗，热爱音乐，跟随音乐家弗朗索瓦·布瓦尔迪厄学习音乐，后者在皇家歌剧院担任要职。在莫斯科，活泼聪颖的塞奈达很快成为了沙龙和汇聚自由派知识分子斯特罗加诺夫学院[468]的明星人物。

在担任保罗一世的遗孀费奥多罗夫娜皇后的女官时，塞奈达结识了沙皇亚历山大，她十分欣赏沙皇的开明观念，两人在巴甫洛夫斯结成了密友，沙皇一生中给她寄去过许多深情的信件。1811 年，父亲去世后不久，这位富有的女继承人嫁给了尼基塔·沃尔康斯基，后者与他的兄弟尼古拉斯一同担任皇帝的副官。然而，他们的婚姻并不幸福，尽管有了一个儿子，这对夫妇还是走向了离婚。失败的婚约反而赋予了塞奈达独立生活的机会，她得以全身心地投入艺术和文学之中。

塞奈达期盼像斯塔尔夫人一样旅行，她在 1813 年战役中跟随亚历山大一世前往萨克森，拜访了在特普利采享受温泉的歌德。几周后，她在巴塞尔与沙皇重聚。1814 年 3 月 31 日，她陪同沙皇进入了被拿破仑遗弃的巴黎。在巴黎期间，塞奈达住在塔列朗宫，这里也是亚历山大的居住地。之后她随俄罗斯代表团访问伦敦，参观了位于考文特花园的英国皇家歌剧院。该年年底，她出席了重建欧洲的维也纳会议的开幕式。

在哈布斯堡王朝的首都，塞奈达见到了她丈夫的弟弟谢尔盖[469]，结交了喜爱贝多芬的拉祖莫夫斯基伯爵，并在他家中唱了几曲咏叹调，她还结识了教宗的外交官红衣主教康萨尔维。然而，塞奈达对上流社会的社交生活感到厌倦，次子的夭折使她变得消沉，她带着帮助东正教与天主教建立联系的任务，离开维也纳向罗马出发。

468　斯特罗加诺夫学院是一个文学与艺术沙龙，由塞奈达的表兄亚历山大·斯特罗加诺夫主持，塞奈达也在其自己组织的沙龙中担任模特。

469　塞奈达丈夫的弟弟谢尔盖·沃尔康斯基于 1825 年参加了十二月党人的起义，被捕后先是判处死刑，后改为流放西伯利亚，他与妻子玛丽亚·雷夫斯基一起在那里生活了 30 年，在此期间，玛丽亚写了《流放记忆》。

《塞奈达·沃尔康斯基肖像》

　　1815 年秋天，百日战争和滑铁卢战役之后，塞奈达前往巴黎，亚历山大在那里召集战胜拿破仑的国家，筹备建立神圣联盟。第二次旅居巴黎期间，她拜访了刚回国的斯塔尔大人，在法兰西喜剧院为马斯小姐的演出喝彩，还让巴黎的音乐爱好者认识了才华横溢的年轻音乐家乔阿奇诺·罗西尼，罗西尼此时已在罗马成名，塞奈达很喜欢他的歌剧作品《阿尔加尔的意大利女人》。

　　1817 年 5 月，塞奈达在莫斯科待了几天后，为了躲避针对性的攻击，她前往黑海沿岸的敖德萨居住了几个月。她在这个黎塞留公爵保护下发展起来的城市，租了一间大别墅，与讲法语的达官显贵们来往。1820 年返回圣彼得堡途中，她用法语写作了《四个消息》并出版，但她在文学上的追求却并不止步于此。

　　第二年前往罗马时，塞奈达在米兰停留，她祝贺罗西尼的作品《塞维利亚理发师》所取得的巨大成功，还结识了作家的朋友亨利·贝尔，也就是我们所熟知的司汤达。司汤达很欣赏这位有些古怪的放荡不羁的俄罗斯贵族女性，"非常了不起的女人，毫不矫揉造作，唱低音的歌声像天使一般[470]。"他如此评价。

　　又一次来到圣城，热爱文艺的塞奈达再次开展活动，她向在霍勒斯·韦尔内、托瓦尔森和卡诺瓦身边工作的俄国艺术家发出邀请，这些人中有画家亚历山大·布鲁伊洛夫、费奥多尔·布鲁尼、西尔维斯特·谢德林和雕塑家塞缪尔·加尔伯格[471]。作为一名出色的音乐家，塞奈达在罗西尼的歌剧亲自扮演谭克雷迪一角，还以席勒的戏剧《奥尔良姑娘》为灵感创作了一部歌剧，她自己担任主角出演了这部歌剧。此外，她还与旧友红衣主教康萨尔维与之重聚，后者此时已成为教宗庇护七世的国务卿，她赞扬了康萨尔维高超的艺术品位和开阔的国际视野。

　　1822年，塞奈达前往维罗纳与沃尔康斯基三兄弟会合，他们正在参加神圣联盟的一场大会。在那里，她再次见到了许多在维也纳结识的外交官，以及路易十八的驻英大使夏多布里昂，他正和迷人的雷加米埃夫人在一起。回到罗马后，她用几个月的时间写成了一部关于俄罗斯起源史的法文长篇小说《公元五世纪的斯拉夫》，并于1824年在巴黎出版，受到文学评论家的一致好评。

470　出自司汤达1820年3月3日写给马雷斯特男爵的信，引用了《朝圣的公主》，玛丽亚·费尔韦瑟著，康斯特勒出版社，1999年。

471　费奥多尔·布鲁尼（1799—1875）：画家，俄罗斯美术学院院长，1820年至1836年生活在罗马，曾为沃尔康斯基夫人画肖像画；西尔维斯特·谢德林（1792—1830），著名风景画家，1818年后居住意大利，画作多描绘那不勒斯海湾；塞缪尔·加尔伯格（1787—1839），雕塑家，1818年至1828年生活在罗马，曾在普希金死后为其制作面具，并创作历史学家卡拉姆津的纪念雕像。

　　次年，小说家塞奈达回到莫斯科，邀请当地知识分子来到别洛塞尔斯基府邸，这座豪宅中有一个私人剧院，摆放着莫里哀和奇马罗萨的半身像。塞奈达庆祝自己入选俄罗斯历史与考古学会，组织文学家和音乐家的聚会，崇尚自由精神的作家维亚泽姆斯基、巴拉滕斯基、扎科夫斯基均在其列，还有波兰诗人密茨凯维奇和年轻的普希金[472]。

　　1829 年，"朝圣的女贵族[473]"带着儿子、妹妹玛德琳和 10 个随从启程前往意大利，一行人经过波茨坦，然后在魏玛稍作停留。他们在俄语翻译的陪同下，拜访了年边的歌德。这场旅行与历史上的"壮游"很相似，他们一路前行抵达那不勒斯，最后在罗马特莱维喷泉附近的波利官结束旅程。

　　俄国画家费奥多尔·布鲁尼给世人留下了一幅沃尔康斯基夫人[474]的美丽画像，她身穿白色连衣裙，披着石榴红的披肩，发髻上系着黑色丝带，几缕卷发散落下来，勾勒出白皙的脸庞和忧郁的蓝眼睛。

　　塞奈达愉快地生活在罗马，她在克洛德水道沿岸购买了一大片地产，位于拉特朗大殿与耶路撒冷圣十字圣殿之间。她在那里建造了一座文艺复兴风格的房子作为避暑的去处[475]，这座建筑面朝一个花园，花园中开辟了一条"纪念小径"，两旁是石碑和骨灰瓮。这是她私人的先贤祠，为的是缅怀歌德、拜伦、普希金、沙皇亚历山大和红衣主教康萨尔维。

472　皮埃尔·维亚泽姆斯基（1792—1878）：诗人，曾翻译本杰明·康斯坦的作品，是普希金的好友；欧仁·巴拉滕斯基（1800—1844）：诗人，1844 年生活在意大利，是诺迪埃与拉马丁的朋友，他在那不勒斯去世；瓦西里·扎科夫斯基（1783—1852）：诗人，1844 年生活在罗马，曾翻译歌德和席勒的作品；亚历山大·普希金（1799—1837）：著名诗人、剧作家，沃尔康斯基夫人的好友，在一次决斗中逝世于圣彼得堡。

473　出自《朝圣的公主》，玛丽亚·费尔韦瑟著。

474　指塞奈达。——译注

475　沃尔康斯基夫人的府邸如今已是英国驻罗马大使馆的官邸。

在这个浪漫的充满回忆的玫瑰园中，塞奈达接待了沃尔特·斯科特爵士、美国作家詹姆斯·费尼莫尔·库柏以及作曲家格林卡和多尼采蒂，他们用钢琴为女主人的美妙歌声伴奏。1837 年，塞奈达因秘密皈依天主教而在圣彼得堡宫廷受到冷遇，她回到了罗马，得知普希金的悲惨死讯后十分痛心。然而几天后，她惊喜地在家中见到了果戈理和画家亚历山大·伊万诺夫[476]，两人成了她的新朋友。

1840 年，塞奈达最后一次回到俄罗斯，途经华沙时她与在外交部门任职的儿子见了面。沙皇命令她恢复东正教的信仰，她不顾威胁拒绝了这一旨意，再次去意大利侨居。1845 年，当她得知果戈理在失魂落魄中烧毁了《死魂灵》第二卷的手稿时，向他敞开了别墅和花园的大门，确保他能在良好的环境下继续写作。1844 年丧偶后，塞奈达加入了玛丽修女会和方济各会，晚年致力于宗教活动和慈善事业，受到人们的爱戴。1862 年，她以修女的身份在罗马别墅去世，享年 73 岁，安葬在罗马巴洛克风格的圣文森佐与阿纳斯塔西奥教堂中，教堂面向特雷维喷泉，离她曾经的居住之地并不远。

塞奈达远离圣彼得堡宫廷的优渥生活，在莫斯科和罗马投身文学和艺术活动。她是一位思想独立的女性，有着自由的精神；她不断地旅行，皈依天主教并从事慈善事业，这一切都使俄罗斯社会感到震撼。

尽管她的法语文学作品并未经受住时间的考验，但她对俄罗斯艺术家和作家的奉献、对正义事业的热忱以及她作为调解者的身份值得进一步关注。如果没有她的沙龙，19 世纪二三十年代的罗马文化生活

476　亚历山大·伊万诺夫（1806—1858），画家，1831 年到 1858 年生活在罗马，果戈里的好友，曾为其绘制两幅肖像画。

便失去了一抹独特的色彩，这正是她所带来的东正教和斯拉夫文化的魅力。

多萝西——库尔兰公主、佩里戈尔伯爵夫人、
迪诺公爵夫人、萨根公爵夫人
（1793，柏林—1862，萨根）

19世纪初，俄罗斯战役之前，坐落于沙俄帝国西部边界地区的库尔兰公国继承了汉萨同盟、新教和德国的传统，这个国家不断引发着东欧贵族的想象和好奇，其中一个原因就是在米陶和里加两地的小型宫廷长大的公主们。

多萝西是彼得·冯·布隆公爵的第四个女儿，在1795年俄罗斯吞并库尔兰之前，他的家族一直统治着这个国家，她与母亲及三个姐姐组成了这个波罗的海美人家族。作为家族的幼女，多萝西外貌精致，挺直的鼻子、瓷白的皮肤、茂密的棕色头发和深蓝色的大眼睛，有着令人不可抗拒的魅力和南欧风格，使人想起歌德笔下的迷娘[477]。多萝西自幼远离母亲，与路易丝王后的孩子们一起在柏林长大。1806年法国占领普鲁士期间，多萝西和家人前往库尔兰避难，他们在米陶[478]的城堡中过着简朴守旧的生活，直至战争结束才重返普鲁士的首都。这座城堡也是普罗旺斯伯爵，即路易十八流亡期间的住所。

富有且博学的女继承人通晓多种语言，知名追求者甚多，却最终嫁给了塔列朗[479]的侄子埃德蒙·德·佩里戈尔伯爵，一位职位不高的

477　歌德小说《威廉·麦斯特的学习年代》中的人物。
478　米陶即拉脱维亚城市叶尔加瓦。
479　全名夏尔·莫里斯·德·塔列朗-佩里戈尔。——译注。

库尔兰公主多萝西 17 岁肖像画，
1810 年

军官。是塔列朗与沙皇一同谋划了这桩婚事。然而，政治联姻并不能
使人幸福，这对夫妇在三个孩子出生后分开。1811 年，这位美丽的库
尔兰女人改宗了天主教。

　　玛丽-路易丝王后的女官、成为了巴黎人的多萝西以其优雅风度和
聪明才智在巴黎圣克卢的沙龙中备受瞩目。她成为外交部长贝内文托
亲王[480]身边的重要人物，作为亲王的女伴陪同他和法国代表团参加了
维也纳会议。

　　精通德国和法国文化的多萝西在亲爱的"舅舅"——一位曾背叛
拿破仑并促成波旁王朝复辟的老练外交官——身边学习外交谈判和女
性魅力的法则。她母亲和离异的姐姐们也过着浮华的生活，与外交官

480　即塔列朗。——译注

梅特涅过从甚密。母女几人住在法国大使馆，多萝西则成了花甲之年的亲王的情人，后者曾与她母亲有过同样的关系。她搬入圣夫洛朗坦别墅居住，与塔列朗的私情在法国王室引发了非议，不过，绯闻的主角设法平息了事端。

在接下来的 15 年里，令波旁王朝君主们不满的塔列朗辞去职务，佩里戈尔伯爵夫人却一直伴他左右。1817 年，在塔列朗的帮助下，她被那不勒斯国王册封为迪诺[481]公爵夫人。她是一位出色的女主人，已婚的独立女性，兼有母亲和情人的身份，与她的良师塔列朗多次到比利牛斯山脉旅行，也曾独自一人前往吕雄和巴涅尔两地治疗神经痛。之后，她到宏伟的瓦朗塞城堡中居住——这座城堡是亲王的财产，还在位于都兰的罗切科特城堡中招待友人。

普吕东画笔下的公爵夫人散发着成熟、优雅的光芒，她微笑着，穿着宽领浅色连衣裙和深色毛皮披肩，画面突显了她白皙的肤色、深邃的目光和带着头饰的乌发。

1830 年，在塔列朗的策动下发生了七月革命，查理十世退位后，路易-菲利普上台，76 岁的外交官重返政坛。他被任命为驻英国大使，和多萝西两人在伦敦遇到了不少老朋友，特别是成为英国首相的威灵顿公爵。在英国首都，公爵夫人重新与年迈的亲王（她是他的顾问和知己）一起工作，并与青年才俊、法国外交官阿道夫·德·巴古开始了长达 30 多年的通信。两人共同完成的信件集于 1909 年出版，名为《编年史（1831—1862）[482]》。

塔列朗于 1835 年去世，公爵夫人此后开始了新的自由生活。她

481　迪诺岛，位于那不勒斯海岸附近的一个小岛。

482　详见阿道夫·巴库尔《一位外交官的回忆录》，1882 年出版。

重新回到祖国的怀抱，结束了在法国 30 年的旅居生活。1840 年，她与儿时相识的普鲁士国王腓特烈·威廉四世重新取得联系，定居在下西里西亚的君特斯多夫城堡，然后从侄子手上购买了位于萨根的大片土地——这里是普鲁士王国的领土，幅员辽阔，居住着几千人，红砖砌成的宫殿庇护着库尔兰公爵家族的丰富藏品[483]。

　　年愈五旬，风韵犹存的公爵夫人成为小型公国的统治者，每年都派代表去参加柏林的会议，她在新的守护者费利克斯·德·李赫诺夫斯基的陪伴下过着贵族生活。李赫诺夫斯基是一名有着匈牙利血统的年轻骑兵，李斯特的朋友，深得公爵夫人赏识，并陪伴她直到最后。1846 年，多萝西仍前往罗马、那不勒斯和威尼斯进行家庭旅行，这些地方"没有什么娱乐活动，但一切都是奇特的……[484]"。她有许多旧友，与历史学家普罗斯佩·德·巴兰特、路易·菲利普国王的妹妹阿德莱德夫人以及梯也尔、基佐等人也保持着书信联络。公爵夫人努力促成了塔列朗回忆录的出版，还完成了自己的回忆录，1908 年，在孙女玛丽·德·卡斯特兰的推动下，回忆录在巴黎分成 7 卷出版。一个风雨交加的夜晚，公爵夫人在乡下遭遇车祸，她侥幸活了下来。1862年 9 月 19 日，她在不断改建的萨根城堡中离开人世。

　　萨根公爵夫人是波罗的海和普鲁士人，在内心深处、文化和旅居地的选择上，又是一位法国人，她的双重身份使她对国际局势有着长远的目光，而她有时也正是历史事件的见证者。这位东方的"瑟西女神[485]"

483　萨根城堡如今属于波兰，位于弗罗茨瓦夫以西的鲁布斯卡省，距离德国不远。城堡由华伦斯坦建造，四周河流环绕。

484　出自 1846 年 2 月 20 日多萝西写给法国贵族、驻圣彼得堡大使及历史学家普罗斯佩·德·巴兰特的信，引自弗朗索瓦兹·德·贝尔纳迪的《塔列朗最后的爱》。

485　出自基佐写给斯帕林夫人的信，收录于《通信集》。引自弗朗索瓦兹·奥贝尔-埃奈的作品《迪诺公爵夫人的命运》。

在其城堡的花园内开办了一所学校和一家孤儿院。关于她的记忆不应限于风流韵事，而应扩展至 19 世纪初期的世界文化史。

富有而美丽的多萝西本可以像母亲和姐姐一样，满足于寻欢作乐的生活，然而作为一位独立女性，她更愿意跟随塔列朗亲王，向他学习外交的奥秘。她受过良好的教育，常阅读博须埃和芬乃伦的作品，我们不应简单地将她视作一个阴谋家。虽然她撰写的《编年史》和《回忆录》不足以使其跻身一流作家之列，但这些作品依然体现了她对政治的热爱，以及在动荡年代，她对于她所游历的欧洲的归属感。

追寻美与自由
俄国作家的瑞士、意大利之旅

18 世纪末，英国人的"壮游"在俄国也蔚然成风，成为培养年轻贵族的必经之路。曾几何时，25 岁的彼得大帝造访荷兰、英国、德国、奥地利和法国。一个世纪后，叶卡捷琳娜二世之子保罗大公和他年轻的妻子玛丽亚·费奥多罗夫娜的欧洲之旅使瑞士和意大利成为精英之旅的中心[486]。

19 世纪，阿尔卑斯山、瑞士和意大利的迷人风光，波西米亚和德国的温泉小镇，新开业的豪华酒店以及瑞士某些地区对政治流亡人士的热情接待，都吸引着俄罗斯作家、艺术家来到这里。

从圣彼得堡到瑞士的旅行方式历经演变，从租赁马车发展到驿车，1845 年之后又改乘火车。游客通常在

---

[486]　1782 年秋，未来的沙皇保罗一世（1754—1801）和妻子化名谢韦尔内伯爵和伯爵夫人，造访了洛桑、沃韦、伯尔尼和伯尔尼高地（图恩、格林德瓦冰川和劳特布伦瀑布）、伯尔尼、苏黎世、沙夫豪森和巴塞尔。具体请见《壮游》一章。

柏林、德累斯顿和慕尼黑停留，然后在苏黎世、洛桑和日内瓦长期居住，或者乘坐雪橇或轿子翻越阿尔卑斯山到达米兰、威尼斯、罗马和那不勒斯。

无与伦比的赫尔维蒂

群峰之上，一片宁静……

——*歌德*

　　这批游人的杰出代表之一是俄罗斯帝国的历史学家尼古拉·卡拉姆津（1766—1826），他是著名保守派刊物《欧罗巴导报》的创办人，曾造访过瑞士和意大利，还在法国见证了大革命的浪潮。5 年后，他回到俄国出版了《一个俄国旅行家的书信》，这是一本新奇的信件集和旅行日记，很长时间内，对于来自东方的旅行者而言，这部作品体现了"感伤主义"的文艺思潮，也是一部瑞士旅行指南[487]。

　　在去德国的路上，卡拉姆津首先在柯尼斯堡逗留，在那里与康德见面。他在柏林待了 10 天，然后穿越萨克森州去魏玛与诗人维兰德交谈。在瑞士期间，旅行者用好奇的、有时甚至是批判的目光欣赏这个国家，在他看来，瑞士的风光是无与伦比的。从巴塞尔到伯尔尼，从苏黎世——在那里他与面相学的发明者拉瓦特畅谈——到沙夫豪森，他沿着日内瓦湖乘坐邮车或者步行前行。在伯尔尼高地，他欣赏了里吉山和少女峰的风光，参观了格林德瓦冰川以及壮观的劳特布龙嫩和赖兴巴赫瀑布。"瀑布的撞击声令人震耳欲聋，"他写道，"我失去意识，昏倒

487　和卡拉姆津一样，小说家劳伦斯·斯特恩的《伤感旅行》(1768 年) 也在英国大获成功。

在地。[488]”离开日内瓦后，卡拉姆津前往费尼，毫不意外地在伏尔泰家中空无一人的客厅里见到了叶卡捷琳娜二世的画像。然后他去克拉伦斯感受卢梭的《新爱洛伊丝》，并在圣伯多禄岛追寻卢梭的足迹。

　　1790 年，卡拉姆津从革命动乱中的斯特拉斯堡启程，中途停留巴黎后在伦敦结束旅程。回到圣彼得堡后，《信件》的出版在俄国引发了人们对威廉·退尔的国度的极大热情。

　　瑞士也是诗人瓦西里·茹科夫斯基（1783—巴登，1852）的兴趣所在。他在卡拉姆津之旅的 25 年后造访瑞士，在日记中绘制了最具代表性的美景，例如沙夫豪森的莱茵瀑布、洛桑的阿尔卑斯山、圣哥达隧道和卢塞恩湖畔。“……在高处，（从里吉山上）我看到了日落，尽管乌云遮蔽了天空，我仍目睹壮观的景象[489]。”1833 年，作家、艺术家茹科夫斯基与德国浪漫主义画家卡斯帕·大卫·弗里德里希通信，在洛桑见到了沙皇亚历山大一世曾经的老师——年迈的拉哈尔

费奥多尔·安东诺维奇·莫勒，
《果戈里肖像》，
1840 年

488　引自米哈伊尔·希什金的作品《俄国人的瑞士》，法亚尔出版社，2007 年。
489　同上

佩，并将拜伦的《西庸的囚徒》译成俄文[490]，效仿几年前的法国小说家塞南库，向美丽的赫尔维蒂致敬[491]。

19世纪下半叶，几位最负盛名的俄国作家前往这个热情好客的国家，果戈理和托尔斯泰曾在此游历，陀思妥耶夫斯基则在此生活和工作[492]。

1836年秋天，尼古拉·果戈理（1809—1852）在出版《塔拉斯·布尔巴》后开始创作《死魂灵》，他在去巴黎途中游览了瑞士。在《狄康卡近乡夜话》与《钦差大臣》的作者看来，这些山川湖泊美得超乎想象，尽管他惊叹不已，但面对如此美景，他却陷入了对乌克兰平原的乡愁之中。在作品《俄国人的瑞士》中，米哈伊尔·希什金引用了作家写给诗人尼古拉斯·普罗科波维奇的信件，信中显然表明了旅行者的心态："如何评价瑞士呢？除了明信片上的风景之外没有别的，以至于我感到厌恶，如果此时此刻我置身于我们那并无美感的自然风光之中，看着我们的木屋和灰色的天空，我会为此惊叹，如同见到奇特的风光。"果戈里忧郁的性格在一定程度上解释了他对瑞士，特别是日内瓦的失望之情，阿尔卑斯山的风景对他而言似乎太过完美。果戈里从他并不喜欢的洛桑出发前往沃韦，在那里"遭遇狂风和严寒的天气"，他决定重新开始写作《死魂灵》，他曾答应普希金写完这部作品。最后在启程前往法国之前，他前往费内，像拜伦勋爵和瓦西里·朱可夫斯基一样，将自己的名字刻在了西庸城堡囚室的柱子上。

490　茹科夫斯基后来成为沙皇亚历山大二世的老师。拜伦的诗歌作品《西庸的囚徒》灵感来自爱国者波尼瓦尔的故事，波尼瓦尔是日内瓦人，16世纪时曾被囚禁在城堡的地牢中。
491　参考艾蒂安·德·赛昂库尔（1770—1846）的《阿尔卑斯沉思者》，赛昂库尔的书信体小说《奥伯曼》是前浪漫主义文学流派的代表作。
492　详见本书相关章节。

卡尔·科尔曼，《夜晚驿站前的三套马车》，水彩画，1835 年

19 世纪下半叶，前往瑞士的俄国旅行者已经有了卡拉姆津的信件、茹科夫斯基的日记和卢梭的书籍，他们不再缺乏信息和联络方式，其中就包括托尔斯泰伯爵（1828—1910）。克里米亚战争期间，他曾在高加索和塞瓦斯托波尔担任过军官。1857 年 2 月 21 日，这位未来的小说家、《战争与和平》的作者开始了前往巴黎的旅程。他乘坐驿车和火车花了 12 天时间抵达位于里沃利街的莫里斯酒店，与好友屠格涅夫和涅克拉索夫见面。然而，托尔斯泰对仍在使用断头台的法国感到失望，他并没有在巴黎停留很久，于 4 月乘火车前往瑞士[493]。他坐在尘土飞扬的车厢中，向着加尔文市前进，幻想破灭的托尔斯泰在日记中写道："火车之于旅行，就如同妓院之于爱情：方便、机械、单调。[494]"

493　托尔斯泰曾在巴黎目睹处决杀人犯的场面，并留下恐怖的回忆。

494　出自托尔斯泰《日志与手记》，第一卷，1857 年出版。伽利玛出版社"七星文库"丛书。

亚历山大卡拉姆,《橡树景观》,1895 年,冬宫

　　年轻的托尔斯泰住在日内瓦的布尔格酒店，并结识了他父亲的两个堂姐妹，亚历山德拉·托尔斯泰和伊丽莎白·托尔斯泰伯爵夫人，他们住在沙皇尼古拉一世的女儿玛丽女大公的府邸博卡奇别墅之中[495]。

　　艺术爱好者托尔斯泰在瑞士拜访了画家亚历山大·卡拉姆，"一个狭隘但才华横溢的人"，他画笔下的高山风景、壮观的暴风雨和雪崩场景装饰着圣彼得堡贵族的沙龙。卡拉姆是一位炙手可热的艺术家，许多俄国画家追捧他的写实风格并造访他的画室，其中包括伊万·希什金[496]。

　　之后，托尔斯泰在沃韦以东的克拉伦斯住下，他鼓起勇气决定到伯尔尼高地徒步旅行 7 天。他和一位年轻的俄罗斯朋友一起从蒙特勒出发，经过因特拉肯和厄堡抵达格林德瓦，他虽然抱怨旅途中肮脏的床铺和臭虫，但最终完成了一次和拜伦勋爵 1816 年的行程非常类似的徒步旅行[497]。

　　在群山中央，维多利亚酒店的露台上，面对白雪皑皑的少女峰，紧邻壮观的冰川，托尔斯泰创作了小说《哥萨克》，虽然远离故乡，俄罗斯仍然是他的关切所在。"有着白皙胸脯"的瑞士农妇让他想起莫斯科女人，唤醒了他对辽阔平原的思念，在他的日记中，这份乡愁在字里行间流淌："这个国家，尤其是呈现出一种极美的蓝色的日内瓦湖，是值得赞美的。但没有任何地方的春天能像我们家乡的春天那般美丽。"7 月，托尔斯泰在湖畔的卢塞恩度过了几天，他认为卢塞恩湖是"瑞士最浪漫的地方之一"。他住在富有的外国游客时常光顾的施韦泽霍夫酒店，

495　博卡奇别墅如今成为了瑞士万国宫的附属建筑。

496　亚历山大·卡拉姆（1810—1864）：风景画家，1824 年旅居意大利，其作品赞美瑞士自然风光，受到海伦女大公等王室成员的喜爱；伊万·希什金（1832—1898）：俄国风景画家，属于巡回展览画派，是卡拉姆的学生。

497　参见米哈伊尔·希什金《沿着拜伦和托尔斯泰的足迹》（黑白出版社，2005 年）以及本书关于拜伦的章节。

在舒适的环境中写作了短篇小说《卢塞恩（一个穷人的故事）》，灵感来自他亲眼目睹的一件事。这篇小说像一个道德故事，谴责了俄国游客在度假时粗鲁愚蠢的行为，他们取笑一位"穿着黑衣的小个子男人"，一个弹吉他唱歌，在酒店门口赚取报酬的"平庸但动人的艺术家"。

7月22日，托尔斯泰在沙夫豪森出发离开瑞士，途经斯图加特和巴登。他在火车上阅读歌德和勃朗特姐妹的书，穿过普鲁士，在波罗的海的斯泰丁乘船抵达圣彼得堡。8月6日，托尔斯泰终于到达莫斯科，回到位于亚斯纳亚波利亚纳的住处。3年后，他再次出发去学习欧洲一些城市的教学方法，他去到马赛、罗马、巴黎和布鲁塞尔，在伦敦遇到了流亡的同胞亚历山大·赫尔岑，他向赫尔岑讲述了刚刚观看的斗鸡和拳击比赛。

托尔斯泰是一个古怪的旅行者，一个反旅行者，他的日记记录了他的行程、遭遇、赞美之情和日常烦恼。他在远离俄罗斯平原的木屋后，一直深深思念心爱的祖国，无论身处怎样的奇景，他都像陀思妥耶夫斯基一样笔耕不辍。瑞士之旅期间，卢塞恩的经历为他带来独特的启发，他发现"无处不在的运动、不对称、古怪，无穷的阴影和线条混合在一起，同时，平静、柔和、和谐和渴望构成了绝对的美丽"。

19世纪中叶，具有新教、自由和包容传统的日内瓦、苏黎世和伯尔尼的城市和地区，迎来了大量躲避沙皇警察追捕的政治流亡者、社会主义者、无政府主义者和革命者。他们在瑞士找到了庇护之所，进入对外国学生开放的大学。正如米哈伊尔·希什金精辟的总结："这个小国是震撼20世纪的俄罗斯革命的摇篮。[498]"

遭到俄国驱逐的作家亚历山大·赫尔岑（1812—1870）见证了这

498　引自米哈伊尔·希什金。

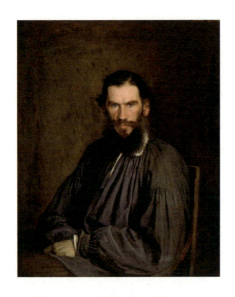

伊凡·克拉姆斯柯依，
《托尔斯泰肖像》，
1873 年

一知识分子、自由主义者和预见者的远行，他是受到托尔斯泰敬仰的"俄国社会主义之父"。1847 年之后，他多次前往巴黎、伦敦、罗马、尼斯和日内瓦旅行。赫尔岑写作了许多政治哲学著作和批判沙皇政权的文章，其父是俄罗斯贵族，母亲是来自德国的女仆，他一生追求使用非暴力手段在俄国建立社会主义制度，捍卫每个人的自由。在他的回忆录《往事与随想》和三部体现社会主义思想的小说[499]中，他发展了自己的观点，并且表现了个人的悲惨境遇。

　　1848 年，赫尔岑参加巴黎革命后到伦敦定居，他与来自欧洲大陆的政治避难者卡尔·马克思、路易·布朗、科苏特、马志尼和加里波第建立了联系。1864 年，他返回"瑞士的俄罗斯首都"日内瓦居住。

―――――――
499　分别是《谁之罪？》《偷东西的喜鹊》和《克鲁波夫医生》。

得益于罗斯柴尔德银行的支持和一位资助反沙皇宣传活动的俄国人的慷慨解囊，赫尔岑与第二任妻子、女儿们和他们的德国朋友玛尔维达·冯·梅森堡[500]一起居住在布瓦西埃城堡中。在此期间，赫尔岑致力于出版社会主义期刊《北极星》和《警钟》，在俄国侨民群体中得到广泛传播。

赫尔岑并不欣赏日内瓦。"关于这个城市的印象，"他写道，"对我来说，总是离不开最为冷漠的高个男人和最为冷酷的寒风——卡尔文和北风，我两者都无法忍受。[501]"他更不喜欢苏黎世，在那里他遭到当地政府的纠缠，他们密切监视留着胡子的和长发的俄罗斯人。他最终在弗里堡获得了瑞士护照，这是一把珍贵的钥匙，使他可以自由地前往英国和意大利，之后他还去了法国并于1870年在那里去世。

在赫尔岑的流亡生活中，瑞士是他的第二故乡，自由的故乡。在瑞士各地的旅行、在日内瓦的长期居住以及对巴黎和伦敦的频繁造访，使他能够跟随社会主义思潮的发展并缓和了激进的想法。

作家米哈伊尔·巴枯宁（1814—1876）撰写了一系列批判性的革命文章，日内瓦和伯尔尼是他的旅行中继站和思想高地。1843年，这位政治冒险家、无政府主义的"活传奇"抵达瑞士。在1848年"人民之春"期间，他曾在萨克森、俄罗斯和西伯利亚入狱，然后他前往日本和美洲，之后抵达伦敦。1866年，巴枯宁与年轻的波兰妻子一起先后在那不勒斯和伊斯基亚两地居住，他结识了热心且富有的女贵族

500　赫尔岑居住的布瓦西埃城堡位于日内瓦附近，曾是尼古拉二世的兄弟君士坦丁大公的第一任妻子安娜大公夫人的府邸；玛尔维达·冯·梅森堡（1816—1903），贵族出身的德国女作家，以参与女权主义运动以及与尼采的关系而闻名。她曾在赫尔岑流放期间陪伴他，担任赫尔岑女儿娜塔莉和奥尔加的家庭教师。详见本书"两位女知识分子的欧洲之旅"一章。

501　引自米哈伊尔·希什金。

米哈伊尔·巴枯宁，纳达尔摄，1870 年

佐伊·奥博伦斯卡娅，后者在她位于卡萨米乔拉的豪宅中接待了许多革命者[502]。巴枯宁于 1867 年返回日内瓦，作为重要人物参加了和平与自由联盟大会，大会汇集了众多热烈的革命理论家和新加入的成员。巴枯宁成为了俄国年轻侨民的明星，长期居住在瑞士，在餐厅和酒馆里宣传革命思想，预言沙俄帝国的崩溃，并于 1868 年 9 月在沃韦出版了第一期《人民事业》，这本杂志比赫尔岑出版的期刊更加激进。巴枯宁作为人民权利的捍卫者的形象深入人心。1872 年，他移居苏黎世，当地的俄国女大学生隆重地迎接了他。在纳沙泰尔州的汝拉山区停留期间，他试图引导拉绍德封地区的钟表匠进行革命，之后他在提

---

502   奥博伦斯卡娅夫人（1828—1897）与莫斯科总督离婚后，到那不勒斯定居，她曾为许多俄国和意大利的无政府主义者提供资助。（参考洛伦扎·福斯奇尼的《巴枯宁身边的女贵族》，伏尔泰堤岸出版社，2017 年。）

契诺州定居，过着舒适的生活，并写作了《国家制度和无政府状态》和他的理论著作《社会革命或军事独裁》。1876 年，心情平静但身患疾病的巴枯宁到伯尔尼求医。他"像朱庇特神一样头发蓬乱、醉醺醺的大胖子，好像刚从俄罗斯小酒馆过夜回来[503]"，于 1876 年 7 月 1 日在伯尔尼去世，他受到革命热情推动并对全世界产生影响的流浪人生自此落下了帷幕。

继巴枯宁之后，19 世纪末，许多抨击时政的作家和记者、革命无政府主义的理论家和未来的苏联领导人都曾到瑞士这个好客的国度进行或长或短的旅居。彼得·克鲁泡特金（1842—1921）曾在日内瓦出版了他的报刊《反抗者》并撰写了《一个反抗者的话》，还有"俄国马克思主义之父"格奥尔基·普列汉诺夫（1856—1918）以及二十世纪初的弗拉基米尔·伊里奇·乌里扬诺夫（列宁）（1870—1924）。列宁曾在日内瓦大学不远处写作好几部重要著作。

"意大利的灿烂天空下"

1837 年 1 月 29 日，果戈理在巴黎得知朋友普希金在圣彼得堡的决斗中丧生的消息，在失去挚友的痛苦中，他开始了第一次"意大利的灿烂天空下[504]"的旅行。

3 月初的春日艳阳下，他经由热那亚和佛罗伦萨前往圣城罗马。"我们会缓慢地、一点点地爱上罗马，但这种热爱是终生的。简而言

503　出自帕维尔·安年科夫写给屠格涅夫的信，引自米哈伊尔·希什金。
504　出自果戈里 1837 年 10 月 30 日写给茹科夫斯基的信，引自亨利·特罗亚的《果戈里传》，弗拉马利翁出版社，1971 年。

之，整个欧洲的存在只是为了参观，而意大利是为了生活。[505]”教宗城的古建筑和巴洛克式的辉煌深深震撼了果戈里，他先是像普通游客般走马观花，然后效仿真正的罗马人漫步其中。他住在巴贝里尼宫附近的圣伊西多罗路的一个小房间内，后来又搬到希丝缇娜路的公寓内和两个俄国人[506]同住。果戈里常到公寓不远处的美味咖啡馆喝热巧克力，品尝冰淇淋，还时常造访西班牙广场。沃尔康斯基夫人[507]在切利奥山的大别墅中招待侨居罗马的俄国文人和艺术家，果戈里是她的座上宾之一。他还在沙皇业历山大一世旧友组织的沙龙中结识了画家亚历山大·伊万诺夫，后者是列宾美术学院的艺术家，正在创作一幅巨幅宗教画[508]。果戈里被这位新朋友的创造激情鼓舞，重新拾笔写作《死魂灵》。

从巴登旅行回来后，果戈里又去了马焦雷湖、米兰和佛罗伦萨等地，然后到了那不勒斯，在列普尼娜夫人[509]的斯塔比亚海堡中做客。果戈里在旅行中忘却了病痛，在意大利乐不思蜀。

1838 年 12 月，果戈里在罗马对年轻的俄国伯爵约瑟夫·维尔戈尔斯基产生了一种奇特的热情，后者患上了肺痨，在沃尔康斯基夫人的府邸去世。维尔戈尔斯基的病危和逝世成为了果戈里心中的伤痛，他将这段经历写成一篇名为《别墅之夜》的悲怆文字。

这段短暂的友谊画上句点之后，果戈理重新踏上了旅途。他去了维也纳、马里恩巴德，然后到了莫斯科，此时，莫斯科大剧院正在上演

505　出自果戈里 1837 年 4 月 15 日写给丹尼莱夫斯基的信，引自亨利·特罗亚，书名同上。
506　帕诺夫以及作家、文学评论家帕维尔·安年科夫（1813—1887）。
507　详见本书“来自北方的游客——克鲁登夫人、沃尔康斯基夫人和迪诺公爵夫人”一章。
508　亚历山大·伊万诺夫（1806—1858）在罗马创作了画作《基督现身人间》（1837—1858），现藏于莫斯科特列季亚科夫画廊。果戈理曾观赏这幅画作。
509　瓦尔瓦拉·列普尼娜夫人（1809—1891）：果戈里的好友，两人在巴登相识。

《钦差大臣》。尽管戏剧大获成功，但果戈里仍然思念着意大利。"哦，为了上帝和所有圣徒的爱，愿我速速离开此地，愿我去罗马，愿我的灵魂在那里安息，"他写道，"快点！快点！我就要在这里断气了。[510]"

1840 年 5 月 18 日，果戈里在筹集了旅途所需的资金后，途经的里雅斯特、威尼斯和博洛尼亚抵达罗马。"我出生在这里，"他写道，"俄罗斯、彼得堡、大雪、恶棍、政府、大学、剧院，这一切都只是一场梦。我在我的故乡醒来……[511]"回来后，他重新修改了《死魂灵》，第一卷经过 6 年的创作即将完工，同时，他再次成为了希腊咖啡馆和野兔餐厅的常客，并在那里与为他绘制肖像画的画家朋友伊万诺夫和莫勒聚会。

1841 年，在莫斯科第二次短暂居住期间，果戈里出版了《乞乞科夫的历险或死魂灵》。1842 年 6 月，他再次启程前往意大利，并于 12 月第三次抵达罗马。次年，他与诗人茹科夫斯基一起前往威斯巴登、埃姆斯和巴登治疗胃病。然后，他在斯米尔诺瓦夫人[512]的陪伴下到尼斯待了几个星期，这位宽厚的仰慕者为他排解了忧愁。最后，1845 年的第四次罗马之行期间，沙皇尼古拉一世正式访问教宗格里高利十六世，果戈里也经历了一系列挫败之事。

疲惫而沮丧的果戈里唯有启航前往东方和圣地，他的宗教信仰召唤着他，他对虔诚派的兴趣日益浓厚。1848 年 1 月，一艘轮船将他送到马耳他和君士坦丁堡。然后，他乘坐一艘停靠在士麦那（现在的伊兹密尔）的奥地利轮船抵达贝鲁特。几天后，在俄罗斯领事的陪同下，

510　出自果戈里 1840 年 1 月 25 日写给博戈丁的信，引自亨利·特罗亚的《果戈里传》。
511　出自果戈里 1837 年 10 月 30 日写给茹科夫斯基的信，引自亨利·特罗亚的《果戈里传》。
512　亚历山德拉·斯米尔诺瓦（1809—1882）：俄罗斯高官的妻子，1842 年在尼斯结识了果戈里。

博尔盖赛公园果戈里塑像

果戈里前往耶路撒冷，见到了这座破败陈旧、被奥斯曼帝国占领的老城，他感到深深的失望。

　　3 个月后，尼古拉·瓦西里耶维奇·果戈里抵达君士坦丁堡，启程前往敖德萨，然后回到波尔塔瓦附近的瓦西里耶夫家族庄园与母亲和四个姐妹重聚。在这一时期，旅行的作家重新回到俄国并开始写作《死魂灵》的第二部。然而极度抑郁且患重病的果戈里烧毁了第三版手稿，于 1852 年 2 月 21 日在莫斯科离世，享年 43 岁。

　　果戈理是不知疲倦的旅行者，是"孤独的鸟[513]"，短短一生中在国外度过了 18 载光阴。对这个羸弱的小个子男人而言，旅行是一种必需品，是永远的逃避，使他能够与俄国人民建立深厚的关系，用文字表达了俄国的精神、人性和诗意。

　　罗马绝对是果戈里的心仪之地，在贝尔纳多特大街的博尔盖塞公园，有一座青铜雕像缅怀这位"尼古拉先生"，人们可以辨认出他的鹰钩鼻、齐肩长发和哥萨克胡须。他坐在椅子上，穿着长外套和沉重的靴子，弯曲的膝盖托起一个装饰着月桂的肖像面具，使人记起他也是一位杰出的剧作家。雕像的题词提醒人们他曾在罗马描写遥远的俄国。永恒之城以这样的方式纪念这位《外套》和《死魂灵》的作者，他在所有俄国作家中是最为罗马化的一位。

忘我的旅行者
费奥多尔·陀思妥耶夫斯基

（莫斯科，1821—圣彼得堡，1881）

> 那是在十一月底，融冰、潮湿和多雾的天气，从华沙来的火车开足马力驶入彼得堡，雾气浓重，早上九点天才微亮；透过车窗，很难看清铁路左右两侧的景象。（《白痴》，第一部分）

陀思妥耶夫斯基经常旅行，但他从来都不是观光客。他说一口流利的德语和法语，但对外国却没什么兴趣，他讨厌德国人、瑞士人、波兰人、犹太人，也毫不在意法国人。然而，波折的个人生活和文学生涯时常令他不得不离开，甚至长时间离开圣彼得堡和他所热爱的祖国。为了治病和避债，作家曾在西欧旅居将近4年，在莱茵河谷的温泉小镇、日内瓦湖畔停留，在托斯卡纳城中过冬。

1862年6月第一次出国时，陀思妥耶夫斯基"有着犯人似的苍白的脸[514]"，他年届四旬，与一位年轻的寡妇结婚 5 年。此时，这位前军事工程师已出版了《穷人》，曾在西伯利亚鄂木斯克的监狱中关押近 4 年，他因参加一个信奉傅里叶主义的革命团体遭到沙皇尼古拉一世的警察的逮捕。流放归来后，他出版了《死屋手记》，迫不及待地想去探索西方，拿到新护照便乘坐火车去了巴黎，然后在伦敦与几位同胞见面，包括社会主义哲学家赫尔岑和无政府主义理论家米哈伊尔·巴枯宁。在与流亡的俄国知识分子接触后，他重新焕发活力，回到法国继续旅程，途经科隆前往瑞士和意大利。次年夏天，他再次前往巴黎，在那里他与情人宝琳娜·苏斯洛娃重聚，然后独自前往德国。在威斯巴登，他沉浸在赌场迷人而有害的氛围之中，显露出对赌博的兴趣[515]。

　　当我进入赌场时（这是我人生第一次），我在那里站了一会儿，并没有下定决心要玩。况且，我被人群拦住了。即使我是一个人，我认为我应该离开而不是开始加入游戏。我承认，我的心怦怦直跳，我失去了冷静。很久前我就决定不能什么都不做就离开鲁莱滕堡。一件重大、决定性的事件必然会改变我的命运。[516]

514　引自托马斯·曼的《歌德与托尔斯泰》。

515　19 世纪，位于莱茵河右岸、面朝美因茨的温泉小镇威斯巴登，与德国的巴特洪堡、巴登，瑞士的萨克森莱班、蒙特卡洛共同构成欧洲赌博业重镇，克莱斯特、歌德、布伦塔诺、格里姆和叔本华等人都曾造访威斯巴登。瓦格纳在此地创作了他的歌剧《莱茵的黄金》的大部分乐章。

516　《赌徒》第二章，伽利玛出版社"七星文库"丛书。《赌博堡》（指巴登）是陀思妥耶夫斯基原定的小说名。

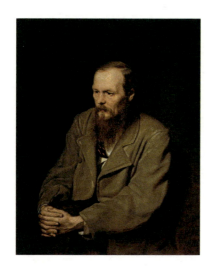

瓦西里·彼罗夫，
《费奥多尔·陀思妥耶夫斯基肖像》，
1872 年

在俄罗斯作家时常光顾的温泉小镇巴登，陀思妥耶夫斯基在游客休息室的赌桌上输掉了最后的钱币。他恰巧在奥朗德酒店遇到屠格涅夫，多亏后者的仗义相助，才得以继续热那亚、罗马和那不勒斯之行。返程时，陀思妥耶夫斯基在遭到宝琳娜抛弃后，绕道去了法兰克福附近的洪堡赌场，连手表都典当了出去。回到圣彼得堡后，孤身一人的陀思妥耶夫斯基受到来自债主和家人的压力，他得了癫痫，并专心写作《罪与罚》。 1865 年 7 月，作家前往威斯巴登，想去赢点钱，然而好运依然没有眷顾他。他将这一惨痛经历写成小说《赌徒》，于 1866 年 10 月发表。在出版商的逼迫下，陀思妥耶夫斯基只花了 27 天时间，用口述的方式完成了这部作品，他与说德语的速记员安娜·斯尼提科尼坠入爱河，安娜"俏皮又严谨，非常有魅力[517]"，两

517　引自约瑟夫·弗兰克的《陀思妥耶夫斯基，奇迹时代（1865—1871）》，南方出版社，1998 年。

人于次年 2 月结婚。

　　1867 年 4 月 14 日，这对新婚夫妇乘火车前往德国，他们在立陶宛的维尔纳稍作停留，然后来到华沙，"满是犹太人"的城市在第三次瓜分波兰后成为了沙俄帝国的领地。对于出国旅行的俄罗斯人而言，柏林往往是西方之行的第一个重要站点，第二个则是德累斯顿——萨克森王国的首都，"易北河畔的佛罗伦萨"。这座城市以其巴洛克式的教堂、宫殿、博物馆和歌剧院吸引着游客。陀思妥耶夫斯基夫妇住在一位瑞士女人家中， 3 个星期内，他们数次前往次温格宫的画廊，陀思妥耶夫斯基在那里观赏了拉斐尔著名的画作《西斯廷圣母》，"他称之为人类的杰作[518]"。然后，两人经由莱比锡和法兰克福，向巴登大公国出发。

　　列昂尼德·茨普金在《巴登夏日》一书中，讲述了陀思妥耶夫斯基和安娜的故事，他们于 6 月 22 日抵达温泉小镇，在温泉中心和大赌场附近的旅舍安顿下来："……在火车的二等车厢内，有一位不那么年轻的男人，他穿着德式剪裁的深色西装，长着俄罗斯人的脑袋，后退的发际线，浅棕色的胡须。他的身边坐着一个非常年轻的女人，透着一股学生气，却有着严肃固执的眼神，戴着旅行帽和斗篷，膝盖上放着一个圆形的纸夹。[519]"

　　然而，陀思妥耶夫斯基在巴登经历了各种各样的困难："赌博的痛苦，灵魂的痛苦，疾病的痛苦，（陀思妥耶夫斯基患有癫痫，而安娜正在经历难熬的孕期），欲望的痛苦，嫉妒的痛苦，悔恨的痛苦，恐惧……"，苏珊·桑塔格用这些词汇描述了这对夫妇日渐衰弱的精

518　引自安娜·陀思妥耶夫斯基的《陀思妥耶夫斯基的一生》，风雅信使出版社，2001 年版（1925 年首次出版）。

519　引自列昂尼德·茨普金的《巴登夏日》，布尔古瓦出版社，2003 年。

神状态以及作家身陷其中的心理和道德压抑[520]。走投无路之下，夫妻两人向债主抵押了微薄的行李甚至结婚戒指，靠安娜家人的救济勉强度日。沉迷赌博的陀思妥耶夫斯基难以融入来温泉地疗养的俄国侨民群体，房东催促他支付拖欠的房租，他只好去向小说家冈察洛夫[521]乞求一点钱，后者友好地接待了他。他没有料想到的是，陀思妥耶夫斯基与屠格涅夫日后展开了巴登文学史上最知名的骂战[522]。陀思妥耶夫斯基对屠格涅夫大加批判，指责他否认自己的斯拉夫血统，否认神圣俄国作为"上帝选民"的身份并提倡亲德的西方主义。优雅的屠格涅夫戴着眼镜，言辞激烈地反驳了对方带有民族主义色彩的指控，表达了对陀思妥耶夫斯基的写作水平和经济状况的蔑视。两人彻底决裂。

陀思妥耶夫斯基饱受疾病折磨，对想尽办法帮他戒赌的妻子心怀愧疚，他终于决定离开对他而言已是地狱的巴登。 1867 年 8 月，收到《俄罗斯信使报》的预付款后，他们乘火车前往瑞士，中途他们到巴塞尔欣赏荷尔拜因的画作《墓中基督遗体》，然后去日内瓦居住了几个月。

这个加尔文的城市俨然成为了欧洲社会主义和无政府主义的思想高地之一，远离家乡的陀思妥耶夫斯基进入了外国侨民的圈子，参加了隆重的和平与自由联盟大会，与会者还有巴枯宁、赫尔岑、斯图尔特·密尔、雨果、奎内特和加里波第。女儿小索尼娅出生后也在这座城市的俄罗斯教堂受洗。陀思妥耶夫斯基怀着思乡之情重新拾笔写作《白痴》。第二年，他在瓦莱州的赌场中又输了钱，孩子的夭折令这

520　引自苏珊·桑塔格写给《巴登夏日》的序言。

521　伊凡·冈察洛夫（1812—1891）：俄罗斯小说家，作品有《奥勃洛莫夫》（1859）《战舰巴拉达号》（作家乘船驶向日本的游记）等。

522　引自列昂尼德·茨普金，书名同上。

对夫妇悲伤不已，他们用出版商支付的报酬开始了新的流浪。两人在日内瓦湖畔的沃书避暑，从辛普朗山口徒步穿越阿尔卑斯山，然后到达意大利首都佛罗伦萨，在那里一直待到 1869 年春，在此期间，陀思妥耶夫斯基继续写作小说。

两人在威尼斯结束了 9 个月的意大利之行，他们难以忍受托斯卡纳的酷暑，选择前往维也纳和布拉格，然后在德累斯顿迎来了次女儿莉欧芭的诞生。回圣彼得堡之前，陀思妥耶夫斯基又一次前往威斯巴登的赌场碰运气，在那里输光了最后一个铜板。财务和道德的双重压力下，他向安娜许诺不再赌博，通过写作《永远的丈夫》来兑现他的承诺。然而，法德战争的爆发使陀思妥耶夫斯基加快了返回俄国的脚步， 1871 年 7 月 8 日，夫妇二人回到了家乡，尽管十分疲惫，他们却感到幸福。作家的"自我流放之旅"，混乱而昂贵的旅途长达 4 年之久。"意识到我们站在俄罗斯大地上，"安娜在她的回忆录中写道，"周围的人皆是我们的同胞，皆是俄罗斯人，这令我们感到多么地欣慰，我们忘却了旅途中的所有烦扰。"

陀思妥耶夫斯基往返于圣彼得堡和旧鲁萨两地，开始了新的生活。每年夏天，他都会去旧鲁萨获取灵感并投身写作，他还曾在莱茵河畔的拿骚公国的埃姆斯度过了三个夏天，为的是治疗气肿。他在1876 年夏的日记中写道："埃姆斯是一个明亮而时髦的地方，那里有来自世界各地的病人，最多的是得了'呼吸道粘膜炎'的肺病患者，他们用水疗的方法治愈了疾病"，"一大群优雅的人"，也就是来疗养的人为了一睹名人的风采纷纷出门散步，然后涌入温泉中心的宽敞房间接受体贴、友好的员工的服务。

　　在曾接待过亚历山德拉·费奥多罗夫娜皇后[523]、果戈理、德拉克罗瓦、雨果和瓦格纳的水疗中心，陀思妥耶夫斯基结束了《群魔》的写作，开始撰写《少年》并完成了《作家日记》。紧接着，他着手创作《卡拉马佐夫兄弟》，直到 1881 年 1 月 27 日意外身亡。

　　陀思妥耶夫斯基是一位忘我的旅行者，他走遍了德国各地，但从未借机欣赏莱茵河谷的美景，也从未感受过他所批评的日耳曼文化的精彩。他只热衷于温泉和赌场，冷漠地穿行在欧洲的广阔大地上。无论是在瑞士还是在意大利，他始终心怀俄国农民的命运，因此不管周遭的世界如何，他能在任何地方进行写作。

　　在旅行中，"暴躁的俄罗斯人[524]"对游客心存戒心，对他的俄国同胞抱有敌意，甚至在日记中加以嘲讽。陀思妥耶夫斯基总是混迹于各个赌场，他的旅行是可悲的，与其说是为了开拓眼界或进行文学创作，不如说是为了他的赌博恶习。他与年轻的妻子过着悲惨的漂泊生活，像瘾君子一般闭着眼睛游荡，伺机满足自己的欲望。在这种特殊情况下，如果我们发现他的作品深入刻画了俄罗斯社会，却对频繁的国外旅行着墨不多，也就不足为奇了。

523　沙皇尼古拉一世的皇后亚历山德拉·费奥多罗夫娜（1798—1860）出生时名为普鲁士的夏洛特，是腓特烈威廉三世（1797—1840）的女儿。如同大多数德国温泉小镇，埃姆斯也建有一座俄罗斯教堂。1874 年，德皇威廉一世和沙皇亚历山大二世曾莅临埃姆斯。
524　引自安娜·陀思妥耶夫斯基，书名同上。

"欧洲的"俄国作家的旅途
伊万·屠格涅夫

（斯帕斯科耶，俄罗斯，1818—巴黎，1883）

伊万·屠格涅夫 11 岁时第一次来到莫斯科，金发的高个子男孩在这里因为获得自由而重获新生。屠格涅夫在奥廖尔州[525]的斯帕斯科耶-卢托维诺沃家族庄园中长大，那里有广阔的田野和森林，"穿裙子的独裁者[526]"一般的母亲与来自德俄两国的家庭教师给予他严厉专制的教育。

担任沙皇骑兵团中校的父亲去世后，进入大学学习的屠格涅夫在 1834 年来到了圣彼得堡。他热爱文学，受到普希金和拜伦的影响，开始为杂志写作诗歌和小说这些都是他的早期作品。

4 年后，屠格涅夫前往柏林大学深造，他乘坐一艘轮船驶向德国北部港口城市吕贝克，在一场火灾中死里逃生。他在施普雷河畔安顿下来，研读希腊语和拉丁

525　奥廖尔州位于莫斯科西南方 360 千米处。
526　引自亨利·特罗亚的《屠格涅夫传》，弗拉马利翁出版社，1985 年。

伊利亚·列宾，
《伊万·屠格涅夫肖像》，
1874 年

语，学习历史与哲学，为毕业做准备。

　　年轻的"男爵[527]"有着一米九一的高个头以及天生的优雅，他在1839 年通过了最后几门考试，回到了斯帕斯科耶，母亲在那掌管着20 个村庄和 5 000 名农奴。屠格涅夫并不参与庄园的管理，整个夏天他都在打猎，去喜欢的地方游玩，还向家中漂亮的仆人献殷勤。

　　第二年，屠格涅夫为了逃离母亲编织的金色牢笼，开始了他的意大利"壮游"。在罗马，英俊的青年为壮观的古迹和富丽堂皇的巴洛克建筑而震撼，他时常与俄国侨民来往，在西班牙广场边上的希腊咖啡馆与他们聚会，又或者在亚历山大·伊万诺夫[528]最爱的猎鹰餐厅和狮口街的英格兰酒店的餐桌上侃侃而谈。

527　他是地主、乡绅。
528　亚历山大·伊万诺夫（1806—1858），宗教画家，果戈里的朋友，曾为其绘制肖像画。1830 年至 1857 年旅居意大利。

　　随后，屠格涅夫继续前往那不勒斯、庞贝、卡普里岛和索伦托，他的一部喜剧作品[529]以索伦托为故事发生地，他还去了威尼斯的利多岛， 1859年创作的小说《前夜》的灵感正是来自这座岛屿。

　　返程途中，屠格涅夫在马焦雷湖休憩，在圣哥达穿越阿尔卑斯山，经巴塞尔和美因茨到达莱比锡，然后来到柏林。在他所熟知的普鲁士首都，这位通晓多国语言的旅行者遇到了俄国同胞米哈伊尔·巴枯宁，巴枯宁留着大胡子，邋遢而迷人，是一位热爱哲学的无政府主义者。尽管立场不同，两人仍然结下了友谊。回到俄罗斯后，屠格涅夫整个夏天都待在家族庄园里读书和猎鸟，眼前的场景使他想起了《叶甫盖尼·奥涅金》第一幕中丰收的季节。然后他回到首都，本是要去政府当差，但很快就没有了下文。

　　屠格涅夫成了游手好闲的花花公子和文学爱好者，尽管他自己还未意识到，他深深吸引着女性的目光。他那健硕的身材，浓密的胡须，一头卷发和灰色的眼睛令所有人印象深刻，这位"可爱的野蛮人[530]"的高大身材丝毫没有掩盖他敏感、高雅、讲究的气质。充满矛盾的年轻人爱上了那个时代最伟大的歌唱家之一。1843年10月，在圣彼得堡附近的一次狩猎中，屠格涅夫结识了巴黎意大利歌剧院总监迭戈·加西亚和他的年轻妻子波琳娜·维亚尔多。当时，波琳娜第一次到俄罗斯巡演，饰演罗西尼《塞维利亚理发师》中的罗西娜一角。波琳娜和她的姐姐、著名歌唱家马利布兰一样有着众多仰慕者，她高亢的歌声和悦耳的音色深深吸引了屠格涅夫。这位年轻的女艺术家虽然对屠格涅夫十分友好，却深爱着体贴的丈夫，坠入情网的屠格涅夫

529　《索伦托之夜》（1852）。

530　引自爱德蒙·德·龚古尔的《日记》。

威廉·斯坦利·哈塞尔廷，《马焦雷湖》， 1895 年

决定跟随她去巴黎，与乔治·桑口中的"我们时代最美的天才女性[531]"的相逢改变了俄国绅士的人生。

　　屠格涅夫住在两位新朋友的家中，在科尔塔瓦内尔城堡[532]一起度过了 6 个月，然后他回到俄罗斯，开始与波琳娜通信并持续了一生。1844 年冬天，他结识了从西伯利亚归来、刚刚发表了《穷人》的陀思妥耶夫斯基。

　　1847 年 1 月，屠格涅夫在柏林与他的缪斯重逢，后者正出演梅耶贝尔的歌剧《胡格诺派》中的瓦伦蒂娜·德·圣布里斯一角。之后，他与作家朋友维萨里昂·比林斯基、帕维尔·安年科夫在温泉小镇什乔诺-兹

531　乔治·桑的《我毕生的故事》，"七星文库"丛书。
532　科尔塔瓦内尔城堡位于塞纳河、马恩河畔的沃杜瓦昂布里，1884 年被毁。

德鲁伊[533]驻足几日，然后搬到巴黎，住在歌剧院和维福尔餐厅附近的新公寓里，米歇莱、乔治·桑、赫尔岑和巴枯宁经常与他来往。

1848 年 2 月，屠格涅夫在布鲁塞尔得知七月王朝在革命中落幕。他急于返回法国，于是乘火车前往巴黎，但是他在边境遇到了阻碍，铁轨已被破坏，只好乘马车先去达杜埃，然后才抵达极度混乱的首都。在随后发生的惨烈的巴黎六月工人起义期间，屠格涅夫面对暴乱不知所措，他到科尔塔瓦内尔城堡避难，待在刚回国的"心爱的天使"的身边。到了 11 月，他的母亲因为无法接受他与"被诅咒的吉普赛人"来往，不再给他寄钱，他决定搬到马德莱娜教堂边上的简朴公寓中专心写作。

1850 年，屠格涅夫再次乘火车回到俄罗斯。母亲去世后，这位乡下绅士变得富有，他在装饰着木制阳台的大庄园里建造了用于夏季居住的房子，在房内写作《猎人笔记》，书中的故事谴责了农奴制，描绘了如画的俄罗斯乡村风光。在这段时期，沙俄帝国认为他的文章违反审查条例，他先是在圣彼得堡入狱一个月，然后被软禁在家中。尽管遇到了麻烦，屠格涅夫仍然拿着假护照来到了莫斯科，为在莫斯科大剧院演出《诺尔玛》的波琳娜献上掌声。几周后，政府"半赦免"了屠格涅夫，这位迷人的留着银发和白胡子的 40 岁男人，获得了行动的自由，他遇到了年轻的托尔斯泰伯爵——他未来的文学对手，托尔斯泰向他讲述了自己曾参加过的塞瓦斯托波尔战争。

1856 年，克里米亚战争结束，屠格涅夫乘船来到普鲁士位于波美

533　维萨里昂·比林斯基（1811—1848）：被誉为"俄罗斯知识分子之父"，因肺结核病逝。帕维尔·安年科夫（1813—1887）：回忆录作家、文学评论家，果戈里的朋友。温泉小镇什乔诺-兹德鲁伊位于下西里西亚地区。

拉尼亚的港口城市什切青，然后前往伦敦，与因为开展无政府主义活动而逃离巴黎的赫尔岑见面。他在英国首都短暂停留后，返回科尔塔瓦内尔与波琳娜夫妇、他们的 4 个孩子一起度过了一段时光，他们已成为他真正的家人。重新"寄人篱下"的"高大的莫斯科人[534]"，"和丈夫一起打猎，很可能也和他的妻子一起睡觉[535]"，还与孩子们一同玩耍。

之后，屠格涅夫搬到里沃利街居住，作为最巴黎化的俄国人，他在这里拓展了交际圈。他在达古尔夫人的沙龙里与乔治·桑重聚，还结识了雨果和拉马丁。他热爱与人交谈，经常登门拜访他人，用这样的方式排解这个年龄的斯拉夫人常有的忧郁之情。 1857 年 5 月，屠格涅夫再次穿越英吉利海峡，通过赫尔岑的引见，见到了未来的首相迪斯雷利以及写作《势利者集》的小说家威廉·萨克雷。

屠格涅夫无需为生计发愁，他是一位拥有"渊博且广阔的知识[536]"的"奢侈的流浪者"。他回到了意大利，这个 17 年前他还是学生时就曾访问过的国度。在罗马，他与画家亚历山大·伊万诺夫一起参观了梵蒂冈博物馆，开阔了眼界。在这个与俄国截然不同的国家，屠格涅夫开始创作《贵族之家》，在写作这部感人肺腑的小说时，他回到了他所热爱的俄罗斯。

1859 年春天，沙皇亚历山大二世废除农奴制后不久，屠格涅夫回到了斯帕斯科耶。他坐在朝向白桦林的宽广阳台上，身边是忠实的俄国农民，面前摆着一个总在冒烟的茶壶，写下了《初恋》，用这个动人的故事缅怀自己的青春。这是一部富有诗意、心理刻画细腻的佳

534　福楼拜语，引自安德烈·莫洛亚的《屠格涅夫传》，格拉塞出版社，1931 年。
535　引自亨利·特罗亚。
536　同上。

作。两年后，还是在这个充满回忆的地方，他完成了伟大的小说《父与子》，塑造了俄罗斯文学中第一个虚无主义者形象。

1863年，波琳娜一家出于对拿破仑三世政权和贡比涅宫廷浮华作风的反感，卖掉了科尔塔瓦内尔城堡，带着孩子和仆人去巴登定居，屠格涅夫立即追随他们去了巴登。俄国朋友们指责屠格涅夫对西方文化的过度追捧，以及过于自由主义的思想，但屠格涅夫已经选择了他的阵营。

他在巴登建造了一座文艺复兴风格的豪华别墅，里面有一个小剧院，波琳娜有时在台上唱歌，由克拉拉·舒曼或年轻的布拉姆斯用钢琴伴奏，有时上演她自己作曲的轻歌剧，屠格涅夫为这些歌剧撰写剧本。贵族知识分子屠格涅夫处在这个艺术家圈子的中心，他感到悠然自得。有一天，他在一家酒店的大厅里，遇到了在威斯巴登赌场输光了钱的陀思妥耶夫斯基，后者恳求他慷慨解囊。一开始，两位作家进行了友好的对话，但很快转变成了一场令人难忘的争吵，被记载入这座城市的文学史中。屠格涅夫虽然留在了巴登，但他再也无法忍受来度假的同胞，写作了小说《烟》，文中批判了来温泉胜地度假的俄国游客。俄国的文学批评家认为，这部小说在形式和主题上都过于"西方化"。

1870年7月，普法战争爆发，屠格涅夫和波琳娜一家都倾向德国，他们选择留在普鲁士。由于担心法国军队跨过莱茵河，一行人逃到伦敦避难，等待战争的结束，波琳娜还在伦敦举办了音乐会。法军在色当投降、拿破仑三世下台以及巴黎公社运动的结束，这些事件的发生促使他们得以返回法国。

波琳娜一家和屠格涅夫卖掉了在巴登的房产，打包了行李，前往巴黎杜埃路的一座豪宅中定居。波琳娜在一楼布置了一个音乐室，中间摆放着管风琴；她的丈夫在楼上挂出委拉斯开兹和里贝拉的画作；屠格涅夫在顶楼建造了 4 个房间组成的"贵族之家"，其中一个房间用作办公和藏书，墙上的绿布前悬挂着柯洛和泰奥多尔·卢梭的油画。这座标新立异的雅致住宅立即吸引了巴黎的俄罗斯人，他们既好感于作家的美德，又为继续歌唱的缪斯女神的才华所诱惑。屠格涅夫如同一位永恒的骑士，散发着他的魅力。如雪的头发和胡须赋予他族长的风度，渊博的知识、精通多种语言和善于讲述的才能为整个巴黎文学圈津津乐道。我们能在乔治·桑位于诺昂的家中看到他的身影，也能在巴黎遇到他，他的身边往往是圣伯夫、埃德、龚古尔、泰纳、勒南和戈蒂耶，以及都德、左拉、莫泊桑等年轻作家，别忘了还有美国作家亨利·詹姆斯。每周日，这群人就聚集在福楼拜家的客厅，他也是屠格涅夫的挚友和知己，到了周五，他们则去圣日耳曼街区几步之遥的玛涅餐厅赴宴。

　　尽管屠格涅夫十分眷恋法国朋友们，他仍是"一个过路人[537]"，需要回到祖国用母语来写作。然而，每年回国的经历只为他增添失望。随着年华逝去，衰老的"斯基泰人[538]"决定在巴黎近郊建造一座俄式住宅。波琳娜夫妇在塞纳河畔的布吉瓦尔购买了别墅，1875 年 7 月，屠格涅夫请人在别墅的花园内造了一幢房子。1878 年 6 月，正是在这个僻静的木屋里，他得知自己一直敬佩的乔治·桑去世的消息。"她有一颗金子般的心！……"他当时写道，"这是一个多么勇敢的男人，多么善良的女人！"

　　屠格涅夫是欧洲公认的俄罗斯文学代表作家之一，在与托尔斯泰

537　引自亨利·特罗亚。

538　1873 年 5 月 25 日，福楼拜在信中写道："那个斯基泰人是个高大的家伙。"引自安德烈·莫洛亚的《屠格涅夫传》。

决裂 17 年后，两人终于和解。之后，屠格涅夫再次前往牛津，身着红袍和方帽，获得文学博士的荣誉学位。 1880 年 5 月，他在斯帕斯科耶居住时得知福楼拜的死讯，他曾称之为"我在世界上最爱的人之一[539]"，噩耗令他落泪，也使他预感到大限将至。第二年，疾病缠身的屠格涅夫最后一次从俄罗斯回到巴黎。不久后，他就瘫痪了，波琳娜和她的孩子们照顾他，陪他在巴黎和布吉瓦尔度过了最后的日子。1883 年 8 月 22 日，屠格涅夫去世，达鲁街的东正教教堂为他举办了感人的宗教仪式，作家的棺木在巴黎北站跟随火车，最后一次驶向东方。

正如米歇尔·卡多所言，他是"斯拉夫人与西方人、俄国人与欧洲人、自由主义者与保守主义者、浪漫主义者与现实主义者"。与此同时，伊万·谢尔盖耶维奇·屠格涅夫也是一位永不停步的旅行者和"自我放逐者"。

因为深爱一位女歌唱家，他走遍了欧洲各地，离开俄国的乡村前往音乐厅和歌剧院，抛下莫斯科和圣彼得堡，造访柏林、伦敦、巴登和巴黎。他很少谈及旅行的物质条件和交通方式，唯独关心旅行的目的地和即将重逢的朋友。

他与俄法两国的作家，无论是成名者还是初出茅庐者都多有来往，是出色的文化传播者和杰出的翻译家。

他在莫斯科乡村和巴黎文坛都如鱼得水，"温柔的巨人[540]"用他的语言和对他者的热情，拉近了大陆两端的距离。作为一位欧洲人及俄罗斯人，他仍是我们今日梦想的典范。

539　出自屠格涅夫 1880 年 5 月 11 日的信。
540　引自爱德蒙·德·龚古尔的《日记》。

流浪音乐家之旅
彼得·伊里奇·柴可夫斯基

（沃特金斯克，1840—圣彼得堡，1893）

　　柴可夫斯基自小深谙旅行的利弊，因为父亲是乌拉尔山脉的采矿工程师，他 9 岁前都生活在离鞑靼人旧都喀山不远的小城沃特金斯克，家中还有母亲和兄弟姐妹，由法国家庭教师芬妮教授"小彼得"莫里哀的语言（即法语）和德语。

　　1849 年，柴可夫斯基和家人搬到工业城市阿拉帕耶夫斯克居住，两年后他离家前往知名的圣彼得堡皇家法学院上学。远离亲人的柴可夫斯基学习着独自生活，他曾对母亲怀抱"一种热烈而病态的爱"，母亲患霍乱去世后，他逐渐发现了自己对钢琴的兴趣和对男孩们的"不幸"的吸引力。

　　1859 年，柴可夫斯基毕业，他去司法部工作了 4 年，然后辞去公务员职务，进入圣彼得堡音乐学院，师从学院院长——作曲家、钢琴演奏家安东·鲁宾斯坦[541]。

541　安东·鲁宾斯坦（1829—1894）：作曲家，作品颇丰，1862 年创立圣彼得堡音乐学院。

1861 年夏天， 21 岁的学生音乐家第一次去欧洲旅行，他父亲的一位朋友请他担任翻译。比起柏林，柴可夫斯基更喜欢汉堡，他还去了科隆、安特卫普和奥斯坦德，"北海的咆哮声"让他感到兴奋。在伦敦，柴可夫斯基感受到藏身大城市的快乐，他去水晶宫欣赏亨德尔的清唱剧《弥赛亚》，为开始在国际上崭露头角的歌唱家阿德琳娜·帕蒂献上掌声，并经常光顾男孩们聚集的酒吧。巴黎本应是这趟旅程的重点，但柴可夫斯基与旅伴闹翻了，抑郁症的发作也使他搁置了旅行计划。

回到俄国后，身着巴黎时装的柴可夫斯基一边继续学习音乐，一边照顾双胞胎弟弟阿纳托尔和莫德斯特，他的妹妹萨莎·达维多娃与丈夫住在乌克兰，兄妹两人定期为对方寄去关切的书信。

1866 年 1 月，柴可夫斯基已成为一名成熟的音乐家。此时，钢琴家安东·鲁宾斯坦的弟弟尼古拉·鲁宾斯坦[542]刚刚创建莫斯科音乐学院，柴可夫斯基于是成为了教师队伍中的一员。然而，他对学院简朴、阴柔的氛围感到失望，转向将精力用于作曲，开始创作《第一交响曲"冬日之梦"》。次年 12 月，久负盛名的柏辽兹来到圣彼得堡，柴可夫斯基为年迈的音乐大师担任翻译并陪同他去莫斯科。作为当时"最伟大的作曲家"，柏辽兹在莫斯科受到了热情接待。

1869 年 5 月，柴可夫斯基厌倦了按部就班的教学生活，又为一部歌剧创作感到苦恼，他前往法国与密友——受到疾病折磨的 18 岁学生弗拉基米尔·席洛夫斯基会合。但是第二次旅行并不比上一次更为顺

---

542 尼古拉·鲁宾斯坦（1835—1881）：钢琴家，1866 年创立莫斯科音乐学院，柴可夫斯基将自己的第一协奏曲题献给他。

1863 年的彼得·伊里奇·柴可夫斯基

苏联 1961 年发行的《天鹅湖》邮票

利，远离祖国的音乐家在柏林陷入了乡愁，在巴黎期间，朋友的疾病使他无法参加音乐会和夜间娱乐活动。

　　29 岁的柴可夫斯基蓄着胡子，身材纤细但个子不高，在一些人看来，他是个有着深蓝色眼睛的英俊男子，但也有人觉得他有些过于讲究和谦逊。《罗密欧与朱丽叶幻想序曲》的谱写者将转瞬即逝的激情化为乐符，俘获了众多崇拜者。 1870 年 5 月，席洛夫斯基到法兰克福附近的温泉小镇巴特索伦治疗肺结核，他与柴可夫斯基再次相聚。之后，柴可夫斯基前往曼海姆聆听《D 大调庄严弥撒》，这是贝多芬诞辰 100 周年的纪念演出。他还借机拜访了在威斯巴登赌场过着堕落日子的尼古拉·鲁宾斯坦。接下来的夏天，普法战争的爆发迫使柴可夫斯基和奇洛夫斯基去瑞士避难，席洛夫斯基在瑞士继续治疗疾病，柴可夫斯基则得空前往慕尼黑和维也纳旅行。

　　返回俄罗斯后，音乐家在莫斯科一间普通的出租公寓中安顿下来，继续从事他的音乐事业。独自一人的生活和音乐上的初步成功使柴可夫斯基有些飘飘然，他的身边围绕着贴身男仆和情人。举止轻率又受人爱戴的音乐家悄悄前往蔚蓝海岸进行新的旅行，病愈的席洛夫斯基在那里等着与他见面。

　　温和的气候和盛放的橙花使柴可夫斯基心情愉悦，圣诞节和 1871 年元旦他都选择在尼斯度假。他躺在长椅上，面朝大海，如同托马斯·曼笔下、卢奇诺·维斯康蒂镜头中的威尼斯的阿森巴赫一般，看着海滩上来来往往的年轻人[543]。为了纪念在法国的时光，柴可夫斯基创作了《两首小品，10 号》，其中包括著名的《幽默曲》，他还决定

543　引自安东尼·霍尔登的《柴可夫斯基传》，班坦出版社，1988 年。

每年去欧洲旅行。

　　然而，柴可夫斯基在等待了几个月后才重新启程。尽管他只有33岁，他已情绪消沉，觉察到衰老的提前来临。1872年，他完成了第一部重要的抒情作品《近卫兵》。次年夏天，他独自探访布雷斯劳和科隆，去了俄国人十分推崇的瑞士，还前往米兰游览。米兰的炎热气候使他很快回到巴黎，然后返回莫斯科。

　　1874年4月，他创作的歌剧在圣彼得堡的马林斯基剧院首演，给他带来了一笔收入，音乐家得以去意大利进行了第一次"壮游"。旅行始于威尼斯，这座城市的忧郁氛围却令他难以忍受。他感到悲伤和孤独，面对总督城的美景与博物馆也无动于衷，他写信给弟弟莫德斯特："威尼斯是这样一座城市，如果我必须在这里待上一个礼拜，我会在第五天绝望地上吊。……我再说一遍，这座城市阴暗又压抑，我连一匹马，或者一只猫都见不到！……[544]"

　　之后，柴可夫斯基经由罗马和庞贝城前往那不勒斯，他在废墟、教堂和宫殿之间忧郁地前行，在给莫德斯特的信中坦白了自己的"不幸"，莫德斯特此时已成为了他最亲密的知己[545]。回到俄国后，柴可夫斯基完成了第一首钢琴协奏曲，然而尼古拉·鲁宾斯坦在同意演奏这个曲子前，曾对其进行过猛烈抨击[546]。这首优秀作品如今已成为柴可夫斯基最著名的作品之一，是他在国际上的成名作。 1875年秋天，他完成了第三部交响曲《波兰舞曲》，乐曲在莫斯科首演时，年

544　引自米歇尔·霍夫曼的《柴可夫斯基传》，"音乐家"系列书籍，瑟伊出版社，1968年。

545　莫德斯特·柴可夫斯基（1850—1916）：剧作家，曾为歌剧《黑桃皇后》《约兰塔》撰写剧本。

546　1875年10月25日，《第一钢琴协奏曲》在马萨诸塞州的波士顿市由德国钢琴家兼指挥家汉斯·冯·彪罗演奏，当年11月，又在圣彼得堡和莫斯科两地由古斯塔夫·克罗斯演奏。

逾四十、大腹便便的法国音乐家卡米尔·圣桑到场观看，两人留着相同的大胡子，圣桑几乎不加掩饰地向柴可夫斯基表达了赞赏和认同。

柴可夫斯基在俄国取得越来越大的成就，为了克服厌世情绪和长期的抑郁状态，他于 1876 年 1 月出发前往巴黎。与他一道的是莫德斯特和他的学生科利亚·康拉迪，科利亚是一个 8 岁的聋哑小孩，由莫德斯特照料。柴可夫斯基在巴黎受到圣桑的款待，还结识了马塞奈。他十分欣赏乔治·比才的歌剧《卡门》，将这部作品形容为"迷人、质朴又充满气势的杰作"。受到典雅的法国音乐的启发，柴可夫斯基在塞纳河畔着手创作《第三弦乐四重奏》，还前往维也纳聆听罗西尼的歌剧《威廉·退尔》。他在法国里昂与弟弟重逢，两人一道前往维希，"那个可恶、可憎、令人反感的城市"，过于世俗的气氛使他陷入沮丧。

柴可夫斯基再次出发去旅行，像之前一样，这是为了忘却他的"耻辱"。 8 月 12 日，他抵达拜罗伊特参加第一届瓦格纳音乐节（即拜罗伊特音乐节），遇到了几位俄国音乐家，包括安东·鲁宾斯坦和策扎尔·居伊[547]，两人的乐章开启了"绿丘的朝圣之旅"。在这里，柴可夫斯基聆听了完整版的四联歌剧《尼伯龙根的指环》，他评价瓦格纳的音乐相当"混乱"，最终章《诸神的黄昏》落幕后，他高兴地宣称自己"逃离了囚笼"！然而，他欣赏瓦格纳的剧作和诗歌，为没有得到这名音乐大师的接见而失望。他与年迈的李斯特见了面，李斯特热情地接待了他。这次颇为成功的音乐旅程之后，柴可夫斯基在乡下完成了芭蕾舞剧《天鹅湖》的配乐，在莫斯科大剧院首演时取

547　策扎尔·居伊（1885—1918）：俄国作曲家、评论家，与巴拉基列夫、林姆斯基-高沙可夫、鲍罗丁和穆索斯基组成五人乐派，他们追求新式音乐，反对柴可夫斯基的音乐。

得了巨大成功。

　　柴可夫斯基出于软弱和对社会规范的顺从，向他之前的女学生——18 岁的安东尼娜·米卢科娃求婚，狂热而愚昧的女人用信件表达了对他的爱慕。 1877 年 10 月 17 日，为了逃离俄国这片土地，柴可夫斯基与弟弟阿纳托尔匆匆上路，向瑞士出发。前所未有的"疯狂行为"只持续了几天，却差点毁坏了音乐家的心理状态和生活。这时，柴可夫斯基奇迹般地得到了娜杰日达·冯·梅克夫人的赞助。46 岁的梅克夫人古怪而富有，抚养好几个孩子，是一位德国铁路大亨的遗孀，他给柴可夫斯基寄去许多书信，还给陷入困境的音乐家带去可观的资助，但是她规定两人永远不能见面[548]。

　　柴可夫斯基在日内瓦湖畔的克拉伦斯定居下来，关于"可怕的一年"的记忆逐渐消散，那里是小提琴协奏曲[549]诞生的浪漫之地。他担心失败的婚姻在家庭和社会造成的影响，害怕遭到遗弃的绝望的妻子对他进行公开指责和揭露，于是继续逃避现实，前往意大利旅行。此时尼古拉·鲁宾斯坦在莫斯科指挥了第一场《柴可夫斯基第四交响曲》的公演，这部作品是为了献给"心爱的朋友"梅克夫人。

　　1878 年 2 月，音乐家在佛罗伦萨和罗马旅居之后，离开了这两个不适宜工作的喧闹城市，他来到威尼斯，在美岸酒店（今天的朗拉德宫殿酒店）朝向大运河的幽静房间里，创作《叶甫盖尼·奥涅金》的第二幕，这部歌剧灵感来自普希金的诗歌作品，使柴可夫斯基一跃成为了伟大的作曲家。在欧洲游历 6 个月后，柴可夫斯基踏上归途，他

548　梅克夫人酷爱音乐，1880 至 1882 年，她每年夏天都聘请德彪西教她的孩子们弹奏钢琴。
549　1881 年，小提琴家阿道夫·布罗茨基在维亚纳演奏《小提琴协奏曲 35 号》，汉斯·里希特担任指挥。

在乌克兰躲避鲁莽、烦人的安东尼娜，之后两人离婚。

　　重获自由的柴可夫斯基随后从莫斯科音乐学院辞职，搬到圣彼得堡一心创作音乐。但他很快萌生了重回意大利的念头，12月他前往佛罗伦萨，这次旅行是应梅克夫人之邀，她与孩子们带着许多仆从在山间别墅中过冬。托斯卡纳之行使柴可夫斯基重归平静生活。1879年，柴可夫斯基受到席勒的启发，在巴黎创作关于圣女贞德的伟大歌剧。他几次前往法国喜剧院，为出演《安德洛马克》的莎拉·伯恩哈特献上掌声，还征服了一位演员。回到瑞士克拉伦斯后，他用5周时间创作了《奥尔良少女》[550]。

　　旅行还在继续。1879年3月29日，《叶甫盖尼·奥涅金》在莫斯科音乐学院首演，之后柴可夫斯基前往巴黎，在梅克夫人的牵线下，爱德华·科隆参加了第四部交响曲的演出。1880年1月，在伦敦、威斯巴登、巴黎甚至波士顿都受到追捧的柴可夫斯基回到俄罗斯，创作了《意大利随想曲》，献给"美丽的国度"和亲爱的"男孩们"。父亲去世后，他乘坐火车返回罗马，经过柏林时他观看了瓦格纳的《漂泊的荷兰人》，称之"嘈杂而乏味"。最后，他在圣彼得堡结束了一年的音乐之旅，结识了知识渊博、热爱音乐的康斯坦丁大公[551]，并与之进行了频繁的书信往来。此时，他与侄子弗拉基米尔·达维多夫变得亲近起来，昵称鲍勃的达维多夫成为了柴可夫斯基难以离开的人[552]。

　　1881年的意大利之行是一次不合时宜的游乐。柴可夫斯基在罗马

550　《奥尔良少女》于1881年1月在圣彼得堡首演。

551　康斯坦丁·康斯坦丁诺维奇·罗曼诺夫（1858—1915）：亚历山大三世的侄子，是一位文学家、钢琴家和艺术赞助人。柴可夫斯基曾为他的诗歌谱曲。

552　弗拉基米尔·达维多夫（1871—1906）：柴可夫斯基的妹妹亚历山德拉与列夫·达维多夫的儿子，是柴可夫斯基音乐作品的版权继承人。他在消沉、多病的状态下自杀身亡。

遇到了沙皇之子，两人一道前往那不勒斯，并打算继续朝着雅典和耶路撒冷前行，然而沙皇在圣彼得堡被暗杀[553]，得知这一消息后，旅行在维苏威火山脚下中断，年轻的王子匆匆返回俄国。音乐家则回到了巴黎，尼古拉·鲁宾斯坦不久前因肺结核在巴黎去世，柴可夫斯基为老友的离世感到悲痛，他与屠格涅夫、马斯内一起出席了在达鲁街东正教教堂举行的葬礼。

在给弟弟莫德斯特的信中，柴可夫斯基常常称自己为永远的"流浪者"。的确，他需要一直前行，以克服内心的不安，逃避社会生活的陈规。45 岁的他热衷于一年两次的欧洲之旅，在慕尼黑、达沃斯、巴黎等地一掷千金，购买上等的服饰，过着放纵的夜生活，他虽表现出高贵的独居者姿态，心里却一直担心前妻对他的揭发。在不断旅行的过程中，柴可夫斯基在离莫斯科不远的克林购买了一幢别墅[554]，旅行间隙，他在那里休息和作曲。1886 年，柴可夫斯基造访了诗人莱蒙托夫推崇的高加索地区，然后前往格鲁吉亚的第比利斯，弟弟阿纳托尔正在此地担任副检察官。在沙俄帝国南部边境地区的家庭生活令他十分满意，他获得了良好的工作环境，还有迷人的军官相伴左右。1886 年 6 月，柴可夫斯基从巴统出发经伊斯坦布尔前往马赛，然后乘火车抵达巴黎。这次法国之行在音乐上是成功的。音乐大师遇到了德利布、拉罗和年轻的福莱，虽然没有见到他的好友圣桑和马斯内，但结识了传奇歌手、屠格涅夫的终身伴侣波琳娜·维亚尔多，波琳娜向他展示了自己收藏的莫扎特歌剧作品《唐·乔万尼》的

---

553   沙皇亚历山大二世（1818—1881）：自由主义者、改革者，废除了农奴制，他在一次暗杀中丧失。1883 年，俄国人在沙皇遇难地建造了莫斯科救世主大教堂，柴可夫斯基创作了《1812 序曲》。
554   现为柴可夫斯基博物馆。

珍贵签名手稿。"就好像我手里捧着莫扎特，"作曲家在给梅克夫人的信中如是说。

下一年，柴可夫斯基再次离开圣彼得堡进行为期 10 周的海外巡回演出。他在柏林向比利时女歌手德西蕾·阿尔多致敬，德西蕾在柴可夫斯基青年时代便广为人知，柴可夫斯基曾将《六曲浪漫曲》献给她。他还与年轻有为的理查德·施特劳斯有过会面。

在瓦格纳的家乡莱比锡，柴可夫斯基与爱德华·格里格在阿道夫·布罗茨基的家中排练勃拉姆斯的《钢琴二重奏》，布罗茨基曾演奏柴可夫斯基的小提琴协奏曲。 1888 年 3 月，在伦敦圣詹姆斯音乐厅旁的一家旅馆里，柴可夫斯基得知沙皇亚历山大三世颁发给他丰厚的奖金和奖章。他在俄罗斯声名显赫，写信给梅克夫人道："奇怪的是， 3 个月的国外之行令人疲惫，但我又开始梦想再次出发。"这位作曲家兼指挥家已在筹划 1889 年的巡演，他将再次前往汉堡指挥第五交响曲并与勃拉姆斯重聚。虽然他很欣赏勃拉姆斯，但他也曾批评他的音乐"毫无色彩且枯燥乏味"。他再次来到巴黎，参观了世界博览会，兴致勃勃地登上了埃菲尔铁塔。几周后，从君士坦丁堡到高加索的轮船上，他开始谱写《睡美人》的《波兰舞曲》，在新式芭蕾音乐上[555]也取得了成功。

几个月后，柴可夫斯基在佛罗伦萨创作了《弦乐六重奏》[556]，之后他躲避涅瓦河和彼得堡的寒冷冬天，在罗马创作了最后一部歌剧《黑桃皇后》，作品呈现出深刻的俄罗斯特色。如同他的俄国同胞果戈里和托尔斯泰一般，柴可夫斯基也需要置身异国他乡，用音乐颂扬

555 《睡美人》于 1890 年 1 月 27 日首演，沙皇到场观看了演出，该舞剧由马里乌斯·彼季帕编舞。
556 又名《佛罗伦萨的记忆》，柴可夫斯基 1890 年 7 月创作的作品，他将之献给梅克夫人。

他所思念的国度的精神。

　　50 岁时，柴可夫斯基的容貌已经发生很大的变化，这是动荡生活和艰辛旅行的代价。早在几年之前，他就一脸倦容，胡须和头发都已花白，眼睛也不再炯炯有神，但他依然衣着得体、举止优雅。他看起来更像是一位富有的商人或政治家，而不是那个时代的艺术家。这一形象正呈现在画家尼古拉·库兹涅佐夫在敖德萨为他所作的肖像画中，画面笼罩着悲伤的氛围[557]。

　　在声名最盛之时，受邀前往纽约之前，柴可夫斯基却又一次经历痛苦。他失去了梅克夫人的资助，后者曾在 14 年间从经济和精神上给予他帮助，给他写过 1 200 余封信件。受人尊敬的梅克夫人得知柴可夫斯基可能过着表里不一的生活，她迫于亲友的压力，借口自己面临困难，突然抛弃了她的宠儿。

　　《黑桃皇后》在马林斯基剧院取得成功后的美洲之旅，对柴可夫斯基而言更像是一次散心[558]。 1891 年 4 月 5 日，他在巴黎与科洛纳乐团一同完美演奏了《第二钢琴协奏曲》，这本是一个充满希望的春天。然而几天后，柴可夫斯基在歌剧院附近的阅览室中，从俄国报纸上得知了心爱的妹妹的死讯。内心慌乱的柴可夫斯基在勒阿弗尔登船， 10 天的海上航行中，他生了病，还遭到乘务员的偷窃，在值得怜悯的状态下抵达了美国。幸运的是，他受到达官显贵般的款待，舒适的诺曼底酒店配备了电器、浴室和全新的电话，令他十分满意。柴可夫斯基在卡内基音乐厅举办了 4 场音乐会，音乐厅由一位富有的苏格兰裔慈善实业家建造。 1891 年 5 月 5 日，这座大型音乐厅的落成

557　收藏于莫斯科特列季亚科夫画廊。
558　1890 年 12 月 19 日，《黑桃皇后》在圣彼得堡马林斯基剧院首演。

典礼上回响着柴可夫斯基的《加冕进行曲》和柏辽兹的《感恩赞》。几天后，心满意足的音乐家去尼亚加拉人瀑布游览，然后返回美国东部指挥波士顿、华盛顿和费城的管弦乐团，最后乘坐德国远洋客轮回到圣彼得堡。

1892 年依然是旅行和创作的一年。5 月，柴可夫斯基在伦敦再次感到焦虑不安。他在市政厅举办了一场音乐会，在剑桥大学的典礼上被授予荣誉博士学位。到了夏天，他在克林的乡村住所中完成了《第六交响曲》，莫德斯特称之为《悲怆交响曲》。9 月，他乘坐火车来到中欧，造访巴塞尔周边地区，前往蒙贝利亚尔，拜访儿时的家庭教师芬妮·杜巴赫，两人已 40 多年未见面，柴可夫斯基之所以精通法语，正是芬妮的功劳。

在布鲁塞尔举办最后一场音乐会后，音乐大师回到了圣彼得堡，等待他的是《悲怆交响曲》的首演和一个令人生畏的荣誉法庭，法庭由毕业自帝国法学院的法官组成，他们指控柴可夫斯基迷惑了一位年轻人，这位年轻人的舅舅是与沙皇宫廷亲近的元帅[559]。著名的作曲家拒绝了一去不返的流放，他遭到了审判团的抛弃，被迫服用氰化物自杀，于 1893 年 11 月 3 日逝世。人们宣称他死于霍乱，这一不寻常的阴谋事件在某些方面仍然存在争议，皇室却因此免于丑闻。在致死疾病的掩饰下，虚伪的沙皇当局和柴可夫斯基的亲友为俄国人敬爱的音乐家举办了一场盛大葬礼，他们没有公开相关档案[560]，继续隐瞒死亡的真相。

彼得·伊里奇·柴可夫斯基是一位永不止步的旅行者，在火车和

---

559 多米尼克·费尔南德斯在他的书籍《荣誉法庭》中浪漫化地讲述了柴可夫斯基晚年的故事，格拉塞出版社 1996 年出版。

560 柴可夫斯基的档案直到 1990 年才向研究人员公布。

轮船上度过半生。多年来，他出于工作原因穿越欧洲和大西洋，也通过频繁出行掩饰生活的痛苦。

他的旅行动机不同于那个时代的艺术家，并非出于对文学和艺术的热情，他的旅行是为了音乐交流，也是他与外国好友友谊的一种延伸。然而，对"别处"的深深渴望并未掩盖他对永恒而哀伤的，富有田园气息的俄罗斯的眷恋，他在音乐和无数信件中都赞颂着自己的祖国[561]。

柴可夫斯基是内心的旅行者，虽然总在漂泊，但他从未忘却他所归属的那片土地，总是怀有不灭的乡愁。

561　详见《柴可夫斯基——以文字为镜》，安德烈·利施克编译，法亚尔出版社 1996 年出版。柴可夫斯基的书信集有 15 卷，共计 5 000 多封，其中大部分以法语书写。

迪特列夫·布伦克，《拉金索拉旅馆中的丹麦艺术家》， 1837 年

劳里茨·安徒生·林,《拜勒克斯明讷海滩边的女士》

PART

斯堪的纳维亚作家的旅行

"   旅行即生活！   "

——安徒生

从 18 世纪末开始，欧洲北境斯堪的纳维亚半岛上的作家和艺术家受到意大利的深深吸引，纷纷离开自己的国度，希望去那里生活和工作。

丹麦人和瑞典人通常与他们的德国朋友关系密切，他们来到罗马是为了享受地中海气候，研究古代文明和作画，也是为了摆脱故国因循守旧的落后生活。来自北方的艺术家以雕塑家贝特尔·托瓦尔森为核心，他们时常光顾西班牙广场的旅馆和咖啡馆，或者在"斯堪的纳维亚人的圈子"里碰面，组成了一个真正的侨民群体。

到了 19 世纪初，弗雷德里克六世（1808—1839）统治下的丹麦王国和挪威王国在拿破仑战争期间与法国结盟，战争阻碍了斯堪的纳维亚人南下的步伐。此外，法国元帅贝尔纳多特（1818—1844）在位期间[562]，瑞典击败丹麦，挪威被割让给瑞典，哥本哈根与斯德哥尔摩之间的关系更加复杂，地区、语言和文化的差异性加强。

之后，斯堪的纳维亚半岛的新君主们[563]采取和平统治，画家、雕塑家、音乐家和作家的出行得以恢复，他们不仅向罗马和那不勒斯出发，还前往德累斯顿、慕尼黑和伦敦等新的文化中心。

然而，1852 年和 1864 年两次普丹战争中，丹麦与普鲁士、奥地利联军作战，瑞典则冷眼旁观，战争以丹麦王国失去南部领土告终，安徒生、易卜生等作家不得不离开祖国去追寻新的灵感和更好的创作环境。

19 世纪末，易卜生、比昂松和斯特林堡在戏剧上的成功促使剧作家、翻译家、编辑、演员和布景师再次启程，他们最终抵达美国，那

---

562 贝尔纳多特即后来的瑞典及挪威国王卡尔十四·约翰，故有此说。——译注

563 分别为瑞典、挪威国王奥斯卡一世（1844—1859）与卡尔十五世（1859—1872）以及丹麦国王克里斯蒂安八世（1839—1848）与弗雷德里克七世（1848—1863）。

里自 1850 年起就聚齐了大量斯堪的纳维亚侨胞。与此同时，瑞典画家受到法国印象派的吸引，他们纷纷到卢万河畔格雷旅居，尤以欧内斯特·约瑟夫森和卡尔·拉森为代表。

　　1901 年，诺贝尔文学奖的设立使瑞典学院具有国际影响力。4 年后，挪威王国与瑞典分离，不仅取得了独立，还获得评选诺贝尔和平奖的权力。

丹麦讲述者的欧洲之路
安徒生

（奥登塞，1805—哥本哈根，1875）

从前有一个不知疲倦的旅人，他说自己是"一个笨手笨脚的人，脸庞和维特一样苍白，鼻子大得像一台大炮，眼睛小得像两颗豌豆[564]"，这位孤独而迷人的丹麦人创作了 173 个童话故事，他因此名扬世界，成为了卓越的作家。

一切都始于丹麦菲英岛的一个小城，敏感的"丑小鸭"在开明的鞋匠父亲和笃信宗教的洗衣工母亲身边度过童年， 11 岁时他失去了父亲。后来，他在名为《我一生的故事》的自传中讲述了这段悲伤的岁月。

孤独的男孩在少年时代发现了自己对表演的热情，他为舞台、歌唱和舞蹈着迷，离开家人前往哥本哈根碰运气。但他很快遭遇了挫败，只得回到中学继续学业，并开始创作诗歌和戏剧。长着大鼻子的高个青年像画家

564　出自安徒生诗歌《夜晚》，收录于伽利玛出版社"七星文库"丛书《安徒生作品集第一卷》，1992 年出版。引自雷吉斯·博耶。

斯皮茨韦格的画作《可怜的诗人》一样，生活在一间潮湿的小阁楼里，他记录下在邻村徒步旅行的经历，这篇文章使他在丹麦文坛崭露头角[565]。

1831 年 5 月，学生诗人第一次开始旅行。他背着轻便的包裹前往德国，他对这个国家感到亲近。之后他来到歌德《浮士德》中提到的女巫山——哈茨山，然后到达文化和社会生活十分绚烂的德累斯顿。安徒生急于收集有用的地址来结交更多的人——这将成为他的一大嗜好——他去见了路德维希·蒂克[566]，他是德国幻想故事的大师之一。在柏林，他拜访了阿德尔贝特·冯·沙米索[567]，沙米索创作了《施莱米尔的奇妙故事》，故事的主人公卖掉了他的影子，阅读这本书给安徒生留下了深刻印象。

回到哥本哈根后，安徒生在《旅行剪影》中记录了这次旅行的经历，还非常幸运地获得了皇家奖学金，使他能够去国外居住两年。

安徒生于 1833 年春天再次上路，进行了一次长途旅行。他第一站来到德国，与作曲家路易斯·施波尔[568]在黑森州的卡塞尔见面。他还探访了法兰克福的犹太区，罗斯柴尔德家族不久前刚离开这里。

几周后，他造访巴黎，"一座骄傲的城市！这就是一个世界！"在法国首都逗留期间，他拜访了受人尊敬的巴黎音乐学院院长凯鲁比尼，频繁接触旅居巴黎的德国诗人海因里希·海涅和浪漫主义戏剧的

565　这篇文章是《霍尔门运河到阿马杰港的徒步旅行》。
566　路德维希·蒂克（1773—1853）：浪漫主义诗人，作品有《美丽的马格洛娜的爱恋》，也曾撰写大量民间故事。
567　阿德尔贝特·冯·沙米索（1781—1838）：法裔德国作家，以作品《施莱米尔的奇妙故事》成名。
568　路易斯·施波尔（1784—1859）：杰出的指挥家、作曲家，曾在黑森任唱经班指挥。

索拉·哈拉格尔拍摄的安徒生， 1869

后起之秀——年轻的维克多·雨果。这位信奉路德教的丹麦人是个严肃的清教徒，他认为巴黎如同一个放荡者的居所。"巴黎，"他当时写道，"是太阳底下最下流的城市，我不认为有任何一个人是清白的。"

　　安徒生在夏天前往瑞士，依然惯例，在抵达意大利前，所有接受旅行历练的人都会去瑞士进行一次朝圣。他参观了日内瓦湖畔，造访了沃韦附近的西庸城堡，然后在纳沙泰尔勒洛克勒市的一位钟表匠家中居住了几日，借此提高法语水平，完成了长篇戏剧诗《阿涅斯与海神》，闲时则在汝拉山脉散散步。

　　1833 年 9 月，安徒生急切地想要翻越阿尔卑斯山前往意大利。"在山的那边，"他写道，"是伊甸园，那里有大理石和音乐的神灵，有神的纯洁天空。"参观了热那亚、比萨和佛罗伦萨之后，他来到了

"睁眼即见美[569]"的罗马，结识了他的同胞——雕塑家贝特尔·托瓦尔森[570]，托瓦尔森十分熟悉这座永恒之城。安徒生渴望看到一切，对所有事物感到好奇，他有绘画的天赋，在旅途中时常作画，一路来到那不勒斯——西班牙波旁王朝的首都。安徒生在圣卡洛剧院聆听著名歌唱家马利布兰的歌声，登上维苏威火山，参观了庞贝、赫库兰尼姆、索伦托和阿马尔菲，并感叹道："如果我还能活三年，我很乐意留两年给那不勒斯。在这里，我的思维总是如此活跃。"

1834 年 4 月，安徒生沿着求学的道路返回家乡。途经慕尼黑时他停了下来，忧郁之情涌上心头。他是一个孤独的流浪者，没有家人，没有住所，没有爱，过着悲伤和沮丧的日子。在维也纳，安徒生重获勇气，他去见了著名剧作家格里帕泽[571]，还遇到了圆舞曲之父——老约翰·施特劳斯。

8 月回到哥本哈根，安徒生完成了他的第一部小说[572]，这部小说从他在罗马时就开始创作。然后，他进行了新的文学冒险——为孩子们写童话故事——并立即获得了名声和国际文坛的认可。从 1835 年到 1870 年，作家笔下的故事吸引了所有年龄层读者的目光，故事中那些离奇的人物和开口说话的动物——豌豆公主、小美人鱼、牧羊女、扫烟囱的人、卖火柴的小女孩、丑小鸭和夜莺——很快进入了欧洲人的集体记忆之中。

1837 年，在完成第三本文集后，安徒生前往瑞典、斯德哥尔摩和乌普萨拉。他随时准备上路，因此在准备行李时非常留心，要确

569　出自安徒生写给朋友亨丽埃特·乌尔夫的信。
570　贝特尔·托瓦尔森（1770—1844）：丹麦新古典主义雕塑家，长期居住在罗马，圣伯多禄大教堂的庇护七世墓便是他的雕刻作品。
571　弗朗茨·格里帕泽（1791—1872）：奥地利剧作家，创作了《萨波》等大量戏剧作品。
572　《即兴诗人》。

保能够应付任何情况，甚至是火灾，这就是为什么他总是随身携带一根绳子！他带着这些装备，拿着皇室奖金，决定向南方出发。"只有在旅行时，"他在日记中吐露，"生活才是丰富而充满活力的，人们不再像鹈鹕一样饮用自己的血液，而是从广阔的大自然汲取养分。[573]"

这次旅行为期 9 个月，安徒生从马格德堡到莱比锡时第一次乘坐火车，在慕尼黑感受神奇的银版照相术。随后，他兴致勃勃地回到意大利，尽管他在那不勒斯生了病，不得不躺在床上休养几日。从高烧中恢复过来后，他乘船前往马耳他，然后到达雅典，在这座正在大力建设中的城市，他受到新上任的年轻国王奥托一世的接见。 1841 年 4 月，安徒生在君士坦丁堡上岸，在博斯普鲁斯海峡度过了一个月，然后沿着危险的巴尔干公路返回北方。在匈牙利边境隔离期间，他用剪纸来消磨时间，这是他擅长的一项精细的艺术活动。几周后，他前往魏玛参观了歌德故居，向他的儿媳致以问候，还在莱比锡的布商大厦音乐厅聆听门德尔松的音乐。

1841 年 7 月，旅人回到了家乡，回到哥本哈根灰蒙蒙的天空之下，他完成了《诗人的市场》，这是一本记载东方之旅的游记，也类似于民族志。"旅行对我来说是必需的，"他在《我生活的故事》中指出，"不是为了获取新的灵感——短暂的人生无法穷尽丰沛的灵感来源——而是为了在不同往日的环境中赋予灵感以新的表达，以一种蓬勃和新颖的形式。"

573　引自雷吉斯·博耶。

安徒生的行李，收藏于欧登塞的安徒生博物馆，伊莎贝尔·夏勒摄

1843 年，"受人喜爱的诗人"在成名后再次到巴黎度过两个月的时光。他遇到了萨维耶·马尔米耶，他是唯一一位会讲丹麦语的法国作家，马尔米耶成了安徒生的向导，将他介绍给拉马丁和戈蒂耶。大仲马则带他去了法兰西喜剧院，为出演《费德尔》的伟大演员雷切尔献上掌声。

安徒生的作品吸引了许多读者，他成了魏玛大公及其子、丹麦国王等人的贵宾，普鲁士国王还邀请他与亚历山大·冯·洪堡[574]共进晚餐。安徒生身着异国服饰，受到欧洲名流的追捧。然而他总是孤独

574　亚历山大·冯·洪堡（1769—1859）：著名普鲁士地理学家、博物学家和探险家。

的，他也曾爱上年轻女子，但她们早已名花有主，他的爱慕只能落空。其中就包括被誉为"瑞典夜莺"的女歌手珍妮·林德，两人保持着书信往来。

1847 年 7 月，安徒生应《文学报》之邀访问英国，探索了伦敦——"罗马除外的所有城市中最伟大的城市"。作为一名炙手可热的作家，亲切而又"神色悲伤"的丹麦人在戈尔之家与古怪的布莱辛顿夫人见面，她还将他介绍给狄更斯。来自欧登塞的贫穷鞋匠的儿子在英国受到贵族阶层的热烈欢迎。他成了国际名人，人们为他画肖像画、制作雕像并拍摄照片。

此后 10 年间，安徒生的"旅行狂热"从未褪去，每年都要到国外去生活两个多月。 1849 年，安徒生第二次造访瑞典，在一个充满幽默和诗歌色彩的故事中，他称瑞典为"一个辉煌的国度"。"斯德哥尔摩击败了哥本哈根！"他写道，"军队像普鲁士人，人民像维也纳人，而这座城市则像那不勒斯。"

1852 年，普鲁士和丹麦两国签署了和平协议，安徒生再次前往魏玛，大公国的音乐大师李斯特向他推荐了瓦格纳的歌剧。"我的心完全属于丹麦，但我依然热爱和平！和平！愿和平降临这个世界[575]！"

在距第一次伦敦之行 10 年后，安徒生又一次来到英国，狄更斯邀请他到位于伦敦南部盖兹丘的家中居住。

很快，他的出现令狄更斯一家人感到不快，他们不得不忍受安徒生的怪异举动和抑郁情绪。安徒生的借宿以失败告终，他与狄更斯险些因此决裂，而狄更斯则为不需再回复他的信件而感到轻松。

575　出自安徒生 1851 年 8 月写给世袭大公查尔斯·亚历山大的信。引自埃利亚斯·布雷兹多夫的《安徒生》一书，文艺复兴出版社，1989 年。

3 年后，安徒生在出版了《故事与历史》第四卷后，从瑞士返程，他在慕尼黑和德累斯顿两地停留，他的访客名单上又增加了巴伐利亚和萨克森君主的名字。

1861 年，他前往意大利，途中在沃州的贝克斯创作了《冰雪女王》，这是一个发生在日内瓦湖畔的爱与死亡的动人故事。几天后，在美国雕塑家威廉·斯托里[576]的罗马工作室里，他见到了英国作家罗伯特·勃朗宁和他的妻子伊丽莎白，伊丽莎白将她的最后一首诗献给了安徒生：

> 犹如恩典，北方派到南方
>
> 一位人类中的杰出男性；
>
> '唉！一定要将他从我们这里收回吗？'
>
> 南方对北方说。[577]

在安徒生所有的旅行中，1862 年的西班牙之行无疑是最为令人振奋的一次。他和朋友柯林的儿子一道，插上"蒸汽的翅膀"前往佩皮尼昂，准备探索伊莎贝拉二世女王的国家。一辆老式马车将他带到了有"西班牙的巴黎"之称的巴塞罗那，欢快而优雅的人群将这座城市变成了"节日的客厅"。然后他造访了瓦伦西亚和马拉加，丹麦领事邀请他观看斗牛，安徒生却将其描述为"粗俗可恶的大众娱乐活动"。

他还抵达了格拉纳达——阿尔罕布拉宫的城市，他的法国朋友们非常喜爱这里，"马车像训练有素的大象一样趾高气扬地前行，身边

576　威廉·斯托里（1819—1895）：美国新古典主义雕塑家，1850 年起定居罗马。

577　引自埃利亚斯·布雷兹多夫，书名同上。伊丽莎白·巴雷特·勃朗宁于 1861 年 5 月去世，一个月前她与安徒生相识。

的车辆宛如一个动物园"，安徒生还见证了西班牙女王访问这个摩尔人和吉普赛人的都城的隆重仪式。然而在这世间绝无仅有的场景中，忧郁的心情再次令他的旅行变得黯淡。

　　　　和罗马一样，格拉纳达曾经对我而言是世上最有意思的城市之一，我曾以为我可以来此地定居，但在那些快乐的不那么敏感的人眼中，我的精神状态是病态的。

　　10 月底，安徒生在安达卢西亚的欢快氛围中振作起来，他来到直布罗陀，那里的一切都令他惊讶。"几个星期以来，一些患肺结核的英国人来到这里；这是冬天来临的征兆，就像鹳的到来宣告春天一样。"在英国歇脚后，他去丹吉尔短途旅行，这次"非洲之行"中，他穿着阿拉伯斗篷和黄色的摩洛哥皮拖鞋，包着头巾，佩戴出鞘的马刀，与当地官员一同喝茶，欣赏隐藏在白墙之后的美丽的犹太人住宅。然后，他乘坐一艘法国军船抵达加的斯，接着一辆全新的火车将他带到了塞维利亚——委拉斯开兹的城市，他又从塞维利亚出发前往马德里。在大雪覆盖的西班牙首都短暂停留后，安徒生乘坐 25 小时的马车抵达比亚里茨，在那里乘坐火车前往巴黎。 1863 年，安徒生发表了《在西班牙》，记述了这段难忘的旅程。

　　尽管安徒生的精神状态在 1864 年第二次普丹战争期间恶化，但他从未停下旅行的步伐。"疲倦的环球旅行者"始终是活跃的，他出版了《旅行素描》，于 1866 年前往葡萄牙，摄政王在辛特拉接见了他。 1867 年，他在世博会之际返回巴黎，然后前往德累斯顿与剧作家易卜生交流，易卜生表达了他对斯堪的纳维亚社会的批评。

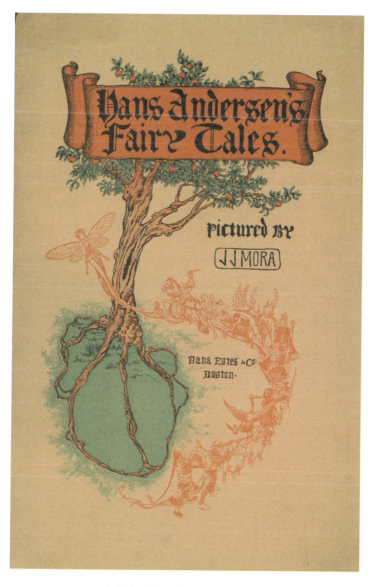

1910 年由乔·摩拉绘制插图的《安徒生童画》

1871 年，年迈的作家在好友比昂松的挪威家中度过夏天，两年后他去瑞士进行了最后一次的旅行。无尽的旅程令他日渐消沉，于 1875 年 8 月 4 日在哥本哈根去世，身边簇拥着他的朋友，所有丹麦人都为之哀悼。

安徒生曾说："我的生活是一个美丽、精彩而幸福的童话。"他不断旅行，如同童话故事中飞翔的鹳和天鹅，总是会回到家乡，也总在每个春天逃离。

他焦躁、易怒、自负且极度孤独，通过不断前行来接纳自身的忧郁。

他忠于自己旅行作家的身份，广泛结交杰出人士，也受到他们的照顾，并围绕他们构建了无与伦比的文学和社会版图。

"渴望阳光"
一位世界公民的旅行
亨利克·易卜生

[挪威，希恩，1828—克里斯蒂安尼亚（今奥斯陆），1906]

来自严寒之地的亨利克·易卜生在挪威境外创作了大部分戏剧作品。

易卜生出生在一个并不和睦的新教家庭，这个家庭后来还遭遇了破产，这位年轻人注定没有学习的机会。他在泰勒马克郡的小渔港长大，他的未来就像冬日的峡湾海岸一样晦暗不明[578]。

易卜生在格里姆斯塔德村的药店做过 6 年店员，他通过写诗来消磨时间，还用笔名自费发表了一部诗剧。

1850 年，易卜生在克里斯蒂安尼亚[579]短暂居住，次年移居卑尔根，在这座曾属汉萨同盟的城市里，易卜生到挪威剧院学习做舞台布景师和舞台监制的技能。

热爱戏剧的易卜生于 1852 年春第一次造访丹麦，他在哥本哈根著名的丹麦皇家剧院欣赏莎士比亚戏剧。

578　19 世纪至 1905 年，挪威与瑞典两国合并。1907 年挪威独立后，议会选择了一位丹麦王子继承挪威的王位，即哈康七世。
579　克里斯蒂安尼亚于 1925 年更名为奥斯陆。

爱德华·蒙克为易卜生剧作《约翰·加布里尔·博克曼》所绘的海报， 1897 年

　　而后他前往德累斯顿，在瓦格纳时常光顾的皇家歌剧院学习戏剧技巧，还参观了萨克森州首府的博物馆。在易北河畔度过了一个月的时光后，易卜生回到了家乡，他凭借在海外的游学经历，被任命为克里斯蒂安尼亚挪威剧院的院长。他对剧院进行了彻底翻新，将他的挪威同胞、未来的诺贝尔奖得主比昂松的早期作品搬上舞台。这一时期，易卜生的心中产生了作为戏剧家和作家的使命感。

　　1864 年 4 月，易卜生在担任院长 5 年后感到厌倦，也为自己作品的失败而备感受挫，瑞典和挪威联合王国在普丹战争[580]中拒绝支援丹

580　第二次普丹战争期间，丹麦与普奥联军作战，战争以丹麦失去石勒苏益格和荷尔斯泰因公国的主权告终。

麦的行为令他震惊，他决定暂停工作并离开挪威，然而他没有想到的
是这次主动选择的远行将会持续 27 年。

　　　　绒鸭展开双翅，在春天的夜晚，

　　　　它翱翔天空，冲破流血的胸膛前的阴霾。

　　　　它向南方飞去，

　　　　朝着那南方阳光灿烂的海岸[581]！

　　挪威政府资助了易卜生的意大利之行。他先是乘船到吕贝克，再
乘火车经由柏林和维也纳抵达的里雅斯特，然后到达威尼斯，住在圣
马可区附近的一家旅馆里。旅行者看惯了北方国家简朴的砖砌建筑，
为奥地利人统治下的总督城的大理石建筑着迷。意大利，这片众神祝
福的土地激发了他的诗性和创作灵感，他曾经感慨道："哦，我多么
想留在这片土地上度过一生！"

　　易卜生在罗马惊讶地看到法国士兵在街上巡逻、保卫意利的场
景。他在巴布诺街租了公寓，就在斯堪的纳维亚作家时常聚会的拉金
索拉旅馆不远处。很快，他与挪威领事成为了朋友，后者将他介绍给
居住在奥古斯都陵墓附近的科雷亚官的斯堪的纳维亚侨民[582]，并带他
参观了这座永恒之城。几天后，易卜生在圣伯多禄大教堂获得灵感，
计划创作一部作品，描写虔诚的乡村牧师的悲惨命运。"我进入了圣

581　诗歌《绒鸭》以及易卜生的其他文字均摘自卢多维克·德·科勒维尔、弗里茨·德·齐
　　柏林的书籍《现代戏剧大师易卜生》，尼尔森出版社，1907 年。

582　威廉·伯格索（1835—1911）：丹麦作家，作品多以意大利为灵感来源，例如《人民广
　　场》（1866）《萨宾山上》（1874）以及《庇护九世统治下的罗马》（1877）；尼尔斯·拉文
　　基尔德（1823—1890）：丹麦作曲家、钢琴家，曾长期担任意大利斯堪的纳维亚学会会
　　长。

伯多禄大教堂，"他后来在给比昂松的信中写道，"一年多以来，我一直想要表达的事物折磨着我，现在它们突然以清晰、准确的面貌出现在我的脑海中……。我在写一个五幕诗剧，用的是押韵的句子，主题严肃而具现代性，第四幕几乎已经完成了，我觉得再用八天时间就能写完第五幕。"这部名为《布兰德》的作品在奇吉阿里亚公园的松树下创作完成，手稿保存于哥本哈根，向丹麦公众展示着作者的才华。

在科尔索大道附近的罗马小巷里，易卜生的威严形象为外国侨民所熟知。他矮而粗壮，身体强健，看起来像一位挪威来的伐木工。他总是穿黑色服装，长外套搭配高礼帽和小眼镜，浓密的黑胡子遮盖了他的脸庞，又像是一个古板的牧师或法官。

易卜生与妻子苏珊娜和儿子西格德重聚后，一家人搬到了卡波勒凯斯街的公寓里，他们过着简单的生活，远离社会名流的交际圈，也没有出席李斯特的沙龙音乐会。然而，他对雕塑很感兴趣，赞赏米开朗基罗所作的耶稣雕像。梵蒂冈皮奥-克莱门蒂诺博物馆中有一尊墨尔波墨涅的古代雕像，给他留下了深刻印象。他在写给比昂松的信中说："从未有一个作品能给我这样的启发，甚至可以说，我正是因为墨尔波墨涅才理解了古希腊悲剧。"

1866 年春天，易卜生想要远离城市喧嚣，也为了写作《培尔·金特》，他在位于弗拉斯卡蒂的格拉齐奥利别墅中租了一间公寓。《培尔·金特》是一部诗剧，具有启蒙和奇幻色彩，是其作品中最能体现挪威风格的一部。次年夏天，他在伊斯基亚岛的欧罗巴酒店[583]完成了这部作品，与他一同居住在那里的还有丹麦剧作家威廉·伯格索。然

583　今为易卜生别墅。

而，僻静的度假地遭到了地震的扰乱，两人只好去了索伦托和罗马。"旅程已经结束了，"温柔的索尔维格对放浪不羁的培尔道，"你终于明白了人生的意义。真正的幸福就在家中，而不是在徒劳地远赴他乡追求荒诞梦想的路途上。"与笔下流浪的主人公不同的是，易卜生回国的时机尚未到来。

到了 1868 年夏天，易卜生和他的家人担心意大利军队将向教宗国进军，他们离开罗马前往德国，中途在威尼斯停留了一阵，然后到德累斯顿参加戏剧季的开幕式。易卜生很高兴回到了"北方的佛罗伦萨"，这座卡纳莱托画笔下的美丽城市。一家人住在一个朴素的两居室中，房子面朝著名的圣母教堂。在这小资产阶级的环境中，他撰写了猛烈抨击时政的剧作《青年同盟》。

1869 年夏天，易卜生前往斯德哥尔摩出席斯堪的纳维亚语言学家大会。他受到喜爱文艺的国王查理十五的接待，还意外地得知自己被选为瑞典代表团的成员，将赴埃及参加苏伊士运河的落成典礼。

事不宜迟，易卜生收拾行装，与 80 位来自德国、荷兰、西班牙、斯堪的纳维亚半岛和法国的作家、艺术家在马赛登船前往亚历山大港，参加这一国际盛事，同行的还有戈蒂耶。

10 月 13 日，埃及总督的宾客们经历波折的旅途，终于抵达埃及艳后的城市，斐迪南·德·雷赛布迎接了他们。一行人游览了开罗，然后乘坐游船到尼罗河上观光。随后，他们与俄英两国的宾客会合，一道造访了上埃及的法老遗迹，还在卢克索见证了欧仁妮皇后莅临此地的场面，伴随着响亮的军乐声，皇后从一艘装饰着三色旗的轮船上走向人群。这群欧洲人为如此盛大而又充满异国情调的景象所震撼，他们沿着尼罗河前往阿斯旺，顶着烈日仰望宏伟的菲莱神庙。返程时，船只中途停靠塞加拉，也就是古代的孟斐斯，研究古埃及的法国

里奥，《苏伊士运河落成典礼》，迪迪耶印刷

考古学家马里艾特在此地发现了非凡的塞拉皮雍神庙，然后一行人又在吉萨下船，这是金字塔和狮身人面像之城。11 月 16 日，刚刚恢复精力的各国代表乘坐火车前往塞得港参加官方庆典，好几位王室成员出席了典礼，四周围满兴奋的人群。

15 天后，易卜生回到德国，结束了这次意外的东方之行。

他在德累斯顿重新拾笔创作，尽管写作《罪与罚》《白痴》的俄国作家陀思妥耶夫斯基就住在两步之遥，两人却不曾联络。易卜生只是经常光顾茨温格宫画廊，或在年轻妻子的陪伴下到易北河边散步。

1873 年春天，易卜生首次造访维也纳，为的是参加世界博览会。他受邀担任博览会的艺术评审，虽然接受了这一光荣任务，但是现代化的盛会并未给他留下深刻印象。他在颁奖典礼上被介绍给弗朗茨·约瑟夫一世，还穿上黑礼服，系上白领带出席了招待会，据他自己说，这幅装扮让他看起来活像个法国公证人！

回到德国后，易卜生得知克里斯蒂安尼亚剧院正计划上演《培尔·金特》，这个有些意外的消息促使他决定返回挪威，此时，他已经十多年没有回去过了。

他在出发前写信给一位朋友：“我在意大利生活、旅行了大约五年，然后在德国各地生活了两年。你可能知道，我还去了埃及，一路南下到达努比亚，坐在红海旁凝望西奈山。现在我觉得我的灵魂比从前更加亲近挪威，你不能像有些人那样，以为我对我的祖国怀有敌意。我憎恶的是我们社会的顽疾。[584]”

1874 年 7 月 19 日，易卜生乘船抵达克里斯蒂安尼亚，他与老朋友比昂松重聚，在国家剧院观看了自己的剧作《爱情喜剧》，与来自卑尔根的年轻作曲家爱德华·格里格[585]交谈甚欢，格里格将为《培尔·金特》的挪威首演谱写配乐。但是，挪威再次使他感到压抑，他怀着解脱的心情离开了祖国。等到了哥本哈根，他又重新焕发活动，与童话大师安徒生共进晚餐，安徒生很想认识这位“不喜欢挪威人的挪威诗人[586]”，易卜生则十分感谢安徒生的陪伴。

第二年春天，易卜生在德累斯顿生活 7 年后，决定换个环境，他与家人搬到慕尼黑，得益于几位巴伐利亚国王[587]的资助，文化事业在那里繁荣发展。

作为著名的剧作家，易卜生是慕尼黑文学社团“鳄鱼”的常客，

584　出自易卜生 1870 年 7 月 9 日写给朋友奥莱·舒勒鲁德的遗孀的信，引自迈克尔·迈耶的《易卜生》一书，佩里甘出版社 1974 年出版。该书对本章写作多有助益。

585　爱德华·格里格（1843—1907），作曲家，曾在莱比锡求学，出生及逝世于卑尔根。曾为戏剧《培尔·金特》配乐，并将配乐改编为两部管弦乐组曲，著名歌曲《索尔维格之歌》《阿尼特拉之舞》和《阿斯之死》正是出自这两部组曲。

586　出自《安徒生日记》。

587　其中以路德维希一世（1825—1848）和路德维希二世（1864—1886）贡献最大。

社团成员常在马克西米利安广场的咖啡馆聚会，未来的诺贝尔文学奖得主保尔·海塞[588]是成员之一，他还经常与挪威艺术家一同参观慕尼黑象征主义画家的画室。在新朋友们的帮助下，易卜生接触到了萨克森-迈宁根公爵的先锋戏剧圈，从中了解了现实主义风格的舞台布景以及柏林、维也纳和巴黎的最新剧目。

1876 年夏，易卜生远离人群到奥地利占领的蒂罗尔（今科莱伊萨尔科）的戈森萨斯专心写作。他在这里与格里格见了面，当时，格里格刚参加完拜罗伊特的瓦格纳音乐节开幕式，对拜罗伊特节日剧院的技术和音效创新赞不绝口。两个挪威人曾计划合作一部歌剧，但不通音律的剧作家很快放弃了这个想法。

1877 年，瑞典著名学府乌普萨拉大学颁发给易卜生荣誉博士学位。对于自学成才的剧作家而言，这是一个令人骄傲的时刻，仪式结束后，他在巴洛克风格的卓宁霍姆宫受到了新国王奥拉夫二世的接见，斯德哥尔摩剧院还组织了一场特别演出，剧目正是他的作品《赫尔格兰的勇士》。

1878 年 11 月，易卜生再次感受到南方的呼唤，他和家人回到了10 年前离开的罗马，入住特里同广场著名喷泉不远处的塞西尔酒店，然后他们租了卡波乐卡斯街上的一套公寓。与之前相比，易卜生手头更加宽裕，他经常光顾画廊，购买了一些古画寄往慕尼黑。

几个月后，他继续追寻阳光前往那不勒斯湾，然后在阿马尔菲的月亮旅馆下榻，旅馆位于一个面朝大海的古老修道院。易卜生醉心于美景，他写信给一位朋友："我们正在享受最好的天气，扁桃树的花期已经结束，但樱桃树正盛放着。草地茂盛地生长着，还缀满了紫罗

588　保尔·海塞（1830—1914）：德国小说家、剧作家，慕尼黑人，1910 年获诺贝尔文学奖。

兰。"远离寒冷的北方，易卜生完成了揭露婚姻虚伪本质的"现代
剧"《玩偶之家》，该剧一炮而红，为之后的心理剧系列拉开序
幕——《罗斯莫庄》《海达·盖伯勒》《湖边女人》，这些作品也都诞
生于意大利，剧中的女主人公成为不朽的戏剧人物，为他带来国际声
誉与不菲的收入。

　　返程途中，易卜生一家为了享受大海的美景，在索伦托停留了一
段时间。一天晚上，易卜生在特拉蒙塔诺酒店露台的紫藤花下，与
1870 年在巴尔根结识的法国历史学家欧内斯特·勒南[589]重逢，然而他
们的交谈很简短，因为两人的语言无法相通。此外，易卜生还忙于写
作《群鬼》，这是一部关于夫妻关系和女性命运的悲剧，因其强烈的
现实主义风格遭到北欧各地剧院的拒绝，却在芝加哥、柏林获得好
评，并于 1890 年在巴黎安东尼自由剧院成功上演。

　　酒店正面大理石上所镌刻的文字提醒着游客："1881 年，亨利
克·易卜生在阳光下为人类的黑暗命运哭泣，创作了《群鬼》[590]"。

　　1885 年，易卜生和妻子苏珊娜返回慕尼黑，这是"和罗马一样无
与伦比的城市，他们愿意在此地居住"，慕尼黑使他们想起了戈森萨
斯的夏天。在高山之上，易卜生完成了《野鸭》， 4 年后，他认识了
埃米莉·巴达克，年轻的维也纳女子爱上了他的白胡子，给他寄去热
情的信件。

　　1891 年 1 月，《海达·盖伯勒》在慕尼黑王宫剧院首演后，易卜
生到维也纳参加一个为他举办的庆祝活动，然后造访了布达佩斯，
《玩偶之家》在那里大获成功。此时， 67 岁的剧作家已经游历四方，

589　欧内斯特·勒南（1823—1892），历史学家：语史学家。1870 年 7 月，他曾与拿破仑三世
　　的堂弟拿破仑亲王一同到挪威旅行。作品《挪威游记》于 1924 年出版。
590　原文为意大利文。

他的戏剧作品也登上了欧洲和美国各地最大的舞台，回到巴伐利亚后，他决定返回挪威。

易卜生于 7 月抵达克里斯蒂安尼亚，他和妻子居住在一套宽敞舒适的公寓[591]里，公寓装饰着沉重的帷幔和他收藏的意大利画作。他和康德一样，日常出行像时钟一样规律，他每天同一时间出门散步，一路走到格朗咖啡馆，有时他会和画家爱德华·蒙克[592]在那一起喝杯啤酒，蒙克非常崇拜他的作品。尽管易卜生是挪威人眼中的最佳国家文化大使，但他不再旅行了，他厌倦了铁路和轮船，对时代思潮也不再关注，晚年他与法国导演卢涅-坡见面交谈，写了《建筑大师》等几部戏剧作品。 1899 年，易卜生出席了克里斯蒂安尼亚国家剧院的落成典礼，他与比昂松都是该剧院[593]的创始人。之后他患上了中风，只能卧床养病，于 1906 年 5 月 23 日离开去世，正是挪威宣布独立一年之后。

易卜生是"午夜阳光和白日阴影之子[594]"，是丹麦人、苏格兰人和德国人的后裔，他如同一只离群的羊，在艰险漫长的旅程中完成不朽的文学作品。

曾经，"他的才华点燃了地中海[595]"，晚年他又无可避免地回到了祖国，他的一生从未停止对社会弊端的揭露。

591　现为易卜生博物馆，位于阿尔贝特街与德拉门街的交叉处。
592　爱德华·蒙克（1863—1944）：挪威表现主义画家，曾以戏剧为灵感作画，在易卜生晚年数次为其绘制肖像画。
593　奥斯陆国家剧院正门两侧伫立着易卜生和比昂松的高大雕像。比约恩斯彻纳·比昂松（1832—1910）：挪威现实主义小说家和剧作家，1903 年获诺贝尔文学奖。
594　引自卢多维克·德·科勒维尔、弗里茨·德·齐柏林，书名同上。
595　出自 2006 年 6 月，安东尼娅·加里斯·德·帕尔马在易卜生逝世 100 周年纪念活动上的发言。

旅途最后

　　德国作家海因里希·理查德在 1786 年的日记中吐露："如果要我选择一种身份，那最好是旅行者，如果要说属于哪国人民，那最好是外国人[596]"——本书中出现的大部分文学家、艺术家应该都会有类似这样的心声。

　　由于蒸汽机航海技术的发明和铁路的发展，该时期对于空间和时间有了新的认识角度，旅行者们将目的地拓展至欧洲大陆的角角落落。翻越阿尔卑斯山脉曾经那么令人畏惧，到了 19 世纪中叶，桥梁的建造和隧道的开凿简化了这一活动，而地中海的舒适船只使得最早的邮轮游得以成行。只有前往俄罗斯和黎凡特地区的旅行在很长一段时间内依然很困难、很危险，但即便如此仍然吸引着许多钟情于冒险和异国情调的作家和画家。

　　对于福楼拜而言，旅行应该"快速完成[597]"，但也可能像歌德、斯塔尔夫人、密茨凯维奇或易卜生的旅行一样持续几个月甚至几年。漫长的准备过程是必需的，从旅行过程中必要的护照、签证、汇票、推

596　海因里希·奥古斯特·奥托卡·理查德（1751—1826）：著有《从巴黎到德国的回城日记》（1786）。他是现代旅游指南最早的作者之一，1803 年其旅游指南被翻译成法语。

597　引自居斯塔夫·福楼拜的《庸见词典》。

荐信开始准备，接着是细致的行李打包。此外，游伴、车辆、车夫、船长、秘书、向导、翻译、旅行物资保障负责人的选择对于像波托茨基、拜伦、拉马丁这样的旅行者而言显得十分重要，因为他们想远离寻常的旅行地、提防大路上的强盗。

独自出行的艺术家和文学家是很少见的。英国夫人们都带着女仆和骑士出行。而法国女士则通常带着孩子、家庭教师和情人一起出发。男士们往往由素描画家、朋友陪同，后来逐渐由摄影师代替素描画家，男士们有时还会带上情人。还有带着动物旅行的，狗或鹦鹉，还有乐谱、书籍、水彩画颜料，到了 19 世纪下半叶，贝德尔克[598]出版的旅行指南则成了必不可少的现代旅游宝典。他们中的许多人在履行过程中培养忧郁和思乡之情作为其创作的灵感来源。

风景如画的赫尔维蒂共和国是意大利的前厅，受到全欧洲文学家、艺术家的描写和赞美，赫尔维蒂的湖泊和山峰屡屡出现在"壮游"路线中，赫尔维蒂的风景在所有浪漫的旅行者心中不可或缺。

意大利的艺术之城——威尼斯、佛罗伦萨和罗马及其财富受到不同寻常的审美认可，这种认可是司汤达喜欢的。此外，德国、俄国旅行者们对维苏威火山及其周边的考古遗址着迷，他们把那不勒斯海湾及其岛屿变成对所有艺术和文学开放的福地。

也有其他的旅行者前往希腊，神化了孕育东方风格的君士坦丁堡、耶路撒冷、开罗。

随后，自 1830 年以后，安达卢西亚地区的格拉纳达、哥多华、塞尔维亚丰富了作家的世界，并为他们打开通往的丹吉尔和阿尔及利亚

598　卡尔·贝德克尔（1801—1859）：德国书商、出版商，1832 年出版了最早的口袋书旅游指南，内附地图。这些旅行指南以德语、法语、英语出版，获得了巨大的成功。

的道路。

　　虽说南方令旅行者们十分着迷，北欧和中欧也并未被遗忘。的确，德国大大小小的城市——柏林、德累斯顿、慕尼黑、魏玛、拜罗伊特、巴登，还有奥匈帝国的首府——维也纳、布拉格、布达佩斯，经常迎来文人和音乐家。无畏的旅行文学家们也踏遍了华沙、圣彼得堡、莫斯科、僻远的高加索地区和寒冷的斯堪的纳维亚半岛。伦敦、布鲁塞尔、巴黎和日内瓦承担了迎接流亡知识分子的使命，这些城市的国际性吸引了一批艺术家，成为他们流亡岁月种愉快的一站。

　　如今，这些欧洲人的旅行和漂泊还剩下些什么？

　　写于旅行途中、客栈的桌子上、旅馆的房间里数千页的诗歌、小说、回忆录、日记和书信让我们得以了解旅行者的阅历。从旅行地获得灵感的交响诗、序曲、歌剧和歌曲等音乐作品向我们揭示了音乐家对别处的感受。或大或小的画家们就地完成的油画、素描、雕刻和雕塑数不胜数，这些画作记录了创作者的旅行路线。

　　最后，旅行中杰出人物的不期而遇或是事先定好的会面将我们引入欧洲艺术文学共和国，法语在这个国度里占据主导地位，在长达个多世纪的时间里编织成一张非凡的关系网——文学家、艺术家、外交家、军人以及为他们充当庇护者、赞助者或朋友的头号人物——沙皇、国王、教宗之间的交流网。

　　大众旅游的时代鲜有寂静与孤独，即使是在博物馆、教堂乃至山巅。我们仔细观察浪漫主义时期的文学家以及之后几十年的艺术家的旅行，就会发现，阅读、聆听、凝视他们旅途中创作的作品仍然令人着迷，值得分享。

主要参考文献

露·安德烈亚斯-莎乐美

《我的一生》，法国大学出版社，1977 年。

艾克托尔·柏辽兹

《柏辽兹回忆录》，弗拉马利翁出版社，1991 年。

伊丽莎白·克雷文

《回忆录》，雅克·勒·里德尔审校，风雅信使出版社，1991 年。

安娜·格里戈里耶夫娜·陀思妥耶夫斯基

《陀思妥耶夫斯基的一生》，风雅信使出版社，2001 年。

约翰·沃尔夫冈·冯·歌德

《1789—1815 自传写作（年鉴、法兰西战役、美因茨陷阱、与拿破仑
　会面）》，由雅克·勒·里德尔作序，巴蒂亚出版社，2001 年。

《意大利漫游》，巴蒂亚出版社，2003 年版（雅克·博尔夏译、让·拉
　科斯特校）。

托马斯·曼

《洛特在魏玛》，伽利玛出版社，1945 年。

里，尼采，莎乐美

《通信集》，法国大学出版社，1979 年。

扬·波托茨基

《旅行（第一卷，第二卷）》，"旅行者书库"，法亚尔出版社，1980 年。

乔治·桑

《我毕生的故事》《旅行者信札》《马略卡的冬天》，伽利玛出版社"七
　　星文库"。

斯塔尔夫人

《十年流亡记》，由西蒙娜·巴莱耶作引言和注释，1966 年。

《柯丽娜或意大利》，由西蒙娜·巴莱耶审校，伽利玛出版社，"Folio
　　系列"丛书，2001 年。

司汤达

《日记》，伽利玛出版社"七星文库"丛书，1955 年。

马克·吐温

《在国外的无辜者》，贝约里瓦日出版社，1995 年。

《自传》，罗歇出版社，2003 年。

《马克·吐温自传：美国故事》，崔斯坦出版社，2012 年。

伊丽莎白·维杰·勒布伦

《回忆录》，法国妇女出版社，1984 年。

科西玛·瓦格纳，弗里德里希·尼采

《通信集》，追寻南方出版社，1995 年。

玛丽·蒙塔古·沃特利夫人

《通信选集》，由罗伯特·哈尔斯班德审校，企鹅出版社。

其他参考文献

珍妮·安塞尔特·胡斯塔什

《歌德自述》，瑟伊出版社，1955 年。

鲍姆加特·弗里茨

《从古典主义到浪漫主义 1750—1832》，杜蒙特·绍伯格出版社，
   1974 年。

弗朗索瓦兹·德·贝尔纳迪

《塔列朗最后的爱——迪诺公爵夫人》，佩林出版社，1966 年。

吉尔斯·伯特兰

《再次壮游》，罗马法国学校出版，398 卷，2008 年。

吉纳维夫·毕昂吉

《浪漫主义时期德国的日常生活（1795—1830）》，阿歇特出版社，
   1958 年。

埃利亚斯·布雷兹多夫

《安徒生》，文艺复兴出版社，1989 年。

阿蒂里奥·布里利

《旅行曾是一门艺术——关于壮游的小说》，蒙福出版社，2001年。

钱拉·科杰

《钱拉·德·奈瓦尔》，伽利玛出版社，2010年。

米歇尔·克罗泽

《司汤达或我自己先生》，弗拉马利翁出版社，1990年。

利昂·埃德尔

《亨利·詹姆斯》，瑟伊出版社，1990年。

罗伯特·埃斯卡皮特

《拜伦》，西格斯出版社，1965年。

玛丽亚·费尔韦瑟

《朝圣的公主》，康斯特勃出版社，1999年。

布里吉特·弗朗索瓦-萨佩

《门德尔松——时代之光》，法亚尔出版社，2008年。

约瑟夫·弗兰克

《陀思妥耶夫斯基，奇迹时代（1865—1871）》，南方出版社，
　1998年。

让·戈德辛克

《司汤达——心中的意大利》，"发现"系列书籍，伽利玛出版社，
　1992年。

斯蒂芬·盖甘

《泰奥菲尔·戈蒂耶》，伽利玛出版社，2011年。

米歇尔·R·霍夫曼

《柴可夫斯基传》，"音乐家"系列书籍，瑟依出版社，1968 年。

安东尼·霍尔登

《柴可夫斯基传》，班坦出版社，1988 年。

让·拉库尔特

《司汤达，流浪的幸福》，瑟伊出版社，2004 年。

雅克·勒·里德尔

《马尔维达·冯·梅森堡——一位 19 世纪的欧洲女性》，巴尔第亚出版社，2005 年。

弗朗西斯·雷

《克鲁登夫人、浪漫主义与神圣联盟》，荣誉冠军出版社，1994 年。

安德烈·利施克

《柴可夫斯基——以文字为镜》，法亚尔出版社，1996 年。

菲利克斯·隆冈

《巴尔扎克辞典》，拉鲁斯出版社，1969 年。

乔治·鲁宾

《乔治·桑图册》，伽利玛出版社"七星文库"，1973 年。

安德烈·莫洛亚

《唐璜或拜伦的一生》，格拉塞出版社，1952 年。

《普罗米修斯或巴尔扎克的一生》，阿歇特出版社，1965 年。

温迪·S. 默瑟

《萨维耶·马尔米耶的生活和旅行》，牛津大学出版社，2007 年。

迈克尔·迈耶

《易卜生》，佩里甘出版社，1974。

瓦迪斯瓦夫·密茨凯维奇

《亚当·密茨凯维奇的生活和作品》，阿歇特出版社，1888 年。

菲利普·莫雷尔

《美第奇别墅》，佛朗哥·玛丽亚·里奇出版社，1988 年。

安卡·穆尔斯坦

《阿斯托尔夫·德·屈斯蒂纳：最后的侯爵》，格拉塞出版社，
　1996 年。

弗兰克·帕洛夏（主编）

《伟大旅行者的罗马》，艾迪齐奥尼·阿贝特出版社，1987 年。

弗朗索瓦兹·皮特-里弗斯

《安吉莉卡·考夫曼的命运——一位十八世纪的欧洲女性画家》，比罗
　出版社，2009 年。

盖伊·德·波尔塔莱斯

《柏辽兹与浪漫欧洲》，伽利玛出版社，1949 年。

《尼采在意大利——浪漫欧洲》，伽利玛出版社，1949 年。

《瓦格纳，一位艺术家的故事——浪漫欧洲》，伽利玛出版社，
　1949 年。

《李斯特的一生——浪漫欧洲》，伽利玛出版社，1949 年。

卡罗·拉索

《罗马——文学指南》，弗兰克·迪·莫罗出版社，2008 年。

《那不勒斯湾——文学指南》，弗兰克·迪·莫罗出版社，2007 年。

《威尼斯——文学指南》，弗兰克·迪·莫罗出版社，2002 年。

皮埃尔-让·雷米

《柏辽兹——一部浪漫主义小说》，阿尔班·米歇尔出版社，2002 年。

弗朗索瓦·罗塞特、多米尼克·特里埃尔

《扬·波托茨基》，弗拉马利翁出版社，2004 年。

克劳德·绍普

《大仲马——生活的天才》，法亚尔出版社，2002 年。

斯蒂芬·斯班德

《雪莱》，西格尔出版社，1954 年。

林赛·施泰因托

《透纳的威尼斯》，大英博物馆出版，1986 年。

莫里斯·托斯卡

《拉马丁或生命中的爱》，阿尔班·米歇尔出版社，1969 年。

亨利·特罗亚

《屠格涅夫传》，弗拉马利翁出版社，1985 年。

列昂尼德·茨普金

《巴登夏日》，布尔古瓦出版社，2003 年。

热拉尔·昂格尔

《诗人、政客拉马丁》，弗拉马利翁出版社，1998 年。

米歇尔·维诺克

《斯塔尔夫人》，法亚尔出版社，2010 年。

斯蒂芬·茨威格

《巴尔扎克的人生小说》，阿尔班·米歇尔出版社，1950 年。

图　　册

《新古典主义的黄金时代》，第十四届欧洲委员会艺术展，英国艺术委
　　员会，1972 年。

《永远的波兰——从启蒙运动到浪漫主义（1764—1849）的波兰艺
　　术》，第戎美术馆，索莫吉出版社，2004 年。

《门德尔松诞辰 200 周年》，卡鲁斯出版社，2009 年。

影　　片

阿兰·乔伯特

《尼采的哲学之旅》，德法公共电视台

雅恩·卡西尔

《尼采的经历》

泽维尔·加尔米什

《威廉·李特尔》

图书在版编目（CIP）数据

壮游欧洲：作家和艺术家的世纪之旅/（法）克洛
德·布埃莱著；郑诗诗，施媛媛译. —上海：上海文
化出版社，2024.1
ISBN 978‐7‐5535‐2868‐7

Ⅰ. ①壮⋯ Ⅱ. ①克⋯②郑⋯③施⋯ Ⅲ. ①随笔‐作品
集‐法国‐现代 Ⅳ. ①I565.65

中国国家版本馆 CIP 数据核字（2023）第 237246 号

图字：09‐2023‐0631 号

出 版 人 姜逸青
策 划 小猫启蒙
责任编辑 王莹兮
装帧设计 陈绿竞

书 名 壮游欧洲：作家和艺术家的世纪之旅
作 者 〔法〕克洛德·布埃莱
译 者 郑诗诗 施媛媛
出 版 上海世纪出版集团 上海文化出版社
地 址 上海市闵行区号景路 159 弄 A 座 3 楼 201101
发 行 上海文艺出版社发行中心
上海市闵行区号景路 159 弄 A 座 2 楼 201101 www. ewen. co
印 刷 苏州市越洋印刷有限公司
开 本 890×1240 1/32
印 张 15. 75
字 数 239 千字
版 次 2024 年 4 月第一版 2024 年 4 月第一次印刷
书 号 ISBN 978‐7‐5535‐2868‐7/I. 1109
定 价 98. 00 元
敬告读者 如发现本书有质量问题请与印刷厂质量科联系 T：0512‐68180628